聯合文叢 607

中國古典小說

夏志清／著
何欣 莊信正 林耀福／譯
劉紹銘／校訂

目錄

經典之作

——推介夏志清教授的《中國古典小說》

白先勇

夏志清先生在西方漢學界以及中國文學批評界樹立了兩道里程碑：《中國現代小說史》（*A History of Modern Chinese Fiction*）與《中國古典小說》（*The Classic Chinese Novel: A Critical Introduction*）。《中國現代小說史》於一九六一年由耶魯大學出版，在歐美學界即刻引起巨大迴響。首先這是第一本用英文寫成的中國現代小說史，從「五四」文學革命歷經三十年代左翼文學運動以至一九四九年後的共產主義文學，將現代中國的文藝思潮作了一個全面而系統的介紹及評論。當時由於中共興起，歐美學界對於現代中國研究，開始產生強烈興趣，中國現代文學，尤其是反映現代中國政治社會的小說，當然也就成為重要研究部門之一。夏先生這本《中國現代小說史》可謂應運而生，成為美國大學中國小說研究的標準參考書。

一九六八年夏志清先生的《中國古典小說》由哥倫比亞大學出版，這部書的問世，在中國文學批評史上應是劃時代的一件大事。全書共四百一十三頁，分七章，首章〈緒論〉，其餘六章分論《三國演義》、《水滸傳》、《西遊記》、《金瓶梅》、《儒林外史》及《紅樓夢》，並附論文一篇：〈中國舊白話短篇小說裡的社會與自我〉。首先夏先生將書定名為《中國古典小說》便具有深意，現代中國學者慣將「五四」以前的小說稱為「舊小說」、「傳統小說」或者「章回小說」，以示與「五四」以來的「新小說」區別，這些名稱多少都含有貶義，而「古典」，尤其是英文classic一詞，意指經過時間考驗被公認的經典之作，夏先生將《三國演義》等六部作品稱為「古典小說」，當然就是在肯定這六部小說在中國文學傳統上的經典地位了。事實上夏先生取擇標準甚嚴，他在第一章《緒論》中對中國小說的缺點，作了毫不姑息的批評，與西方小說相比，中國小說，除了《紅樓夢》以外，在藝術成就上，的確有許多不逮之處。但他篩選的這六部小說，無論從哪一方面來講，都堪稱中國小說的經典，是「此種文學類型在歷史上最重要的里程碑：每部作品在各自的時代開拓了新境界，為中國小說擴充了新趣味的疆域，且深深影響了後來的發展途徑」。英國文學批評家利維斯（F. R. Leavis）的名著《偉大的傳統》（*The Great Tradition*），取材極苛，只選了珍．奧斯汀（Jane Austen）、喬治．艾略特（George Eliot）、亨利．詹姆斯（Henry James）寥寥數人，作為英文小說家的代表。夏志清先生將《三國演義》、《水滸傳》、《西遊記》、《金瓶梅》、《儒林外史》、《紅樓夢》——這六座中國小說的高峰，先後排列成行，也替中國小說建構了「偉大的傳統」。

「五四」以還，中國學者如胡適、鄭振鐸等人對中國傳統小說都曾作出重大貢獻，但他們的研究多偏向「考據」，而夏先生則側重「義理」。當然，夏先生絕非忽略「考據」的重要，事實上在每一章的開端，夏先生必先將作品各種版本的演變以及小說題材的來源說得一清二楚。因為像《水滸傳》、《紅樓夢》，甚至《儒林外史》，版本的差別，影響內容至巨。但「義理」的批評，才是《中國古典小說》一書的精華所在。

《中國古典小說》的評論準則，大致可分為下面四個方向：

首先是作品的文化意涵。夏先生將作品放置於中國儒、釋、道三流匯合的文化大傳統中，來檢視小說所反映中國哲學、歷史、宗教、社會、政治的各層現象及其意義，而加以詮釋、比較、批評。他所選的這六部小說，都是我們民族文化、民族心靈最深刻的投射，又因其數百年來一直深為廣大中國讀者所喜愛，再加上歷來說書人以及改編戲曲的傳播，早已深入民間，歷久不衰。試看近年來中國大陸改編之《紅樓夢》、《西遊記》、《水滸傳》電視連續劇，受到空前熱烈的歡迎，足證這幾部經典小說文化生命力之強韌。這些小說中的典型人物諸葛亮、關雲長、宋江、李逵、孫悟空、豬八戒、潘金蓮、賈寶玉等也早已演變成為我們民族性格的文化原型了。夏先生以宏觀視野，將這六部小說提升到中國文化大傳統的高度上去替它們定位，這就使《中國古典小說》這部書具備一種恢宏氣度，超越了文學批評的範疇，而擴大為文化論著。

不同於《中國現代小說史》的體例，《中國古典小說》並非小說史，但所選的六部小說，在中國白話小說的發展上，每一部都是一座往前推進的里程碑，因此，中國小說的演進，亦是此書的重要論點之一。除了在〈緒論〉中夏先生將中國白話小說的起源演進做了概括的引介之外，在分論中，他又把每部作品在中國小說發展上特殊的貢獻及重要性詳加分析：從《三國演義》到《紅樓夢》，中國小說如何從依附歷史傳說、宗教寓言幻想而落實到日常生活的寫真，在形式上又如何逐步擺脫說書話本的累贅影響而蛻變成獨立完整的藝術作品。事實上分論每章皆可獨立成篇，是一篇完整的專論，但是六章排列在一起，先後呼應，互相輝映，貫穿四百多年中國白話小說演變的過程，這就使這部書驟然增加了歷史的縱深。因此，《中國古典小說》也可以說是一本中國小說發展史。

在《中國現代小說史》中，小說藝術是夏先生評論作家及其作品所定的最高標準，而夏先生在小說藝術的鑒定上，把關最嚴。他認為巴金、茅盾、丁玲的小說藝術成就不如張愛玲、沈從文、錢鍾書，所以他們在《中國現代小說史》中的地位評價就不如張、沈、錢等人。夏先生本人出身耶魯英文系，當年耶魯英文系是「新批評」學派的大本營，獨領美國學界風騷。「新批評」學派特重文學的藝術形式，對於作品的文字結構審查嚴格。夏先生對於小說藝術所定的標準當然不限於狹窄的「新批評」，但他對小說作品文字結構的嚴格要求，則始終如一。在《中國古典小說》中，夏先生最終是把六本中國小說經典當作文學藝術來鑒賞評定的。在這方面，作為文學批評家，夏先生最見功力，這部文學批評，處處閃耀他獨具慧眼的創見。將中國傳統小說當作嚴肅的文學藝術，全面而系統地探討分析，《中國古典小說》應該是首創，替後來中國古典小說的研究，尤其在西方漢學界，奠下根基。

《中國古典小說》是以英文寫成，最先的讀者當然是以西方人為主，而夏先生撰寫這本書的目的之一，恐怕也是有意將中國古典小說推向世界，將中國小說經典擱置在世界文學的天平上，作一個橫向的比較。因此，書中也就大量採用中西文學比較的方法及實例。西方讀者研究中國小說，文化隔閡難免，夏先生在書中引用了許多西方文學作品，妥切比較，使西方讀者能夠舉一反三，觸類旁通。例如《西遊記》，夏先生舉班揚（John Bunyan）的《天路歷程》（*The Pilgrim's Progress*）與之相較，這兩部宗教寓言，彼此對照，佛教高僧西天取經，與基督教徒尋找天國便有了互相闡明的功效。當然，西方學者很早便對這幾本中國小說產生興趣，而且英、德等譯文的全本及節本也早已流行，但一九六八年《中國古典小說》的出版，的確在漢學界搭起了一座新的橋樑，引導更多西方讀者進入中國古典小說豐富的世界。

《中國古典小說》這部書，宏觀上既縱貫中國文化傳統、中國小說發展史，微觀上又深入作品內涵，細細道出潛藏其中之微言大義、藝術巧思；橫向上更連接西方文化、西方文學，以為借鏡，互相觀照，其架構博大、內容精深而自成體系，應該是夏志清先生的扛鼎之作。這本書本身也早被公認為中國文學批評的經典之作（classic）。一九八八年大陸版中譯本由安徽文藝出版社出版，胡益民等合譯，德文版於一九八九年問世，主譯者為艾克·熊菲德（Eike Schonfeld）。何欣主譯、劉紹銘校訂的最新繁體中文版即將由聯合文學出版社出版。

十四世紀由羅貫中編撰而成的《三國演義》之出現，是中國白話小說史上的頭一宗盛事，這部偉大的歷史演義小說，是我們的《伊利亞德》（Iliad）。但胡適對《三國演義》卻頗有微詞，他在《三國演義序》中如此批評：「《三國演義》拘守歷史的故事太嚴，而想像力太少，創造力太薄弱。」而夏志清先生對《三國演義》的評價卻相當高，而且他也不同意胡適以上的看法。他認為《三國》故事的長處恰恰在於羅貫中能夠刪除說書人加入的一些神怪離奇粗糙情節，盡量靠近《三國志》正史，而保持了《三國》敘事的簡潔統一。羅貫中繼承的，其實是司馬遷、司馬光的史官傳統，《三國演義》的真正源頭是《史記》、《資治通鑑》。如果西方小說起源於史詩，那麼中國人的小說則孕育於我們的史書了，中國人的悲劇感全在我們的歷史裡，天下分合之際，「浪花淘盡英雄」。

事實上羅貫中的創造力絕不像胡適所稱那樣「薄弱」，夏先生例舉《三國演義》非常著名的「赤壁之戰」中曹孟德大宴文武將官橫槊賦詩的一場來說明羅貫中小說藝術之高超。這場宴會正史沒有記載，可能是羅貫中憑借說書人的材料重新加工創造而成。曹操的名詩《短歌行》當然不一定完成於「赤壁之戰」前夕，但卻被羅貫中巧妙地運用到文中，大大地強化了小說的情節氣氛。曹操一代霸主顧盼自得的形象、「對酒當歌，人生幾何」英雄漸老的蒼涼，一怒而刺殺諫臣、酒醒後又悔恨不已的複雜性格，在短短幾節中，寫得大開大闔，跌宕有致。這一場氣勢非凡，情景交融，人物個性分明，戲劇張力十足，在在顯示出羅貫中小說手法的傑出老到。

中國古典小說以刻畫人物取勝，因此夏先生在詮釋小說人物上，著墨頗多。尤其是劉備、關羽、張飛及諸葛亮之間君臣忠義、手足患難的錯綜複雜關係，有非常精闢的分析評論。《三國演義》的大架構是寫天下大勢，歷史分合，但其中心主題卻是中國儒家傳統君臣之忠、手足之義的理想。我們看完《三國演義》不禁掩卷長歎，就是因為劉、關、張、諸葛武侯這一群孤臣孽子一心復興漢室而終究功虧一簣的千古遺恨。其實羅貫中一開始第一回已經埋下蜀漢最後敗亡的伏筆了。劉關張桃園三結義，共誓「不求同年同月同日生，只願同年同月同日死」，「背義忘恩，天下共戮」，最後劉備果然信守誓言，關羽大意失荊州，身亡敵營，促使劉備雪弟恨，竟不顧軍師諸葛亮的力諫而伐東吳，打破了諸葛亮苦心孤詣的聯吳抵魏大策略，終於招致蜀漢的覆滅。夏先生指出，伐東吳實是《三國演義》一書的大關鍵，這一回與首回桃園三結義遙相呼應，顯示劉備「政治上的失敗卻正是他做人成功的地方」。

劉備戰敗，駕崩白帝城的一回，是全書的精華所在，夏先生把整段引下來細論，尤其是永安宮劉備托孤的一節，暗藏玄機，值得推敲：

先主命內侍扶起孔明，一手掩淚，一手執其手曰：「朕今死矣，有心腹之言相告！」孔明曰：「有何聖諭？」先主泣曰：「君才十倍曹丕，必能安邦定國，終定大事。若嗣子可輔，則輔之；如其不才，君可自為成都之主。」孔明聽畢，汗流遍體，手足失措，拜泣於地曰：「臣安敢不竭股肱之力，盡忠貞之節，繼之以死乎！」言訖，叩頭流血。

劉備一心恢復漢室，有問鼎天下之雄心，傳位子嗣當然為第一要務。然而劉備也深知嗣子愚弱，若無孔明誓死效忠，萬無成事可能。劉備要孔明取而代之，很可能也是在試探他的忠貞，聰明如孔明，心裡明白，所以才會有「汗流遍體，手足失措」的強烈反應，劉備看見孔明「叩頭流血」，痛表心跡之後，果然也就未再堅持禪讓了。這是夏先生極為深刻細緻的看法，羅貫中是精通中國人情世故、深諳中國政治文化的作家，所以才可能把劉備孔明君臣之間微妙複雜的關係寫得如此絲絲入扣。夏先生對於這一章如此結論：

中國歷史上再也沒有一對君臣像他們訣別時那樣令人感動。羅貫中恰到好處地把他們的關係寫成一種因志同道合而生的永恆友誼。他也並沒有忽略這感人的一幕之政治含義，所以終能把劉備雕塑成一個有歷史真實感的難忘人物。

數百年來，中國讀者一面倒地同情蜀漢的失敗英雄，那就是因為羅貫中把諸葛亮的忠與劉玄德的義，寫得如此感人肺腑。

《水滸傳》把中國白話小說發展又往前推進了一步。《水滸傳》開始大量採用生動活潑的口語白話，而且塑造人物、鋪陳故事，能不拘於史實，更向小說形式靠近。夏志清先生對於《水滸傳》在小說發展史上的重要性、小說藝術上的成就都予以肯定，他也稱讚《水滸傳》中英雄好漢林沖、武松、魯智深、李逵等人物塑造突出，性格刻劃生動，但夏先生對於這部小說透露出來潛藏在我們民族心裡的黑暗面：一種嗜血濫殺殘忍野蠻的集體潛意識衝動，則給予相當嚴厲的批判。在這點上，夏先生道出許多前人所未能及的創見，使我們對《水滸傳》的複雜性能夠更深一層地了解，而又釐清我們判斷《水滸傳》時一些道德上的困惑。

歷來褒獎《水滸傳》的論者都把此書稱譽為梁山泊草莽英雄官逼民反替天行道的俠義小說。這個梁山泊的草莽集團十分特殊，盜亦有道，並非一般烏合之眾。他們有組織、有紀律、有信仰，他們標榜一種「英雄律條」（heroic code）。《水滸傳》中這種「英雄律條」的特色是：遵守義氣、崇尚武藝、慷慨疏財、不近女色，卻縱情酒肉。夏先生指出，這個純男性中心的集團最特異的地方便是仇視女色，視女色誘惑為英雄氣概的最大威脅，因此，《水滸傳》中的幾個「淫婦」必須剷除，閻婆惜給殺了頭，潘金蓮、潘巧雲都遭到開膛剜心等最慘烈的懲罰，至於梁山泊隊裡的母夜叉、母大蟲、一丈青已是「女丈夫」了，自然不會構成女色誘惑的問題。其實以現代心理學來解釋，梁山泊的男性集團這種極端禁欲主義，與好漢們的殘忍虐殺行為，是有因果關係的。

《水滸傳》的英雄好漢，他們還未加入梁山泊集團前，如林沖、武松、魯智深都能恪守「英雄律條」，是堂堂丈夫，但一旦加入集團，他們的個人身份消失，於是這一群梁山泊草寇的集體行動所遵守的，不過是一種「幫會行規」，夏先生認為對於他們所標榜的「英雄律條」反倒變成了一種諷刺。這些煞星們，一旦聚集在一起，個性泯滅，在一種集體意識的引導下，打「替天行道」的旗幟，像一架龐大的殺戮器械，下山招兵買馬打家劫舍。宋江率眾三打祝家莊、掃平曾頭市，都是殺戮甚眾、無辜婦孺慘遭斬草除根的場面。夏先生對於《水滸傳》中肆意描寫這些殘暴事件有這樣的評論：

說書人當年傳誦這些故事於市井，唯以取悅聽眾為務，未必能夠弄清個人英雄事蹟與集體暴虐行為的分別。但這些故事迄今猶流傳不衰，的確顯示中國人民大眾對痛苦殘忍的麻木不仁。但正因為書中對暴虐的歌頌是不自覺的，現代讀者倒可以把七十回標準本看作一則充滿弔詭的政治寓言（一旦眾好漢全部聚齊一堂時，他們遂變成政府的有效工具而失去幫會性格）：官府的不公不義，是激發個人英雄主義的條件，但眾好漢一旦成群結黨，卻又足以斫傷這種英雄主義而製造出比腐敗官府更邪惡的恐怖統治了。其實這就是地下政黨的老故事：在求生存爭發展的奮鬥中卻往往走向它聲稱所要追求的反面。

梁山泊的英雄好漢復仇之心特別熾烈，這股仇恨一旦燃燒，這些天罡地煞便顯現了妖魔原形，大開殺戒。書中武松血濺鴛鴦樓是著名的殺戮場面，武松復仇，砍殺張都監之後，開始屠殺張都監全家，連幾個在場唱曲兒的養娘也不能倖免，武松殺得性起，說道：「一不做，二不休，殺了一百個也只一死！」一直砍殺得刀都缺了。

全書中復仇殺人的殘暴場面寫得最觸目驚心的恐怕是黑旋風李逵生啖黃文炳的一節。通判小吏黃文炳曾經陷害過宋江，這個仇當然要報。黃文炳被捉到後，在宋江的指使下，李逵把黃文炳活生生割來吃掉：

便把尖刀先從腿上割起。揀好的，就當面炭火上炙來下酒。割一塊，炙一塊，無片時，割了黃文炳，李逵方才把刀割開胸膛，取出心肝，把來與眾頭領做醒酒湯。

夏先生引這兩則例子與《史記》相較。司馬遷記載呂后嫉恨戚夫人：「遂斷戚夫人手足，去眼，煇耳，飲瘖藥，使居廁中，命曰『人彘』。」這是中國歷史上最著名的殘虐事件之一，但司馬遷以呂後子惠帝一言：「此非人所為。」遂定呂后罪於千古。夏先生認為：「《史記》肯定了文明；《水滸傳》在其積極地樂於看到英雄們這些報復的野蠻行動中，卻沒有肯定文明。」

《水滸傳》中的「英雄世界」與「野蠻世界」之間的界線相當模糊，《水滸傳》表面上讚頌的是梁山泊眾好漢打著「替天行道」的旗號幹下的英雄事蹟，但這些好漢的實際行動都是極端野蠻、殘忍、違反文明的。「忠義堂」上眾好漢觥籌交錯、歃血為盟之際，梁山泊的黑店裡正在幹著販賣人肉包子的勾當。歷來學者評論這部小說的文化精神時，產生相當大的矛盾分歧，而矛盾的焦點又顯著集中在梁山泊的寨主領袖呼保義、及時雨宋公明的身上。明朝思想家李贄把宋江捧為「忠義」的化身，而金聖歎卻把宋江貶為假仁假義的偽君子。在分析宋江這個書中的首腦人物上，夏志清先生提出了非常重要的一點：他認為試圖解析宋江這個人物的意義，不能止於宋江本身，必須把宋江與李逵聯繫起來，宋江這個角色複雜矛盾的意義方可能有較完整的解說。其實及時雨宋江與黑旋風李逵兩人相輔相成，構成的是一對複合互補的角色，如同陀思妥耶夫斯基小說中的「雙重人物」（double character）。陀氏擅長研究人性善惡，在小說中常常設計關係曖昧複雜的「雙重人物」來闡釋人性善惡的相生相剋。自從第三十八回李逵與宋江一見如故後便對宋江五體投地誓死效忠了。如果及時雨宋江代表《水滸傳》裡「替天行道」幫會式的忠義道德，那麼黑旋風李逵便象徵著《水滸傳》另一股黑暗野蠻原始的動亂力量。天魁星、天殺星看似南北兩極，其實遙相呼應，彼此牽制。作為幫會魁首，宋公明必須維持及時雨領袖群倫的形象，不能公然造反，但早在第三十九回宋江在潯陽樓上已寫下反詩：「彼時若遂凌雲志，敢笑黃巢不丈夫！」原來宋江早已心存反志，要賽過大反賊殺人魔王黃巢。李逵一再慫恿宋江造反，奪取大宋江山自己做皇帝，其實正中宋江的心懷。事實上李逵可以說是宋江那股叛逆意志的投射，宋江心中黃巢的具體化。許多殘酷野蠻的殺戮行為都是李逵在宋江指使默許下完成的，李逵生啖黃文炳，等於宋江的意志在進行復仇行動。這一對「雙重人物」其實是《水滸傳》中反賊形象的一體兩面，及時雨宋江及黑旋風李逵分別代表《水滸傳》的「英雄世界」與「野蠻世界」，而當這兩個世界重疊在一起時，《水滸傳》中便是一片「腥風血雨」了。最後宋江被陷害中毒，臨死前他把李逵一併毒殺，宋江必須與李逵共存亡，因為李逵根本就是他另外一個自我。難怪李逵為宋江死得心甘情願，完成了他們「同年同月同日死」的手足之義。宋江與李逵兩個角色之複雜關係及多重意義貫穿整本小說，使得這本情節繁雜、人物眾多的作品得到主題上的統一。要了解《水滸傳》這部小說深一層的含義，首先須了解宋江與李逵這一對「雙重人物」的關係，而夏先生對宋江、李逵的人物論無異是閱讀《水滸傳》的一把鑰匙。

大唐天子太宗李世民派遣高僧玄奘赴西天（印度）取經，這在中國歷史及佛教史上是何等莊嚴隆重的大事，而明朝小說家吳承恩卻偏偏把這段歷史改寫成一部熱鬧非常、諧趣橫生的喜劇小說。這是部天才之作，數百年來大概沒有比《西遊記》更受中國讀者喜愛的喜劇小說了。這部小說的成功得力於吳承恩創造了兩個最突出的喜劇滑稽角色：孫悟空與豬八戒，這一猴一豬早已變成我們民俗文化的兩個要角。夏先生把孫悟空與豬八戒這一對寶貝與西方小說中另一對著名的互補角色——唐吉訶德（Don Quixote）與桑丘．潘沙（Sancho Panza）——相比，兩者一樣令人難忘。《西遊記》也是西方讀者最容易接受的一部中國古典小說，魏理（Arthur Waley）的節譯本在西方一直很受歡迎，余國藩的全譯本更是中西文學交流的一件盛事。

《西遊記》的來源複雜：有歷史記載、佛教傳說、印度史詩種種。夏先生不憚其煩將這些來源一一釐清。接著他分析闡釋唐三藏玄奘這個人物在《西遊記》中的意義。小說中的玄奘至少有三重身份：民間傳說玄奘乃狀元陳光蕊之子，父母被強人所害，自幼被法明長老度入佛門，後因孝行感天，被大唐天子選中派遣西天取經。但神話傳說玄奘前身乃是如來佛座下弟子金蟬長老，因不聽說法，輕慢大教，被佛祖罰降人間，歷劫十世，最後功德圓滿，皈依西天，成為旃檀功德佛。因玄奘十世童真，得其肉而食之可以長生不老，於是引動各界妖魔紛紛爭食唐僧肉——這便是《西遊記》的主要情節。但實際上吳承恩在小說中卻把玄奘寫成了一個富有喜劇感的凡人，與歷史上的高僧唐三藏了不相類。喜劇人物玄奘才是這本小說的關鍵所在，如果吳承恩把《西遊記》寫成了一本嚴肅的高僧傳，唐三藏西天取經的故事恐怕引不起多少讀者的興趣了。夏先生如此形容小說中的玄奘：

既好生氣又無幽默感，他是不善觀人察物的旅途領導，旅伴中獨偏愛最懶惰的一個。他對佛教的哲理缺乏虔誠，專憑吃長素和遠女色這兩件事來表示自己是個好人，簡直稱得上是個法利賽人。事實上他沒有表現出玄奘本人的勇氣，也沒有表現基督教聖者為了達到更高層次的領悟自願經歷誘惑而表達的剛毅不撓的精神。

唯其小說中的玄奘只是一個凡人，有凡人的許多弱點，這倒使《西遊記》作為一則宗教寓言更擴大了其普遍性，唐僧西天取經的故事變成了我們每個凡人紅塵歷劫、悟道成佛的寓言。如同西方道德劇《凡人》（*Everyman*）一樣，其中的「凡人」必須經歷各種考驗才能悟道，或者像《天路歷程》中那個基督徒，要克服各種障礙陷阱，才能尋找得到天國。作為宗教寓言，夏先生提出了一條解讀《西遊記》的重要線索：《般若波羅蜜多心經》。夏先生認為吳承恩寫《西遊記》等於把整本小說當作了《心經》哲理上的評注。他把吳承恩的《西遊記》與托爾斯泰及陀思妥耶夫斯基的作品相比：

喬治．斯坦納（George Steiner）曾目光獨到地指出，托爾斯泰和陀思妥耶夫斯基創造的主要人物，在面臨道德困惑時，常常討論《新約》中的章節，其中引用的文字指出和闡釋這些人物出現於小說中的主旨。在《西遊記》裡，唐三藏和孫悟空一再討論《心經》，《心經》也因此在小說中具有類似的指涉功能。

這是夏志清先生論《西遊記》至關緊要的論點，掌握到此一論點，我們對《西遊記》的宗教含義才可能有進一步的了悟。《心經》乃是大乘佛法經典中之精華，其中心思想是：「色即是空，空即是色。」其實也就是貫穿《西遊記》這本小說的主題，參悟「色空」的道理，才可能祛褪六賊，「無眼耳鼻舌身意」，才可能「心無罣礙；無罣礙，故無有恐怖；遠離顛倒夢想」，而「究竟涅槃」。這便是唐僧西天取經必須經歷的「心路歷程」。而吳承恩在《西遊記》中所設計的八十一難也就是用來考驗玄奘的心路歷程上的各種「罣礙」與「恐怖」。

《西遊記》第十九回烏巢禪師贈玄奘《心經》一卷，並囑咐：「若遇魔瘴之處，但念此經，自無傷害。」自此，《心經》便成為玄奘一路上重要的精神依恃。夏先生評論《心經》在小說中有如此功用：

迄今一直為當代評論家忽略的事實是，正如同唐三藏手下那些怪物徒弟一般，《心經》本身就是被指定作為三藏取經險途中保佑他的精神伴侶。從佛教寓言的構成上來說，它遠比任何一個徒弟更為重要。因為一個僧人若真正了解它的訓誡也就無需徒弟們的保護了，他會了悟他遭遇的災難其實都是幻境。

孫悟空是《西遊記》中最靈慧的角色，他是「心猿」，代表心靈智慧，最能參悟「色空」的道理，所以命名「悟空」。第四十三回中，唐僧屢遭災難，被妖魔嚇破了膽，弄得草木皆兵不敢前進，悟空引《心經》的話勸誡他師父：

老師父，你忘了「無眼耳鼻舌身意」。我等出家之人，眼不視色，耳不聽聲，鼻不嗅香，舌不嘗味，身不知寒暑，意不存妄想——如此謂之祛褪六賊。你如此求經，念念在意；怕妖魔，不敢捨身；要齋吃，動舌；喜香甜，觸鼻；聞聲音，驚耳；睹事物，凝眸；招來這六賊紛紛，怎生得西天見佛？

悟空在這裡點醒唐僧，他如此「恐怖」、「顛倒」，完全是因為「六賊」紛擾所致，「法本從心生，還是從心滅」。如此說來，其實爭著要吃他肉的那些妖怪全是唐僧自己「心魔」招來的幻境，悟空勸誡他師父「祛褪六賊」，這些妖怪自然消逝。當然，小說裡的玄奘只是一個普通和尚，要修煉到這一步，他還必須經歷作者吳承恩替他設計的

「九九」歸真八十一難，才能達到功德圓滿，悟道成佛。

然而無論《西遊記》的宗教含義有多玄奧，它本身還是一部詼諧生動的喜劇小說。唐三藏手下的兩個徒弟孫悟空、豬八戒一直是最受中國讀者喜愛的滑稽角色，就因為吳承恩把這一猴、一豬寫得那麼富有人性。如果孫悟空代表人的心靈，那麼豬八戒便是血肉之軀的象徵了。豬八戒好色、貪吃、懶惰、貪生怕死、善嫉進讒，而且對於求佛取經的苦行生活並不熱衷，凡人的弱點他都有了，夏先生稱譽豬八戒是吳承恩「最精彩的喜劇創造」。

宋明理學長期主導中國思想界，其「存天理、滅人欲」的教訓走到極端變得過猶不及，把人的正常欲望也給窒息了。晚明一些開明思想家提倡個人自由、個性解放，文學創作高舉「情真旗幟」，對宋明理學是一個大反動。這個時期的戲劇小說以浪漫、色情為其特徵。前者以湯顯祖的《牡丹亭》達到最高境界，而後者則以《金瓶梅》集其大成。中國文學當然素來不乏色情作品，但與《金瓶梅》相較，全體黯然失色。《金瓶梅》是晚明文藝思潮的產物，也是中國文學的一則異數。然而夏先生指出這本一直被中國讀者目為「淫書」的作品，在中國小說發展史上卻具有劃時代的重要性：

就題材而論，《金瓶梅》在中國小說發展史上無疑是一座里程碑：它已跳出歷史和傳奇的窠臼而處理一個屬於自己創造出來的世界，裡邊的人物均是飲食男女，生活在真正的中產人家之中。雖然色情小說早已見多不怪，但書中那麼工筆細描一個中國家庭中的卑俗而且骯髒的日常瑣事實在是一種革命性的改進，在往後中國小說的發展中也鮮有任何作品能與之比擬。

《金瓶梅》是一本奇書。如果《水滸傳》是個男性中心的野蠻原始世界，《金瓶梅》寫的則是以女性為主的一個糜爛腐敗的末世社會。在這本小說裡，作者竟然可以拋棄一切道德禁忌肆意描寫人的肉體現實，從開始的興致勃勃寫到最後的恐怖淒厲，而作者對於人有可能完全沉溺受役於本身肉欲的可怕現實，絲毫不迴避，亦無憐憫，這只能說，《金瓶梅》的作者，是一個殘忍的天才。在描寫女性世界，在以日常生活細節來推動小說故事進展，在以節令生日來標榜小說時間過程——這些小說技巧都遙指另一部更偉大的作品《紅樓夢》的誕生。《金瓶梅》開創了中國小說描寫日常生活的寫實風格。

但在小說結構及理念上，《金瓶梅》的弊病卻不小，夏先生將這些弊病一一都剖析出來。《金瓶梅》的小說來源相當混雜，據《金瓶梅》專家韓南（Patrick Hanan）教授研究有八類之多：《水滸傳》、白話短篇小說、公案小說、文言色情小說、宋代歷史、戲曲、俗曲、佛教「寶卷」等。這些文類揉合在一起，不一定能融成有機的整體，有時互相衝突，反而有損於小說的寫實架構。例如《金瓶梅》大量引用當時流行的詞曲，這些曲子文藻瑰麗，但對小說內容不一定都有說明。而且小說有些細節前後矛盾，尤其是西門慶縱欲身亡後二十回，更多破綻，西門慶眾妻妾散落流離，作者隨便安排她們的下場，也顯得過分輕率。在理念上，《金瓶梅》應該是一本闡揚佛家因果報應的警世小說，事實上作者在小說中卻醜詆僧尼，最後匆匆設計西門慶轉世托生孝哥，被普靜法師渡去化解冤孽，這種佛家解業贖罪的結果，實難令人信服。

《金瓶梅》這部小說在結構及理念上都有缺失，但其刻畫人物，尤其是描寫女性角色，卻是空前成功的。書中李瓶兒、春梅、宋惠蓮固然音容並茂，就連二三流的「蕩婦淫娃」王六兒、李桂姐、林太太也個個有血有肉。而且書中幾個正派女人吳月娘、孟玉樓也寫得極有分寸。當然，《金瓶梅》著名主要得力於潘金蓮這個人物創造出色，雖然潘金蓮這個角色源自《水滸傳》，但經過《金瓶梅》作者的妙筆渲染，脫胎換骨，已被塑造成中國文學史上的首席「淫婦」。作者寫潘金蓮之淫蕩、狠毒、奸詐、悍潑，淋漓盡致，在中國小說裡，像潘金蓮這樣集「淫婦」、「毒婦」、「刁婦」、「悍婦」於一身如此複雜多面的角色並不多見。潘金蓮可以說已經成為女性反面角色的原型了。

夏先生論《金瓶梅》，最後焦點聚集在潘金蓮這個小說人物身上，尤其是對西門慶與潘金蓮之間逐步主奴易位的複雜過程，做了十分精細的分析，他如此形容潘金蓮：

她就是頭腦最冷靜和最工心計的人。她生來是奴隸，長大是奴隸，她的殘暴是奴隸的殘暴：在自私裡表現出卑鄙，在掙扎著獲得安全與權力時表現出狡詐，對待她的情敵和仇人時表現出殘酷。

《金瓶梅》雖然情節龐雜，但是故事的主軸還是落在西門慶與潘金蓮這對男女的關係上，這也是小說中最饒興味、值得深究的兩性關係。這是一場兩性之間的戰爭，這場戰爭在某層意義上是動物性雌雄交媾的生理戰。小說開始西門慶征戰於眾妻妾娼妓之間，雄風凜凜，潘金蓮僅是他一個曲意逢迎的性奴隸，第二十七回潘金蓮被西門慶綁在葡萄架下，甘心接受性虐待，這時西門慶完全占上風。但是潘金蓮憑著她的狡獪色誘一步步往上爬，最後終於騎到西門慶頭上，反奴為主。第七十九回，西門慶貪欲喪命是全書寫得最驚心動魄的一回，這時跨在西門慶身上的潘金蓮已經變成一隻女王蜂，在殘殺與她交媾過後的雄性配偶。一場兩性戰爭，雌性動物終於贏得最後勝利。同時西門慶與潘金蓮之間的強弱對調也是一場心理拉鋸戰。潘金蓮不僅在生理上降服了西門慶，在心理上也逐漸主宰了他的心靈，他對潘金蓮的囂張跋扈愈來愈無法約束，到最後，西門慶似乎中了邪，竟任她隨意擺佈了。心理學家榮格（Carl Jung）的一個理論，有些男性的潛意識裡，對某類女人的色誘，完全無法抗拒，失去主宰意志，如同中魔，榮格把這類女人稱為男性潛意識心理投射的「女魔」（Succubus）。中國傳統小說中，也經常出現由妖魔幻化而成的美女，迷惑男人，然後盜其元陽，使其精枯髓盡而亡。《西遊記》中便常有這類女魔爭相盜取唐僧的元陽。《金瓶梅》中的潘金蓮到了最後已經被誇大描寫成吸人精髓的女魔頭了。

《金瓶梅》的世界是一個完全沉淪於肉欲無法自拔的「感官世界」，小說最後草草出現佛家救贖的意旨，恐怕也難解書中人物積重難返的業障。然而作為一部世情小說，《金瓶梅》作者驚人的寫實功夫，不能不令人歎為觀止，《金瓶梅》替晚明社會精雕細鏤出一幅俗豔華麗的浮世繪。

從《金瓶梅》到清朝乾隆時代的《儒林外史》，其中相隔一百四、五十年。吳敬梓的《儒林外史》把中國小說藝術又推前了一大步。歷來論者評《儒林外史》，多以其諷刺中國傳統社會科舉制度為主要論題。夏志清先生雖然也花了相當篇幅探討這部小說中「仕」與「隱」——中國傳統社會士大夫兩種理想之抉擇的主題，但他同樣重視《儒林外史》在中國小說藝術發展上的重要性。《儒林外史》已經脫離明朝小說說唱傳統的影響，寫景寫情，不再依賴詩詞歌曲，完全運用白話散文，書中方言及文言片語並不多用，《儒林外史》的小說語言是一種具有作者個人風格的白話文體，夏先生稱讚這種白話語文的精純度，超過其他幾本古典小說，連《紅樓夢》也不例外。吳敬梓的白話散文風格，對晚清及民初的小說家，影響深遠。

夏先生更進一步分析《儒林外史》小說敘述的方式，他發現作者吳敬梓刻畫人物、推展情節的技巧是革命性的。以往的作者介紹小說人物登場敘述故事情節，喜歡現身說法，作者夾評夾敘，把人物當作木偶操作，而且隨時抒發議論，主導讀者判斷，而《儒林外史》的作者卻是隱身的，讓小說人物自己登上舞臺，由他們的舉止言行，逐漸展現他們的性格，由讀者自行推斷小說發展情節。這種「戲劇法」的使用，使得中國小說又提升到另一層境界，可以說是開始進入「現代」了。《紅樓夢》的作者在小說中自始至終「神龍見首不見尾」，運用的全是這種「戲劇法」，王熙鳳的出場，便是一個著名的例子。夏先生舉了《儒林外史》第二回〈王孝廉村學識同科，周蒙師暮年登上第〉為例：幾個村人聚集在觀音庵裡，商議正月鬧龍燈之事，人物先後登場，作者僅寥寥數筆介紹了他們的外貌，然後便把他們推上舞臺，完全靠他們彼此之間的舉止言行，讓讀者漸漸領悟這些人物各別的身份、個性、互相關係等等，而且同時又十分微妙地透露出作者對這些人物勢利眼的諷刺。夏先生在這裡論到小說藝術十分重要的一個議題，也就是「新批評」學派重視的所謂小說觀點問題，如果沒有受過「新批評」訓練的評論家，恐怕不會注意到《儒林外史》這種革命性的小說技巧，也就容易忽略了許多作者苦心經營隱而不露的小說藝術了。

《儒林外史》開宗明義標榜王冕隱而不仕的高風亮節，這當然是作者吳敬梓對隱士的尊崇，而書中熱衷於科舉名利汲汲求進的幾個人物匡超人、牛浦郎等都被他狠狠地損了一頓。小說最後一回，作者以四個市井小民的小傳為全書作結，這些小傳看起來似乎是不經意而為，事實上暗寓深意。夏先生點明，這四個人物的喜好各為琴棋書畫——正好代表中國傳統社會作為雅士必備的文化修養，這些隱於市的雅士，就如同小說第一回楔子中的王冕一樣，是作者吳敬梓嚮往的理想。

十八世紀中葉，在中國文學創作的領域裡湧現出最高的一座山峰：《紅樓夢》，然而同時《紅樓夢》也成為我們數千年文明的一首「天鵝之歌」，之後，我們民族的藝術創造力，似乎就再也沒有能達到這樣高的巔峰。由於《紅樓夢》的內容是如此豐富廣博，「紅學」專家們的論著，汗牛充棟，可謂「橫看成嶺側成峰」，各成一家之言。

夏志清先生論《紅樓夢》，有幾點觀察特別值得注意。夏先生認為《紅樓夢》在哲學思想的悲劇精神上，固然非其他中國小說所能比擬，在心理寫實上，也是成就空前的。尤其在前佛洛伊德時期，《紅樓夢》竟然已經觸及人類潛意識的心理活動了。他引述第八十二回《病瀟湘癡魂驚噩夢》，層層分析林黛玉這場寫得令人膽戰心驚的夢魘。一般論者多注意第五回賈寶玉神遊太虛幻境，但寶玉的夢只是一則寓言，是虛夢，黛玉的這場噩夢才是心理寫實，黛玉壓抑在心中潛意識裡的種種恐懼欲望都以各種扭曲後的象徵情節在夢中出現：黛玉朝朝夕夕欲獲得寶玉的心，在夢中寶玉果然把自己的胸膛血淋淋地打開找心給黛玉，情節如此恐怖，難怪黛玉驚醒後吐出一口鮮血。這場噩夢寫得這樣真實可怕，而且含意深刻複雜，完全合乎現代心理學潛意識夢境的分析，大概只有陀思妥耶夫斯基小說中一些夢魘堪與相比。

早期王國維在《〈紅樓夢〉評論》一文中應用叔本華的悲觀哲學來詮釋《紅樓夢》的悲劇精神。那是中國學者第一次引用西方哲學的觀點來評論這部小說，其開創性當然重要。雖然王國維引用叔本華「生活之欲」的觀點不一定能圓滿解釋《紅樓夢》遁入空門的解脫之道，但對於《紅樓夢》的研究，的確開拓了一片新的視野。循著這條途徑，夏志清先生引用另外一位西方作家的作品陀思妥耶夫斯基的《白癡》（*The Idiot*）與曹雪芹的《紅樓夢》相比，這項比較，對於《紅樓夢》的解讀，尤其是對西方讀者，有重大啟示。

在一篇傑出的書評中，魏斯特（Anthony West）先生評論這部小說的兩個英譯本，將寶玉比之於德米特里．卡拉馬佐夫（Dmitri Karamazov），然而我覺得雖然這兩個都是心靈深受折磨的人，但寶玉並不具有德米特里那份世俗熱情及生命活力，亦不似其經常擺蕩於愛恨之間，徘徊於極度的謙卑與叛逆。以寶玉的率真嬌弱，以及他善解人意、心懷慈悲，倒更近似陀思妥耶夫斯基筆下另外一位主人公米希金王子（Prince Myshkin），他們兩人都自處於一個墮落世界，在這個世界裡，慈悲愛人反而遭人懷疑以為白癡。他們兩人都發覺這世上有著無法忍受的痛苦，因而都經歷長時期神思恍惚喪失心智的折磨。他們各自分別與兩位女性發生痛苦的情緣，但最後都全然辜負了她們的一番心意。米希金王子最後變成白癡，因為隨著納斯塔西亞之死，他認識到基督之愛對於這個貪婪淫蕩的世界毫無效用。而當寶玉由癡呆恢復正常後，他也同樣了悟到愛情的徹底幻滅。但不同的是，寶玉最後遺棄紅塵，採取了出家人對於世情的冷漠。

《紅樓夢》很早便有王際真以及德文版翻譯過來的英譯節本，後來更有眾口交譽霍克思（David Hawkes）主譯的全本，但據我在美國教授這本小說多年的經驗，一般西方讀者對《紅樓夢》的反應，崇敬有餘，熱烈不足，反而不如對《西遊記》、《金瓶梅》直截了當。當然，西方讀者要跨入《紅樓夢》的世界的確有許多文化上的阻隔，但我發覺西方讀者的一大困惑在於如何去理解賈寶玉這個「無故尋愁覓恨，有時似傻如狂」的奇特人物，用西方標準，很難替這位「癡公子」定位。夏先生以陀思妥耶夫斯基小說《白癡》中的主角米希金王子與賈寶玉互相觀照，便使寶玉這個人物，從宗教文化比較的視野上，呈現出一個較為容易辨識的輪廓。陀氏撰寫《白癡》，設想米希金王子這個角色時，一度曾稱其為「基督王子」，可見陀氏本來就打算把米希金寫成基督式的人物。雖然後來米希金變成了一個白癡的「病基督」，無法救世，但米希金滿懷悲憫，企圖救贖苦難中人的愛心，這種情懷則完全是基督式的。王國維在《人間詞話》裡讚美李後主的詞「以血書者」，而且認為後主「儼有釋迦基督擔荷人類罪惡之意」。我覺得用王國維這句評語來評曹雪芹的《紅樓夢》尤其是賈寶玉這個人物，可能更加恰當。寶玉憐憫眾生，大慈大悲，一片佛心。如果米希金是陀思妥耶夫斯基筆下基督式的人物，那麼曹雪芹有意無意也把賈寶玉塑造成釋迦式的人物了。事實上寶玉與悉達多太子的身世便有許多相似之處，生長在富貴之家，享盡世間榮華，而終於勘破人世生老病死苦，最後出家悟道成佛。從宗教寓言的比較角度來詮釋賈寶玉，恐怕西方讀者對這個中國「白癡」容易接受得多。在基督教文化熏陶下，產生了陀思妥耶夫斯基的偉大作品，而佛教文化則孕育出曹雪芹的《紅樓夢》這塊光芒萬丈的瑰寶來。

夏志清先生這部《中國古典小說》與我個人有一段特殊的文學因緣，這本書曾經使我受益良多。遠在六十年代中期，我正常為《現代文學》籌稿源所苦，論文方面，《現代文學》多刊登翻譯的西方文學評論，而論評中國文學有分量的文章十分缺乏。我們很興奮在一九六五年第二十六期上，首次刊出夏先生那篇《〈水滸傳〉的再評價》，這篇論文是他《中國古典小說》中論《水滸傳》那一章的前身，由何欣先生翻譯，何先生在譯之前有這樣一段引言：

> 我國旅美學人夏志清教授近年來對中國新舊小說的研究，早已贏得中外學者的欽敬。他的論文經常發表在國外的權威刊物上，他的《現代中國小說史》（*A History of Modern Chinese Fiction*）早已為士林所推崇。我覺得他的論著實在有介紹給我國讀者的必要，從他的論著中，我們可以看到研究中國文學的途徑，我們不能只在「考證」的圈子裡轉來轉去。

何先生這一段話，很能代表我們最初接觸夏先生研究中國古典小說論著感受到的啟發。接著《現代文學》第二十七期又刊出夏先生的《〈紅樓夢〉裡的愛與憐憫》，這篇論文後來擴大成為他書中論《紅樓夢》的一章。那時我已知道夏先生在計劃撰寫《中國古典小說》這本書，等他書剛完成正在付印，我就請他將樣稿先寄給我閱讀，因此我可能是最早看到這本書的讀者之一。一來我希望先睹為快，二來我也希望將此書各章盡快請人譯成中文在《現代文學》發表。我記得那大概是一九六八年的初春，我接到夏先生寄來厚厚一沓樣稿，我花了兩三天時間不分晝夜，一口氣看完，看文學批評論著，我還很少感到那樣興奮過。書上所論的六部小說，本來早已耳熟能詳，許多地方視為當然，可是閱讀《中國古典小說》，卻好像頓感眼前一亮，發覺原來園中還有那麼多奇花異草，平時都忽略了，那種意外的驚喜，是令人難忘的閱讀經驗。

除了《三國演義》那一章是請莊信正譯出刊在《現代文學》第三十八期（西元一九六九）外，其餘各章仍由何欣先生翻譯，刊登《現代文學》的有五章：〈緒論〉（第三十七期，一九六九），〈水滸傳〉（第四十三期，一九七一），〈西遊記〉（第四十五期，一九七一），〈紅樓夢〉（第五十期，一九七三）。何先生本來把〈金瓶梅〉及〈儒林外史〉也譯出來了，〈金瓶梅〉打算刊在第五十二期，但是當時《現代文學》財源已盡，暫時停刊，所以〈金瓶梅〉、〈儒林外史〉這兩章中譯始終未在臺灣的刊物上出現過。但夏先生這些論中國傳統小說的文章，對當時臺灣學界，已經起了示範作用。那時臺灣的大學中文系課程還相當保守，小說研究不是主課，教授的人很少。台大中文系柯慶明教授曾經擔任《現代文學》後期的主編，他那時還在台大當助教，由他一手策劃，在《現代文學》第四十四、四十五兩期上，登出了「中國古典小說研究專輯」，撰稿者多為台大及輔仁中文系師生，兩期上論文共二十四篇，包括由先秦到明清的文言白話小說，夏先生的〈西遊記〉也在裡面。這是破天荒頭一次，臺灣大學的中文系如此重視小說研究。整個專輯的大方向皆以文學批評為主，脫離了考據範圍，這些論文的基本精神，是與夏先生論中國古典小說相吻合的，可以說，夏先生的小說論著，在臺灣當了開路先鋒。

《中國古典小說》的中譯雖然未能完全登載，我本人卻一直有心將夏先生這些中譯論文結集成書出版，後來因為我自己創辦晨鐘出版社，便自告奮勇徵得夏先生同意，打算由「晨鐘」出版這部書。因為夏先生出書謹慎，出版中譯本須得自己仔細校對，時間上便拖延下來，一直到「晨鐘」因經營不善而停業，這本書仍未能付梓，這件事，我一直耿耿於懷，有愧於心。欣聞這部書即將由聯合文學出版社付印出版，其實這部長久為西方學者推重的小說論著早就該與港台的讀者見面了，延誤了這些年，實在可惜。經過三十年時間的研磨，重新細讀夏志清先生這部研究中國古典小說的經典之作，更感到當初夏先生確立的研究方向之可貴，他的許多真知灼見，迄今啟人深思。

前言

夏志清

這本《中國古典小說》是為了下列幾種讀者而寫的：研究中國文學的專家學者，非專家而有機會在教室裡討論這些作品的教員和學生，對西洋文學及比較文學有興趣而想擴充小說知識範圍的讀者，以及只為好奇心驅使的一般人。因此我雖為未入門的讀者提供了有關每部小說的演進和編寫的扼要資料，主要對此六部小說及其文學類型之藝術與意義，做了批評性的探究，以供中國小說專家與西洋文學的讀者參考。採取這種批評研究時，我當然知道在這方面最受尊敬的專家所關懷的一直是考證學。但我以為我們顯然不能無限期地忽視中國古典小說的評鑑，而坐待一切有關其著作及出版的難題獲得解決。有關作者及版本問題，同樣困擾著現代研究英國伊麗莎白時代戲劇的學者，但這種障礙並不能阻止他們之中最有批評頭腦的人增加我們對此類戲劇之文學性了解。

這部書的主要部分在中國大陸於一九六六年夏發動的所謂「無產階級文化革命」之前完成。一直作為我國經典著作的六部小說被中共斥為封建餘孽。但我不認為我要改變我關於共產黨對傳統中國小說的態度是正面的看法，因為這早期的看法今天雖為官方否定，但仍說明大陸上默然無語的學者仍關懷我們這個民族的文學遺產。

除了《儒林外史》外，書中節引的小說原文大部分是我自己譯的，因為現有的英文譯本，不是漏譯了，就是譯得不如人意。那些比較長的片段，我譯得尤其用心，希望它們能像安諾德式的試金石（Arnoldian touchstones），可供不會念小說原文的讀者仔細推敲。除供我批評討論一時之用外，其中的好多段落各具內在的文學趣味，值得進一步的探討。

紐約卡內基公司資助哥倫比亞大學東方學研究委員會，使我能從事這本書的寫作。狄百瑞（Wm. Theodore de Bary）教授和夫人在完稿時為我過目，我深深感激他們對我的計劃感興趣並給予我不斷的鼓勵。在譯《金瓶梅》節引的文章時，我深受澳洲國立大學（Australian National University）柳存仁教授的教益，當然譯文如尚有不妥處，應完全由我負責。我也向伯克利加州大學（the University of California at Berkeley）的莊信正博士致謝，他一再為我安排借閱加州大學及胡佛研究所（Hoover Institution）裡可以借到的書籍。

第三及第七兩章中有一部分曾以論文形式在學術期刊上發表，不過措辭稍有不同。在一九六二年第十一號的《比較及世界文學年鑑》（*Yearbook of Comparative and General*

Literature, No. 11, 1962）上的是《從比較法研究〈水滸〉》（“Comparative Approaches to Water Margin”），在韋恩州立大學出版社一九六三年第五卷第三期的批評季刊（Criticism, No. 3, Wayne State University Press, 1963）上發表時則為《〈紅樓夢〉中的愛與同情》（“*Love and Compassion in 'Dream of the Red Chamber'* ”）。我要向這些雜誌的編輯及韋恩州立大學出版社的社長致謝，因為他們允許我把這兩篇論文編入現在這本書中。第四章是我在一九六四年三月於亞洲研究學會（Association for Asian Studies）年會上提出的一篇論文發展而成的。這篇論文，和由我已故的哥哥夏濟安在同時提出的一篇姐妹作，都蒙接受，以《兩部明代小說：〈西遊記〉及〈西遊補〉的新看法》（“*New Perspectives on Two Ming Novels: His-yu Chi and His-yu Pu*”）為題，收入《文林：中國人文學論文集》（*Wen-lin: Studies in the Chinese Humanities*, University of Wisconsin Press, 1968）中。我特別感激該書的編者周策縱教授讓我引用並改編此即將問世的論文中若干部分。附錄原來以〈中國舊白話短篇小說裡的社會與自我〉（“ '*To What Fyn Lyve I Thus?'—Society and Self in the Chinese Short Story*”）為題，在一九六二年第二十四卷第三期夏季號的《墾吟季刊》（The Kenyon Review, XXIV, No. 3, Summer, 1962）上發表。感謝編者允許我以現在修改的形式把這篇論文重印。

題獻頁上，有我敬愛的哥哥夏濟安的名字。他在世時我們手足之間的深情，和一九六五年二月二十三日他去世後我感到的孤獨，都不是這區區追念的姿態所能表其萬一的。

第一章　緒論

研究中國傳統小說的專家學者，若有機會接觸過西洋小說，早晚會發現，組成中國傳統小說的著作大多粗疏蕪雜。當然，也有顯著的例外。值得注意的是，這些個別優秀的例子，雖然在類型上同屬章回小說這個體裁，但卻一一具備了各種教人另眼相看的特色，值得一讀再讀。就拿《紅樓夢》來說，我們相信這樣一部經典小說應會得到即便是最苛求的讀者的贊賞。為了相同的理由，大多數有鑑賞力的讀者也會把《三國演義》、《水滸傳》、《西遊記》、《金瓶梅》和《儒林外史》這五部作品視為中國傳統小說的經典。雖然這六部作品不能全數視為巔峰之作；但我相信，即使我們不把現代作品算在內，中國傳統小說裡還有幾部書，雖然其優點尚未得到批評家的賞識，卻在藝術的成就上可能比這六本小說中較弱的作品更為出色。但毋庸置疑的是，這六本小說是此種文學類型在歷史上最重要的里程碑：每部作品在各自的時代開拓了新境界，為中國小說擴充了新趣味的疆域，且深深影響了後來的發展途徑。直到今天，這六部作品仍深為中國人所喜愛。在有人把中國小說從發軔時期到清末作全部重新評價以前，我們將批評的焦點放在這六部書上，認為足以代表中國小說的特色與多樣性，諒不致離題太遠。

從過去四十年來學術界在這幾本書上所花的工夫看來，這六本小說正是中國小說的「傳統」。中國學者以外，也有西方漢學家對這六本書的作者生平和版本問題一絲不苟地去追本溯源。[1]在大陸，雖然對《金瓶梅》的色情成分與新資本主義的立場一直採取保留態度，[2]但此六部書仍一致公認是體認中國人民創造天才表現的作品，不論從什麼角度看，都稱得上是經典名著。傳統小說的新命名，「中國古典小說」，明確地顯示了態度的改變。不久以前，這些小說還被蔑稱為「舊小說」，有意地強調它同受西方影響創作的「新小說」間的區別。不然就是較客觀地稱之為「章回小說」，但這名稱尚帶點不屑的味道，暗示傳統的寫作方法是把故事分成許多回，不顧回與回之間可否成為敘述單元。今天看來，此實不足為法。雖然新文化運動的領袖們擁護白話小說來支持他們的文學革命，但是他們骨子裡又是受過西方文學洗禮的學者，所以對這類文學總多少有些格格不入之感。

在西洋影響下，對中國小說的評價終於不可避免地進入了一個新紀元。到清末，開明的學者及報界人士已密切地注意到通俗文學，尤其是小說對社會的影響力。[3]他們認為，假如傳統小說對中國人面臨現代世界的困惑要負部分責任，那麼應以能激發愛國心、傳播新觀念和具有教育意義的通俗作品取而代之。梁啟超是倡導新小說之先驅，寫了不少西洋愛國志士可歌可泣的傳記，當時影響甚大。其他關懷國事的作家則日漸以小說的形式作為批評社會及政府的工具。[4]當然，一旦他們領悟到小說就是一種社會力量時，大家也開始認識到，從前的小說家沒有能恪盡教導人民的責任。

在五四運動時期成長的作家中，對傳統小說不滿的情緒仍繼續存在，雖然他們為白話文說話時不得不引用這幾本傑出的傳統小說作例子，容易給人錯覺，以為傳統小說是值得驕人的民族文學遺產。對《水滸傳》和《紅樓夢》之類作品推崇備至的是白話文學的倡導人胡適。依他看，它們的作者應同但丁、喬叟和馬丁・路德並列為民族白話文學的鼻祖，而他們的語言對新作家的白話文應有催生的作用。[5]在這個說法成立後，年輕作家也全部採用白話寫作，傳統小說的身價也跟著水漲船高。胡適整理國故，最受歡迎的兩項工作即是把幾部小說加上新式標點。難得的是書前總附有胡適的長序，詳細交代作者生平、成書經過，以及胡適本人對這些小說價值的大略評估。[6]

儘管這些作品身價抬高了，但文學革命期間，一般人都覺得傳統小說的語言雖然用了白話，但在藝術及思想方面卻微不足道。[7]周作人在他那篇影響至深的論文《人的文學》（西元一九一九）裡列舉了十種「非人」文學的例子。值得注意的是，這些例子都可在通俗小說和戲曲中而不是在古典詩文裡找到。[8]儘管胡適對中國小說有研究的熱忱，也看出它在藝術上的粗俗，但他似乎不太在乎書中的「封建」意識。在他為這些小說寫的序文以及泛論白話文學的文章裡，我們可以找到不少可看作他對此文類批評態度的旁白。[9]因為他在那些序文及論文中的口氣通常是肯定的，這些旁白在後來被中共的批評家翻出來作為胡適崇洋並詆毀中國文學的明確罪證之前，一直都不為人注意。[10]但假如胡適因此受到譴責，則活躍於五四運動後那一輩比較認真的學者與作家都應受譴責了。他們年輕時可以說像胡適一樣極喜愛中國的傳統小說，但一旦接觸西洋小說後，不得不承認（假如不是公開，至少也是暗地裡）西洋小說態度嚴肅與技巧高超。在一九三七年中日戰爭爆發以前，最有才氣的新小說作家與研究傳統小說最熱心的學者之間（雖然這兩種人應該遠比新文化運動初期帶有反傳統成見的鬥士們較為客觀），很少有人站出來為舊小說的優點說話。鄭振鐸是知名白話文學史家，有搜集舊小說珍本的癖好，但他也不時忍不住承認對這些作品的厭惡：

在離今六七年的時候，我也曾發願要寫作一部中國小說提要，並在上海《鑑賞週刊》上連續地刊布二十幾部小說的提要。但連寫了五六個星期之後，便覺得有些頭痛，寫不下去。那些無窮盡的淺薄無聊的小說，實在使我不能感興趣，便擱下來一直到現在。[11]

那時其他研究中國小說的嚴謹學者也有這種不耐煩的感覺。[12]

現代中國小說家們也是如此。直到抗戰爆發，當中國的作家採用較舊的小說體裁來製造愛國宣傳品，當少數嚴肅的作者開始發掘舊小說本身的資源之前，小說家在年少時雖都曾讀過舊小說，卻很少自覺到他們受舊小說之影響。他們反而向西洋小說追求新意和靈感。在主要小說家之中，茅盾就始終看不起舊小說，並宣稱舊小說對他個人一點用處都沒有。他甚至認為《水滸傳》和《紅樓夢》的描述技巧太簡陋，不值得現代人模仿。[13] 有趣的是，《紅樓夢》和《儒林外史》對二三十年代寫成的言情及諷刺小說的影響雖然顯而易見，而且也顯而易見地表現在他們的作品裡，但他們卻偏偏要否認。

儘管照慣例來說，偉大的作品通常被看作是例外（包括本書討論的六部），但當年在中共地區以外的現代學者和作家卻都普遍認為傳統小說作為一個整體是非常令人失望的。這種感覺，起先是跟他們共有的那種民族羞恥感分不開的，但沒多久這種感覺便發展為一種真誠的自省，認識到中國舊小說跟西洋小說在藝術上相比遠遠落在人家之後。最終通過堅持舊小說的民族重要性來否定現代觀念對舊小說的看法的是共產黨人。毛澤東利用戰時愛國熱情和民間娛樂的宣傳潛力，於一九三九年一面肯定了文學與藝術的「民族形式」，一面號召作家和藝術家充分利用這些形式。[14] 傳統通俗文學這時不僅跟西方批判現實主義傳統對立，也同時跟西方批判現實主義傳統培植出來的當代中國作品壁壘分明起來。之所以如此，乃是因為對通俗文學的重新肯定雖與新的富有戰鬥性的民族主義並無自相矛盾之處，但畢竟意味著這種肯定只有通過主動拋棄西方的影響才能做到。結果，在這種有意識地愚化人民的宣傳大前提下，這個時期產生的創作小說和其他文學類型的作品的質素大大下降。我們甚至懷疑，沿著一些可以猜想到的思想批判路線對某些古典小說作「等因奉此」式的贊揚是否可以增加我們對這些作品的理解。[15]

不管大陸流行怎樣的批評風尚，儘管中國小說有許多只有透過歷史才能充分了解的特色，我以為除非把它與西洋小說相比，否則我們便無法給予中國小說完全公正的評價。（除了像《源氏物語》等孤立的傑作，一切非西洋傳統的小說，在中國的相形之下都微不足道，而在西洋小說的衝擊之下，非西方國家的現代小說也都採取了新方向。）小說的現代讀者是在福樓拜與亨利．詹姆斯的實踐與理論中成長的：他預期一個一貫的觀點，一個具匠心的創造者構想計劃出的統一的人生觀，一種獨特的風格，完全與作者對其題材的情感態度相稱。他極厭惡赤裸裸的說教文字，作者插科打諢的閒話，雜亂無章堆積式的敘事結構以及讓他分心的其他各種笨拙的表現。但話說回來，即使在歐洲，把寫小說認真地當作一種藝術也是近代的發展，我們因此也不能期望始於小市民說唱文學的中國白話小說能迎合現代高格調的鑑賞口味。

雖然從某種意義而言，說書的藝術在先秦諸子的文章中即已出現，但最先利用專業說書人教化俗眾的卻是隋唐期間的僧侶。他們的故事，有的用韻文講，有的則散韻相間，六十多年前在敦煌石窟中發現了很多篇。由阿瑟．魏理（Arthur Waley）編譯的《敦煌變文集》（*Ballads and Stories from Tun-huang*）的選本，收錄了聖僧的傳說，以中國為背景但可明顯地看出受波斯、阿拉伯及印度民間傳說影響的神怪故事，以及虞舜、孔子、伍子胥、光武帝等深得人民愛戴的人物的極為小說化的記載。[16]後面這兩類故事有許多並無明顯的佛教宣傳色彩，而且甚至在重述佛教傳說時也強調中國的傳統倫理精神。因此聖僧目連在奮勇拯救不敬神的母親餓鬼時，就成為一個典型孝子。

由於敘述中國白話小說興起的英文著作已經有好幾部，[17]我不打算在這裡重複，而寧願把篇幅放在討論一些與中國小說的批評了解極有關係的重要史實。唐代文獻最先提及在京城長安的專業說書人。這些說書人的專業化可能是僧侶講故事極受民眾歡迎後的必然結果，但他們的興起同時也刺激了「傳奇」小說的生長。[18]（我不打算在這裡討論傳奇在唐代興起的其他歷史背景。[19]）宋初，政府不准僧侶在大庭廣眾下講故事。由於他們的對手歇了業，難怪說書人，根據當時的紀錄，於北宋末年在京城汴梁盛極一時，而且中原陷於金人後，在南宋的新都臨安（杭州）興旺如昔。在數種說書人中，每一種又組成一個同業工會（分煙粉、靈怪、傳奇、說公案諸類），以擅長小說者最受歡迎，雖然講史的，尤其那些專門說三國、五代史的，也很吸引聽眾。[20]好幾部在南宋與元代初版的簡略朝代史，世稱「平話」，顯然是根據講史者的底本寫成的，雖然後來發展成長篇小說時常是作家獨力完成，不一定是依賴這些底本的。十七世紀初，明代有位雄心萬丈的作者兼出版家馮夢龍，刻了三部每部各有四十篇的「小說」集（《古今小說》，亦名《喻世明言》、《警世通言》與《醒世恆言》，合稱「三言」），似乎足以代表明代短篇小說講述者的腳本之豐富與題材之廣泛。雖然這類小說（又稱話本）現存最早的刻本及流傳下來搜羅最廣的書目（《清平山堂話本》、《寶文堂書目》），最早的不超過十六世紀中葉，但有許多篇顯然可以推溯到宋代。[21]

這些確係宋人所作的話本給我們一個清晰的概念，知道一篇小說由一位職業說書人開講時所用的形式與修辭的特色，但我沒有信心用這些明代刻本作為批評說書人個人藝術的根據。因為即使寫得像《崔待詔生死冤家》（又稱《碾玉觀音》）[22]那樣的好故事——前有一個長長的引子（當時稱為「得勝頭迴」），中間標明說書人停下來向聽眾討賞，或是在懸宕的段落賣乖，教他們第二天再來聽「下回分解」——敘述崔待詔夫婦本身故事的骨架似乎太簡短了，未能充分凸顯說書人的說話才能。在南宋時已經有幾本記述汴杭風物的書籍提到好幾個說書人的名字，這些賣藝人一定有本事把底本活化，再加上些滑稽怪趣、觸景生情的穿插，而使他們與聽眾水乳交融。我們將今比昔，可以推想到一個依底本直說的藝人是不會受到聽眾歡迎的。在民國時代，一個蘇州派的說書人，不論他精於評話也好、彈詞也罷，頂多跟師傅學得兩三個故事，而且有很多人僅以一個故事聞名，不過在茶館一場講一點，要講好幾個月，甚至超過一年才講得完。在這種不厭其詳的縷縷細說裡，故事的情節幾乎變得無關重要；說書人賣藝時隨意抽取故事中一個人物或情節來扮演和評說。[23]揚州派第一評話藝術專家王少堂口述的武松故事刊印成書保存下來：全書共一千一百頁，超過八十萬字。[24]和他相比，《水滸傳》裡的武松故事似乎是簡短了一些，雖然書內再沒有別的好漢像他一樣佔據了十回的篇幅。而王少堂書裡所錄的是實際的故事，要是加插了與故事無關的旁白和離題話，該書不知道又要增加多少篇幅。

宋代的杭州說書人，要用日後在蘇州或揚州的後裔同樣刻意經營的技巧來演繹一則故事，是不大可能的。但我們可以肯定地說，在粗淺的底本與一位著名說書人實際的演繹之間一定有強烈的差異。這個差異，在馮夢龍在「三言」保存下來的幾篇最長最好的小說顯得最小，如《賣油郎獨占花魁》、《蔣興哥重會珍珠衫》。[25]但這些集子的刊行，似乎是標識著口述故事對白話短篇小說發展之影響的告終，因為後來同類作品的編纂，全出自刻意仿效馮夢龍的文人學士之手，沒有從他們同時的職業說書人那裡得到什麼裨益。從另一方面說，後來變成著名的長篇小說的最早的話本底本，顯得最不忠於說書人的風格，儘管那些平話採用了它的敘事模式和思想法則這個前提。早在晚唐時代，我們可從李商隱在下面這聯子寫他五歲的兒子愛取笑客人的詩猜想到，三國這套故事的流行了：

或謔張飛胡，

或笑鄧艾吃。[26]

張飛在《三國志平話》中的角色吃重，那位笨拙的編者也一直以描述這位急性子的將軍有勇無謀的事蹟為樂，卻沒有利用他皮膚的黝黑或其他面部特征作為取笑的材料。鄧艾是征服蜀漢的兩員魏將之一，但在平話本中僅是一個沒有個性的次要角色。在比《平話》篇幅長得多的坊間通行本《三國志演義》裡，編者毛宗崗第一次提到鄧艾的名字時就補充了他口吃的史料。新投誠的魏將夏侯霸告訴蜀帥姜維：「艾為人口吃，每奏事必稱『艾艾』。〔司馬〕懿戲謂曰：『卿稱艾艾，當有幾艾？』艾應聲曰，『「鳳兮，鳳兮！」故是一鳳。』」[27]但在此後的敘述中，毛宗崗僅依照羅貫中的原本，用一種簡潔的文體把鄧艾的話記錄下來，未表示任何口吃之象。假如李商隱那聯詩能夠證明我們的推論是對的，即晚唐講史的人已經精於惟妙惟肖地扮演幾個角色，以至兒童也以模倣這些角色為樂，那麼從對比可以看出宋元這些底本的編者尚未把這視覺和聽覺的高度喜劇懸為鵠的。我們若知道了古典文學傳統沒有口述文學的特徵，就不難了解，明代歷史小說的編纂者雖然更有學問、更有文才，但在生動寫實場面上也不可能比得上說書人。

白話短篇小說直接來自說話的傳統，而白話長篇小說則更進一步與纂史的傳統密不可分。纂史傳統影響甚巨，因而許多明代的歷史小說可以看作是有意反抗說話傳統而寫的作品。這一點我將於下章交代。如果說書人的故事和深度能夠直接打動聽眾，那麼他們一定同時是恪守因果報應觀念來解釋歷史與傳說的世俗傳道人。這個觀念我將在本章後節再補充；現在先要指出的是它鼓勵說書人賞善罰惡的傾向，假如不在今生，那麼準會在來生。為了抗拒改正歷史不公這種愚昧的衝動，較好的歷史小說編纂者都更願信奉史官，同他們一樣對歷史持儒家的看法，認為歷史是一種治亂交替週期性的更迭，是一部偉人們與變亂、人慾等不時猖獗的惡勢力作殊死鬥爭的紀錄。他們顯得遠比說書人尊重事實，所以他們雖然缺乏說書人敘事的生動多姿，卻不太為嚴格的道德觀念所局限，因而更能表現歷史現實的複雜感。在本書討論的小說中，只有《三國志演義》聲言以較淺近的文言敘述正史為目的，因是一部「演義」小說的例子。然而我們應當記得，在長篇小說的形成階段，演義體的史實重述顯然是風光的，因而其他類型的小說也跟風託名為歷史。由此可見，歷史家們僅次於說書人，為中國長篇小說的創造提供了最重要的文學背景。一般說來，小說家在自己的技術成熟前多會從各朝代的歷史取材，一來宮廷故事和人物用之不竭，二來這些人物與故事的真實性，即使在平淡無奇的敘述裡，也會浮現出來。

因為明代小說繼承了說書人和史官的傳統，它用的語言可稱為白話，只要我們記住這是一種囊括了不同形式的文體和辭藻的語言。在五四時期一般人都相信中國文學從元代戲劇和明人小說即進入白話階段，因為古文不足以表現這些來自低層社會而較為複雜的文體——這種觀念在當時可以用來作為贊成寫作時採用白話的異常有力的歷史證據。但實際上元代戲劇與明人小說都使用一種通俗的語言，其中的文言成語仍是一個重要的成分。雖然元劇的對白大都用白話記錄下來，但唱的部分，雖然填了大量的口語詞彙，卻仍保留強烈的文言特色。研究元劇的人，如果不深諳唐宋的詩詞，則無法分辨無數借來的或加以改編的詞句。甚至在表白的文字裡面，元劇的作家會毫不猶豫地套用文言的陳詞濫調，諸如描寫氣候或風景等。看來他是觀看大眾能接受多少古典文學他就容納多少，而不是特別設計一套刪除了所有典故的普通話。劇作者只有在描寫下層社會凡夫俗子的語言時，才會刻意地使用生動流暢的口語。此中原因，一方面是因為要這些扮演滑稽角色、身份低微的老粗文縐縐地說起話來不大恰當。但是到了明代，語言平民化的潮流在戲劇方面實際上倒流了過來：由於南曲（明傳奇）是文人學者創造出來的一種文學類型，效果遠比北曲（元雜劇）優雅。

小說的文字也多少反映出古典傳統的氣派和威勢。且不說有意和說話傳統對抗的《三國志演義》和《東周列國志》[28]是用淺近文言寫成，甚至好些根據說書人的話本寫的短篇和長篇小說，因為收入了大量詩詞和套語，也因此流露出一種陳俗的優雅。宋代說書人所用的語言已經裝了過多從詩詞歌賦和駢文等名家名篇採擷來的慣用片語，所以他們（元明的說書人亦然）用現成的文言成語，實遠較自鑄一種能精確描繪實際風景或人物的白話散文要容易得多。我們幾乎可以說，在「三言」故事裡出現的幾十位俊男美女中，差不多沒有一張面孔的輪廓是可以清楚揣摩出來的。這是因為說書人描寫他們的面目往往是一連串的陳詞濫調。用各式詩文描繪人物情景時，明代的小說家在技巧和雄心方面當然各有千秋：有的像《三國志演義》作者避免雕琢堆砌，也有的像《西遊記》的作者那樣喜歡鋪排渲染異國風光。但是段落長的寫人或狀物文字總有用典多的古文語彙以及結構整齊的特色，使人聯想到詩詞或駢文。如果我們依靠本書討論的六本小說給我們一個中國小說演進的概念，則我們要等到乾隆年間（1736-1795）在《儒林外史》和《紅樓夢》中才能看到用白話寫成的漂亮散文。

在十八世紀以前，小說家僅在他們的角色說話時重用白話。讀書人說話時雖然仍文質彬彬，但新風氣早已教張飛、李逵輩的草莽英雄[29]及一般低層社會的人物使用白話。這傳統先在《水滸傳》開花結果，而於《紅樓夢》中登峰造極。《紅樓夢》的主要角色幾乎都先通過他們的對話引起讀者的注意，他們各有自己的口吻和說話方式。這部書將角色的心理狀態用白話很傳神地表現出來，獲得空前成功。《金瓶梅》的女主角潘金蓮平日說話口沒遮攔、俗不可耐，但當作者描述她的心理狀況時，總會馬上轉用通俗歌謠的文字，讓她顯露出裝腔作勢的慵悃、嬌嗔，或沮喪之情態。

因為明代小說家通常把詩意的文字保留在描寫的場合使用，敘事的散文看來就顯得刻板平實了。除了出現在對話，日常發生的事情的先後次序也是平鋪直敘的。相對而言，清代的主要小說家敘述的技巧則略高一籌。在《儒林外史》中我們看到的景物，實際上有不少是透過某位特殊的角色觀察出來的：馬純上遊西湖時，作者只把引起他注意的有趣事物描繪出來。[30]大體而言，明清小說家不大注意人物的情緒與氣氛，所以敘述、對話和描繪鮮能構成一個有機體。要介紹一個新場面，小說家可能相當刻意地描寫那個地方，但在此後的敘述中，描寫的細節很少會再提到，所以在那場面裡的人物各忙各的，實際上跟他們的背景沒有什麼關係。這些角色可能一起談話，但作者報告他們的對話時，僅僅給我們一些最簡單的舞台說明，換句話說，在這些角色交談時，我們看不見他們。一種近乎是論說式的敘述，即使常常加入描寫和對話，也不難看出小說家缺乏駕馭一個場面的能力和發揮這場面潛在的戲劇本質的野心。

除了像《三國志演義》這類作品，傳統小說平淡無奇的敘事風格是否有意反映史家的影響，是很難說的，因為史家的文體通常是更為洗練的。但在稱讚個別的小說家時，傳統的評註家習慣稱讚他們簡潔的文體，同時亦特別提到他們的教化用心。這又是一個使人聯想到的史家特點。作為登峰造極的古代敘事散文，《史記》常常用來作為衡量小說優劣的標準。甚至《紅樓夢》，一部很少使人想起正史的作品，也被拿來與《史記》相提並論。

[31]有趣的是，當中國第一位西洋小說翻譯家林紓想告訴讀者有狄更斯多偉大時，他就把狄更斯比作司馬遷，[32]一如十七世紀批評家金聖歎為了提高《水滸傳》在中國文學之身價，竟把《水滸》和《史記》並列。[33]一切文學評價都含有比較之意：在中國批評家們熟悉西洋小說，知道其崇高的文學地位之前，對他們而言，在記述文中，唯有地位尊崇的傳統史籍可用來抬高小說的身價。跟金聖歎和晚明的李贄等這些直性子的小說護法者比起來，[34]他們同代的小說家們似乎對他們的本領太謙虛或對這門藝術太缺乏自信而沒有站出來說話：他們的作品不署真名（因此明人小說多是作者不詳）。這多多少少表示，他們對小說的駁雜形式是相當滿意的。他們無意另闢蹊徑，也不想捨棄小說在形式或風格上的特質。而這些特質顯然說明中國小說的現代定義，認為是與史詩、史實重述以及傳奇故事（the romance）有別的一種敘事形式，那麼我們可以說，中國小說在十八世紀的一部作品中才找到它的本體，而這部書恰巧也是中國小說登峰造極之作。雖然在形式和風格上仍是折衷的，但從它的注重人情世故，從它對置於實際社會背景前人物的心理描寫來看，《紅樓夢》在藝術上即使不領先同時期的西洋小說，也說得上是等量齊觀了。更早的《儒林外史》曾開風氣之先，但用嚴格的小說定義來衡量，此書在形式上只是一本短篇小說集，而不是一部長篇小說。

中國古典小說為期相當於中世紀後期至十九世紀一段漫長的歐洲文學史。但即使拿最好的幾部來判斷，它也與現代西洋小說不同，不僅因為它不像西方小說那麼注重小說的形式，更要緊的是因為它代表一種不同的小說觀念。一位現代讀者認為小說是杜撰，除非其真實性可賴作者以精密繁複的步驟來證明。在中國的明清兩代，或在西方文化與此相同的時期，作者與讀者對小說裡的事實都比對小說本身更感興趣。最簡略的故事，只要裡面的事實吸引人，讀者也願接受。難怪多少世紀以來，中國文人不斷編寫各類荒野奇譚，而讀者似乎覺得這種作品百看不厭。職業說書人一直沿襲慣例，把小說當作確有其事來處理：「三言」中沒有一則故事的重要人物沒有來歷，作者一定說出他們是何時何地人，力證其可靠性。這些角色大多數若非歷史或民間傳說中的知名人物，一定跟某個謀殺案或桃色案有關，雖然他們的故事在輾轉相傳的過程中必定改變了。講史的小說當然是作為通俗的歷史來書寫和閱讀。即使拿丁點兒史料為基礎的神怪故事也很可能被教育程度不高的讀者當作史實而非小說看待。所以當描寫家庭生活及諷刺性的小說興起時，那些顯然是子虛烏有的內容常引起讀者（以及身為讀書人的高明讀者）去猜測書中人物的真實身份，或推想這些作者的生活究竟發生了什麼變故而寫起小說來。前人對《金瓶梅》即作如是觀。《紅樓夢》亦然，一直被「索隱派」視為影射許多清代宮廷人物的寓言。[35]中國人浸淫於儒家經典既久，當然養成他們探求寓意的習慣。但更重要的是，他們不信任虛構的故事，表示他們相信小說不能僅當作藝術品存在：不論穿上什麼寓言的外衣，小說只合當作真情實事來看待，才有存在的價值，才負擔得起像史書一樣教化民眾的責任。

中國小說家為事實所迷，所以很少覺得需要把一段重要情節的潛在意義發揮得淋漓盡致。剛好相反，他把好幾十個角色擠在書裡，有的僅有名字，而在節外生枝又生枝，高潮後又再起高潮。雖然色情意向小說和才子佳人的言情故事通常都短得多，[36]其他類型的小說大都很長。我們的六部小說中，有五部是一百回或一百二十回的。甚至五十五回的《儒林外史》，以現代的標準來看，也是一部大書。但是不論長短，不拘雅俗，差不多所有的傳統小說，都在鬆散的故事結構中遵守說書人敘事的方式。講史的有個習慣，每天總在一個懸宕精彩的地方停頓下來，好教聽眾第二天再來聽下回分解。每一部中國小說都以這個方式分成章回，除了最後一回，每回都以類似「欲知後事如何，且聽下回分解」的公式作結。從晚明開始，已有在每回之前加一聯對句，作為該回內容撮要的習慣。雖然一回的篇幅有時連仔細地寫一件事也不夠，但小說家因為回目聯句的關係卻常把兩件事放進一回之中。就社會寫實和心理描寫的深度而言，《紅樓夢》是一部可和西洋最偉大的小說名著分庭抗禮的作品，但作者為了保留鬆散的敘事傳統，循例講述了許多次要的小故事。其實這些小故事不妨全部刪掉，把篇幅用在經營主要的情節上。

雖然我一再提起中國小說家沒有善用小說的藝術，但我無意認定故事的細節處理得越周詳，小說的藝術也越高：批評的首要任務仍以一則故事或一部小說對人的處境是否有些有趣或言之及義的話要說。像《舊約》、《左傳》和《史記》等古老的作品裡，記事雖然簡略，但因為記載的是真實的人物（真實的意思是說他們的動機和行為都完全可信），所幹的都是重要的事，這些事件聚集起來的道德分量，足可彌補生嫩的寫實主義手法和場景細節描寫之不足。《三國志演義》樸實地重述一段多彩多姿的中國歷史，內容也像上述諸書一樣充實，但是中國小說家一旦離開重述歷史的範疇而獨立時，就得面對怎樣在日常生活中給讀者提供能像歷史故事一樣吸引他們的寫實描述問題。《水滸傳》與《西遊記》的作者仍訴諸事實的權威，但是這時他們在沒有可靠的史料或不願利用史料的情況下，必須設法製造事實。他們的任務不僅在使我們對他們的故事感興趣，而且在使我們相信這些故事對人性的重要性。以這雙重的標準來看，我們可以說，《西遊記》詼諧的幻想捕捉到一種複雜的實在感，而《水滸傳》雖然以遒勁的寫實手法開始，終於為其機械而難以置信的情節所累，失去了敘述重大史實的意味。猶如一段有意義的史實一樣，一篇好的幻想故事總有一些與現世有關的重要的話要告訴我們。舉個例說，我們不用相信鬼神也能欣賞下面這則寫於東晉時代的小說的諷刺意味：

瑯琊秦巨伯，年六十。嘗夜行飲酒，道經蓬山廟。忽見其兩孫迎之，扶持百餘步，便捉伯頸著地，罵：

「老奴！汝某日捶我，我今當殺汝。」

伯思惟某時信捶此孫。伯乃佯死，乃置伯去。伯歸家，欲治兩孫。兩孫驚惋，叩頭言：「為子孫，寧可有此？恐是鬼魅。乞更試之。」伯意悟。數日，乃詐醉，行此廟間。復見兩孫來，扶持伯，伯乃急持，鬼動作不得。達家，乃是兩人也。伯著火炙之，腹背俱焦坼。出著庭中，夜皆亡去。伯恨不得殺之。後月餘，又佯酒醉夜行，懷刃以去，家不知也。極夜不還。其孫恐又為此鬼所困，乃俱往迎伯，伯竟刺殺之。37

這個老頭兒是個家教極嚴且以好人自居的人，因為太急於施懲罰，又被自己的權力感沖昏了頭，所以第二次又上了當。他的不能分辨真假，顯示出他的道德狀況。這兩個鬼欺弄他，因為他們知道，他對孫輩這麼兇，他們早晚會報復的。這是正常不過的事。這則故事可發展成一篇較長的短篇小說或劇本，深入地探討其喜劇兼悲劇的含義。這則故事的對白和敘述雖然簡短得無可再簡，但因為成熟具體地表現了道德問題，本身已十分令人滿意。

近年來，將西洋寫實主義的觀念應用在中國傳統小說的研究上已成時尚。每一篇小說，不論它所用的寫實方法是原始的或較成熟的，應當先用更廣泛的「真實」的觀念去考驗它。正因為老頭兒的故事捕捉到一個真實的問題，我覺得它似比許多較長的故事要優越，因為那些故事雖然描寫較詳盡，但其主題不是太陳腐，就是過於幼稚，不值得花氣力去寫。當然，一個故事或一部小說是否能包含複雜的真實，最後還要視作者的聰明才智，視他對人與社會的了解而定。但即使是最聰明的小說家，他對現實的描寫總不免受他文化傳統道德上及宗教上的假設所限制。他有自由從自己的傳統中選擇各種不同的因素來構成他自己的世界觀，但他不能完全揚棄那傳統。為了充分欣賞中國古典小說，我們必須接著討論作為它思想架構基礎的信仰和態度。

到元明兩代，儒釋道三教已久得政府的支持和一般人敬仰，所以沒有一種通俗文學不是憑借三教而能娛樂或教誨大眾的。小說自不例外。但中國和西方一樣，現代之前的小說家常通過暗中的同情，就像借公開的教訓姿態一樣，來表露自己的感受；他之不甚注重小說形式，一來顯示他不關心思想的統一，二來用以包容不同的價值觀。但西洋小說家僅面臨一種而非三種國教，所以在理論上比較不容易引起嚴重的衝突。在維多利亞時代結束之前，英國小說家通常都習慣自稱為基督徒，這讓他個人的信念較易適應一個仍為大家認同的信仰和道德的制度，相對而言是比較容易的事。明代小說家也能同樣體面地宣稱自己是儒教、佛教或道教的信徒，但他很少這樣做，因為除了甚少反映在小說中的新儒家陽明學外，[38]這三個學派正在式微。這三派的教義區別已經模糊不清，尤其是通俗佛教和道教，勸人為善的目標既雷同，儀式也涇渭不分。因此不論明代小說家私下的信仰是什麼，他總是不問底細地採納各家混合的教義。除了比較可靠的歷史小說多少反映儒家對正史的看法外，在思想的領域上，明代小說沒有像《天路歷程》（*The Pilgrim's Progress*）那樣一部純以宣揚教義為宗旨的小說。但如果作家能有個人的想像和視野，這種諸說混合主義在小說寫作上也可發生很好的作用。明清最佳的小說中，有幾部極能發人深省，正因其能混凝各種不同的立場於一種無法協調的張力中。

說書人和小說家固然有許多可標明為儒家、佛家或道家的共同信仰和態度，我們不妨先檢視一下兩個指導他們描寫現實但並不太與三教相吻合的大前提：其一是他們對人生醜美並存這回事完全接受；其二是他們對個人自我完成的希望雖然極表同情，但並非沒摻雜一種對其自我毀滅的傾向的恐懼。這種對生命與自我的雙重肯定，反映出說唱文學最初興起的粗野市井間充沛的活力，雖然這些歌台舞榭不見得不受某些偏愛浪漫的與英雄氣概的古典文學的影響。無可避免的是，說書人和小說家也就分外強調三教中與他們大前提一致的那幾面，結果儒教在某類型小說中竟顯要地以個人英雄主義的形式出現。

中國小說跟歐洲中古的聖徒傳一樣，相信生命蘊藏著無窮的奇蹟。在我們世俗眼裡，這些奇蹟，特別是描寫僅僅為了證明虔信釋道和力行孝悌忠信的神效時，顯得平淡無味。但是中國的說書人和小說家不僅對顯然神奇的東西感興趣，事實上他們對生命的一切都感興趣，包括那些假若我們遵守美國出版界數年前的協約就會覺得有傷風化的描寫。儘管表面看來是個衛道派，中國小說家值得注意的是他們不會像維多利亞時代的人那麼愛裝假道學。但是這種容忍原是萌芽於說書人與聽眾的低級文化，與其說是現代開明態度的一種面貌，倒不如說是面對淫邪、污穢、病痛一點也不會大驚小怪的興致。這些東西跟常常干預人事的鬼神一樣是生活的一部分，應該和那些比較體面的社交來往一樣有理由要求小說家注意。赫胥黎（Aldous Huxley）曾在「悲劇」（tragedy）與「整體真相」（the whole truth）兩種描寫現實的方式間作了一個極有用的區分。「為了寫一部悲劇，藝術家必須從人類整體經驗中孤立一個單獨的因素，而用那因素作他唯一的材料」，但「整體真相」的藝術家——赫胥黎舉荷馬為主要的例子——則照顧到那經驗的全部。[39]從這方面看，中國說書人和小說家對生命不分青紅皂白的迷戀，可視為一種對整個真相不自覺地關注起來的形式。至少沒有一部中國小說有意要首尾一貫的是悲劇的或喜劇的。《紅樓夢》以其詩意的敏感著稱，但也不逃避面對生活中情慾方面的事，而以極自然的態度從低級喜劇滑入純然的悲憫境界。這部小說是一個偉大的悲劇，正因其所見到的人生，下賤的、崇高的、獸性的和神聖的都一一包含在裡面。

中國小說家迷醉生命，因此他們幾乎都未能注意到現代西方文學常描寫的在自己的生活中那種虛無厭倦感。極端英勇的和極端歹毒的角色充斥在中國小說中，但這兩種人都在自己選擇的生活中活得有聲有色。在家庭小說中，我們當然常常遇見些幸福被剝奪的婦女。這些不幸的婦人的破壞性行為的確驚人，但卻沒有一位給自己下結論說生命無意義可言，而終於決定以玩世不恭的心情無聊地活下去。她們會為幸福而奮鬥；即使最後遁入空門，她們也不放棄希望終於在西方的極樂世界再生。儘管中國小說不乏兇悍淫蕩之徒，卻沒有構想出一位像卡繆的「異鄉人」一般的怪物，更不用說陀思妥耶夫斯基筆下跟一切價值斷絕關係的「地下人」（Underground Man）了。海明威小說有一位主角為現代西方幻滅和厭倦的病態說了一句極中肯的話：「諸如光榮、名譽、勇氣或神聖之類的抽象字眼，和村莊、河流等具體的名字，道路、軍團和日期等的數字相比之下，都成為猥褻的了。」[40]但即使在宣揚佛家禪理的中國小說裡，像光榮和名譽這些字眼仍保留著無可置疑的真實性，因為主角尋求的自我解脫，並不能抹殺其他角色對同樣值得讚美的世俗目標的追求。

選擇自己生活方式的英雄或歹徒是一個個人主義者。中國人可能一向固守孔子的中庸之道，是一個實事求是的民族，但中國小說講的是另一回事：表面上總是強調節制和謹慎，事實上小說中人在不顧一切地追求愛情、榮譽和歡樂時走的卻是趨於極端的路。甚至尋求無我——遁世而皈依釋道——本身即是一種有意對生命自我承擔的選擇。說書人喜歡講極端的好人好事和惡人惡行自然在很大的程度上反映了他們藝術的粗淺與聽眾的天真：假如把故事中聳人聽聞的成分除掉，就沒有什麼故事好講了。這種好作驚人語的習慣當然意味著對傳統中國文化較為優美的一面感覺甚為遲鈍。勇氣與毅力異乎常人的英雄，不用說是值得讚美的儒家行為的典範，但是儒家還有其他品德值得說書人稱讚的，例如「四書」

提到的內省功夫，就比談「匹夫之勇」的篇幅多得多。要是內省型的英雄能獲得應有的注意，中國小說早就可臻心理寫實主義的境界：一個能慎獨、習於反躬自問，防邪念於初萌的人物會更近於史蒂芬．狄達拉司（Stephen Dedalus）而不近於定型的儒家英雄。[41]

但如因忽視儒教對某些心理方面的觀察，中國的說書人和小說家沒有野心探求意識內部的世界，則他們描寫荒謬的儒家英雄又暗示與現代小說的另一種共通處。通俗小說中最常稱頌的儒家德行是忠孝節義。理想地說，這些美德的培養應當是一件互動互惠的事：諸如臣忠因為君主賢明，婦貞因為丈夫可靠體貼。但是在這些故事裡，有德行的人偏偏在無人欣賞時表現他的毅力：為臣的對昏君鞠躬盡瘁，而且常以身諫，冀他悔悟；做妻子的，即使丈夫是施虐狂，也始終不渝，而且在他死後為他守寡，以便撫養孤兒傳宗接代。這種行為，今天雖常被視為盲從「封建思想」，實際上卻說明，中國式的荒謬英雄乃是一個為某種理想可以奮不顧身以維持其個人尊嚴的人。

雖然在孔教的基本人倫關係中，沒有結婚的戀人為社會所不容，但是我們仍有理由假定甚至在古老的中國，在愛情中找到最深的情感滿足的人，一定遠比在事君事親中得到同樣滿足的人要多。在未得禮教的許可下為戀人們說話，說書人和小說家因此轉向由詩、詞、曲和傳奇小說構成的浪漫感傷主義的傳統求助——此傳統雖頗典雅，卻無法掩飾其與通俗文學的重大關係。[42]（大家通常都知道詞曲與某些類型的詩源自民歌，因此含有正統的儒家作品所未能充分表達的人類共同情緒。前面我曾提及唐人傳奇是在通俗說話刺激下成長的這個事實。）通俗小說不僅借用古典文學裡的典故和描寫的詞彙，採用了古典文學對浪漫情緒的關切，同時也加強了對本能自我的同情。尤有進者，到了明末，有幾位深受白話文學影響的個人主義思想家，其聲望為色情文學書商利用，所以我們在那個時期的小說中發現強烈的色慾書寫，而以《金瓶梅》及同類作品最為顯著。[43]但不論是急於供應讀者對淫書需求的書商，或暗助那種趨勢的文人，都無法把肉慾扶正，使它像三教的主要觀念一樣體面。說書人和小說家很少選擇，只有強調這些觀念，雖然從愈來愈大膽的文字中可以看出他們私下對戀人的同情。附錄〈中國短篇小說裡的社會與自我〉應視為本章完整的一部分。我在這篇附錄的文章中曾以「三言」選集內的愛情故事為主，詳細討論說書人對個人和社會的雙重效忠取向。

然而肉慾引起了放縱和侵犯的道德問題。就在「三言」故事中，無辜而熱情的戀人跟怙惡不悛、自取滅亡的好色之徒不大相同。前者絕無例外獲得作者的同情，後者則罪不可恕。在中國的歷史小說與色情小說中，好色之徒的原型是沉湎後宮，依賴外戚、太監、佞臣來助虐，胡作非為的昏君。[44]中國小說家雖然顯得興致極高地去描繪這個角色荒淫無度的生活，但是同時又被他墮落沉淪的生活所震懾。儘管同情個人幸福的追求，但小說家也只能站在傳統道德的一邊揭發昏君的罪惡，譴責他的行暴。看來有點自相矛盾，但我們確可以說中國小說家同時是護衛個人自由和社會正義的人。

從傳統看，中國人民一直在沒有受過西方法律觀念之惠下被統治著。假如每個中國人能自重自愛的話，沒有法律其實也沒有關係。但是在小說裡，正如在歷史上，中國人際關係的培養，實際上鼓勵那些大權在握的人濫用勢力懈怠責任。假如君主在沒有國會控制的情況下可以為所欲為，則地方官和一家之長也能各在其勢力範圍內恣意橫行。一個初接觸中國小說的人不免要對地方官解決訴訟、處理兇殺及搶劫案的方式感到震驚。除非被告是一位進過學堂的讀書人，在社會地位上與地方官平起平坐，否則他總要被嚴刑拷打，直到認罪為止。無辜的人時常僅為了避免皮肉之苦而招供。很多被誣告的當場被毒打致死，很多則後來在骯髒的牢獄中發病斃命。[45]而做地方官的，除非他是小說戲劇中歌頌的那種特別賢明的法官，往往由於懦弱、貪婪或因循苟且不敢自作判斷，而與當地紳縉共同危害鄉里。一家之主也可以為所欲為，因妻妾兒女不敢冒犯他的威嚴，奴僕只是他的財產，更無處申冤。在他的淫威下，妻妾們除了每日勾心鬥角陷害對方別無選擇：除非她們聽天由命，她們就必須設法佔有或重獲丈夫的歡心，馴服他愛冶遊的本性，使她們的勁敵失寵，且得爭取長輩的稱許和倚重，生產男嗣以保證她們晚年受尊敬與經濟的保障等等。這種無休無止的鬥爭，不論是以《紅樓夢》裡王熙鳳口蜜腹劍的姿態，或潘金蓮不加掩飾的殘忍手段為例，都構成了中國女性的悲劇。她們的悲劇就在於她們非得不擇手段，用盡心計以對抗男性的統治不可，因為男尊女卑原是她們無力挽回的不公平現象。

然而在這多重不公平的情況中，中國小說中人物的意識形態取向呈現了戲劇性的意義。雖然在三教之中僅有儒教關心世俗的價值，但在小說裡面，佛教和道教都強調道德和慈善為現世成功的先決條件。除了真正的皈依者會選擇佛家覺悟或道家羽化的道路，善男信女都遵守儒家的德行，期待福祿壽和子孫滿堂，世俗心態和常人無異。儘管說書人津津樂道善有善報的因果，他們一定知道在實際生活中功罪的賞罰不一定恰如其分，而且就不公平的現象在中國是常規的情形來看，還是善者苦、惡者昌的可能性較大。說書人只得借因果報應之說勉強解釋那些顯然不公平的現象。正如一般人所了解，報應雖然原是佛家的觀念，但因為表達了對羯磨（Karma）或「業」的認識，更可視為是，除了極少數儒家理性主義者外，中國人全體遵奉的信條。到了明代，道家早把報應之說認為是自己的教義，同時在道家的經典中稱頌報應之說有多靈驗。[46]一般持儒家看法的人，雖然能從歷史和先秦諸子書中引述無數報應的例子，也早被釋道思想影響所左右，無法抵抗其吸引力。說書人分享一般人的信仰，而在他們那諸多故事裡竭力證明因果報應之說確屢應不爽。

由於因果報應的觀念在通俗小說中應用在一切人事上，大可視為情節上相沿成習的因素；話本小說的幼稚不真，與這一因素大有關係。假如我們相信說書人，我們自然要把一位善人的成功歸於報應。假如這個人行善後仍陷於困厄不幸中，報應的理論還是說得通，因為我們可以在下列解釋中任擇一種：要麼是他曾蓄有邪念，不管那邪念怎樣短暫；要麼是他自己雖然有德行，他的父親、祖父或其他祖先做過缺德事；再不然就是他自己在前生積下了冤孽。不幸的人當然可用種種方法來減輕他的災障，或以儒教方式繼續做好人，或按佛教或道教的規定做功德。他也可以用下面的想法安慰自己：假如他不能活著看見他的仇人和欺壓他的人受懲罰，相信他們在地獄、在來世一定會受折磨。報應的理論因此總是百無一失：不論一個人的善行是否得到報償，說書人如能編出一則巧妙的故事，把那人的前世今生與來世連在一起，羯磨的理論就總能自圓其說的。

可是實際上這個理論不啻在維護現狀，承認單純的品德或俠義行為不能克服邪惡，矯正不義。與我們希望看到善有善報的基本願望一樣，西洋的童話在結尾時總是賞善罰惡。這種類似的苦樂果報，也同樣出現在很多很多的中國故事中。有一種情況特殊的中國長、短篇小說，記述通往公正和平的道路因太迂迴曲折而不能單憑勇氣和純潔走得通。這當然反映了因果報應觀念有多雄厚的力量，但此類小說的存在也可能意味著，在傳統中國社會裡，公道的孤軍不能掃除的障礙實在太多了。一位君王可以興之所至將忠貞的大臣或將軍賜死；一個地主可以找一個微不足道的法律藉口把小農的田地霸佔。像這樣的冤情，都不太可能得到洗雪的機會，但是假如說書人覺得這些事情值得編成故事，他們就得為每個故事添上一個尾巴，教壞人在來生或下半生得到應有的懲罰。

道德報應的調子在白話短篇小說中最為突出。這種調子在大部分長篇小說中也可聽到，但最偉大的那幾部極少以證明因果報應的靈驗為要務。[47]我們的六部小說中，只有浸淫於說話傳統中的《金瓶梅》完全認同這個信仰。大致上我們可以說，一位小說家離那傳統越遠就越不可能認真鼓吹因果報應。小說到了清代吸引了不少才智出眾的人，像《儒林外史》和《紅樓夢》的作者，可以說他們早已超越這種迷信了。另一方面，由於自清初至清末一班確有學問修養的人士繼續寫因果報應的筆記小說，小說家們乃將羯磨的主題貶到裝飾的地位。但這可能僅是藝術上的覺醒，而不是智力的成熟。他們可能已經體會到，這個報應的主題在一則故事或逸聞裡固然可以具體表現出來，但在一部長篇小說中則僅能造成一個通俗劇式的（melodramatic）或宗教虔誠的作假印象。

好的小說家絕不以一個想像的賞罰法則去滿足讀者，為了增強小說本身的衝突容量，他們實際上更關注另外兩種對不公不義的反應：主角可以不顧成敗地傾全力與不公及動亂搏鬥，也可以棄世離群選擇超凡入聖的道路。但是不論他採取什麼途徑，他始終是一位具有道德勇氣、不以世俗的幸福或羯磨的情況為意的人。

儒家的英雄與戀人及好色之徒不同的地方是他欲以大公無私的精神獻身於公道與秩序，以求實現自我。他是一位滿懷濟世思想的個人主義者，也是歷史小說及俠義小說中的主要人物。在這些小說裡，我們一方面發現大家所熟悉的個人肆意放縱的典型人物：如昏君、決心與中國為敵的蕃王、忌恨有功同僚的奸臣、貪汙的地方官，以及殺人越貨的強盜。另一方面，我們發現一批和他們相反的人：受天命起而推翻腐敗王朝的義民首領、以寡敵眾捍衛邊疆而被謗的將軍、直言諍諫的忠臣、判案如神的法官，以及除暴安良的劍客。後一典型都是滿懷服務理想的儒家英雄的例證，雖然乍看之下其中有些與儒家的血緣似乎不甚明顯。小說家對防禦不公與動亂的典章制度沒有興趣。在他眼中這些英雄是為保衛隨時可能發生禍患的社稷和地方的血肉長城。他們一旦離開了現場，局勢可能立即惡化，但只要他們在場，就會供給小說家無數智勇雙全、謀略武藝超凡的好例子。這正是中國讀者一向最引以為快的東西。所以我們可以說，一切講史小說關心的是秩序的重建，而一切俠義小說講究的是正義得以伸張。

這些傳統的各類英雄中，劍俠在海外的中國讀者間仍具有極大吸引力。「俠」字的廣義可包括一切行俠仗義的男女，但在小說中，則也指具有相當武功的「高人」，通常是一位有或沒有法術的劍客。[48]他可能是下層社會的老闆，一位羅賓漢型的綠林好漢，一位為清官服務的保鏢或下屬，或一位雲遊四方除暴安良的獨行俠。不論他用何種方式行俠，他是為被害者打抱不平的英雄主義的化身，訴諸我們好善嫉惡最強的本能——因此近數十年來，當其他一切傳統類型的小說受西方文學影響變得面目全非時，武俠小說卻大行其道。在香港和台灣，武俠小說不斷有新書出版，迷倒了大量讀者。[49]也許因為無力解救大陸同胞於水火，這些讀者只能轉而在一個比較單純的幻想世界裡求滿足，因為在那個世界裡，正義的鬥士鋤強扶弱無往不利。

在講述賢明法官和傑出劍客的小說裡，正義固然總是得到伸張，但在某些歷史小說中，儒家忠肝義膽的英雄正因對王室無私的奉獻最後卻成為不公義之犧牲品。中國最受人愛戴的軍籍英雄——假如他們的事蹟未曾寫成小說或搬上戲台的話，他們很可能不會如此得人愛戴——差不多都是那些盡力禦外侮、平內亂，甚至因此被中傷、侮辱、處死的人。橫掃金兵卻被處死刑的南宋將軍岳飛在歷史上是這些英雄中最傑出的人物，但是對小說讀者而言，唐朝尚武的薛家，北宋良將輩出的楊家，至少跟岳飛同樣著名，也頗有那悲劇的莊嚴意味。[50]《三國志演義》主角諸葛亮在盡瘁而死之前，把餘生用在討伐僭取正統的魏國。可惜在阿斗繼位後無甚建樹，他一生的工作也隨著他的死而崩潰。他是一位為了大義明知不可為而為之的政治家，也是中國小說中一介布衣為國而忘私的最高典範。

面對不公與動亂時，一個人也可以選取釋道棄世的辦法。在歷經痛苦失望之後，精神上稟賦高的人早晚會從歡樂、野心，甚至主張為民服務的儒家精神中醒悟過來，感覺有將人世的競爭和紅塵的誘惑棄於身後而歸隱林泉享受靜思之樂。命運的否泰不外是人海的波浪，因此在人海翻滾之後，就得回歸海底深處。莊子曾用一則簡短的寓言說明中國所有好學深思的人的處世態度：「泉涸，魚相與處於陸，相呴以濕，相濡以沫。不若相忘於江湖。」[51]在中國小說擁擠的場面裡，男女都拼命追求愛情與歡樂，爭奪權力和地位，自然使人想起用各種吐沫來相濡的擱淺的魚。這倒不如完全中止牠們苟活的權宜方法，把牠們放回水裡，回到牠們得其所哉的「道」中。兩部把用對愛與慾無益的吐沫來呴濕擱淺的癡人寫得淋漓盡致的小說，最後竟向佛家、道家的哲學求解脫，看來一點不意外：《紅樓夢》的男主角終於出家，《金瓶梅》裡西門慶的遺腹子也如此，借此為他父親淫逸的罪孽作補贖。

從哲學觀點看，佛家和道家的思想在中國小說裡占最高的地位。但是小說家自己也是擱淺的魚，他們僅能指點出世的道路，而他們痌瘝在抱之心卻寄予那些既想使現世比較公平安定，又要活得更充實的男女。因此之故，儘管我們要討論的六部小說都有意地擁護什麼維護正義或拯救自我的計劃，卻發覺主角都是倔強的個人主義者。他們的精力固可促使那計劃實現，亦可使其失敗。《金瓶梅》以一個自取滅亡的色鬼來當主角，表面看是一部佛教的小說。在擁護儒家世界大同主張的《水滸傳》中，我們有性情剛烈的英雄——以武松為代表——他不近女色的清教徒氣質，實際上加強了他的睚眥必報的本性。傳統的批評家認為武松是大英雄，西門慶則徹頭徹尾是個大魔頭。但是假如我們撇開傳統善惡的區分不談，英雄和歹徒都可視為尋求自主與權力而不甘受任何拘束的人：前者在儒家的秩序中扞格不入，正如後者在佛教徒的社團裡無容身之地。儘管他們終於歸順佛教，《西遊記》和《紅樓夢》的主角都是叛徒：孫悟空求長生不老，藐視固有的權威；賈寶玉則風流自賞，討厭假道學，視仕途如畏途。在《儒林外史》中，作者的理想在主角杜少卿身上充分表現出來——杜少卿是一位不肯妥協的個人主義者，疏於管理自己的財產，終生不仕以存儒生名節。在每個主要角色都懷有立名雄心的《三國志演義》裡，關羽是最使後世敬仰的英雄，也是最高傲最確定自己的偉大的一位。在我們要討論的六部小說中，主角有的縱情聲色，有的剛愎自用，有的風流倜儻，有的落拓不羈，有的像普羅米修斯那樣反抗權威，有的驕橫自負，都表現一種個人主義的氣質，這顯然不是一件偶然的事。

在本節中，我曾逐條闡明那些構成傳統中國小說思想基本的要素。在下面六章中，每章以一部小說為主，討論許多問題之中，也要討論它在把它的各種不同的思想因素化為書中人物實際的衝突時，其成功的程度。在這方面，各部作品到底有多成功，最後當然還要視乎作者的聰慧、修養和技巧而定。但是小說家在描寫現實時應利用他文化中互相矛盾的事物，這個事實，至少表示他已觸及人與社會的基本問題。在中國，如在世界其他各地，小說家只得把文明人進退兩難的窘境記載下來：他一面要縱容自己的七情六慾，一面想建立一個比較合理的社會秩序；不是在愛情、權力和名譽等永久的幻覺中尋找他的命運，便是把他的希望寄託於上天或「道」，雖然這種永恆境界也可能是虛妄的。儘管在藝術成就上參差不齊，但是即使是初入門的讀者，不久也會發現，在一流的中國小說裡，至少有六部像西洋傳統的偉大小說一樣，研究這些進退維谷的窘境，可說絲絲入扣，鞭辟入裡。

注釋

1 在西方的漢學家裡，伊爾文（Richard G. Irwin）和韓南（Patrick Hanan）分別以研究《水滸傳》和《金瓶梅》而著名。澳洲國立大學的中文教授柳存仁，近年來集中注意力於《西遊記》和它的作者吳承恩。魯爾曼（Robert Ruhlmann）很多年來就準備寫一本《三國志演義》的研究。在離開牛津大學前，吳世昌寫了《論紅樓夢：十八世紀兩部評注手稿的批評研究》（*On the Red Chamber Dream : A Critical Study of Two Annotated Manuscripts of the XVIIIth Century*）。西方漢學家中還沒有一位被認為是《儒林外史》的專家，雖然克拉爾（Oldrich Kral）發表過一篇評論這部小說的論文。

2 參閱《中國文學史》（西元一九五九）第三冊，頁293-301；和《中國文學史》（一九六二）第三冊，頁942-953。

3 有關晚清小說及其社會與政治背景，參看阿英《晚清小說的繁榮》，收於張靜廬編《中國近代出版史料》，卷一，頁184-203（上海：上雜出版社，一九五三）。注意小說的社會影響的晚清學者與報人為嚴復與梁啟超。在一八九七年嚴復和夏曾佑寫了一篇文章，首次以現代的觀點討論小說的社會功能。翌年梁啟超發表了《譯印政治小說序》；一九〇二年他寫了一篇更長更具影響力的論文《論小說與群治之關係》。三篇文章均收於張靜廬所編《中國出版史料補編》（北京：中華書局，一九五七）。

4 梁啟超在一九二○年創辦《新小說》，是第一份專刊小說的刊物。別的刊物相繼出版，如一九○三年的《繡像小說》，一九○六年的《月月小說》，一九○七年的《小說林》。這些雜誌，連載了當時最為人稱道的小說，如李寶嘉、吳沃堯的小說和劉鶚的《老殘遊記》。梁啟超為他自己的雜誌寫了《新中國未來記》的前四章，他也寫了些西方愛國志士和政治家傳記。《義大利建國三傑傳》裡寫加富爾、瑪志尼和加里波的，特別有影響力。關於《月月小說》和《小說林》的宣言，參看張靜廬編《中國出版史料補編》。

5 參看《建設的文學革命論》，《胡適文存》第一集（臺北：亞東圖書公司，一九五三），頁55-73。

6 胡適曾為文討論《三國》、《水滸》、《西遊記》、《醒世姻緣》、《儒林外史》、《紅樓夢》、《三俠五義》、《海上花列傳》、《老殘遊記》等。為這些小說所作的序和研究論文均收於《胡適文存》。

7 參閱胡適、陳獨秀、錢玄同、劉復等人的論文與書信，收於胡適所編《建設理論集》，此集係趙家璧所編《中國新文學大系》的第一冊，一九三六年上海良友圖書公司出版。

8 胡適《建設理論集》。也參看夏志清著《中國現代小說史》（台北，一九七九），頁49-51。

9 胡適認為《水滸》、《西遊記》、《儒林外史》和《紅樓夢》是四部傑出的中國小說，他也偏愛晚清時期的小說（參看《胡適文存》第一集，頁37-40）。對一般的傳統小說，他一再地抱怨其中的儒家思想、平凡的敘述文體，及技巧方面的拙劣。就在稱讚一些小說的卓越特點時，他也暗示出對其傳統的鄙視，因為整個說來它缺乏這些特點。所以在稱讚《三俠五義》裡的詼諧時，他注意到在大部分傳統小說中缺乏詼諧。同樣，他對《老殘遊記》裡描寫的散文推崇備至，因為除《儒林外史》的作者外，早期的小說家中沒有一個是用自己的眼睛觀察人物和風景的。參看《胡適文存》第三集，頁470-472、546-548。

10 在《胡適思想批評》這一連串集子裡，胡適是受攻擊的目標。這些集子中收的很多文章推翻了胡適作為研究文學的學者和批評家的貢獻。凡是他用的對中國作品或作家任何不利的文字都用來作為他惡意地詆毀傳統文學之證據。

11 《中國文學研究》上冊，頁478。

12 魯迅在《中國小說史略》中以一種近於輕蔑的不耐把大部分次要小說不加以討論。

13 茅盾：《話匣子》（上海：良友圖書公司，一九三二），頁177-184。

14 參見《中國現代小說史》，頁315-319。

15 參見D. W. Fokkema, *Literary Doctine in China and Soviet Influence*, 1956-1960（The Hagae, Mouton, 1965）。

16 魏理此書選擇自王重民所編上下二冊《敦煌變文集》（北京，一九五七）。後書係漢學界一大成就。

17 參閱John L. Bishop, *The Colloquial Short in China*; Richard G. Irwin, *The Evolution of a Chinese Novel: Shui-hu-chuan*和Jaroslav Prusek的論文多種。

18 在《唐代小說研究》中劉開榮強調佛家說書人對傳奇小說的影響。職業說書人對那種小說的影響尚未被文學史家予以足夠的承認，半是因為這些說書人被認為是宋代的文學現象。唐代的詩人和傳奇作者，如元稹，偶一提及他們對說書的興趣。我相信王季思所說說書人對中唐時期傳奇作者有影響是對的。參看《從崔鶯鶯傳到西廂記》（上海，一九五五），頁10-12。

19 參看劉開榮：《唐代小說研究》；陳寅恪：《元白詩箋證稿》（廣東：嶺南大學，一九五〇）；和陳寅恪的《韓愈與唐代小說》（Harvard Journal of Asiatic Studies, V. I, 1936）。

20 Bishop, *The Colloquial Short Story*, pp. 7-10. Bishop的原始資料來自孟元老等編《東京夢華錄》（外四種）。羅燁的《醉翁談錄》，可能是南宋而非元代時編成，是更重要的資料來源，他把小說分作八類，把他那個時代說書人之間流行的題目均列出來，凡百餘種。譚正璧在《話本與古劇》中曾詳細研究《醉翁談錄》。參看本書第三章注17。

21「三言」的書名和出版日期在〈附錄〉中已列出。Bishop, *The Colloquial Short Story*，有更豐富的資料。《清平山堂話本》裡有二十七篇故事，原屬六本小說集，每集收十篇，由洪楩印行，是嘉靖年間（1522-1566）的書目。晁瑮私人藏書樓的目錄《寶文堂書目》是一五六〇年左右編的。其中所列一百多種話本在孫楷第的《中國通俗小說書目》中可找到。對這一書目之研究，參看譚正璧《話本與古劇》，頁38-60，Andre Levy, "*Etudes sur trois recueils anciens de contes chinois*", T'oung Pao, LII，有一篇對《清平山堂話本》的書目研究。

22 《醒世通言》中的《催待詔生死冤家》在其標題下面，有編者馮夢龍加的一個小注，謂「宋人小說題作碾玉觀音」。一九二〇年，目錄學者繆荃孫重印這篇故事，仍用原名，以作為《京本通俗小說》這個偽托的一部分，儘管幾乎每一部中國文學史均把後者視為現存的最早的白話小說通集，但「元代殘本」學者們久久以來即懷疑其為偽作。最近馬幼垣和馬泰來二氏就揭露繆氏之偽作，見《京本通俗小說各篇的年代及其真偽問題》，《清華學報》新五卷，第一期（西元一九六五）。作為一個宋代故事的《碾玉觀音》的真實性並不會為這些爭論所損。這篇故事有幾個英文譯本，楊憲益夫婦所譯*The Courtesan's Jewel Box*中題為"*The Jade Worker*"。

23 在三十年代和四十年代，我在蘇州和上海也聽過那時最好的蘇州說書人說書。有關彈詞的歷史資料，參看鄭振鐸的《中國俗文學史》第十二章。

24 王紹堂：《揚州評話水滸：武松》。

25 Cyril Birch有《蔣興哥重會珍珠衫》的極卓越的英文翻譯，收於*Stories from a Ming Collection*，題名"*The Pearl-sewn shirt*"。本書〈附錄〉中對這篇小說作了評斷。《賣油郎獨占花魁》的英譯收於楊憲益夫婦譯的*The Courtesan's Jewel Box*和王際真的*Traditional Chinese Tales*。

26 曾研究《三國志演義》演變的學者們，如提到這聯詩的，都一致認為：這是到晚唐時期，三國故事已很普遍，故兒童也能熟知其英雄人物特徵的鐵證。參看鄭振鐸《中國文學研究》上冊，頁169，以及《中國文學史》（西元一九六二）第三冊，頁839。趙聰在《中國四大小說之研究》中更進一步說，因為《三國志》作者陳壽沒有把張飛和鄧艾當作滑稽人物處理，雖然他曾說到鄧艾口吃，必定是說書人儘量利用了他們長相和說話的可笑。《驕兒詩》的第一句「或謔張飛胡」，我不大了解「胡」用在這兒的意義。李商隱詩集標準本的注釋者馮浩說是黑或是一個胡人的黝黑，我是依據他的解釋。但在《三國演義試論》中董每戡不同意這一解釋，說「胡」的意思是「大頷」或「燕頷」。趙聰（頁103）對「胡」應該是「黑」還是「鬍」，仍猶豫不定，因為「胡」和「鬍」是通用的。我們也要注意，「黑張飛」是眾所周知的一種說法，在《三國志》的《平話》和《演義》本中描寫他的特徵時有「燕頷虎鬚」。

27 《三國演義》，第一百〇七回。鄧艾的敏捷對應首見《世說新語》，卷一，《言語篇》。但在這兒鄧艾的訊問者不是司馬懿而是他的次子司馬昭，後是諡號晉文帝。在羅貫中的《三國志通俗演義》第二十二冊，頁30下至31上，夏侯霸告知姜維，魏有兩位年輕將軍鄧艾和鍾會，他沒有提鄧的口吃。此段情節相當於毛宗崗本第一百〇七回。在《通俗演義》後一節（第二十三冊，頁21上），夏侯霸才在姜維面前提起鄧艾的口吃：霸曰：「鄧艾身高七尺，闊臉大耳，寬顎大嘴，因口吃其言聞董，人稱鄧艾。」司馬遷在《史記》裡作了一個大膽的嘗試，模仿一位口吃者的語調，但通常說來，口吃者的話不能用古文表達。當年我在蘇州聽書，說書人為了滑稽的效果而樂於模仿方言或口吃者的話。

28 《東周列國志》的標準本，馮夢龍編輯，蔡元放評註。《左傳》、《國語》、《戰國策》和《史記》是此書忠實信守的來源。

29 例如張飛同在梁山英雄故事中的李逵。有趣的是在《三國演義》中只有張飛的話近似口語。後來這個粗俗而脾氣暴躁的張飛變成了歷史小說中的原型，作為一個不通文墨但在戰爭中幸運的將軍，也帶有一絲孩子的狡猾。這類滑稽典型最為人知的例子有《說唐全傳》中的程咬金，《岳飛全傳》中的牛皋，《萬花樓》和《五虎平西》中的焦廷貴。

30 《儒林外史》，第十四回。

31 參看《紅樓夢卷》第一冊，頁64-65、102、271。

32 林紓在所譯《孝女耐兒傳》和《塊肉餘生述》序中提到司馬遷和曹雪芹已說明狄更斯之偉大。參看《紅樓夢卷》第一冊，頁64-65。

33 伊爾文摘要地敘述金聖歎《水滸》序文部分譯文如下：「《水滸傳》……優於《史記》，因為它不是報告而是純粹創作。在這部小說中作者能自由自在，使用從《史記》得來之技巧，在很多方面他超過他的模式。」（*The Evolution of a Chinese Novel*, p.93）

34 他那個時代的一位傑出學者，同泰州派有關係的李贄（1527-1602），因為思想中的個人主義和自由派的色彩而在現代中國備受尊崇。明代出版家硬是把他作為很多小說的編纂者與評論者。他給《水滸傳》寫的序對這本小說有極高的讚美。

35 參看孔另境編《中國小說史料》中《金瓶梅》和《紅樓夢》的部分。

36 在中國，也和世界其他各地一樣，有很多小說中有色情描寫的段落，但色情意向小說則不多。我使用「色情意向小說」一詞，指的是那些除了及終於明確的性描寫之場面外，便一無所有。《金瓶梅》是一本色情小說，但它並不是一件色情意向的作品，因為它於色情描寫外還有很多東西給讀者。為了顯而易見的原因，色情意向的小說通常都較短。一位才子和一位或不只一位佳人（通常結束時他有兩位太太）的愛情小說的情節都很簡單。雖有一個或數個壞人從中作梗，但有情人終成眷屬，通常是才子考試成績優異，佳人維護了自己。這類小說興起於明末，在清初盛行一時。最著稱者有《好逑傳》（十八回），《玉嬌李》和《平山冷燕》（各有二十回）。這三部小說均有許多種西方語言的譯本。

37 楊憲益夫婦譯*The Man Who Sold a Ghost:Chinese Tales of the 3rd-6th Centuries*, p.37 。這則故事取自干寶：《搜神記》，卷十六。

38 明代新儒學的主要代表人物為王陽明和他的學生所設立之諸學派。雖然很多晚明知識分子或多或少均受陽明影響（我曾提到李贄），對於民間白話文學有濃厚興趣，但我們很難說陽明心學的個別觀念是否有意地反映在他們那個時代的小說中。我們所能說的只是在晚明時期某些小說家和思想家（不一定是泰州派）對於人欲和追求個性自由表現極大同情。

39 “*Tragedy and the Whole Truth*” 收在赫胥黎的*Collected Essays*（New York : Harper,1958）中。本段見該書頁100。

40 華倫（Robert Penn Warren）在他那篇著名的論海明威的文章中曾討論這段常常被引述的文字，引自《戰地春夢》。參看John W.Aldridge, ed.,*Critiques and Essays on Modern Fiction*, 1920-1952（New York : Ronald Press,

1952）, pp. 460 ff.

41 「慎獨」是《中庸》裡的一個重要概念。雖然現代學者強調佛教對中國小說的影響，但中國小說對儒家觀念的運用實際上更為明晰和自覺。在他那篇有啟發性的論文《舊文化與新小說》（《文學雜誌》，第三卷第一期，台北，一九五七）中，先兄夏濟安說，即使對一位當今的小說家而言，真正描寫儒家的性格與感性應是一種挑戰。此文見《夏濟安選集》（台北，一九七一）。

42 近代學者對「三言」中白話愛情小說比對才子佳人小說自應該予以更多注意。但文人學者們培育的才子佳人小說更代表古典文學的浪漫傷感主義的自覺延續。《燕山外史》雖非嚴格的才子佳人小說，但它卻是中國小說作品中最自覺地掉書袋的作品。整本書用流利華美的駢體文寫成，每兩句或四句均有借自古典文學中的意象與典故。

43 李贄是讀書人捍衛色慾最著名的例子。對於色情版畫與小說，參看R. H. van Gulik, *Erotic Color Prints of the Ming Period, with an Essay on Chinese Sex Life from the Han to the Ching Dynasty*。

44 參看Arthur F. Wright, "*Sui Yang-ti:Personality and Sterotype*" ,已收入他所編的*The Confucian Persuasion*（Stanford University Press, 1960）。

45 在有英譯本的小說中，應特別讀一讀《老殘遊記》，因為此書暴露了不少貪官酷吏的不法勾當來由。跟較早的小說家不同，劉鶚是受西方思想影響的人道主義改革者，他很憤怒地攻擊這些官吏。

46 例如道家的這些經典作品，《太上感應篇》和《陰騭文》。零星選擇參看Wm. Theodore de Bary et al., eds., *Sources of Chinese Tradition*（New York: Columbia University Press, 1960）, pp. 632-638。

47 《醒世姻緣》，清初作品，寫一個潑婦和她懼內的丈夫，是中國小說中解說因果報應的最著名的小說。在《醒世姻緣傳考證》中（《胡適文存》第四集，頁329-395），胡適說這部小說的作者就是《聊齋志異》的作者蒲松齡。但此說當今學者們很少有人能夠贊同。

48 有魔法的劍客和女劍客最先出現在唐代傳奇中。王際真的*Traditional Chinese Tale*裡有兩則這樣的故事。讀者把他比作大仲馬。對中國武俠小說，參看劉若愚的*The Chinese Knight-Errant*，第三章。

49 大多數武俠小說迷認為二戰後的一段時期是武俠小說的黃金時代，而香港作家金庸是此類小說的泰山北斗。不少「高知」讀者曾拿金庸比作大仲馬。關於中國武俠小說的概覽，請參看劉若愚的The Chinese Knight-Errant，第三章。

50 把岳飛作為一型儒家英雄之研究，參看Hellmut Wilhelm 的 "*From Myth to Myth: The Case of Yueh Fei's Biography*"，收於Arthur F. Wright與Denis Twitchett所編*Confucian Personalities*（Stanford University Press, 1962）。跟岳飛一樣，唐初的將軍薛仁貴和宋初的將軍楊業是歷史人物，雖然小說家以虛構的方式寫他們和他們後代的事業。熊大木在《北宋志傳》中和另一本晚明小說《楊家府通俗演義》對楊家的豐功偉業有所稱讚。寫岳飛的是錢彩和金豐的《說岳全傳》，而《說唐後傳》和《說唐征西傳》也是寫薛家的征伐故事的。三書皆為清初作品。薛仁貴、楊業和岳飛均因其功績為朝中奸臣所妒而受不公平之對待。

51 《莊子》:《天運》，也見《大宗師》，文字有出入。赫胥黎曾引用此段，並在*The Perennial Philosophy*（New York: Harper, 1944）, p.91有極卓越之評述。

第二章　三國演義

《三國志通俗演義》（以下簡稱《三國演義》或《三國》）的作者有意寫一本歷史演義，而不是西方所謂的歷史小說。書裡的角色差不多都是歷史人物，情節也都有歷史根據。這本書有些部分雖則來自「說話」的傳統，但依照克爾（W. P. Ker）在他那冊仍然有用的《史詩與傳奇》（*Epic and Romance*）裡為史詩和傳奇所定的分界，一看就知道《三國》比較接近史詩——其中寫人類動機的戲劇很少像歐洲中世紀瑰麗幻譎的英雄美人故事那樣摻雜其他獨立性的敘述。[1]不錯，從清代歷史家章學誠到胡適，一連串苛求的學者指責過這本書不夠信實，算不上是優秀歷史，又不夠小說化，算不上是優秀文學。[2]但這樣指責未免忽略了演義小說特有的優點和局限，《三國演義》是第一本也是最偉大的一本演義小說：正由於其中對歷史的輕微渲染使歷史的真實性復原，它算得上是優秀文學。書中有些小插曲一望便知是虛構的，不配冠上歷史的名稱。但比起很多其他中國歷史小說或文藝復興時期偽史性的史詩來，《三國》倒很少雜有神怪（Supernaturalism）的成分，用民間的材料也頗有節制。大體說來，這本小說像一場冷靜的戲劇，清醒地描述了由西元一六八年到二六五年前後近一個世紀內中國各權力集團間奪取全國統治權的政治及軍事鬥爭。

羅貫中（約生於一三三〇年，歿於一四〇〇年）在元末明初編纂《三國演義》前，詩人、說書人和戲曲家早就把書中的主要人物和故事傳奇化了，因此在羅書中可以看出他們的影響。不過羅貫中的用意重在保留他所了解的史實，摒除純小說式的捏造。由於早期對於歷史小說嘗試的結果都是些拙劣的平話，我們應該強調的，在於它們的大眾化和民間性，而不在於是否出於一人之手。但《三國演義》卻是一個作者單獨寫成的作品，其中有意地修正了說書人敘述技巧的粗劣和過分的迷信。在這一點上，它對中國小說有開闢新徑的巨大貢獻。至少從晚唐開始，三國時期已成為講史的重要題材。這些講史者雖然忠實地記述了這一時期的大事，但為了迎合未受教育的聽眾，顯然地逐漸誇張了某些受歡迎和被歧視的人物的個性，加添了不少玄想臆測的無稽之談，終致敷衍出來的故事和正史大相徑庭了。現存的《三國志平話》（元代作品）便是由這些故事編成的。[3]這個本子文章粗糙不堪，人名地名常常弄錯。敘事極其簡略，而歷史本身也好像變成依靠魔術、機詐和勇武決勝的競賽，別無可取了，從現存其他平話文辭較好這一點來看，可能當時印這個本子的書商找到的編者是個不學無術胡亂塗鴉的文匠。它根據的是外省地區說書人的話本，自然不能代表大都市裡著名說書人的造詣。但是儘管粗糙得離譜，這個本子至少有一點和那些名角講的故事節目一致：用善惡報應的說法解釋歷史的運作。根據這個本子，漢朝分裂為三國的原因，可以直接上溯到當年漢高祖屈殺三員大將——韓信、彭越、英布——一事上去。[4]這三個人後來轉生為三國的始祖：韓信成了曹操（魏），彭越成了劉備（蜀），英布成了孫權（吳）。高祖和毒辣的呂后也再轉生，成為了漢朝最後一個君主獻帝和他的夫人伏皇后，在曹操手裡受盡折磨。

羅貫中把這些勸善懲惡的無聊情節全部刪掉。事實上，由於他一心一意要據實重寫，這本書現存的最早版本（所謂弘治本，實是嘉靖時〔1522-1566〕所印）開頭毫無舞文弄墨的跡象：

> 後漢桓帝崩，靈帝即位，時年十二歲。朝廷有大將軍竇武、太傅陳蕃、司徒胡廣，共相輔佐。至秋九月，中涓曹節、王甫弄權，竇武、陳蕃預謀誅之，機謀不密，反被曹節、王甫所害，中涓自此得權。[5]

上面這段文字在完全沒有理會話本的種種規範這一點上，令人想起斷代史中簡潔的風格來，同時它也很少削足適履，以求變成一個更受人歡迎的故事。《平話》與此相反，在四句卷首詩之後，這樣進入正文：

昔日南陽鄧州白水村劉秀，字文叔，帝號為光武皇帝。「光」者為日月之光，照天下之明；「武」者是得天下也。此者號為光武。於洛陽建都，在位五載。當日駕因閑遊，至上御園……[6]

這段話企圖解釋「光武」這個帝號，是從話本學來的。如果專門為了閱讀，這兩個字根本用不著解釋；受過教育的讀者反會覺得作者多此一舉，對他們是一種侮辱。費了很多筆墨確定了光武的出身以後，《平話》接下去寫他在上御園中遇到一人，名叫司馬仲相（此人後來到了陰間，主審三個屈死將軍的案子）。司馬仲相一變而為司馬仲達，即司馬懿，晉朝的始祖。這是一個與正史毫不相干的典型民間故事。

毛宗崗和他父親毛綸重訂的羅貫中本《三國演義》（三百多年來一直是標準本）開頭也不一樣。在沒有寫靈帝朝中宦官當權以前，它先把中國歷史撮要敘述一番：

話說天下大勢，分久必合，合久必分：周末七國紛爭，并入於秦；及秦滅之後，楚、

漢分爭，又并入於漢……[7]

這裡編者按照通俗歷史小說的體裁，在卷首加了一段緒說，來減少《三國演義》和這類小說間不同的地方。

近代中國學者間流行一種風氣，即對中國小說裡序文的內容動輒提出疑問。其實，就印刷謹嚴的版本來說，這種懷疑態度常常是沒有必要的；某些序言之所以顯得迷離難解，是因為我們對作者、編者及印者所知不夠充分和正確。嘉靖本《三國》的編印就極其謹嚴，因此其中的序言和有關此書的一切資料便值得我們密切注意。這個本子的全名叫《三國志通俗演義》。《三國志》的作者陳壽，和根據他的正史演義成這個通俗本子的羅本（字貫中），同樣被當成作者。書裡附有四十一頁人名索引，列舉其中出現過的歷史人物。在羅貫中那時候，蜀漢早已取代曹魏被公認為漢朝的合法繼承者，所以在索引中占了首位。但是每國的人物卻按照《三國志》目錄裡的先後次序排列。這個本子最重要的是有蔣大器的一篇序，說明羅貫中把故事通俗化的原因：

前代嘗以野史作為評話，令瞽者演說，期間言辭鄙謬，又失之於野，士君子多厭之。

若東原羅貫中，以平陽陳壽傳，考諸國史，自漢靈帝中平元年，終於晉太康元年之事，留心損益，目之曰「三國志通俗演義」，文不甚深，言不甚俗，事紀其實，亦庶幾乎史。[8]

雖然學者們不一定光憑上面這一段話就相信它，但是文辭不通的《平話》和流暢可靠的《演義》之間尖銳的對照，即可以證明，羅貫中寫作時確有意擺脫說書人的傳統，不去模仿他們。他的小說固然是通俗文學，但他本人卻是個學者，他的書自覺直承的是司馬光的史學傳統。事實上，明朝有幾個印行《三國》和其他演義小說的書商就公開聲言這些作品是從《資治通鑑》改編而來，書名裡總加上「按鑑」的字樣。[9]

羅貫中極為幸運的一點是，他所依據的範本《三國志》在史事和傳記兩方面都已有很詳盡的檔案資料，因此追求簡賅，沒有把筆下所處理的歷史人物的個性刻畫詳盡。《三國志》雖優於大半後來的史書，卻不如《史記》之富於細節及風格之戲劇化。不過，劉宋時期（420-478）裴松之所加的詳細注釋，很早就把被該書簡略的內容補充了過來。裴氏引經據典，用了二百一十種書（現在大都散佚），把有關的資料搜羅無遺，結果是所收集的史料比書本身反多出兩倍。這些材料大都出自陳壽同時代（西元三世紀），和他的書同樣可靠。

其中有一些帶著一定的成見，如《曹瞞傳》裡貶抑曹操的那些情節，雖然未必是向壁虛造的，但字裡行間總透著不懷好意。羅貫中在小說的編纂上，對裴松之和陳壽採取兼容並蓄的態度，他顯然覺得二者的材料都值得渲染鋪張。他的弱點可能是不如現代史家那麼見識老到和前後一致，可是從另一方面來說，近代傳記家如里頓．斯特拉奇（Lytton Strachey）在帶嘲諷意味地保持一個形象前後一致的時候，總不免有意無意歪曲了史實，而羅貫中，儘管沒有分辨出他的原始資料的真假美惡，在寫照一個複雜的時代時，卻能予人一種難得的客觀之感。

羅貫中同時也接受了一些在民間根深蒂固無法忽視的傳說，如劉關張的結義、關羽的崇高，和諸葛亮的神智。其實這些傳說本身並非全是空穴來風，而是由正史裡一些蛛絲馬跡演化出來的，現在包括在小說裡，反使得史實活靈活現而又不太失其真。譬如劉關張的結義就證實了──而非推翻了──蜀主和他兩個大將間情同手足的關係；同樣，關羽無可置疑的崇高品性，使他的愚蠢和狂妄越發突出。即使是諸葛亮的法術，除了在一個重要的情節裡，也只是對他的豐功偉業有錦上添花的作用，並沒有令人覺得那是他成功的要訣。

由於編者對各種資料所採的這種兼容並蓄的態度，《三國演義》很容易導致誤解。大意的讀者往往會從幾個戲劇化的、一目了然的場面得到書中主要人物的印象，認為編者確實有意貶某人（如曹操）或褒某人（如關羽）。細心的讀者雖也不免會同意這種單純的看法，但他們應該能注意到，在某些場面裡，這些主要人物是以另一種不同姿態出現的。認為《三國》是慢慢演變而成的胡適，說這本小說的情節前後矛盾：

《三國演義》的作者、修改者、最後寫定者，都是平凡的陋儒，不是有天才的文學家，也不是高超的思想家。他們極力描寫諸葛亮，但他們理想中只曉得「足智多謀」是諸葛亮的大本領，所以諸葛亮竟成一個祭風祭星、神機妙算的道士。他們又想寫劉備的仁義，然而他們只能寫一個庸懦無能的劉備。他們又想寫一個神武的關羽，然而關羽竟成了一個驕傲無謀的武夫。10

胡適好像是從一般人對他們喜愛的三國人物的觀點來判斷小說的，因為小說中未能容納這些觀點而表示遺憾。羅貫中雖然像朱熹及後來史家那樣公開擁蜀，認為它是漢朝的合法繼承者，但是要說他真正不加深思就偏愛蜀漢的創業英雄，卻未免太過幼稚。不錯，大多數人受了地方戲和說書人的感染，覺得劉備的仁慈、諸葛亮的法力和關羽的神勇，都是毋庸置疑的。而且胡適那時通用的是毛宗崗編的標準本，為了要保證讀者同情這幾個英雄，毛宗崗把文章做了些改動。但即使是在這個版本裡，羅貫中的書仍然大體未變，那些對蜀漢君臣類似敷衍的美詞也不該有任何人信以為真。

拿關羽這個最被誤解的人物來說，任何客觀一點的讀者都很容易看出，羅貫中有意採取了陳壽的觀點，把這個英雄寫成一個傲慢而無大將才具的戰士。羅貫中編書的時候，關羽已經成了全國尊崇的對象（清代開始被奉為神明），所以對他敬仰一如聖賢。他照樣寫出關羽的威嚴儀表、美髯和青龍偃月刀，而且始終儘量刻畫他那無比的勇猛和崇高。但同時羅貫中也忠於史實，一再提出關羽的全然不懂政策謀略，幼稚的虛榮心，以及令人不耐的自大。這種自大，加上他又輕信人言，終於造成了他的悲慘下場。他死的時候是一個破落的偶像，他對自己才能和勇武的堅信不移，令人不禁生出一點憐憫之心。

和胡適可能的設想相反，關羽性格中的傳說和歷史線索，不但沒有給人一種混亂的印象，反而互為表裡，貫穿一致地造成一個結構完整的形象。作者很清楚地說明，他的優點和弱點都是來自他的剛愎自用。在寫關羽初顯身手，震動在場各路討伐董卓的公卿叛將那一節裡，羅貫中已經強調了這一點。大家正因董卓手下大將華雄勇猛驚人而頓覺六神無主的時候：

紹曰：「可惜吾上將顏良、文醜未至！得一人在此，何懼華雄！」

言未畢，階下一人大呼出曰：「小將願往斬華雄頭，獻於帳下！」眾視之，見其人身長九尺，髯長二尺；丹鳳眼，臥蠶眉；面如重棗，聲如巨鐘；立於帳前。紹問何人。公孫瓚曰：「此劉玄德之弟關羽也。」紹問現居何職。瓚曰：「跟隨劉玄德充馬弓手。」帳中袁術大喝曰：「汝欺吾眾諸侯無大將耶？量一弓手，安敢亂言！與我打出！」曹操急止之曰：「公路息怒。此人既出大言，必有勇略；試教出馬，如其不勝，責之未遲。」袁紹曰：「使一弓手出戰，必被華雄所笑。」操曰：「此人儀表不俗，華雄安知他是弓手？」關公曰：「如不勝，請斬某頭。」

操教釃熱酒一盃，與關公飲了上馬。關公曰：「酒且斟下，某去便來。」出帳提刀，飛身上馬。眾諸侯聽得關外鼓聲大振，喊聲大舉，如天摧地塌，岳撼山崩，眾皆失驚。正欲探聽，鸞鈴響處，馬到中軍，雲長提華雄之頭，擲於地上，其酒尚溫。後人有詩讚之曰：

威震乾坤第一功，轅門畫鼓響鼕鼕。雲長停盞施英勇，酒尚溫時斬華雄。[11]

在這一景裡作者不寫兩員戰將的實際會戰，目的是加深帳中各首領以及讀者對關羽誇下海口以後能立即實現的英勇印象。最初各首領對他的口出大言反應不一：他的雄姿偉軀固然予人以好感，但他的卑微職位難免使在場的人覺得他極端狂傲。要體會袁紹、袁術和曹操三人間的對話的妙處，讀者得先知道他們每人說的話都完全符合自己的個性；這種交談的場面越小，越能逐漸建立起各主要人物的真實感來。出身貴族、自命不凡的袁術全沒把這來自市井、乍露頭角的傖夫放在眼裡。袁紹不像他兄弟那麼放肆無禮；事實上，他外表老是做出禮賢下士的樣子，以至於多年以後他潰敗在曹操手裡之前，人們一直讚他是擁有傑出謀士、猛將的一世之雄。上面這一幕就把他特有的缺點露了出來——他願意試用關羽，卻又怕被敵方恥笑。曹操最後終於擊潰袁氏兄弟，在這一幕裡他的不問出身、知人善用，已經很明顯地表示出優越的判斷力來。

不過曹操對關羽的印象可能太好了一點。上面一幕裡，作者固然為他的英雄描繪了一個很鮮明的勇猛自信的形象，但同時也似乎在暗示他可能有急於自我表現的缺點。書裡跟著還有很多類似的場面，如關羽站在劉備兩位夫人的臥房門外徹夜守衛，以免有任何流言發生；他馳馬下山斬了武功比他高強的顏良；他因張飛對他生疑而於三通鼓內殺死蔡陽；華陀為他刮骨療肌的時候，他神色自若地弈棋等等。[12] 關羽的勇敢是真的，加上一連串的好運氣，遂使他為了要保持自己的威名，越來越顯得自命不凡。關羽的悲劇，是他漸漸把自己威風凜凜的外表當成內在的真相。

《三國》裡的人物很少有看透關羽的，他們往往為他不可一世的英名雄風所震懾。曹操一上來就愛慕他的孔武有力，後來也從未改變。關羽被俘後服務於他帳下的短時期內，曹操竭盡所能想爭取他，離間他和劉備的友情。但曹操枉費心機，白白給了關羽很多機會表明他對兄長的忠貞不渝。但在所有敬服他的人裡面，諸葛亮卻是旁觀者清，而我們對關羽的認識也因這一事實大大改變。儘管頗能體察部屬人品才幹的曹操對劉備的主將如關、張、趙雲不時懷著過分的愛慕，他們的統帥諸葛亮卻不能不客觀地、踏踏實實地判斷每個人的能力。單靠他們光彩的英雄作風打不了勝仗。關、張最初根本就把諸葛亮看成闖進他們結義兄弟圈內的不速之客，諸葛亮因此只得容忍他們的一些任性作為，以取得他們的合作和信任。[13]所以他一開始就沒有把關和張看成傳奇性的英雄，他只看出，他們像寵壞了的孩子一樣嫉妒他自己的平步青雲。他毫無疑問地偏愛趙雲，覺得他勇敢、冷靜、穩重，又是一個戰術家；他心中視趙雲為麾下第一大將，每次出征時總把他留在身邊，把最棘手難辦的差事交給他。趙雲在多年的卓著功業之後，得享天年，他死後諸葛亮「跌足而哭曰：『子龍身故，國家損一棟梁，去吾一臂也！』」[14]（讀小說的人都極為喜愛趙雲，他們發覺《三國志》裡他在關、張、馬、黃之後，居「五虎將」之末時，一定會感到驚異。在《平話》中他也列名第五，但毛宗崗本把他升到第三。）[15]相反地，關羽死後，諸葛亮只勸哀慟不已的劉備說：「主上少憂。自古道：『死生有命。』關公平日剛而自矜，故今日有此禍。主上且宜保養身體，徐圖報仇。」[16]他竟好像有意地沒有表示半點個人感受。

但是「剛而自矜」這個評語卻非羅貫中下的，而是陳壽對關羽生平事業的蓋棺論定，[17]這裡作者戲劇性地改用諸葛亮的口說出，來加重闡明這個觀點——他在小說中始終保持這個觀點，儘管他重視民間對這個英雄的崇敬。在第六十三回一個最巧妙的場面裡，諸葛亮審核關羽是否適合荊州守將這個舉足輕重的職位。關羽的義子關平還沒有帶來噩耗以前，諸葛亮已從一顆星的殞落知道軍師龐統要在那個緊要當口死去，也就是說，他自己得離開荊州，回西川去。

> 數日之後，孔明與雲長等正坐間，人報關平到。眾官皆驚。關平入，呈上玄德書信。孔明視之，內言「本年七月初七日，龐軍師被張任在落鳳坡前，箭射身故」。孔明大哭，眾官無不垂淚。孔明曰：「既主公在涪關，進退兩難之際，亮不得不去。」雲長曰：「軍師去，誰人保守荊州？荊州乃重地，干係非輕。」孔明曰：「主公書中雖不明寫其人，吾已知其意了。」乃將玄德書與眾官看曰：「主公書中，把荊州託在吾身上，教我自量才委用。雖然如此，今交關平齎書前來，其意欲雲長公當此重任。雲長想桃園結義之情，可竭力保守此地。責任非輕，公宜勉之。」
>
> 雲長更不推辭，慨然領諾。孔明設宴，交割印綬。雲長雙手來接。孔明擎著印曰：「這干係都在將軍身上。」雲長曰：「大丈夫既領重任，除死方休。」孔明見雲長說個

「死」字，心中不悅；欲待不與，其言已出。孔明曰：「倘曹操引兵來到，當如之何？」雲長曰：「以力拒之。」孔明又曰：「倘曹操、孫權齊起兵來，如之奈何？」雲長曰：「分兵拒之。」孔明曰：「若如此，荊州危矣。吾有八個字，將軍牢記，可保守荊州。」雲長問那八個字。孔明曰：「北拒曹操，東和孫權。」雲長曰：「軍師之言，當銘肺腑。」[18]

這裡我們可以看出，諸葛亮多麼不放心把印綬交給關羽。劉備深愛他的二弟，當然覺察不到他不稱職的地方，而身為軍師，又無私人野心的諸葛亮，也只能同意劉備內定的人選。關羽口頭上答應把那八字箴言銘之肺腑，實則到任不久，就峻拒孫權的結納，結了怨仇。在孫曹兩面夾攻之下，他終落得個失地喪命的下場。他悲劇性的愚蠢，是蜀漢衰亡的遠因。

關羽去守荊州不久，便因新近歸蜀的馬超被封為平西將軍而忿忿不平。他叫關平報知劉備，要和馬超比試武藝，決一高低。這個情節《三國志．關張馬黃趙列傳》裡是有的，羅貫中只稍微擴充一下。劉備聽到關平轉達的話時，不消說大吃一驚：

孔明曰：「無妨。亮自作書回之。」玄德只恐雲長性急，便教孔明寫了書，發付關平星夜回荊州。平回至荊州，雲長問曰：「我欲與馬孟起比試，汝曾說否？」平答曰：「軍師有書在此。」雲長拆開視之。其書曰：

亮聞將軍欲與孟起分別高下。以亮度之，孟起雖雄烈過人，亦乃黥布、彭越之徒耳；當與翼德並驅爭先，猶未及美髯公之絕倫超群也。今公受任守荊州，不為不重；倘一入川，若荊州有失，罪莫大焉；惟冀明照。

雲長看畢，自綽其髯笑曰：「孔明知我心也。」將書遍示賓客，遂無入川之意。[19]

這個情節，和前面那個一樣，使關羽的形象更加生動逼真。如果他不那麼狂妄，他該會覺察出諸葛的信是故意捧他的。然而他真的以為在軍師的眼裡，連他三弟張飛都不如他了。

第七十四到七十七這幾回寫關羽的敗亡，是全書中的精彩文字。這個已漸老邁的戰將，聲望正隆，而他的狂傲愚蠢也越來越令人不敢恭維。他之擒獲魏營猛將龐德（龐一心一意要挫他的身價，說他的威望事實上根本是個虛名）及其怯弱的統帥于禁，又是僥天之倖。真正談到謀略，關羽先就不是東吳統帥呂蒙的對手。他在魏吳聯攻之下，潰不成軍；但當他置生死於度外，最後一次突破敵軍重重包圍的時候，他最終總算是保持了悲壯的英雄形象。

上面我分析關羽這個人物，目的是要說明，羅貫中在運用原始資料編纂小說時煞費苦心。胡適以為羅起初想寫出關羽的「神武」，後來又糊里糊塗地把他改寫成一個「驕傲無謀的武夫」。這個說法根本不能成立。關羽的「驕傲無謀」，在羅貫中對一個狂妄的悲劇英雄的觀念中，毋寧說是極其重要的。如果沒有這個缺陷，他就會成為一個故事書裡常見的神明一般的英雄，叫人難以忍受了。羅貫中一步一步很有效地從細微處把歷史和民間對這位英雄的印象綜合寫出，終於使他成為一個真正突出的人物。

《三國》裡的人物並不都像關羽這般關心名譽，但即使是那些次要的英雄，也立意要名垂青史。洛艾．密勒（Roy A. Miller）稱《三國》為「一部引人入勝的小說，其主題即為人類野心之真面目」。[20]但在書中主角自己看來，他們念念不忘的只是功成名就，而不怎麼懷有一己的野心。他們所處的社會服膺儒法兩家用世的哲學，認為人生在世，如能施展自己的才能，實至名歸，留芳青史，則於願足矣。在國泰民安的時代，想做出一番事業的英雄豪傑，除了投身官府以外，就沒有什麼用武之地。可是在類似三國紛爭的亂世裡，這些英雄豪傑們的前途可就無可限量。也正因此，幾乎所有像樣一點的歷史小說寫的都是改朝換代的時候，這時大家爭奪的目標連皇位都可以包括在內。[21]我們讀《三國》會注意到，早期弱肉強食的殘酷鬥爭之後，只剩下魏、吳、蜀三國的始祖。這三人的成功當然是由於他們禮賢下士，能任用最好的人才，但同時也有不少才智之士，本來可以飛黃騰達，卻因未遇明主，最後只好與他們敗亡的首領共進退。孫權在他哥哥孫策死後登基做吳主時，周瑜引了東漢名將馬援對光武帝所說的這句話勸魯肅輔事新主：「當今之世，非但君擇臣，臣亦擇君。」[22]所以在《三國》裡我們可以看見很多豪傑在投靠他們擇定的首領建功立業的過程中，所經歷的升降沉浮。沒有嶄露頭角以前，人人可以投效新主，但一經決定專事一主之後，他們為了榮譽，便會至死不渝地效忠下去。很多有將相才具的人往往終生和他們最早選擇的領袖同甘苦、共榮辱。

陳宮便是個很明顯的例子。他原是縣令，因欽慕曹操的忠勇，棄官相從。但他立刻就因曹操的心狠手辣而大失所望。後來他投靠有勇無謀、奸詐顢頇的呂布，卻終生相隨了。呂布帳下還有兩個內奸，他們最終出賣了呂布，把他縛交曹操。陳宮也同時被俘：

徐晃解陳宮至。操曰：「公臺別來無恙？」宮曰：「汝心術不正，吾故棄汝！」操曰：「吾心不正，公又奈何獨事呂布？」宮曰：「布雖無謀，不似你詭詐奸險。」操曰：「公自謂足智多謀今竟何如？」宮顧呂布曰：「恨此人不從吾言！若從吾言，未必被擒也。」操曰：「今日之事當如何？」宮大聲曰：「今日有死而已！」操曰：「公如是，奈公之老母妻子何？」宮曰：「吾聞以孝治天下者，不害人之親；施仁政於天下者，不絕人之祀。老母妻子之存亡，亦在於明公耳。吾身既被擒，請即就戮，並無掛念。」

操有留戀之意。宮徑步下樓，左右牽之不住。操起身泣而送之。宮並不回顧。操謂從者曰：「即送公臺老母妻子回許都養老。怠慢者斬。」宮聞言，亦不開口，伸頸就刑。眾皆下淚。操以棺槨盛其屍，葬於許都。[23]

不僅文士，連武人尋求能賞識他們的明主時，也往往遭遇波折，趙雲開始是袁紹手下一員偏將，後來改投和袁紹一樣不足以成大事的公孫瓚。劉備在公孫處做客時，看出趙雲的儀表不凡，二人相處，甚為投機。劉備離公孫大本營時，與趙道別，二人——

執手垂淚，不忍相離。雲歎曰：「某曩日誤認公孫瓚為英雄；今觀所為，亦袁紹等輩耳！」玄德曰：「公且屈身事之，相見有日。」灑淚而別。[24]

不久，劉備便從公孫處借用趙雲，二人間的關係更形深切了。公孫死後，趙雲四處尋找劉備，劉那時正自顧不暇，過著極不安定的生活。他們最後終於會到了一處，這時劉備剛和關張重聚不久。

玄德大喜，訴說從前之事。關公亦訴前事。玄德曰：「吾初見子龍，便有留戀不捨之情。今幸相遇。」雲曰：「雲奔走四方，擇主而事，未有如使君者。今得相隨，大稱平生。雖肝腦塗地，無恨矣。」25

儘管一些豪傑之士仰慕他的仁慈，不顧他時運怎麼低落，毅然投靠，但劉備仍舊不是曹操的敵手，不久就慘敗在他手裡，餘眾僅得一千人。這種挫敗屈辱接二連三地發生，對劉備刺激頗深，他告訴跟從他的人，自己頗以連累他們跟著他倒霉為恥：

「諸君皆有王佐之才，不幸跟隨劉備。備之命窘，累及諸君。今日身無立錐，誠恐有誤諸君。君等何不棄備而投明主，以取功名乎？」26

劉備的三請諸葛亮，是從這個當口開始的。從漢靈帝時起，各文武首領便已與四方俊彥互相延攬接納。但絕無一人向劉備三顧茅廬那樣，顯得求賢若渴。諸葛亮出山時，曹操已把華中華北的群雄大部殲滅。他雖然還沒有橫渡長江，南征孫權，但已具有掃除劉備孱弱勢力的信心。諸葛亮一出，卻註定要破壞曹操的雄圖，決定三分天下的局面。羅貫中在這個當口，信賴了他了不起的藝術本能：他把故事放慢，鄭重其事地來介紹他小說裡的首要主角。第三十六、三十七兩回中所寫劉備三請諸葛出山之所以有名，是理所當然的。

諸葛亮有兩點特別值得注意：他最初的不願出山，以及他出山之後對劉備及其王業的死而後已的效忠。上面提到過，《三國》中大多數重要角色都想揚名，但另有一批無關輕重的人物——法士、術士、相士、醫士和恃才傲物的狂士等——專愛嘲罵那些成名心切的豪傑。可能是羅貫中編纂這本演義的時候，覺得應該盡量把其中值得一提的人包括在內，因為這些人雖和當時的軍國大事沒有直接關聯，在正史和稗史裡卻頗享盛名。但我認為作者借這些怪人來對那些熱衷名利的人冷嘲熱諷，是有其用心的。像希臘神話中的伊底帕斯（Oedipus）一樣，這些野心勃勃的英雄都是理性主義者，不信天數，不重讖緯。譬如奄奄一息的曹操，寧要把華陀監禁起來而不願他為自己的頭部開刀——他懷疑這位神醫是被人買通來殺害他的。[27]又如孫策新近中了一次埋伏，受了差不多致命的重傷，但卻極其侮蔑能祈風禱雨、救人百病的于吉，給他加上「妖術惑眾」的罪名，肆意凌辱。他把于吉處斬之後，自己接著就被他的冤魂逼死：

是夜風雨交作，及曉不見了于吉屍首。守屍軍士報知孫策。策怒，欲殺守屍軍士。忽見一人，從堂前徐步而來，視之，卻是于吉。策大怒，正欲拔劍砍之，忽然昏倒於地。左右急救入臥內，半晌方甦。吳太夫人來視疾，謂策曰：「吾兒屈殺神仙，故召此禍。」策笑曰：「兒自幼隨父出征，殺人如麻，何曾有為禍之理？今殺妖人，正絕大禍，安得反為我禍？」夫人曰：「因汝不信，以致如此；今可作好事以禳之。」策曰：「吾命在天，妖人決不能為禍，何必禳耶？」[28]

（在《三國志》裡，孫策完全是中伏受傷而亡；另一常見的書《搜神記》則說他被于吉的厲鬼逼死。[29]羅貫中把這兩個說法聯結起來，精彩地刻畫出一個情知必死的人的形象。孫策是個聽天由命的人，卻不知道他怒斬軍民敬仰的于吉，正是天命使然。）

有些插曲裡寫的文士墨客更有意思：他們鼓動了如簧之舌，談笑風生，譏辱權貴，至終是徒然為自己惹禍。大家都知道，魏晉時的文人才子清談成風。他們雖然是各王族的食客，不時要捲入內廷私鬥的旋渦，但他們同時卻對政治和官僚作出不屑一顧的神氣。《三國》雖沒有將這些文士完全列入，卻為孔融、禰衡、楊修、張松與何晏等人做了簡短素描。[30]

這些人中，最為讀者喜愛的，莫過於名重一時的文士禰衡了。居「建安七子」之首的孔融把他推薦給曹操，但他第一次和曹操會見的時候，就把他帳下最負盛名的文官武將批貶得一文不值，「其餘皆是衣架、飯囊、酒桶、肉袋耳！」

曹怒曰：「汝有何能？」衡曰：「天文地理，無一不通；三教九流，無所不曉；上可以致君為堯、舜，下可以配德於孔、顏。豈與俗子共論乎！」

時止有張遼在側，掣劍欲斬之。操曰：「吾正少一鼓吏；早晚朝賀宴享，可令禰衡充此職。」衡不推辭，應聲而去。遼曰：「此人出言不遜，何不殺之？」操曰：「此人素有盛名，遠近所聞。今日殺之，天下必謂我不能容物。彼自以為能，故令為鼓吏以辱之。」

來日，操於省廳上，大宴賓客，令鼓吏撾鼓。舊吏云：「撾鼓必換新衣。」衡穿舊衣而入，遂擊鼓為《漁陽三撾》，音節殊妙，淵淵有金石聲。坐客聽之，莫不慷慨流涕。左右喝曰：「何不更衣！」衡當面脫下舊破衣服，裸體而立，渾身盡露。坐客皆掩面。衡乃徐徐著褲，顏色不變。

操叱曰：「廟堂之上，何太無禮？」衡曰：「欺君罔上，乃謂無禮！吾露父母之形，以顯清白之體耳！」操曰：「汝為清白，誰為汙濁？」衡曰：「汝不識愚賢，是眼濁也；不讀詩書，是口濁也；不納忠言，是耳濁也；不通古今，是身濁也；不容諸侯，是腹濁也；常懷篡逆，是心濁也！吾乃天下名士，用為鼓吏，是猶陽貨輕仲尼、臧倉毀孟子耳！欲成王霸之業，而如此輕人耶？」[31]

京戲裡面，禰衡通常扮成一個不折不扣的正經儒士，痛斥曹操為逆臣國賊。[32]上面一段也看得出他是個正派人物，但羅貫中同時把他當作一個自負過高、目空一切的喜劇角色。中國人通常絕不敢沒上沒下地自比孔孟，而禰衡卻面不改容地說他「下可以配德於孔、顏」。他稱得上是儒生之間的「嬉皮士」（Confucian beatnik），但他對曹操的輕侮卻掩飾不了來自狂傲的一種粗魯。

乍看起來，諸葛亮好像和于吉、禰衡之流不大相同。實則他和他的朋輩當初在南陽時，無形中是對群雄爭霸局面的一種批判。他們都是道家的隱士，務點簡單的農事，吟唱自己作的詩歌，閑時互相過訪，或遨遊於山林之中，他們的天地在傳統上和官場恰恰相反，是每一詩人為政務羈纏時憧憬嚮往的一種樂境。作者在寫劉備三顧茅廬請諸葛的時候，第一次也是最後一次刻意地描繪大自然之美。聽到徐庶勸他輔事劉備，諸葛亮毫不客氣地說：「君以我為享祭之犧牲乎！」——他用這句類似《莊子》的道家問話打發了他的老友。[33]一般說來，有才能的志士總想建功立業，但諸葛像書中那些文士清客和未卜先知的術士一樣，對官場抱著嘲弄和淡漠的態度。他離開隱居的草廬時，顯得萬分的不情願似的。

或者，說不定他也是情願的吧？在那個時勢造英雄的環境挑戰下，諸葛這個曠世奇才不可避免地要被吸引出來做一番事業。他老早就拿先秦兩大政治家管仲、樂毅來比自己，他的友人也都公認他有當世無匹的才具。有些細心的讀者覺得他要劉備三顧之後才答應出山是處心積慮地要自抬身價，使他未來的領袖對他完全推心置腹。不過，即使他在南陽度過的年月可以看作是他當前艱巨工作的準備時期，諸葛也真的不大願意積極出山做事；他知道時機對他不利，無論有多麼偉大的成就，都無法扭轉大局。劉備第一次親訪南陽時，諸葛的知交，熟知其平生抱負的崔州平告訴他說：

「公以定亂為主，雖是仁心，但自古以來，治亂無常。自高祖斬蛇起義，誅無道秦，是由亂而入治也；至哀、平之世，二百年太平日久，王莽篡逆，又由治而入亂；光武中興，重整基業，復由亂而入治；至今二百年，民安已久，故干戈又復四起。此正由治入亂之時，未可猝定也。將軍欲使孔明斡旋天地，補綴乾坤，恐不易為，徒費心力耳。豈不聞『順天者逸，逆天者勞』；『數之所在，理不得而奪之；命之所在，人不得而強之』乎？」[34]

諸葛亮最後之答應匡輔劉備，大半還是為他的誠意所感動。他是個很切實際的人，當然清楚曹操和孫權的帳下早已人才濟濟，自己不可能取得二人的完全信任。他又忠於漢室，不願意襄助他們。在劉備的手下，他可以自由地施展抱負，從頭建立一番事業。小說裡雖然把他寫成一個先知和預言家一流的人物，他之毅然承擔起以劉備的合法登基來復興漢室這個艱巨任務，卻證明他信奉的是儒家。在正史裡他被視為一個法家行政人才，[35]民間把他設想成一個道家裝束的法師，可是小說中他大體上卻是個像儒家一樣明知不可為而為，以報知遇之恩的政治家。儘管小說家為了迎合大眾趣味，肆意渲染他年輕時隱居山林的道家作風和他的道術，事實上這兩點倒加重了他服膺儒家一事的強烈的悲劇性。

但不管是怎麼密切的友誼，都不能決定一個人在情感上的義務。在強大蜀漢以統一中國這一理想上劉備和諸葛亮是一致的，在其他關係重大的當務之急上，他們所見則未必盡同。諸葛雖然敬重劉備為知音，但更重視他所代表的——就是未來一個劉氏治下統一的中國。就劉備來說，他對這個重臣固然推心置腹地依信，卻也不得不時時留心自己個人的聲望，和有沒有盡到其他情感上的義務，特別是對他的兩個結義兄弟。當年還沒有發跡的時候，他對人一直表示寬宏大量，用以彌補政治上的劣勢，現在雖有雄才大略的諸葛亮輔佐，他勢必要對可能不利於他這個寬仁名譽的擴張政策表示猶豫。他完全同意丞相的看法，認為有必要占領荊州和西州，同時卻又不忍趕走這兩處地方的合法統治者，他的同宗劉表和劉璋。諸葛亮也只好遵從他的顧慮，結果等到取得荊州，已是拖延多時了。尤其是荊州，直到孫權據為己有以後，才算是「借」到。上面討論關羽時已約略提過，後來因荊州而起的糾紛，相當地削弱了蜀漢的勢力。

關羽一死，劉備和諸葛亮各持完全相反的意見。在羅貫中筆下，劉備的優柔寡斷和患得患失的性格一直是諸葛亮智計迭出時需要克服應對的一種「障礙」，眼下這種滿含激烈戲劇衝突可能性的緊張關係達到了頂點。

我們已經看到了諸葛亮對關羽之死的反應。為了要挫敗曹魏的圖謀，促其覆亡，他始終主張聯吳。及至關羽的做法使兩國關係頓形惡化，他力主儘快恢復邦交，尤其東吳已立刻認錯，情願極力退讓。如果被殺的是另外一個將軍，劉備或許會接受這個冷靜理智的決定。但遭東吳毒手的是他的結義兄弟，他因而不顧諸葛和所有以國家前途為重的臣屬們的苦勸，一心一意要報私仇。在他慢慢發跡的過程中，劉備早已變得既謹慎又虛偽，可是最後竟一下子感情用事起來，像阿基里斯（Achilles）在普特洛克勒斯（Patroclus）死後一樣，為了他義弟一人的被殺，對整個東吳欲得之而後快。

關張（關死後張為部下所害）還在的時候，他們對義兄的徹底效忠，始終有利於他的王業，因此對劉備來說，結義兄弟的交情和政治大業一直是並行不悖的。他們一死，兄弟私誼可就頓然凌駕於軍國大事之上。劉備的決意報仇其實倒顯示了他悲劇性的尊嚴，他像希臘悲劇裡命數已盡的英雄，因自己的狂傲而洋洋得意。諸葛亮做了他的總軍師以後，劉備鑒於他本人帶兵大半是非輸即敗，將所有重要戰事都交他全權籌劃指揮。但如今為了要懲罰東吳，他卻堅持御駕親征。結果他在長江沿岸的七百里連營被東吳放火燒得幾乎全軍覆沒。他蔑視東吳年輕的都督陸遜，也不屑向留守成都的諸葛問計。幹練的謀士馬良竭力勸他徵求諸葛的意見，他卻昂然回答說：「朕亦頗知兵法，何必又問丞相？」[36]但馬良終於獲准回四川去見諸葛：

且說馬良至川，入見孔明，呈上〔連營〕圖本……孔明看訖，拍案叫苦曰：「是何人教主上如此下寨？可斬此人！」馬良曰：「皆主上自為，非他人之謀。」孔明歎曰：「漢朝氣數休矣！」[37]

諸葛亮不像劉備急於報仇。在他看來，即將發生的大禍對漢室的復興是個致命的打擊。他儘管真摯地敬愛先主，驚怒之下，卻禁不住地說可以「斬」他。他發覺劉備作為常人的一面現在成了他作為一個政客兼理想家的羈絆了。但是劉備的愚蠢雖然為他的丞相造成了無法克服的困難，在他最後這次輕舉妄動裡，卻表示出不再小心翼翼計較功利，而決心盡一種更高的義務。他當年和關張桃園結義的時候，曾誓言「不求同年同月同日生，只願同年同月同日死」。[38]現在他尋死的願望固然使他惹下了滔天大禍，他政治上的失敗卻正是他做人成功的地方。

大敗之後，劉備無顏再回成都。他把諸葛亮召到白帝城的臨時行宮去，付託後事。這是全書最為動人的一個段落。

且說孔明到永安宮，見先主病危，慌忙拜伏於龍榻之下。先主傳旨，請孔明坐於龍榻之側，撫其背曰：「朕自得丞相，幸成帝業；何期智識淺陋，不納丞相之言，自取其敗。悔恨成疾，死在旦夕。嗣子孱弱，不得不以大事相託。」言訖，淚流滿面。孔明亦涕泣曰：「願陛下善保龍體，以副天下之望！」

先主以目遍視。只見馬良之弟馬謖在傍，先主令且退。謖退出。先主謂孔明曰：「丞相觀馬謖之才何如？」孔明曰：「此人亦當世之英才也。」先主曰：「不然。朕觀此人，言過其實，不可大用。丞相宜深察之。」

分付畢，傳旨召諸臣入殿，取紙筆寫了遺詔，遞與孔明而歎曰：「朕不讀書，粗知大略。聖人云：『鳥之將死，其鳴也哀；人之將死，其言也善。』朕本待與卿等同滅曹賊，共扶漢室。不幸中道而別。煩丞相將詔付與太子禪，令勿以為常言。凡事更望丞相教之！」

孔明等泣拜於地曰：「願陛下將息龍體！臣等盡施犬馬之勞，以報陛下知遇之恩也。」先主命內侍扶起孔明，一手掩淚，一手執其手曰：「朕今死矣！有心腹之言相告！」孔明曰：「有何聖諭？」先主泣曰：「君才十倍曹丕，必能安邦定國，終定大事。若嗣子可輔，則輔之；如其不才，君可自為成都之主。」

孔明聽畢，汗流遍體，手足失措，泣拜於地曰：「臣安敢不竭股肱之力，盡忠貞之節，繼之以死乎！」言訖，叩頭流血。先主又請孔明坐於榻上，喚魯王劉永、梁王劉理近前，分付曰：「爾等皆記朕言。朕亡之後，爾兄弟三人，皆以父事丞相，不可怠慢。」言罷，遂命二王同拜孔明。二王拜畢，孔明曰：「臣雖肝腦塗地，安能報知遇之恩也！」

先主謂眾官曰：「朕已託孤於丞相，令嗣子以父事之。卿等俱不可怠慢，以負朕望。」又囑趙雲曰：「朕與卿於患難之中，相從到今，不想於此地分別。卿可想朕故交，早晚看覷吾子，勿負朕言。」雲泣拜曰：「臣敢不效犬馬之勞！」先主又謂眾官曰：「卿等眾官，朕不能一一分囑，願皆自愛。」言畢，駕崩，壽六十三歲。時章武三年夏四月二十四日也。[39]

劉備臨死時，痛定思痛，深深覺得他最後的魯莽行動使他的丞相極為失望。他知道他的嗣子會比自己更糟。為了王國的前途著想，也為了讓諸葛亮自由施展抱負，由他來繼承王位豈不是上策嗎？但是他對丞相的附帶旨意——嗣子如不可輔，則取而代之——固然顯示了一時的慷慨無私，諸葛亮把它解釋成對他忠貞程度的一種考驗，卻也絕對有其道理。諸葛亮惶恐失措地保證鞠躬盡瘁、死而後已之後，劉備並沒有再提讓位的事。他是個深懷帝王野心的人，心裡念念不忘的自然首先是自己的子嗣。

再說，儘管他對諸葛亮的智謀十分推崇，劉備也沒有在丞相面前表示事事不如他：他對馬謖的判斷證明他至少這一次比他的軍師看人準確一些。作者把這個小場面先放在這裡作為伏線，以便照應後來諸葛亮誤信馬謖，以致喪師失地的平生大錯。40那時諸葛亮記起先主的話，後悔莫及，不禁失聲痛哭。中國歷史上再也沒有一對君臣像他們訣別時那樣令人感動。羅貫中恰到好處地把他們的關係寫成一種因志同道合而生的永恆友誼。他也並沒有忽略這感人的一幕之政治含義，所以終能把劉備雕塑成一個有歷史真實感的難忘人物。

以上我把討論的重心放在關羽、諸葛亮、劉備三個主要人物和幾個次要角色如趙雲、孫策、陳宮、禰衡等人身上。我借此說明了羅貫中看似簡單、實則巧妙的藝術技巧，同時也提到了書中一些比較重要的題材。這種論述方式是必要的，因為與現代小說不同，《三國》沒有一個意象的（imagistic）或象徵的結構，而其文章屬於中國史學傳統，雖然達意，卻不免平淡，只在某些角色放言高論時才會加些修辭上的花樣。禰衡痛罵曹操的那段話可為例證。此外我只是引了些以人物簡短交談為主的片段。這些話頗難翻譯，因為每人開口前總要用到的「曰」字（較近白話的小說則用「道」字）譯成「said」，既不順眼，又嫌單調明顯。把中國傳統小說裡的對話場面譯成英文，最好是採用戲劇裡的辦法，用冒號來代替「曰」或「道」，跟著在括號內加上「笑」或「泣」等動詞形容詞。這樣一來，這些場面便可能像《天路歷程》（*The Pilgrims' Progress*）和鮑斯韋爾（James Boswell）所著《約翰生傳》（*Life of Johnson*）裡類似場面一樣快速有力。

我上面討論《三國》，主要是把它當作一本描繪人物個性，念念不忘人類心機的小說。但是一個年輕的中國人第一次讀這本書，一定會迷上故事本身以及其中數不勝數的戰爭和政爭。對一個成熟的讀者來說，即使是諸葛亮最叫年輕人驚服的神機妙算，也不能和西洋偵探小說的詭異多端相提並論。書中寫打仗的場面很少像《伊利亞德》那麼生動，因為荷馬描寫主將交陣，總注意用犀利兇狠的細枝末節。羅貫中像一般中國歷史小說家，通常只做概略的敘述，只告訴我們兩個將軍勝負已分而敗者還沒有逃走或被殺以前一共戰了多少回合。偶爾也有令人難忘的戰爭場面，例如下面寫魏營勇將夏侯惇這一段：

> 卻說夏侯惇引軍前進，正與高順軍相遇，便挺鎗出馬搦戰。高順迎敵。兩馬相交，

戰有四五十合，高順抵敵不住，敗下陣來。惇縱馬追趕，順繞陣而走。惇不捨，亦繞陣追之。陣上曹性看見，暗地拈弓搭箭，覷得親切，一箭射去，正中夏侯惇左目。惇大叫一聲，急用手拔箭，不想連眼珠拔出，乃大呼曰：「父精母血，不可棄也！」遂納於口內啖之，仍復挺鎗縱馬，直取曹性。性不及提防，早被一鎗搠透面門，死於馬下。兩邊軍士見者，無不駭然。[41]

夏侯惇和高順的遭遇戰是場習見的普通廝殺。但夏侯惇的左眼被曹性射中以後，他已不單是個平平凡凡的戰將，而是頓然變成一位臨危不懼的勇士了。他受傷後的言語（他的話出自《三國志平話》）行動都充分地表現了他的倔強無畏。[42]

《三國》裡的戰役和鉤心鬥角的場面，只要能點畫出人的意圖和用心，也同樣引人入勝。像中國第一本詳細描寫戰爭場面的史書《左傳》一樣，《三國》對人性的描寫大多落筆在戰前的序幕上，很少在戰事本身。[43]這可從全書最有名的點睛之作——赤壁之戰——裡看出。在這場鏖戰中，孫劉聯軍大破魏兵，粉碎了曹操渡江伐吳的雄心，從而也決定了天下三分的局面。這不消說是個重大關鍵，羅貫中也在這裡繪聲繪影，成功地做了全書最用心的渲染工夫。

起初當曹操大軍壓境的時候，孫權帳下的謀士大都主張歸順，他們認為初練之師，不可能抵禦得了能征慣戰的曹軍。改變東吳朝廷的這種失敗主義態度，把面臨崩潰的局面扭轉成光榮的凱旋者，一是劉備特使諸葛亮的口才，二是孫權兩個有遠見的統帥周瑜和魯肅的堅毅勇敢。作者根據《三國志》和《資治通鑑》的資料，恰如其分地寫出這個緊張局勢的戲劇性，結果是一段逼真寫實，充滿懸宕的故事。

曹操的北方軍隊不諳水戰，因此信了敵人間諜的話，用鐵索連住戰船，以便多給他的軍士一些平穩的感覺。面對著他屬下的艨艟艦隊，曹操不禁萬分得意，所以在水戰以前七天左右，大宴文武百官。

時建安十二年冬十一月十五日。天氣晴明，平風靜浪。操令置酒設樂於大船之上，「吾今夕欲會諸將」。

天色向晚，東山月上，皎皎如同白日。長江一帶，如橫素練。操坐大船之上，左右侍御者數百人，皆錦衣繡襖，荷戈執戟。文武眾官，各依次而坐。操見南屏山色如畫，東視柴桑之境，西觀夏口之江，南望樊山，北覷烏林，四顧空闊，心中歡喜，謂眾官曰：「吾自起義兵以來，與國家除兇去害，誓願掃清四海，削平天下；所未得者江南也。今吾有百萬雄師，更賴諸公用命，何患不成功耶？收服江南之後，天下無事，與諸公共享富貴，以樂太平。」文武皆起謝曰：「願得早奏凱歌。我等終身皆賴丞相福蔭。」操大喜，命左右行酒。

飲至半夜，操酒酣，遙指南岸曰：「周瑜、魯肅，不識天時。今幸有投降之人，為彼心腹之患，此天助吾也。」荀攸曰：「丞相勿言，恐有泄漏。」操大笑曰：「座上諸公，與近侍左右，皆吾心腹之人也，言之何礙？」又指夏口曰：「劉備、諸葛亮，汝不料螻蟻之力，欲撼泰山，何其愚耶！」顧謂諸將曰：「吾今年五十四歲矣。如得江南，竊有所喜。昔日喬公與吾至契，吾知其二女皆有國色。後不料為孫策、周瑜所娶。吾今新構銅雀臺於漳水之上，如得江南，當娶二喬置之臺上，以娛暮年，吾願足矣。」言罷大笑。唐人杜牧之有詩曰：

折戟沉沙鐵未消，自將磨洗認前朝。東風不與周郎便，銅雀春深鎖二喬。

曹操正笑談間，忽聞鴉聲望南飛鳴而去。操問曰：「此鴉緣何夜鳴？」左右答曰：「鴉見月明，疑是天曉，故離樹而鳴也。」操又大笑，時操已醉，乃取槊立於船頭上，以酒奠於江中，滿飲三爵，橫槊謂諸將曰：「我持此槊破黃巾，擒呂布，滅袁術，收袁紹，深入塞北，直抵遼東，縱橫天下，頗不負大丈夫之志也。今對此景，甚有慷慨。吾當作歌，汝等和之。」歌曰：

對酒當歌，人生幾何？譬如朝露，去日苦多。慨當以慷，憂思難忘。何以解憂？惟有杜康。青青子衿，悠悠我心。但為君故，沉吟至今。呦呦鹿鳴，食野之苹。我有嘉賓，鼓瑟吹笙。皎皎如月，何時可輟？憂從中來，不可斷絕。越陌度阡，枉用相存。契闊談讌，心念舊恩。月明星稀，烏鵲南飛，繞樹三匝，無枝可依。山不厭高，水不厭深。周公吐哺，天下歸心。

歌罷，眾和之，共皆歡笑。忽座間一人進曰：「大軍相當之際，將士用命之時，丞相何故出此不吉之言？」操視之，乃揚州刺史，沛國相人，姓劉，名馥，字元穎。馥起自合淝，創立州治，聚逃散之民，立學校，廣屯田，興治教，久事曹操，多立功績。當下操橫槊問曰：「吾言有何不吉？」馥曰：「『月明星稀，烏鵲南飛，繞樹三匝，無枝可依。』此不吉之言也。」操大怒曰：「汝安敢敗吾興！」手起一槊，刺死劉馥。眾皆驚駭，遂罷宴。

次日，操酒醒，懊恨不已。馥子劉熙，告請父屍歸葬。操泣曰：「吾昨因醉誤傷汝父，悔之無及。可以三公厚禮葬之。」[44]

這個場面是羅貫中在小說藝術上的最高表現。宴會一場在正史裡沒有，[45]但曹操之自信決勝當前，必得盛宴預慶，卻完全符合他的個性。在他那個時代，不管是中國或別處，一個五十四歲的人已經算是過了壯年；而且曹操的大半生又是在不斷的征戰中度過。因此他在宴會上所說的話表示他懷著必勝的信念，也表示他洋洋得意地自詡為當世最大英雄。但與這種自得同時可以覺察到他有一種倦意：他希冀著滅吳以後，能夠在俘獲的兩個美人陪伴之下，安享晚年。（曹操的兒子，詩人曹植在他的《銅雀臺賦》裡確曾提到過這兩個美女。在小說中，赤壁戰前，諸葛亮假裝不知道二喬夫婿是誰，引了這首詩來激周瑜，堅定他主戰的決心。[46]這兩個例子裡作者都熟練地引用一首名詩，達到戲劇效果。）

不過，最重要的是，賞月的時候，曹操似乎因醇酒和勝算而有些神魂顛倒。他這裡所吟的是他現存詩中最負盛名的一首；這是首宴饗詩，曹操在詩中一面悲嘆人生的短暫，一面引《詩經》來表明他的求才若渴和他開明的政治家風度。事實上這首詩很可能是在一個比較私人的場合裡寫的，想要表達的是與幾個故友重聚後的悲歡焦急的感觸。雖然不完全適於當前這個場合，卻刻畫出一個「月明星稀，烏鵲南飛」的淒清森冷，令人心悸的美麗景象。羅貫中很少用象徵，烏鴉是不多見的例子。烏鴉在中國雖然不像在西方那樣討人嫌，但被普遍看作是不祥之兆，特別是和喜鵲成為對照的時候。烏鴉在南飛中無枝可依，預示曹操南征必敗之數。劉馥指出這首詩不吉利的時候，曹操勃然大怒。從他怒斬劉馥，接著又後悔這兩件事，我們看得出他性格裡的另一些徵象。羅貫中在這一節裡給我們描繪了一個充滿自信，反覆多變的詩人政治家的多彩多姿畫像。曹操在這裡談笑風生之餘，暗裡又心狠手辣，同時也不無衰老之態。如果你堅認曹操在《三國》裡是個窮凶極惡的歹角，顯然未能欣賞書中與此類似的一些精彩場面。

但是因為赤壁之戰被說書人大事渲染過，羅貫中處理這段史實的時候，除了擴充陳壽和裴松之的材料以外，同時也採用了流傳了很久的一些歪曲和簡化歷史的虛構情節。上面討論的一場裡，他固然用了這種小說手法增強了曹操的歷史真實感，但在別的地方為了烘托諸葛亮的卓爾不群，卻把一些參戰主角做了漫畫式的處理。幾乎所有批評家都稱讚作者對赤壁之戰所作的小說化的佈局。胡適認為，羅貫中在戰事前後對諸葛和東吳官員針鋒相對這點的處理上不夠高明，但不難解釋。是極有道理的。正史裡記載了不少諸葛亮、魯肅、周瑜和孫權間的會談，羅貫中據以重寫的時候，也總把魯、周二人刻畫成有遠見有謀略的政治家，和孫權其他謀士們的怯懦畏縮正好相反。但在比較戲劇化的場面裡，他們可就只能為諸葛亮的天才做喜劇性的陪襯。這樣一來，正史裡足智多謀的傑出統帥魯肅和諸葛間的關係，變成像華生醫生（Dr. Watson）和福爾摩斯之間一樣，一個總是顯得淺薄無知，總是驚嘆著另一個的精細和深思遠慮。同樣地，周瑜成了諸葛窩囊廢的對手，滿腔嫉恨，千方百計想陷害他。諸葛當然每事化險為夷，結果是更激怒了東吳這位都督，終於把他氣得一命嗚呼。這些情節是中國讀者所愛讀的，但是在這裡歷史本身顯得輕佻浮躁，與小說其他部分的莊重肅穆構成了鮮明的對照。赤壁之戰發生時，諸葛亮的功業如日中天（因伐魏無功而神采全失是很久以後的事），所以作者用喜氣洋洋的筆調原無不當之處。但是羅貫中這個善用歷史素材，小心踏上小說之路的作家，為了要達到這種喜劇效果，卻只能走歪路，誇張扭曲周瑜和魯肅的歷史真實性。

東吳的勝利至終取決於周瑜和諸葛亮商量好的火攻戰術。但曹操並不是笨伯，他用鐵索連舟，是因為算準了要火燒他的艦隊，必得有東風相助，而那時正值深冬，只有北風和西風，東吳如用火攻，等於自掘墳墓。為了強調諸葛亮是取得勝利的首腦，作者就不得不硬叫他穿上道衣，登壇祭風。[47]前面已經提到過，諸葛亮的法術和未卜先知的能力從來沒有影響大局的發展——只不過占些小便宜，或因時運不濟連小便宜也占不到。但在眼前這個例子中，祭風不但關係一個決戰的勝敗，而且真的立奏奇效，竟了大功。這一場描寫法術雖然一直為讀者喜愛，實則頗有值得商榷之處；倒不是因為我們原則上反對神怪，而是由於整篇小說主要的是寫人類不靠神助，全憑自己的文韜武略打出自己的江山。

胡適指出赤壁之戰一節內幾個最有名的場面粗淺幼稚，接著就下結論說，如果連這些有小說成分的場面都處理得這麼不高明，則書中其餘部分沒有什麼小說元素的，在文學技巧上一定更失敗。[48]但羅貫中至少在他編纂《三國演義》的時候，並沒有以小說家自居。他雖然偶爾成功地處理了一些有小說潛質的場面，但他最勝任、愉快的工作是做一個通俗史家。真正的小說需要無中生有，弄假成真，在沒有歷史資料做底本時創造出人物和故事來，而羅貫中顯然缺乏這種才能。在他誤解誤用原始材料的時候——例如赤壁之戰的某些場景——他的渲染徒然增加了這些材料的膚淺。

所以事實上，這本書的根本優點，在沒有怎樣小說化的袁紹曹操雙方大軍官渡之戰裡要遠比在赤壁之戰裡來得顯著。[49]羅貫中在忠於史實的同時，也保留了一個可以供作希臘悲劇題材的扣人心弦的故事。袁紹的優柔寡斷和缺乏領導能力，他對幼子的強烈偏愛，他的不善利用帳中傑出但互相猜忌的謀士，在在構成曹操以少勝多、以弱制強的優勢。羅貫中並未渲染導向官渡之戰及戰後袁紹一蹶不振的那些場面，但讀者在字裡行間，總會覺得被一個要我們記得以史為鑒的歷史大事像網羅似的籠罩住。

開戰以前，袁紹已經擁有強大的軍隊，他向曹操下了最後通牒。那時曹正想征服兵力單薄的劉備，劉便派了一個使者孫乾去見袁紹，請他在曹操主力用於別處的時候發動攻擊。孫乾託袁帳下謀士田豐替他安排晉見的事：

豐即引孫乾入見紹，呈上書信。只見紹形容憔悴，衣冠不整。豐曰：「今日主公何故如此？」紹曰：「我將死矣！」豐曰：「主公何出此言？」紹曰：「吾生五子，惟最幼者，極快吾意。今患疥瘡，命已垂絕，吾有何心更論他事乎？」豐曰：「今曹操東征劉玄德，許昌空虛，若以義兵趁虛而入，上可以保天子，下可以救萬民。此不易得之機會也，惟明公裁之。」

紹曰：「吾亦知此最好，奈我心中恍惚，恐有不利。」豐曰：「何恍惚之有？」紹曰：「五子中惟此子生得最異，倘有疏虞，吾命休矣。」遂決意不肯發兵，乃謂孫乾曰：「汝回見玄德可言其故。倘有不如意，可來相投，吾自有相助之處。」田豐以杖擊地曰：「遭此難遇之時，乃以嬰兒之病，失此機會，大事去矣！可痛惜哉！」跌足長嘆而出。[50]

這一場是根據《三國志》寫的：

田豐說紹襲太祖〔曹操〕後，紹辭以子疾，不許。豐舉杖擊地曰：「夫遭難遇之機，而以嬰兒之病失其會，惜哉！」[51]

擴充後的一段，保留了當時的基本形勢和田豐的憤語。但羅貫中特別指出，袁幼子的病根本沒有像他父親想像的那麼嚴重，這樣也就給溺愛兒子舉棋不定的袁紹描出一個不可磨滅的形象。而且，雖然這件事造成他的敗亡及隨後子嗣間的爭執，作者卻始終沒有預先埋下伏線，也沒有加以任何分析。他尊重既有史料的結果是：這些史料因為未經傳奇化而在其複雜性中保持了一個悲劇神話的素材。

袁紹日趨潰敗的時候，他軟弱的個性不斷從他敵人乃至朋輩的口中透露出來。單舉一事為例：他一直對田豐的勸告充耳不聞，最後還把田豐關進監牢。及至官渡敗蹟，他才大為悔咎：「吾不聽田豐之言，兵敗將亡；今回去，有何面目見之耶！」故事接下去說：

> 次日上馬，正行間，逢紀引軍來接。紹對逢紀曰：「吾不聽田豐之言，致有此敗。吾今歸去，羞見此人。」逢紀因譖曰：「豐在獄中聞主公兵敗，撫掌大笑曰：『果不出吾之所料！』」袁紹大怒曰：「豎儒怎敢笑我！我必殺之！」遂命使者齎寶劍先往冀州獄中殺田豐。
>
> 卻說田豐在獄中。一日，獄吏來見豐曰：「與別駕賀喜。」豐曰：「何喜可賀？」獄吏曰：「袁將軍大敗而回，君必見重矣。」豐笑曰：「吾今死矣！」獄吏問曰：「人皆為君喜，君何言死也？」豐曰：「袁將軍外寬而內忌，不念忠誠。若勝而喜，猶能赦我；今戰敗則羞，吾不望生矣。」
>
> 獄吏未信。忽使者齎劍至，傳袁紹命，欲取田豐之首，獄吏方驚。豐曰：「吾故知必死也。」獄吏皆流淚。豐曰：「大丈夫生於天地間，不識其主而事之，是無智也！今日受死，本無足惜！」乃自刎於獄中。[52]

這個情節（也出自《三國志》）對袁紹作了蓋棺論定。至於田豐，他好像又是一個在明主之下會有更多成就的次要角色。如果說袁紹和所有其他首領的命運和他們的個性是分不開的，那麼對田豐、陳宮和一大群類似的人物來說，連自身生死都要看主子是否信寵，命運當然就不是一己的個性所能決定那麼簡單了。田豐不求別人憐憫，只怪自己當初做了錯誤的選擇；但其實這個選擇本身就可以看作是命運的擺佈。《史記》中有不少有關上天在決定英雄豪傑的命運時天意難測的動人記載。在《三國》裡歷史不再是一組片段的個人或集體列傳，因此我們更清楚地體認到人命實為天意的真諦。不光是官渡之戰，其他數十、近百個未加小說化的重要史實記述都同樣令人感到天意雖不可測，卻實在是人類用心努力的終極成績。從初次出戰就喪了命的最低偏將到雄才大略而始終未能扭轉天意的諸葛亮，這種奮鬥的意識照亮了《三國》舞臺上擁擠的人群。不管他在歷史上多麼微不足道，每一個尋求功名的人都各自扮演著一場戲，這場戲是他的努力對他的命運撞擊以後所留下的印象。

注釋

1 W. P. Ker, *Epic and Romance : Essays on Medieval Literature*（London: Macmillan & Co., 1897）現有紙面本（New York: Dover Publications, 1957）。第一、二章特別值得參考。

2 章學誠認為：「唯《三國演義》則七分實事，三分虛構。」他論《三國》的話出自《丙辰札記》，見孔另境編《中國小說史料》，頁44-45。胡適的《三國志演義序》見《胡適文存》第二集。

3《三國志平話》是《新刊全相平話》五種之一，元英宗至治年間（1321-1323）印。近幾十年來曾重印過幾次。在《三國志演義的演化》一文裡，鄭振鐸對《三國志》也作了詳細的評析。見《中國文學研究》上冊，頁171-190。

4 司馬遷為這三位將軍作的傳參看Burton Watson譯*Records of the Grand Historian of China*（New York: Columbia University Press, 1961），頁189-232。

5《三國志通俗演義》（以下簡稱《通俗演義》）第一冊，正文頁1上。

6《全相平話五種》卷五，頁355。

7 毛本《三國志演義》（本書所用為《足本三國演義》〔台北：世界書局，一九五六〕，簡稱《三國》），第一回。由於毛宗崗是此書主要編者，此後我談到這個本子將不再提毛綸（反正他在編務上看來遠沒有他兒子做的事多）。

8《通俗演義》第一冊：蔣大器序，頁2下至頁3上。蔣序書於弘治甲寅仲春（西元一四九四），一般人稱這個本子為弘治本是由此而起的。劉修業女士已經引用修　子寫的序文全文，序是嘉靖壬午年（西元一五二二）寫的，見《古典小說戲曲叢考》頁63-64。她因此說這部小說也是那一年印行的。但按《中國文學史》（西元一九六二）第三冊頁341上說，修頤子的序是嘉靖壬子年（西元一五五二）寫的。商務印書館發行的複印本上無此序。

9 在《三國志演義的演化》一文中，鄭振鐸列出嘉靖本後十種不同的版本，在這十種本子裡有四種在書名上有「按鑑」一詞。作者對明朝一些出版家利用《資治通鑑》的聲威而增加他們印行的小說在商業上的價值，參看《中國文學研究》上冊，頁216-218及劉修業的《古典小說戲曲叢考》，頁65-67。

10《胡適文存》第二集，頁473。

11《三國》，第五回。《通俗演義》第一冊裡的這一節略為詳細，因為標準本的文章比較近於古文。除非有重要不同之處需要加以討論，此後引《三國》時，我將不再同時提《通俗演義》。

12 關羽在二嫂室外秉燭達旦（此為毛宗崗所加）及斬顏良兩節見第二十五回，斬蔡陽一節見第二十八回，刮骨療毒一節見第七十五回。

13 見第三十七至三十九回。

14《三國》，第九十七回。

15 陳壽在《三國志》卷三十六這五個將軍的合傳裡寫他們的生平時，按照他們在歷史上的重要性決定先後次序：關羽、張飛、馬超、黃忠、趙雲。《通俗演義》（第十五冊，頁36上）《劉備進位漢中王》一節內封五虎大將時，趙雲排在最後。但接著的一節中（第十五冊，頁43下），費詩到荊州和關羽談起封將一事的時候，卻給五人排了這樣的次序：關、張、趙、馬、黃。

16《三國》，第七十八回。

17 參看《三國志》卷三十六關羽的傳。

18《三國》，第六十三回。

19《三國》，第六十五回。第七十三回中關羽極為反對封黃忠為「五虎將」之一。劉備派的使者費詩只得奉承他幾句，才使他平了氣。

20 C. H. Brewitt-Taylor 譯 *Romance of the Three Kingdoms*（1959）, Roy Andrew Miller 序，第一冊頁5。

21 參看《胡適文存》第二集，頁四百六十七。

22《三國》，第二十九回。《後漢書》卷二十四《馬援列傳》在文字上略微不同。

23《三國》，第十九回。《通俗演義》第四冊裡這一節曹操與陳宮的對話比較詳細。

24《三國》，第七回。

25《三國》，第二十八回。

26《三國》，第三十一回。
27曹操的死見第七十八回。
28《三國》，第二十九回。
29《三國志》卷四十六裡寫孫策被他早先殺死的許貢的家客伏擊，重傷而死。在一條注裡裴松之引了《搜神記》裡關於孫策對于吉無端的痛恨及其致命的後果。
30在第四十回裡曹操因孔融不孝，又聽說他對自己不懷好意，便盡殺他和他家小。本章下面會提到禰衡擊鼓罵曹的事，後來曹操派他為使者去見劉表。劉同樣不願因處死他而得惡名，所以又轉送他去找江夏太守黃祖，第二十三回裡黃祖終於殺了禰衡。曹操手下一個博學能言的書生楊修（同回裡禰衡戲稱他為「小兒楊德祖」）在第六十回終於遇到了敵手——張松。張在第六十二回因謀反罪被他的主子劉璋所殺，楊則在第七十二回因屢次猜中曹操心事而被處死。何晏以文才和哲學著述聞名，在第一百〇七回裡曹爽反司馬懿事敗，他受牽連被誅。
31《三國》，第二十三回。孔子見陽貨事見《論語．陽貨第十七》第一章。臧倉破壞孟子名譽一節見《孟子．梁惠王下》第十六章。
32見京戲《擊鼓罵曹》。
33《三國》，第三十六回。朋友指徐庶，曾短期輔事劉備。楚威王派使者帶了很貴重的禮物去見莊子，請他出來做宰相。這位哲學家回復說：「子獨不見郊祭之犧牛乎？」見《史記》，卷六十三，列傳三。在其諷刺性和文法結構方面，這句話有些像諸葛的答語：「君以我為享祭之犧牲乎？」
34《三國》，第三十七回。毛宗崗把《通俗演義》第八冊裡的這番話很明智地縮短了。最後兩句則是毛新加的。
35《三國志．蜀書》卷五裡讚揚諸葛亮為政清正，賞罰嚴明，但對他軍事上的不夠成功表示遺憾。蔣大器在為《通俗演義》寫的序中對諸葛亮的評價，特別提出來表揚的，也只是「昭如日星」的忠貞。
36《三國》，第八十三回。
37《三國》，第八十四回。

38 《三國》，第一回。

39 《三國》，第八十五回。曾子的話見《論語．泰伯第八》第四章。

40 按照小說，馬謖大敗之後，諸葛被迫採用他一生中最冒險的戰術以求翻轉局勢，因而大大地贏了對手司馬懿一次。這個插曲（第九十五至九十六回）是京戲《空城計》的出處。

41 《三國》，第十八回。

42 《三國志》卷九《夏侯惇傳》裡只說他「從征呂布，為流矢所中，傷左目」。《三國志平話》說箭是呂布射的：「夏侯惇落馬拔箭，夏侯：『父精母血不可棄之。』其目睛一口噉之，上馬再戰，呂布言曰：『此人非常人也！』呂布大敗。」羅貫中保留了夏侯惇的話，但交戰的情景則是他新加的。（見《通俗演義》，第四冊）毛宗崗把夏侯的話最後一字改成了「也」。

43 見Burton Watson, *Early Chinese Literature*（New York : Columbia University Press, 1962），頁56-62。

44 《三國》，第四十八回，按照《通俗演義》第十冊，曹操大宴長江是在建安十三年（西元二〇八）十一月十五日。這個日子很合理，因為赤壁之戰正是那年冬天發生的。毛宗崗不知根據什麼把宴會時間提前了一年。北京作家出版社一九五五年出版的單冊本《三國演義》已把這個錯誤改正了。曹操的詩叫《短歌行》。羅貫中和毛宗崗引用的都是流行民間的一首，缺第十一、十二兩行。我從作家出版社本，把這兩行詩抄入引文了。第十三行至第十六行是引《詩經．鹿鳴》篇裡的句子。如果不考慮這一段在小說中的上下文，則烏鵲在詩本身裡象徵尋求明主以展抱負的豪傑之士。單從毛宗崗本很難判斷南飛的烏鴉是一隻還是很多隻。由曹操的問話「此鴉緣何夜鳴」看，應該只有一隻，但《通俗演義》裡這句話的前面曾提到「群鴉」，則又該不只一隻；我這裡解釋成多數。

45 但北宋時蘇軾已經把曹操的詩和這場有名的戰事連接到一起。在《前赤壁賦》裡他引了曹詩二十五、二十六兩行，接著便嘆息曹操一如常人，至終難免一死：「……釃酒臨江，橫槊賦詩，固一世之雄也，而今安在哉！」我猜想蘇軾為了突出這政治家詩人所寫「橫槊賦詩」的生動形象，可能依賴過當時的職業說書人。他在另一地方引了一個資料，證明他那時候都市兒童對三國故事喜愛之深切。參看孔另境《中國小說史料》，頁39。另一方面，這個小場景也可能是蘇軾自己設想出來的，而且由於《平話》內沒有宴會這一場，羅貫中極可能是從《前赤壁賦》那裡得來的靈感。

46 參看第四十四回。諸葛亮在赤壁之戰前夕引這篇賦，時間上多少有點不倫不類。這篇賦不可能是銅雀臺完工（建安十五年〔西元二一〇〕）以前作的。

47 參看第四十九回。在正史裡東南風確實是吹向曹操的戰船，火攻也真的竟了全功。裴松之在《三國志》卷五十四《周瑜傳》的注釋裡引《江表傳》的一段大體上就是這個意思。司馬光重述這次水戰時借用了這一段，遂使之成為正史。見《資治通鑑》第五冊（北京：中華書局，一九五六），頁2093。

48 《胡適文存》第二集，頁474。

49 官渡之戰發生在第三十回。但戰前的準備，戰後袁紹兵力的瓦解及諸子間的爭鋒占了第二十四回到第三十三回這麼多篇幅。

50 《三國》，第二十四回。《通俗演義》第五冊內比這一段長得多，但效果差得多。

51 《三國志．魏書》，卷六。

52 《三國》，第三十一回。

第三章　水滸傳

跟《三國演義》比較起來，《水滸傳》至少在兩方面促使了中國小說藝術的發展：它完全是用一種今天讀者看來仍保有其活力的白話寫成，在人物與事件的敘述與刻畫方面也不大依賴歷史資料。但這些進步和成就卻又被另一些跟著而來的缺點抵消了。這些缺點的產生是由於這部作品過於受職業說書人的影響。同這種口語文體並存的，我們看到口語文學中那些因襲慣例的全部使用，包括穿插在散文敘述間的無數詩詞和用駢體文描寫的段落。我們還看到，在沒有真正可靠史實的情況下，作者故意以演義小說方式編造偽史。第一種缺點是明代白話小說共有的。事實上，我們可以把它看作是這一傳統的基本特色；第二種缺點顯示出再為中國小說創造一種歷史形式以外的藝術形式時突顯出的通俗創作想像力的遲滯。《水滸傳》裡有幾個英雄的英勇冒險故事是在日常生活的真實背景中勾畫出來的，當然比《三國演義》獲得了較大的客觀環境的寫實。又因為它敢於面對中國人心的黑暗面，所以又表現了較大的心理層次。但它保持的形式仍是混合的，我們若不把普羅大眾的喜愛放在一起考慮，單以藝術標準來評價《水滸傳》，它當然比不上《三國演義》這樣樸實的史實紀錄。

《水滸傳》描寫宋江和他那一班落草盜寇的故事，他們在北宋徽宗時代（1101-1125）曾活躍過一小段時期，而且勢力不小。[1]一一二一年他們就受降了。據某些史料記載，他們曾參加政府軍征服另一個有更大歷史意義的反賊方臘。[2]但是這些草寇的傳說發展得很快，宋室南渡後，新都杭州的說書人一定就注意到這些傳奇故事了，因為這些故事能吸引一大批愛國聽眾，他們沒有忘記徽欽二宗的不名譽的統治。宋江等三十六位英雄的姓名和他們的一些事蹟載於《大宋宣和遺事》。這是一本文言白話混合體的歷史書。《宣和遺事》成於南宋末年，對於這些英雄的敘述顯然受到說書人的影響應毫無疑問。[3]

《水滸傳》的元朝原版本尚未發現，但在蒙古人統治之下，中國人民當然高興聽到富有獨立精神與反叛精神的水滸英雄們反抗一個腐敗、罔顧人民死活的政權。他們的故事也一定繼續發展下去。元朝的劇作家們常常竊取這些故事做他們劇本的引線。雖然這些劇本大部分已失傳，但從少數留存的劇本中判斷，我們知道，劇中的英雄所關心的主要是對官吏的不公不義之報復和對不貞婦人之處罰。[4]這些劇本承襲了水滸傳說的某些基本特質：例如宋江殺了他養活的姑娘閻婆惜，才迫使他逃到山東梁山泊那些罪犯的窩藏處。梁山泊是由梁山和周圍的沼澤所構成的地區。在宋江的領導下，這群草寇最後聚集了三十六位主要的和七十二位次要的英雄。

從他們對這部小說留下的筆記、短評及現存各版本標題頁判斷，明代學者對《水滸傳》的作者持不同意見：有的說是羅貫中所作，有的說是羅貫中和施耐庵合著。[5]但在說是施耐庵個人所作的版本上則認為，原本出自施耐庵而羅貫中利用原本編寫成小說。很可能羅用施耐庵的材料寫成《水滸》，正如他利用陳壽的材料寫成《三國演義》一樣。因為實際上我們對施耐庵一無所知，又因為他的《水滸》（如果有這本書存在的話）已融於羅貫中的書中，公平而論，這本小說的第一種本子的作者，如果要歸功於某一特殊人物的話，應該歸於羅貫中。[6]

因為讀小說的人愈來愈多，學者們的興趣愈來愈濃，嘉靖年間有幾本小說編纂好後，給印了出來（我們已經知道《三國志通俗演義》就是那時候印行的）。約在一五五〇年，武定侯郭勳，一位著名的藝術倡導家，精刻了二十卷一百回本的《水滸傳》。雖然這個版本僅存一卷，從第五十一回到五十五回，但跟晚明後的其他一百回本中這五回比較，就會知道，後來的各版本都是根據郭勳的版本，雖然在很多小地方文字上有不同處。[7]（康熙年間重印過這樣一種版本的全文，有序文，標明日期是一五八九年，一九五四年出版的集註本《水滸全傳》即以此為據。）現代學者都同意，郭勳的版本，在敘述幾個英雄加入梁山泊以前的事蹟，一百零八將的聚義梁山泊，他們不斷攻擊在腐敗官吏指揮下的政府軍，他們光榮地受招降，他們的遠征方臘和大部分英雄的犧牲，和還未死的領袖們的最後被政府出賣與死亡等，都很忠實地遵循羅貫中本的原文。但郭本裡也「增插」了一節新的故事：梁山英雄招安之後，征方臘之前，也遠征了一次遼國。這個版本最顯著的貢獻不在加大了篇幅（內容悶得嚇人），而是以白話文取代語言簡潔的文言文。從《三國》和原本都可歸之於羅貫中的其他小說來判斷，羅本《水滸傳》的風格應該是如此的。不論這位編纂者是誰，此人必須被認為是《水滸傳》的第二位最重要的作者。

在萬曆年間（1573-1619），福建的出版商余象斗曾刻印了一種簡本《水滸》（現在只有一冊殘卷保留在巴黎的國家圖書館 Bibliotheque Nationale），其中卻新添了梁山英雄征討田虎和王慶的部分。當時這個本子一定非常流行，因為誘使其他書商印了相同的一百一十回、一百一十五回和一百二十四回本。在十七世紀前期，有一種一百二十回本印行了，這個本子主要是重印較完整的一百回本，也包括了遠征田虎和王慶的故事，但經過很大的修改。給這個版本作序的楊定見可能就是修纂者。近代學者很適當地把這個本子認為是梁山泊傳奇故事發展中的頂點。

但這個本子在當時並沒有在市場流行太久：在崇禎時代（1628-1643），金聖歎準備了一種七十回的本子，只保留有前七十一回（第一回是楔子）。在他修訂的本子裡，金聖歎加了個自撰的結局，另外還附上一篇被假定是出自施耐庵之手的序。[8]七十回本《水滸傳》一直是流傳最廣的本子，施耐庵仍被認為是這部小說的唯一作者。

在七十回本出現之前，較完整的和較短的版本互爭長短。所以那些簡本是否跟羅貫中的原文相同以及相同到何等程度，不僅是一個純學術的問題。魯迅認為由一百一十五回本所代表的簡本，除了加添的部分外，實質上是抄錄羅貫中的原文。鄭振鐸在一九二九年寫的那篇《水滸傳的演化》一文中支持魯迅在《中國小說史略》一書中的觀點，他從一百一十五回本和一百回本寫的序文中引述平行的兩段已證明他的論點：「簡本絕不是繁本刪節了的。」[9]很多年後，在給集註本寫的序文中，他又轉而支持胡適、孫楷第和理查德・伊爾文（Richard G. Irwin）諸氏的主張，認為較短的本子是那些不大著名的書商為了急於牟利而印行的，同羅貫中的本子沒有任何關係。這四位學者更進一步支持一種頗成問題的理論，就是晚明時期印行的所有簡本都是繁本的簡化。只有何心在《水滸》和柳存仁在《西遊記》的研究中向這種理論發出挑戰。[10]何心跟魯迅持相同觀點，認為一百一十五回本最接近羅貫中的原文，雖然他也承認一百一十五回本顯然是節本，因為一百回本中的某些事件略而不見了，許多段落（他並沒有明確指出數目來）有被大刀闊斧刪節所損毀的痕跡。

中國學者從小就念七十回的標準本，不難理解的是，他們傾向於把所謂的刪節本視為較粗劣的。甚至魯迅也斥責一百一十五回本文體的拙劣。伊爾文亦持此說，甚至認為重返「古文之簡練」之說正反映了在需要這類節本小說時「明代作家們有意模仿先秦文章」的傾向。[11]但是一百一十五回本的文體，除了增添的部分和許多因去其繁蕪而刪節的地方外，絕非愚庸笨拙，跟先秦散文也沒有什麼相似的地方。雖然它依賴說書人用的腳本使它具有比較濃厚的白話味道，但其風格仍是十分經濟簡樸的，使人想到嘉靖版《三國志通俗演義》的文體。一百一十五回本裡也有很多詩歌和駢文，這些也難說是不是羅貫中的原文。

學者們經常把較完整的版本裡某些寫得最好的也就是刻畫最詳的故事（例如魯智深痛打鄭屠、林冲逃出草料場的大火、武松拳打猛虎等），同較簡的本子裡這些故事比較，以顯示後者在文體上的低劣。[12]縱然如是，這樣的比較看來也只不過是再肯定鄭振鐸早期的論點，就是一百回本的編纂者是根據較短本子加以詳盡修改的。但實際上增加了描寫、說明文字和較長的對話，只削弱了簡本文體簡明有力的效果。我們對前三回仔細加以研究就可知道，繁本常常是不必要的冗長，堆砌了陳腔濫調和說書人加添的部分，在簡本裡就沒有這些。除了經常以「道」代「曰」外，編纂者如毫不考慮其內容的敘述邏輯而一段繼一段予以擴充的話，實際上已保留了較短本中前三回的全部。[13]當然撇開文體的考慮不談，兩個本子寫同一事件時重要細節上也有相異處，憑這幾個細節不同的例子，我也覺得簡本似乎比繁本為早。14

我們應該對明代各簡本的珍本加以研究，以決定它在這部小說演變過程中所佔的地位。在草草讀過清代的一個很壞的一百一十五回本後就提出幾點未有結論的批評時，我並無意把它作為一部小說而給予很高評價，也無意以我自己無可爭議的證明向流行的意見挑戰（即認為它是無多大文學價值的商業產物）。我的意思寧可說是這樣：對於幾位負責把梁山泊傳奇發展到今天這種形式的作者應該享有應得的榮譽。如果簡本實質上是羅貫中寫的，就應該給它更認真更嚴肅的評論，這一點是許多學者不願做的。這是因為在研究像《水滸傳》這樣一部有很多作者的作品時，批評的意向一直是單純地把它看成一部具體表現中國人民創造天才和高貴期望的民間小說（folk novel）。但是即使那些形成梁山泊傳奇的職業說書人，也不能被認為就是中國人民的代表。跟其他的以賺錢為目的的商業藝人一樣，說書人必須考慮到他的聽眾的胃口，但絕不會完全放棄他們的創作責任。毫無疑問，除非老百姓對於梁山泊傳奇所根據的故事一開始就發生興趣，梁山泊傳奇就不會產生。如果它不能反映人民的鑑賞力與教育水準，它就不會有進一步的發展。但某些人物與事件一旦抓住一般人的想像之後，說書人就有責任更詳盡更完整地把它敘述出來。我們可以這樣假定，說書人把看家本領傳授給學徒時，這些人物和事件都會從說書人那裡得到更多專業的修正與增添。在我們今天看得到的《水滸傳》版本中就可以發現，在幾個發展完善的英勇故事方面的專業潤飾（professional polish）和說書人為了順應聽眾根深蒂固的對熟知的和老套的人物事件之要求而做的某些主題與情勢的再出現的奇特之對比。

因為沒有這部小說的原始版本，我們甚至不能判定羅貫中在採用說書人的話本時究竟加添了些什麼。我們有理由假定，在編纂魯智深、林冲和武松較早的故事時，他曾盡力寫得生動活潑，但他在利用這些沒有多大價值的材料時，不久就陷於泥沼之中，發現困難重重，因此，只是隨意做了些改編改寫的工作。如果羅貫中本就是一百一十五回的版本，那麼，一百回本的編纂者所負的責任就容易確定了。他不僅以一種更通俗的白話重寫這本小說，而且增加了敘述；他也加強了在報復性屠殺中表現的殘酷與施虐的調子。

一百回本出版的時候，一般人對於這部小說的發展演進已經不再有決定性的影響力了。相反地，出版商厚顏無恥地增加新的事件，這些新事件是迎合一般人對於梁山泊英雄故事的嗜好而設計的，直到金聖歎所編的七十回本出現，這種商業的增添才停止。金聖歎對原文曾作精微刪改重訂以改善其文體，並特別強調他個人對宋江的厭惡。一般讀者對他這七十回本甚感滿意，其他的版本就很快消失了。

近年來，《三國》被批評家們認為是一部主要的中國小說而予以特別注意，但目前批評家們仍認為它比不上《水滸傳》精彩。但正因它編纂了歷史，《三國》在計劃、設計和敘述的層次上無疑是一部較重要的作品。這是因為像《三國》和《隋唐演義》（其原本亦為羅貫中撰寫）這類主要的歷史小說，[15]歷史本身就提供了種類繁多且能引人入勝的人物與事件。這些傳奇的作者很少有小說的寫實感，他們離開歷史之後，就會向專業說書人去借形式固定的陳腐情節，但寫的卻不成功。作為一種從「演義」型的歷史記錄影響下發展出來的傳奇，《水滸》是一個反常的變數。它本來可能發展成一種徹頭徹尾的非歷史小說，一種真正的大規模的神話創造（mythmaking）；可惜開始時向所謂英雄冒險故事的方向出發寫得相當成功，最後卻又成為歷史小說，這對它必然是十分不利的。《三國》和《隋唐》描述中國歷史上兩個多采多姿的時代，而《水滸》在這方面卻先天不足，吸收不到什麼歷史材料的營養。除了楊志之外，宋江的追隨者沒有一個人的名字有可信的歷史資料，甚至宋江自己也只配寫那麼幾條而已。在迎合一般聽眾對於梁山泊故事的興趣時，專業說書人必須設計出具有歷史意義的有分量事件。他們自然不適於做這樣的工作。

因此那些說書人處理這傳奇時就彷彿它是歷史，而且是極重要的歷史；彷彿宋江和他那班強盜提供了一個真正的選擇以代替徽宗的腐敗不堪的政府。這批盜寇引人注意是因為有好幾位是以歷史上或傳說中的知名人物為藍本而雕塑的，或假定他們是知名人物的後裔。因此柴進是後周世宗柴榮的後裔，後來宋朝的開國者在權力與聲譽方面能夠高升是因為世宗的關係。楊志也是宋朝初期一門名將之後；呼延綽是名將呼延贊之後。[16]他們都具有優異的尚武傳統。有兩位英雄是模仿關羽而雕塑的：關勝，他的面貌、習性和勇武都酷似他的祖先，另一個長得很像關羽的是美髯公朱仝。我們能夠很容易地想像到這一模仿的過程是怎樣產生的。為了要找到有趣的以及容易認識的人物以填滿預先訂好數目的英雄譜，說書人就借用了許多歷史上或傳說中受人敬愛的英雄姓氏與特徵來增強他自己那一套英雄故事的號召力。

這部小說在發展過程中愈來愈多大規模戰役的一個主要原因，就是因為這些翻版將軍的出現。講述梁山泊故事的人是在跟講三國、隋唐和五代史的敵對的說書人爭長短。後者雖偏愛某一特殊英雄或王室，但不能公然地藐視歷史以使英雄不朽，王室不倒。即使沒有羅貫中那樣的改寫故事的天才，被講史人重述的三國故事也不可能把蜀國的領袖們理想化以使他們戰無不勝。諸葛亮雖有軍事天才，但假如他的將軍們皆是酒囊飯袋，他就不能輕易取勝。數度遠征魏國而戰事陷於停頓之後，他也只有因疲憊而死。但沒有史實根據的梁山泊英雄們就沒有這層限制與妨礙了。為了滿足一般聽眾對他們之偏愛，那些說書人和以後這個傳奇的繼承人就把他們描寫成百戰百勝的英雄。《水滸傳》的後三分之一，尤其是出版人利用一百回本的普遍受人歡迎而增加的材料，大部分是偽史。即使在前三分之二，這種趨勢也因故事的發展而愈來愈顯著。[17]說來順理成章，到第八十二回，宋江受招降之際，是最有希望繼承宋室王位的人，在取代宋室方面，沒有任何人能跟他較量。他不但已經打敗了這個朝廷最出色的將軍，繼而又擺佈他成為梁山泊一分子。此外他還是宮廷中幾位正直大臣的朋友，因此沒有費多大力氣，他不但一再打敗而且徹底消滅了童貫和高俅指揮的官兵。他曾俘虜了梁山泊的頭號敵人高俅，待之如上賓，臨放他時還贈送貴重禮物，希望他能代為懇求皇帝允許他們光榮招安。談論到招安，說書人的同情早預先給了宋江贏得治國平天下、自建王朝的天命，這在中國歷史上不可能有類此荒謬的情勢。

這班梁山好漢必須投降，因為說書人拘束於一個事實，即在所有涉及宋室命運的事情裡，這些好漢的確不大重要。所以在羅貫中的版本中，受招降後，這批英雄就離開京城，率領軍隊去遠征方臘。在增添過的各版本中，他們被遣派去做另外三次遠征，借以延長他們在戰場上光榮的記錄，雖然在朝廷中仍是政治上無足輕重的人物。在征方臘時很多英雄相繼戰死，寫實的調子就又回來了，當那些未死的英雄仍為王室效忠且屈服於陰謀與死亡時，這部小說就以一種近乎輓歌的調子光榮地結束。但我們也許會懷疑：隨著這些英雄經歷那些冗長的戰役只不過是為了在最後一回有個感人場面是否值得。在寫徽欽二宗被俘的事件中，《宣和遺事》的簡單記錄已經更成功地以極少的篇幅抓住這哀歌的調子。因為沒有那種完全自覺的文學寫實的傳統，通俗史家同小說家比起來，就佔盡了便宜。

我已把這部小說裡令人惋惜的特點（其偽史的設計和在不可置信的情節中突顯的戰役）提出來，為的是更明顯地表現出這部作品中「虛構」部分的成功。這部分包括的是個別英雄的故事，這些故事夠不上資格被稱為是「歷史」。雖然一百〇八個英雄都有名字，但是小說中真正重要的人物，依其出現的次序是：魯智深、林沖、楊志、宋江、武松、李逵、石秀和燕青。在這幾位人物中，真正偉大的創作是魯智深、武松、李逵，還可能算上林沖。除宋江和李逵外，這些人物之能令人難忘，只因他們加入梁山泊之前的事蹟。一旦加入梁山泊之後，他們就逐漸失掉個性，在作為軍事指揮官的一致的才能中難見什麼與眾不同的地方。一位軍事指揮官，沒羽箭張清，被賦予不少浪漫成分，但他只能算是一般故事書的英雄。[18]在他們淹沒在偽史河流之前，這些比較可愛的人物主要是生活在軍官、衙吏、商賈、店東、盜賊與娼妓、和尚與道士的世界裡，他們構成的圖畫，比起《三國演義》來要多變化，更生動。《水滸傳》之能夠顯露出有關人性的真實寫照，正因它反映的是這個殘暴、紛亂世界的一面。

在這個無休無止的冒險世界裡，主導的象徵是那位永遠在走著的大路上的英雄，次要的象徵是那家他們停下來投宿在那裡大杯酒大塊肉的客店。對於初讀這部小說的讀者而言，這些英雄一下子就狂躁起來，跟在同書裡的壞蛋並無分別。但是一條好漢永遠知道好漢與壞蛋的區別，因為後者不遵守英雄們的戒律。依照他們的戒律，一條好漢必須是光榮的，雖然光榮不光榮的界定並不是按照傳統儒家的看法。有幾位英雄強調了孝道，特別是宋江、李逵和公孫勝。忠君也永遠是被肯定的，雖然有兩三個狂暴的人物反對忠君的思想。但在其他的人與人的基本關係中，這個戒律又同儒家的教訓相違。只要妻子被認為是忠實的，其他的夫妻關係就不足為念了（對於她有不貞的懷疑時就另當別論），它把友誼的理想提升到兄弟之情。這種理想不僅認可書中常常提到「四海之內皆兄弟也」的話，而且鼓勵俠義行為，甚至達到寧願親手執行法律也不肯送官究治。

雖然這英雄戒律肯定儒家各種美德，但它堅持一個人必須以友誼或道義為先，事實上就顛覆了倫理上較精細的考慮。因此在小說裡，我們絕少看到英雄們在行動的目標上有所選擇，因而步入進退兩難的道德境界。晁蓋因奪取梁中書送給蔡京蔡太師的生日禮物而將被捕時，被指派負責緝捕他的押司宋江卻警告他，讓他開脫逃走。[19]雖然他因此會被控違抗上司命令、不忠於王室和不孝等罪名（他的父親因他的罪行而受牽連），他卻毫不遲疑地私放晁蓋，因為對他而言，友誼萬歲。我們再舉一個例子，楊雄在他那淫蕩的妻子潘巧雲誹謗石秀之後，暫時對好友石秀表示不信任。但石秀證明潘巧雲的指控是偽作的。在石秀提出她同和尚私通的證據後，楊雄以最殘酷的方式殺死她。這不僅是懲罰了她的邪惡，也是以一種血的儀式加強了他同石秀間的兄弟情誼。[20]這是他請求朋友原諒他對他的名譽有所懷疑的一種方式。這種英雄法則雖然講究朋友如手足之博愛精神，但忽視了社會上的禮法和人倫區別，因此實際上鼓吹了與博愛主義相違的流氓道德。

雖有四海之內皆兄弟的訓諭，然而友誼也不是能很容易獲得的。一種不成文法的存在暗示了英雄社會裡的成員們能以明顯的行為象徵彼此辨識出來。一個英雄，如果他不能精通武藝、善用兵器，通常喜歡這些武藝，他就要有某種詭計或技巧或法術，以使他在這個社會中成為有用的分子。但因為所有的壞人都習武，好人與壞人的分別就是好人要慷慨，同英雄社會中各兄弟相處融洽，隨時準備保護此類分子。「菜園子」張青和他的太太孫二娘經營一家黑店，經常幹的是殺人越貨的勾當。但他倆有資格成為英雄社會裡的分子，因為他們絕不傷害低層社會中的罪犯、和尚、娼妓等。在另一個極端中，皇族後裔柴進在武藝方面雖然並不高人一等，但他總在家裡收容罪犯和招待各路英雄，因此他的聲望也能遠揚。宋江雖然不是一個富有的貴族，但為人急公好義，慷慨好施，故而天下揚名，甚至在一個陌生地方陷於困難中時，只要他露了身份，英雄社會裡的兄弟就會對他表示尊敬而救他出險境。[21]下層社會裡的分子，如果一毛不拔，就不配成為這個社會裡的一分子了。魯智深流浪江湖的時候也以自己慷慨為懷而自傲，雖然他難得自己付飯錢，卻瞧不起幾個次要英雄的吝嗇表現。這幾個英雄最後也加入梁山泊，但他們扮演的只不過是「充數」英雄的角色，無關重要。

英雄好漢的另一個也較重要的試煉是他不受任何色慾的誘惑。大部分梁山好漢都不曾結過婚，對於那些已婚英雄的婚姻生活也很少提到，除非他們的妻子給他們帶來了麻煩。楊雄和盧俊義因為勤於練武而使妻子獨守空帷。由於慈悲心，宋江出資買了個叫閻婆惜的女孩；但他一直跟她保持距離。即使如此，魯男子李逵覺得他跟閻婆惜的關係乃是他的一個難以原諒的汙點，正如他祕密去京師會晤名妓李師師一樣。對於專心一意練武的人而言，禁慾可能被認為有益於健康，但在梁山泊故事形成之時，禁慾已成為英雄清規戒律中最重要的一則了。因為這些英雄中大部分的人都沒有足夠的錢使他們慷慨好施，又因為他們都可以殺人、盜竊、放火而不會招致同伴們的反對，性方面的禁慾能耐就成為衡量他們的精神力量的唯一標準。在梁山僅有的一個經常被同伴們責難和嘲笑的是好色之徒矮腳虎王英，他後來跟一位女戰士匹配成夫妻。[22]（像這樣的一個一身男子氣概的女人成為「英雄好漢」，便不再被認為是男性敵視的目標了。）為了使他們同英雄好漢有別，那些壞的反叛領袖如田虎、王慶和方臘，以及很多次要角色的惡徒都被描寫成縱慾淫邪的人。武松和魯智深看見跟年輕女人廝混的和尚道士時，就衝動得要動殺機。李逵看見美女就生厭惡之心。有一次，他跟宋江在一家酒樓吃飯，有賣唱的小姑娘殷勤地出現在他們面前，他氣壞了，一手把她推開，使她失去知覺。[23]

在大多數社會中，性的禁忌通常和反對暴飲暴食並行。但在《水滸傳》中，這些英雄以耽於酒肉之樂來補償性的禁忌。最強壯的英雄，能抗拒女色之誘惑，也是最能吃能喝的人，如武松、魯智深和李逵。對於熟讀像《巨人傳》（*Gargantua and Pantagruel*）和《湯姆．瓊斯》（Tom Jones）這類滑稽經典名著的西方讀者而言（這兩本小說以淫蕩好色反對虛偽的文明），描寫粗人大杯酒大塊肉（即使是在一種性之禁慾的範圍中）應該是《水滸傳》最可愛的一個特色。這本小說的確提供了充滿生命力的喜劇，跟只描寫狂暴而無笑之內涵的其他情節成為對照。最出色的滑稽場面是魯智深現身的時候。他以前是位軍官，現在是五台山上的和尚。他力大無窮，食量也無止境，現在他在嚴格的僧侶紀律下吃素過日子，不得不偷偷下山好好吃一頓。在第二次下山時，他在一家鐵匠店前稍停，吩咐鐵匠按他的設計打造一條禪杖和一口戒刀後，就去找酒喝。幾家酒店都不敢賣酒給他吃，最後他找到一家態度和善的酒店。

智深走入店裡來，靠窗坐下，便叫道：「主人家，過往僧人買碗酒喫。」莊家看了一看道：「和尚，你那裡來？」智深道：「俺是行腳僧人，遊方到此經過，要買碗酒吃。」莊家道：「和尚，若是五台山寺裡的師父，我卻不敢賣與你吃。」智深道：「洒家不是，你忙將酒賣來。」莊家看見魯智深這般模樣，聲音各別，便道：「你要打多少酒？」智深道：「休問多少，大碗只顧篩來。」

約莫也喫了十來碗，智深問道：「有甚肉？把一盤來喫。」莊家道：「早來有些牛肉，都賣沒了。」智深猛聞得一陣肉香，走出空地上看時，只見牆邊砂鍋裡煮著一隻狗在那裡。智深道：「你家現有狗肉，如何不賣與俺喫？」莊家道：「我怕你是出家人，不喫狗肉，因此不來問你。」智深道：「洒家的銀子有在這裡！」便摸銀子遞給莊家，道：「你且賣半隻與俺。」那莊家連忙取半隻熟狗肉，搗些蒜泥，將來放在智深面前。智深大喜，用手扯那狗肉，蘸著蒜泥喫，一連又喫了十來碗酒。

喫得口滑，只顧討，那裡肯住。莊家倒都呆了，叫道：「和尚，只恁地罷！」智深睜起眼道：「洒家又不白喫你的！管俺怎地？」莊家道：「再要多少？」智深道：「再打一桶來。」莊家只得又舀一桶來。智深無移時又喫了這桶酒，剩下一腳狗腿，把來揣在懷裡。臨出門，又道：「多的銀子，明天又來喫。」嚇得莊家目瞪口呆，罔知所措，看他卻向那五台山上去了。

智深走到半山亭子上，坐下一回，酒卻湧上來。跳起身，口裡道：「俺好些時不曾拽拳使腳，覺得身體都睏倦了。洒家且使幾路看！」下得亭來，把兩隻袖子搦在手裡，上下左右使了一回，使得力發，只一膀子搧在亭子柱上，只聽得刮刺刺一聲響，把亭子柱打折了，坍了亭子半邊。

門子聽得半山裡響，高處看時，只見魯智深一步一顛搶上山來，兩個門子叫道：「苦也！這畜牲今番又醉得不小！」便把山門關上，把栓拴了。只在門縫裡張時，見智深搶到山門下，見關了門，把拳頭擂鼓也似敲門。兩個門子那裡敢開！智深敲了一會，扭過身來，看了左邊的金剛，喝一聲道：「你這個鳥大漢，不替俺開門，卻拿著拳頭嚇洒家！俺須不怕你！」跳上臺基，把柵剌子只一拔，卻似撅蔥般拔開了。又拿起一根折木頭，去那金剛腿上便打，簌簌地，泥和顏色都脫下來，門子張見，道：「苦也！」只得報知長老。

智深等了一會，調轉身來，看著右邊金剛，喊一聲道：「你這廝張開大口，也來笑洒家！」便跳到右邊臺基上，把那金剛腳上打了兩下，只聽得一聲震天價響，那尊金剛從臺基上倒撞下來。智深提著折木頭大笑。……

智深在外面大叫道：「直娘的禿盧們！不放洒家入寺時，山門外討把火來燒了這個鳥寺！」眾僧聽得，只得叫門子：「拽了大栓，由那畜生入來。若不開時，真個做出來！」門子只得捻腳捻手把栓拽了，飛也似閃入房裡躲了，眾僧也各自迴避。

只說那魯智深雙手把山門盡力一推，撲地將入來，喫了一跤。爬將起來，把頭摸一摸，直奔僧堂來，到得選佛場中，禪和子正打坐間，看見智深揭起簾子，鑽將入來，都吃一驚，盡低了頭。智深到得禪床邊，喉嚨裡咯咯地響，看著地下便吐。眾僧都聞不得那臭，個個道：「善哉！」齊掩了口鼻。智深吐了一會，爬上禪床，解下條，把直裰帶子都嗶嗶剝剝扯斷了，脫出那腳狗腿來。智深道：「好！好！正肚饑哩！」扯來便喫。眾僧看見，把袖子遮了臉，上下肩兩個禪和子遠遠地躲開。智深見他躲開，便扯一塊狗肉看著上首的道：「你也到口！」上首的那和尚把兩隻袖子死掩了臉。智深道：「你不喫？」把肉望下首的禪和子嘴邊塞將去。那和尚躲不迭，卻待下禪床。智深把他劈耳朵揪住，將肉便塞。對床四五個禪和子跳過來勸時，智深撇了狗肉，提起拳頭，去將那光腦袋上嗶嗶剝剝只顧鑿。滿堂眾僧大喊起來，都去櫃中取了衣鉢要走。此亂喚做「捲堂大散」。[24]

魯智深盡情享受酒與狗肉，最後怒打泥塑金剛，以狗肉折磨和尚，彷彿他就是位粗魯喜劇中元氣充沛的化身。現身在《巨人傳》誇大的喜劇內容中的修士約翰也不曾如此痛快淋漓來肯定人的真性情。

迄今為止，我根據英雄的戒律來指出梁山好漢的特性：他們的手足情和同志愛，他們的尚武精神，慷慨仗義的個性、禁慾的清規、大杯酒大塊肉的生活習慣。熟悉教科書上對《水滸傳》的介紹的讀者也會預期我會提到梁山人馬反抗政府的立場和革命的志向。其實，雖然少數人物表現出這種感情，反政府的態度卻不是一個英雄所必需的特質。一再打敗政府軍隊之後，梁山泊英雄堅持要向政府光榮投降，並且去攻打反政府的叛將。在許多模仿《水滸》的小說裡，那些英雄積極為政府工作而從未經歷過背叛階段。雖然他們並未能完全遵守這律則，梁山泊那群人中，許多著名的英雄原是軍官，負有剿滅梁山叛亂的使命，他們的志願，也跟《三國》中的英雄們一樣，是光耀門楣和效忠政府而獲得榮譽。有些平民出身的英雄，特別是阮氏兄弟，有時道出在政府壓制下人民的不滿情緒，他們的言語和歌詞常被批評家斷章取義地視為是這本書主題的證據。[25]但一般說來，這些英雄雖然反對腐敗官吏，一如他們反對所有作惡多端不公不義的人，他們卻沒有那種激起革命熱情的抽象的憤恨。「逼上梁山」這個口頭禪一般人都解作：這些英雄受到官吏的極端迫害，被迫到梁山泊去找他們最後的安身立命之所。但是除了教頭林沖不斷受高俅的迫害外，沒有幾位英雄能符合這種遭受不斷迫害的條件。大多數次要的角色都是慕宋江之名而投靠梁山。他們之中的大多數，縱非雞鳴狗盜之徒，也是下層社會的人。書中有時對他們流入黑社會的個人不幸或屈辱簡單帶過，但從沒有正面描寫過。逼上梁山的主要例子（軍官、低級官吏、傑出市民）差不多都是極不情願地屈服於梁山那伙人的壓力，他們根本不是政府迫害的犧牲者。

因此，就反政府這一主題而言，我們必須把獨行俠的英雄和作為一個集體的梁山英雄加以區別。獨行俠的英雄都遵守英雄律則，但那個梁山集團只遵守一種流氓的道德：這對英雄律則實在是個諷刺。個別傳奇中的英雄，像魯智深、林沖、武松，甚至宋江都是有榮譽感的人。他們如果受到不公的迫害，就以勇氣與尊嚴對抗不公，這樣做時便確立了他們的男子氣概。但就在王進、史進、魯智深和林沖個別的冒險事蹟之後，我們讀到一段重要的情節，裡面特別歌頌了瞞騙與欺詐。在這個故事裡，組成梁山泊核心的七條好漢由一個次要英雄之助，巧妙地劫奪了一名官吏獻給蔡京的生日禮物。蔡京雖是朝中四大奸臣之一，這些貴重物品誠然也代表著以不公不義手段剝奪人民的財產，但重要的是，前幾回寫的英雄們絕不恥於加入這種陰謀，因為他們會因屈服於貪婪而感到恥辱。但吳用、晁蓋、阮氏兄弟，還有別的同謀者覺得犯法搶奪這批禮物並無不是之處。再說他們的行動並不需要個人的勇敢和力量，只消智多星吳用導演的一次審慎的集體行動就夠了，而且行動一舉成功。

在追求報復和榮耀時，個別英雄奮不顧身，絕不考慮自身安危，但那七條好漢在智取生辰綱佔據梁山的巢窩之後最關心的就是團體的安危。在那些預定要加入的人數湊足之前，這個人數與力量正在增強的盜寇集團主要的任務是保護和增加它的力量，儘管他們誇口說這是剷除朝廷奸臣以替天行道。因此，作為梁山泊這群人的歷史來看，七十回本《水滸》的敘事重心落在權力的擴充和領土的侵略這兩樁事上。

為了招募英雄，宋江等頭目不惜使用最殘酷的手段。第一個犧牲者是軍官秦明。宋江賞識他是個勇猛的鬥士，對他們非常有用，便採用了一個策略，終令政府公開宣布秦明是反賊，他的家人都被處死刑。秦明被俘後，被宋江尊為客人，這個火性子軍官聽宋江道歉，也只好向殘酷的現實低頭：

秦明見說了，怒氣攢心；欲待要和宋江等廝拼，卻又自肚裡尋思：一則是上界星辰契合，二乃被他們軟困，以禮待之，三則又怕鬥他們不過。因此只得納了這口氣，便說道：「你們兄弟雖是好意要留秦明，只是害得我忒毒些個，斷送了我妻小一家人口！」[26]

這一段讀來有一種奇特的感覺，因為梁山傳奇的法制人盡力讓個人榮譽同群體的使命衝突之間取得和諧。我們想知道在這樣的情況下武松或魯智深會有怎樣的反應。對宋江來說，斷送了秦明「妻小一家人口」簡直不算一回事。他竟有心腸即時給秦明找一個新夫人，以補償他失妻喪子之痛。

另一個在這種殘酷手段下犧牲的是朱仝，宋江從前在衙署內的同僚，他對梁山泊那伙強人一直是態度友善。現在他因為曾協助一個罪犯加入梁山泊而被刺配滄州牢城，但朱仝自己寧願忍受罪犯之名也不願入伙加入他那班強盜朋友。他在滄州過得還算不錯，滄州知府喜歡他，教他負責看護四歲的小兒子。但是梁山泊的頭頭非迫使他入伙才能滿足。李逵和另外兩個人（雷橫和吳用）被派去滄州，他們此行唯一目的就是使他牽連到一個大罪，因此他不得不投降。李逵到了滄州，拐騙了由朱仝負責照管的小衙內，用斧子劈開他的腦袋，把屍體丟在附近的一個樹林裡。李逵是以亂殺人出名的，但這次他只是遵從梁山領袖們的命令行事，正如他後來在盛怒的朱仝面前為自己辯護時所承認的（「教你咬我鳥！晁宋二位哥哥將令，干我屁事！」）。朱仝對於滄州知府兒子之死所感受到的憤怒甚於秦明對殺其全家大小所感到的，但在壓力之下他也只得屈服。27

梁山人馬一邊收編天下英雄好漢，一邊不斷動干戈侵佔領土。有時他們被迫去攻打城池以營救被牢的兄弟或是搶奪糧草，但對於祝家莊和曾頭市兩個村坊有計劃的消滅，只能說是他們施虐的天性。這些村子也是有軍事設備而好戰的田庄，跟梁山泊曾征募的英雄如孔氏兄弟（孔明、孔亮）活動的鄉居並無多大不同。他們的獨立精神和練武修備也是為了不受政府的壓迫，村中居民也和梁山泊的那班人沒有多大區別。但是梁山泊英雄們痛恨他們的敵對獨立行徑，因此常常為了最微不足道的事情變得反目成仇。每個村莊都遭受徹底的毀滅。曾頭市的莊主曾長者，因為兩個兒子在抵抗梁山泊人馬時被殺死而悲痛萬分，乃下書求和。梁山泊這邊聽信軍師吳用的獻計，利用機會使曾家陷於陰謀，結果一門老小悉遭殺戮。教頭史文恭一人逃走，但終於被捕獲，然後被剖腹剜心，以報他一箭射死晁蓋之仇。雖然史文恭射殺晁蓋是他的任務而非報私仇，但這種凌遲式的報仇仍舊實施了。28

說書人當年傳誦這些故事於市井，唯以取悅聽眾為務，未必能夠弄清個人英雄事蹟與集體暴虐行為的分別。但這些故事迄今猶流傳不衰，的確顯示中國人民大眾對痛苦殘忍的麻木不仁。但正因為書中對暴虐的歌頌是不自覺的，現代讀者倒可以把七十回標準本看作一則充滿吊詭的政治寓言（一旦眾好漢全部聚齊一堂時，他們遂變成政府的有效工具而失去幫會性格）：官府的不公不義，是激發個人英雄主義的條件，但眾好漢一旦成群結黨，卻又足以斫傷這種英雄主義而製造出比腐敗官府更邪惡的恐怖統治了。其實這就是地下政黨的老故事：在求生存爭發展的奮鬥中卻往往走向它聲稱所要追求的反面。從這一理解而言，七十回本《水滸傳》是流氓道德戰勝個人英雄主義的記錄。

但基本說來，這些個別英雄同那些群體並無顯著的區別：個體也好，群體也好，都是急著要報仇。個別的報復行動同集體報復行動比較時，更常是因榮譽的原因而激起，然而這些英雄如果沒有被那種熱情控制，他們就不可能屈服於團體的意志，並支持它對許多城池和村莊所做的報復性的攻擊。按照英雄律則，一個英雄不能忍受法律的拖延和反復無常，如果他覺得自己或親近的人受到不公的對待，他就必須主持正義。武松就是這樣一位英雄的傑出例子。有十回的篇幅敘述在他投奔梁山泊之前的事蹟，我們多次看到他憤怒地懲罰他自己的和他朋友的敵人。他哥哥被淫婦潘金蓮謀殺之後，武松以一種令人毛骨悚然的儀式以她祭祀其亡夫，之後又殺死她的姦夫西門慶。他向地方官自首後，被發落到一個遠遠的城市去。雖然他曾預期有個較輕的處罰，但也願意服從這判決，因為他為亡兄做了應做的事後，就再也不在乎自己的命運如何了。後來，他在孟州當罪犯而結識了下流社會的頭目施恩，並為了替施恩報仇而大鬧快活林，痛毆蔣門神。結果武松自己成為蔣門神和他的支持者張都監和張團練陷害的目標。殺死四個被唆使來殺他的公人後，武松怨恨沖天，便直奔張都監家去。一個公人告訴他說，他的三個仇人正在那裡飲酒慶祝武松歸天。我現在要引用現場屠殺的主要部分，因為這一段和魯智深大鬧五台山的描述一樣，是這部小說最精彩的地方：

武松聽了〔三個仇人自己互慶的談話〕，心頭那把無名業火高三千丈，沖破了青天；右手持刀，左手叉開五指，搶入樓中。只見三五支燈燭熒煌，一兩處月光射入，樓上甚是明朗；面前酒器皆不曾收。蔣門神坐在交椅上，見是武松，喫了一驚，把這心肝五臟都提在九霄雲外。說時遲，那時快，蔣門神急要掙扎時，武松早落一刀，劈臉剁著，和那交椅都砍翻了。武松便轉身回過刀來。那張都監方纔伸得腳動，被武松當頭一刀，齊耳根連脖子砍著，撲地倒在樓板上。兩個都在掙命。

這張團練終是個武官出身，雖是酒醉，還有些力氣；見剁翻了兩個，料到走不迭，便提起一把交椅掄將來，武松早接個住，就勢只一推。休說張團練酒後，便清醒時也近不得武松神力！撲地往後便倒了。

武松趕入去，一刀先剁下頭來，蔣門神有力，掙得起來，武松左腳早起，翻筋斗踢一腳，按住也割了頭；轉身來，把張都監也割了頭。

見桌子上有酒有肉，武松拿起酒鍾子一飲而盡；連吃了三四鍾，便去死屍身上割下一片衣襟來，蘸著血，去白粉牆上大寫下八字道：「殺人者打虎武松也。」把桌子上器皿踏扁了，揣幾件在懷裡。

卻待下樓，只聽得樓下夫人聲音叫道：「樓上官人們都醉了，快著兩個上去攙扶。」說猶未了，早有兩個人上樓來。武松卻閃在胡梯邊，看時，卻是兩個自家親隨人，便是前日捉拿武松的。武松在黑處讓他過去，卻攔住去路。兩個入進樓中，見三個屍首橫在血泊裡，驚得面面相覷，做聲不得，正如「分開八片頂陽骨，傾下半桶冰雪水」，急待回身。武松隨在背後，手起刀落，早剁翻了一個，那一個便跪下討饒。武松道：「卻饒你不得！」揪住也是一刀。殺得血濺畫樓，屍橫燈影！

武松道：「一不做，二不休！殺了一百個也只一死！」提了刀，下樓來。夫人問道：「樓上怎地大驚小怪？」武松搶到房前。夫人見條大漢入來，兀自問道：「是誰？」武松的刀早飛起，劈面門剁著，倒在房前聲喚。武松捺住，將去割頭時，刀切不入。武松心疑，就月光下看那刀時，已自都砍缺了。武松道：「可知割不下頭來。」

便抽身去廚房下拿起朴刀，丟了缺刀，翻身再入樓下來。只見燈明，前番那個唱曲兒的養娘玉蘭引著兩個小的，把燈照見夫人被殺死在地下，方纔叫得一聲「苦也！」武松握著朴刀向玉蘭心窩裡搠著，兩個小的也被武松搠死。一朴刀一個結果了，走出中堂，把栓拴了前門，又入來，尋著兩三個婦女，也都搠死了在地下。武松道：「我方纔心滿意足！

這場大屠殺是這本小說寫得最為鮮明可見的情景之一。中國的小說家在描寫一個人或風景或兩個戰士間的格鬥時，通常愛用現成的詩句描寫，這些描寫本身雖然有趣，但言辭通常是傳統的而且多是陳腔濫調，對所描寫的景象不能予人以真實感。金聖歎在他的七十回本中把這種累贅的詩詞有系統地刪除也使《水滸》濃縮緊湊了。《水滸》也好，別的中國小說也好，最好的描繪文字總是一些非概括性的陳詞濫調所能交代的特殊個別動作。在武松血濺鴛鴦樓的這段描寫中，武松行動的敘述裡點綴著簡短的對話和背景的描寫，使人有一種生動的如在眼前之感，可以跟《伊利亞德》和冰島傳奇中的戰鬥場面相比。當武松的朴刀剁某人的臉或砍進他所坐的椅子或者「齊耳根連脖子砍著」，我們的眼睛會隨著他朴刀的動作轉動。這些生動的描述是屬於荷馬史詩的傳統而非歐洲中世紀華麗的傳奇風格。特別是武松在砍殺中停下來喝幾盅酒和發現他的刀鋒鈍得不能砍下一個婦人的頭來，我們看到最高的寫實創作藝術。以嚴格的敘述經濟和使故事發展而論，這位英雄沒有喝酒和換朴刀的必要：殺死三個敵人之後，他可以徑自下樓去用同一把刀殺死這家子人。但正是這些表面看來是多餘的敘述給我們恢復了這場屠殺的真實感。這樣相當多的細節描寫以增強嚴格的寫實的經濟手法，在《三國演義》裡就不曾有過，即在《水滸》中也不多見。

如果我們假定一百回本作者增補羅貫中本的原文以更適於口頭說書的風格，前邊引述的這一場景也提供了同視覺認知（visual realization）藝術正相反的改編的例證。在很多地方改編者運用了日常使用的詞句，這只妨礙了敘述。因此蔣門神剛看見武松時，作者告訴讀者說「把這心肝五臟都提在九霄雲外」。這是一個傳統的誇張法，對我們真正了解他的恐懼一無裨益。再者，下面一句「說時遲，那時快」[30]也是說書人用的濫調，也該省略。

還有一個證據，證明改編者沒有很精細地構思這一場景。我們不知道武松進入樓廳時這三個仇家各坐在桌子的哪個方向。奇怪的是，他的注意力只集中在屋裡的燈光和明亮的銀器上。關於屋子底層的布局也不太清楚。更奇怪的是，為了適應口頭說書的風格，要我們看的那些東西的確實數字也沒有說明。在鴛鴦樓裡，「只見三五支燈燭熒煌，一兩處月光射入」。可能在匆匆砍殺時，武松不能看清這些東西，但他應該記得在已殺死養娘和兩個孩子（幾歲了？是男還是女？）之後又殺了兩個或三個「婦女」。根據後來官方的統計表，武松一共殺了十五個人，所以在殺了養娘和孩子之後，他一定是殺了三個而不是兩個婦人。但中國的說書人很自然地愛用「兩三個」這個不精確的說法而不用文字上的精確數目。

在一百一十五回本中，武松殺死三個仇家之後，就在桌上大吃大喝一頓。如果這個本子可推溯到羅貫中本，那麼，這個本子的改編者略去有關武松吃喝的一景，實對改良這個故事有幫助。武松會停下來喝酒，但在那個時刻，他似乎不會享受一次酒肉盛宴。但改編者保留了他踏扁幾件銀器揣在懷裡。這是《水滸傳》裡的慣常的情勢，一個英雄殺人之後就會偷一些有價值的東西或是把房子燒掉。對於像魯智深那樣的英雄，雖有足以傲人的慷慨，仍是個狡猾的無賴，這正是他的特性。但從他以前所做的事情判斷，武松該不會做這種偷雞摸狗的勾當。使他成為一個賊，就是貶低了他作為一個報復者在暴力的刺激下近於瘋狂的重要性。但這位改編者竟粗心地保留這個小動作而損壞了這位英雄的形象。

縱然有這些瑕疵，我們必須承認，根據一個不太精確的簡單敘述作修改，改編者費了很大的氣力使這一場景更生動更鮮明更突出，雖然他並非一直為完美表達的衝動所驅策。鴛鴦樓的浴血場面代表了一個英雄的事業之頂點，它被挑選出來做詳細敘述以引起注意，就是在這個時候，說書人或改編者變得格外了解自己的藝術責任。雖然一百回本《水滸傳》寫成的時期正是中國小說很難說已是作者自覺地追求精確敘述的時候，但看來這位改編者在這方面有進步了。

如果魯智深大鬧五臺山代表了動物的無窮無盡的精力，武松的無休無止的取人性命則可看作是一種魔鬼附身的具體表現。但後者的情況，如果正確了解的話，應該具有悲劇的精神，正如前者很正確地透發著喜劇的氣氛一樣。在希臘悲劇中，過度的英雄主義和過度的傲慢與野心同樣令人惋惜：阿查克斯（Ajax）是個受詛咒的英雄。一般人對《水滸》的基本批評是：雖然武松復仇的怒火沖天，但在作者筆下，他卻看來是個可敬的英雄，而不是一個內在性格複雜的人物。這樣的人物我們能夠接受，因為我們對他的敬佩混合著憐憫。在《三國》裡，勇敢而可敬的關羽是一個悲劇人物；在《水滸》裡，勇敢而可敬的武松卻沒有那種更進一步的深度。在鴛鴦樓上的屠殺中，正如他對待他嫂子潘金蓮一樣，作者給我們全部事實，我們能夠以這些事實重建一個內在的壓力，但這些事實大部分都留而未用，因為這位小說家（我用小說家這個名詞是指羅貫中和一百回本的改編者）立意把他視為遵從律則的英雄。

在這本全然被復仇願望支配的小說裡，武松只是個可敬的單純人物，因為小說家覺得沒有必要對那支配行動的激情提供一種道德的和哲學的批評。我們承認武松魔鬼般的憤怒是有理由的。但《水滸》也描寫一種在冷血和憎恨的情緒中從事的報復行動。相較起來，這行動就不太可能得到同情了。例如對黃文炳的處罰，其冷漠無情的施虐行為真是令人膽寒。黃文炳是個野心勃勃但熱心為公的官吏，曾經密告宋江謀反，宋江對他痛恨萬分。現在黃被梁山英雄捕獲，被脫得赤條條的，縛在樹上；宋江問由誰負責在眾英雄面前執行這復仇雪恨的儀式時，李逵欣然自告奮勇：

便把尖刀從腿上割起。揀好的，就當面炭火上炙來下酒。割一塊，炙一塊。無片刻，割了黃文炳，李逵方纔把刀割開胸膛，取出心肝，把來與諸頭領做醒酒湯。[31]

因為這位小說家毫無掩飾地在他們的行動上站在他們這一邊，我們大概會被視為共犯，贊同並欽佩李逵的冷酷行為，正像我們應該欽佩武松血濺鴛鴦樓的道理一樣。

在中國的官吏和歷史小說中，施刑和取人性命本來是極尋常的事，但是犯這樣的罪行差不多總因背離儒家的訓示而受到不必言明的斥責。例如司馬遷所記載的呂后殘害高祖寵妾戚夫人，其令人驚駭的程度不下於李逵宰割黃文炳：

太后遂斷戚夫人手足，去眼，煇耳，飲瘖藥，使居廁中，命曰「人彘」。居數日，迺召孝惠帝觀人彘。孝惠見，問，迺知其戚夫人，迺大哭，因病，歲餘不能起。使人請太后曰：「此非人所為。臣為太后子，終不能治天下。」孝惠以此日飲為淫樂，不聽政，故有病也。[32]

雖然有這段慘無人道的迫害的客觀描寫，但在敘述她兒子那種狂烈的心情改變中，司馬遷已為永世控訴了呂后。《史記》肯定了文明；《水滸傳》在其積極地樂於看到英雄們這些報復的野蠻行動中，卻沒有肯定文明。雖然對英雄理想大致認同，但幾乎俯拾皆是的暴戾兇殘場面使《水滸傳》成為一部讓人看了想起中國文化史不少大問題的文獻。

《水滸傳》裡的女人不僅為了她們的惡毒陰險受處罰。我們簡直可以說，她們受處罰僅僅因為她們是女人，因此是慾望的無助的犧牲者。一種心理鴻溝把她們跟自律的英雄們分開。梁山泊英雄的特質是不近女色，他們對於女人有一種下意識的惡意，認為是他們最厲害的敵人，對於他們的英雄自信的不自然是一個嘲弄的提示。這本小說中四個主要的女性邪惡的例子，不論她們還有其他什麼罪，都是因為不滿婚姻生活或俘虜似的命運而與別人私通者：她們是勒索者閻婆惜，弒夫者潘金蓮，誹謗者潘巧雲，密告丈夫盧俊義的賈氏。對她們而言，欺騙與殘酷乃是獲得性滿足的方式。他們的懲罰者，所有光榮的英雄，痛恨她們，因為她們渴求快樂、渴求生活；他們犧牲她們，這樣英雄道德律始可存在。我們在下面引用很重要的一段，說明這種憎恨女人的施虐行為表現了無理性的報復，一如前邊所提到的折磨黃文炳。犧牲者潘巧雲背夫楊雄私通和尚且誹謗他的好友石秀；現在兩個受傷害的英雄把她拽到荒涼絕跡的翠屏山：

楊雄道：「兄弟，你與我拔了這賤人的頭面，剝了衣裳，然後我自伏侍他！」石秀便把那婦人頭面首飾衣服都剝了。楊雄割兩條裙帶把婦人綁在樹上。……

楊雄向前，把刀先挖出舌頭，一刀便割了，且教那婦人叫不得。楊雄卻指著罵道：「你這賊賤人，我一時誤聽不明，險些被你瞞過了！一者壞了我兄弟情分，二乃久後必然被你害了性命！我想你這婆娘，心肝五臟怎地生著！我且看一看！」一刀從心窩裡直割到小肚子下，取出心肝五臟，掛在松樹上。楊雄又將這婦人七事件分開了，卻將頭面首飾都拴在包裹裡了。[33]

中共批評家眾口一詞，稱讚《水滸傳》為偉大的革命小說。[34]他們認為梁山泊這班草寇是有階級意識的農民的前衛，這種見解實在是錯誤的。這本小說的主要英雄中，也許只有李逵可以勉強稱之為農民，雖然他也早已經脫離他的鄉村而加入了下流社會的流氓群。因為這本小說確然表現了一種根深蒂固的對於政府之不滿和對官吏朝臣的恨，這種「革命情緒」只能看作是報復心態的另一種表現。對於這種報復心態我們已經討論過了。因此這本小說一方面有意肯定了忠貞公正的理想，描述這班草寇怎樣忠於王室，即使是在暫時的不滿情況中，他們的忠心耿耿仍保持不變。另一方面，幾個著名的英雄和他們的集團必須被看作是社會動亂與施虐行為的根源。在這本小說裡，所謂革命的啟蒙力量遠遜於無意識力量的爆發。每種文明，如欲生存，必須克制這種力量的肆虐。李逵就是這種黑暗力量的最主要的象徵，正如他的主子和朋友宋江是忠於王室的主要象徵一樣。這部小說的意識張力就存在於這不能分離的一對微妙關係的交互影響中。

宋江的人格使中國人感到迷離不解。明朝大批評家李贄把他看作是忠義的化身，但是另一位更有影響力的評論家金聖歎認為宋江只不過是個偽君子而已，因此他還到處把原文略加改動，以使宋江的虛偽更為明顯易辨。[35]一個能夠如此殘酷無情而滿口仁義道德的反叛領袖當然會成為一個費解的人物。但在這本小說的整個結構中，他的角色，如果連同李逵一起來看，就不太曖昧不明了。事實上宋江和李逵構成一個雙重角色（a double character），就像桑丘・潘沙（Sancho Panza）配搭唐吉訶德（Don Quixote）這對主僕成為形影不離的搭檔的道理一樣。除了他們在團體事務中所擔負的積極的個人任務之外，宋江和李逵的相輔相成的性質提供了這部小說所獲得的統一主題，雖然這只是插曲式的和機械的設計的敘述。

就在第三十八回初遇時，宋江和李逵就有相見恨晚的喜悅。宋江賞識他那粗魯的勇敢，也很愛他。宋江是個比較不太傲慢的波洛斯波柔（Prospero），他欣然承認他跟這個野蠻而殘酷的人之間的親密關係。但除了這種本能的友誼之外，他們在政治方面也是相輔相成的兩極端；如果宋江代表一個開明造反者的浮誇言辭與榮譽，李逵則是一個無政府的背叛者，對於無知與殘酷均有最完整的自由。作為一個受儒家理想影響的狡猾領袖，宋江永遠不能公開宣稱做叛徒之樂：就是對大破壞和篡奪皇位的絕對快樂。李逵承認這些快樂，把做皇帝的命運強加在他的主人之上，但同時他也是一個殘酷的野蠻人，當然無意肩負政治野心帶來的重擔。對他而言，奪得皇位就是使梁山泊友誼永恆化和更大規模的享樂。早在宋江做梁山泊的第一把交椅之前，李逵就主張公開的叛亂：

「……放著我們許多軍馬，便造反，怕怎的！晁蓋哥哥便做大宋皇帝，宋江哥哥便做小宋皇帝，吳先生做個丞相，公孫道士便做個國師，我們都做將軍。殺去東京，奪了鳥位，在那裡快活，卻不好？不強似這個鳥水泊裡？……」36

後來，李逵一再地反對宋江的光榮投降政策，每次他都激怒他的主人。宋江態度溫和、圓滑，很少生氣，但他斥責李逵的時候，彷彿是他斥責他自己的一部分，而這一部分的存在是他不敢公然承認的。當這個政策公開宣布之後，武松和魯智深（他倆也有李逵的野蠻）跟他一起抗議。但反應得最激烈的是李逵：

黑旋風便睜圓怪眼，大叫道：「招安，招安！招甚鳥安！」只一腳，把桌子踢起，做粉碎。宋江大喝道：「這黑廝怎敢如此無理！左右與我推去斬訖報來。」37

然而宋江立刻變得態度溫和，並且承認，「他與我身上情分最重，如骨肉一般。」至於李逵，他根本不在乎死：「你怕我敢掙扎？哥哥剮我也不怨，殺我也不恨，除了他，天也不怕！」[38]

如果李逵說出宋江要稱帝的壓抑慾望，這也夠諷刺的了，因為這同時道出宋江懷戀梁山泊時代單純的友情，懷戀羅賓漢式的田園生活。事實上，宋江在光榮歸順之後，對於朝廷設計出來要剝奪他作為王室忠臣的榮譽的陰謀詭計漸感不耐，深覺困擾。至於李逵，雖然他在戰場上有輝煌戰績，但他根本不介意那些酬賞：他能跟朋友們飲酒作樂，或者在路上跟新找的伙伴們追尋新的刺激就樂透了。宋江完成征服王慶的大業之後，希望獲得王室的承認而再度失望之後，李逵絮聒不休地調侃他，好像是宋江的良心在講話：「哥哥好沒尋思！當初在梁山泊裡，不受一個的氣。卻今日也要招安，明日也要招安，討得招安了，卻惹煩惱！放著兄弟們都在這裡，再上梁山泊去，卻不快活！」[39]

雖然在效忠王室的問題上宋江和李逵的意見是兩個相反的極端，但他倆都希望能剷除朝廷中四個奸臣：蔡京、童貫、楊戩和高俅。[40]他們四個象徵了國家的腐敗與積弱，對於忠貞服務的代言人和無政府狀態的背叛者而言，不罷黜與處罰他們，就不可能恢復健全的政府。但整部小說所表現的卻是這四個人盡得皇帝信任，梁山泊好漢想在政府中成為有作為的力量的任何企圖都被他們破壞。最後，面對這四個奸臣的權力，有名無實的皇帝徽宗和有望稱帝的宋江只能說是同感無能為力。李逵對此形勢甚感憤怒，但單靠自己的行動也無能為力。

也許是考慮到他為金人所俘的可悲結果的關係，說書人一直善待徽宗。他們並不忽略他的王朝的腐敗與缺點，但他們把責任全推到四個奸臣頭上，也沒有深究他疏懶朝政的後果。在《水滸》裡，和在《大宋宣和遺事》中一樣，徽宗看來是個相當懦弱的人，但並非不想好好治理國家。他也深愛李師師。傳說中這位絕代名妓，不像大部分沒有操守的朝臣，死時是個愛國的殉道者，[41]皇帝同她之間的關係實際上對他有利。在小說裡，徽宗在朝中受四個奸臣控制，但在李師師家裡時，他並不是不知道民間疾苦，對於梁山泊那群人的作為並非一無所知。

在第七十二回，宋江帶著他幾個親信正月裡到京城去看花燈。他去拜會李師師，希望她能做他的斡旋者，同皇帝談判他們的招安。宋江拜訪李師師時，徽宗也來了。但是宋江沒有機會向李師師或是皇帝透露他的心意，因為李逵對這些行動非常憤怒，竟放火燒了這個地方，在京城中引起了一場暴亂。他更趁機把楊戩羞辱一番。雖然這一幕準備寫出朝廷與梁山泊之間的一個大對抗，小說家卻沒有勇氣如此寫下去，旋即又交代一些江湖上的故事了。

直到最後一回，徽宗才又在李師師的閨房中休息時遇見宋江和李逵。但這時兩位英雄都已被毒死，皇帝只能在夢中遇見他們。徽宗並不知道宋江被謀害。在夢中一下子到了梁山泊，他看到已死的英雄們群聚在他的面前。宋江以下邊一大段話使皇帝了解真情：

「臣等雖曾抗拒天兵，素秉忠義，並無分毫異心。自從奉陛下招安之後，北退遼兵，東擒方臘，弟兄手足，十損其八。臣蒙陛下命守楚州，到任以來，與軍民水米無交，天地共知臣心。陛下賜以藥酒，與臣服吃，臣死無憾。但恐李逵懷恨，輒起異心。臣特令人去潤州，喚李逵到來，親與藥酒鴆死。吳用、花榮也為忠義而來，在臣塚上，俱皆自縊而亡。臣等四人，同葬於楚州南門外蓼兒洼。里人憐憫，建立祠堂於墓前。令臣等與眾已亡者，陰魂不散，俱聚於此，伸告陛下，訴平生衷曲，始終無異。乞陛下聖鑑。」

上皇聽了，大驚曰：「寡人欽差天使，欽賜黃封御酒，不知是何人換了藥酒賜卿？」

宋江奏曰：「陛下可問來使，便知奸弊所出也。」

……

上皇下堂，回首觀看堂上牌額，下書「忠義堂」三字。

上皇點首下階，忽見宋江背後轉過李逵，手搦雙斧，厲聲高叫曰：「皇帝，皇帝！你怎的聽信四個賊臣挑撥，屈壞了我們性命？今日既見，正好報仇！」

黑旋風說罷，掄起雙斧，徑奔上皇。天子吃一驚，撒然覺來，乃是南柯一夢，渾身冷汗。閃開雙眼，見燃燭熒煌，李師師猶然未寢。42

甚至做了鬼魂，宋江和李逵在性格上還是嚴格的相適合。一個肯定終於皇上並請求死後的光榮，而另一個向皇上掄起大斧要報復。在中國非歷史小說中鬼魂是最可靠的復仇者，但是這兩位英雄的靈魂受到歷史事先的限制而未能施展他們的手段。宋江還能跟無權力的徽宗互相安慰，但李逵只能掄他那雙鬼斧威脅皇上了。當然四個奸臣並未受到任何處罰，梁山泊的英雄們誠然也得到了死後的光榮，但這部小說到最後記載了梁山泊英雄們在奸臣手中的悲慘失敗，因為他們從來不曾適當地抵抗奸臣的邪惡。

因此宋江、李逵和徽宗只能是民間通俗想像的產品。在自己的領域內，他們三人有傳說中的存在，但他們不能跟一個邪惡力量的客觀現實相頡頏。這不僅是說書人受了歷史事實的過分限制而不能賦予梁山英雄們一個勝利的命運；也許是他們真正為一種儒家的獻身和下層社會的豪俠均不能對付的邪惡所困惑。除了前幾回的高俅外，四個朝臣在這部小說中始終是故事裡沒有個性的歹角，但是他們的惡毒與怨恨，在英雄們爭取朝廷承認和建立功動的計劃愈來愈受挫時，就成為一種形而上學的真實了。這部小說以一種強有力的信心的活潑調子開始，在一種悲傷的染有一種出世退隱的失望聲中結束。我們很難想像早期純粹為了方便而做和尚的魯智深和武松在結束時會成為他們的信仰的真正獻身者，但魯智深死時是個徹悟的和尚，因斷一臂而殘廢的武松在一個和尚廟裡度其餘年。[43]夢和神秘的經驗一再出現，以補償英雄們未實現的野心。在最後一夢中威脅殺死徽宗的李逵在更早時（第九十三回）夢見殺死四個奸臣。這個長長的夢（以適當的狂想投射出這位英雄的延續甚久的懸念）是這部小說尾聲章節中最值得稱道的部分，它在夢中實現與醒時無能之間提供了一個鮮明的對比。甚至作為黑暗的無意識力量重要象徵的李逵，也只有在夢中才事事得償所願。

李逵藏了板斧，上前觀看。只見皇帝遠遠的坐在殿上，許多官員排列殿前。李逵端端正正朝上拜了三拜，心中想道：「阿也，少了一拜！」天子問道：「適纔你為何殺了許多人？」李逵跪著說道：「這廝們強要占人女兒，臣一時氣忿，所以殺了。」天子道：「李逵路見不平，剿除奸黨，義勇可嘉，赦汝無罪。敕汝做了值殿將軍。」李逵心裡歡喜道：「原來皇帝恁般明白。」一連磕了十數個頭，便起身立於殿下。

無移時，只見蔡京、童貫、楊戩、高俅四個，一班兒跪下，俯伏奏道：「今有宋江統領兵馬，征討田虎，逗留不進，終日飲酒。伏乞皇上治罪。」李逵聽了這句話，把那無名火高舉三千丈，按捺不住，搦兩斧搶上前，一斧一個，劈下頭來。大叫道：「皇帝，你不要聽那賊臣的說話！我宋哥哥連破了三個城池，現今屯兵蓋州，就要出兵，如何恁般欺誑！」眾文武見殺了四個大臣，都想來捉李逵。李逵搦兩斧叫道：「敢來捉我，把那四個做樣！」眾人因此不敢動手。李逵大笑道：「快當！快當！那四個賊臣，今日纔得了當！我去報與宋哥哥知道。」大踏步離了宮殿。[44]

宋江臨死前，如他在皇帝夢中告訴我們，他把李逵召到身邊來，並且毒死他。他這樣做不單純是因為忠於皇帝而事先防備李逵必定會做報復的行動，而是出自對於他的最親愛的朋友的渴望，他把一種自殺的契約強加在李逵身上，這正是西方文學以及日本文學中一個絕望的情人的行為。但在中國的說法，只是重定劉關張桃園三結義的儀式，保證他們不求同年同月同日生只願同年同月同日死的慾望。雖然《水滸》中寫的皆是狡詐、欺騙、野蠻、虐行，但在最後一回，肯定了「義」的最高要求，而達到了一種真正崇高的境界。李逵對宋江最後的請求回響著真正的忠誠的聲音：「李逵見說，亦垂淚道：『罷，罷，罷！生時伏侍哥哥，死了也只是哥哥部下一個小鬼。』」[45]

注釋

1 參看伊爾文著*The Evolution of a Chinese Novel: Shui-hu-chuan*, Chap.2, "Historical Foundations"（歷史背景）。趙聰《中國四大小說之研究》一書附錄（頁31-97）對歷史中的宋江和傳說中的宋江有極具價值之研究。

2 參看高友工，"*A Study of the Fang La Rebellion*"（方臘叛變之研究），Harvard Journal of Asiatic Studies XXIV（1963）, 17-63.據趙聰說，宋江並未參加政府任何征方臘之役。

3 《宣和遺事》中有關宋江和梁山泊英雄的一段已由伊爾文譯成英文，頁26-31。這本無作者署名的作品深為學者們注意，因為它是以口語所寫梁山故事的最早資料，但我覺得更該注意的是它的文言部分包括從《南燼紀聞》和《竊憤錄》等歷史資料中所抄錄或改寫的。

4 關於梁山泊英雄的傳統劇本已收於《水滸戲曲集》（凡二卷）。第一卷由傅惜華等編輯，有元、明、清的十五個雜劇；第二卷由傅惜華編，有六個明代的傳奇劇。關於梁山英雄雜劇，包括只有劇目存在者，見何心《水滸研究》第一章中所列之表。

5 參看何心書，第二章，第四節，《水滸傳的演化》。

6 認為施耐庵為《水滸傳》作者之說至今未衰。在三十年代，有兩篇支持施為其作者的傳記文件發現。根據這種有力證據，伊爾文暫把這部小說的最早書寫本的作者歸之於施耐庵與羅貫中兩個人（見其書51頁）。但在何心的《研究》第二章中，他曾決定性地指出這些文件係出偽作。甚至《水滸全傳》（西元一九五四）一書列明「施耐庵、羅貫中著」，此書序文中鄭振鐸只提到「施耐庵原本」而未提羅貫中。在近代所印的版本中大部分皆列施耐庵為其唯一之作者。

7 伊爾文注意到郭勳傳本內容和有天都外臣序的一百回本（《水滸全傳》重印本的基本內容）有二百三十處不同，他相信晚明另外五種一百回存本「非直接根據郭勳本而是來自天都外臣本的」（《再訪水滸》，T'oung Pao, XLVIII, 397），鄭振鐸說那五回是郭勳本的一部分殘文。孫楷第認為這五回殘本是屬於稍晚時期所刻的（《再訪水滸》，頁394-395），而何心認為它所代表的是較郭勳本為早的所謂簡本的原型。理由見《水滸研究》，頁29-32。

8 金聖歎重撰的動機與方法，參看伊爾文書頁87-94，金聖歎撰本以前的所有重要版本見孫楷第《中國通俗小說書目》中《水滸傳》部分（修正本，一九五八）。

9 《中國文學研究》上冊，頁139。《中國小說史略》作者對於簡略本內容的意見，參看該書頁176、182-183。

10 胡適在《一百二十回的水滸》序中（收於《胡適文存》第三集）反對魯迅的意見。孫楷第在對《水滸傳》不同版本評論中同意魯迅的意見（見《日本東京所見中國小說書目提要》及《中國通俗小說書目》）。在《水滸研究》第三章，何心舉例證說明一百一十五回本主要是重印一個比一百回本更早的版本；又見第四、第五兩章。李田意在評論何心這本書（《清華學報》，中國文學研究專號，第一卷第二期）時列舉了日本的圖書館中所藏許多簡本的明代版本，這些是作者在證明一百一十五回本內容代表《水滸傳》最早版本前應該都加以檢討過的。李田意對何心的主張未加評斷，但整個說來，他同意胡適、孫楷第等人的大多數意見。至於柳存仁對《水滸傳》的研究，參看本書第四章注16，和有關的主要內容。

11 Irwin, *The Evolution of a Chinese Novel*, p. 74.

12 參看Irwin, pp. 72-74；《中國文學研究》上冊，頁123-137、145-148。

13 我曾看過一本印得甚劣的《繡像漢宋奇書》（當然是屬於清朝的），此書存哥倫比亞大學東亞圖書館。書係由魏清堂所有的木版印刷，還有另一個書名《英雄譜》，是毛宗崗的《三國》和一百一十五回《忠義水滸傳》的合刊。雖然它重印了熊飛給《英雄譜》寫的序，但《水滸》內容跟雄飛堂版《英雄譜》（崇禎時代，1628-1643年所印）的內容可能一樣，也可能不一樣。

我參考的這個版本雖然印刷錯誤頗多，不能用以認真地做內容上的研究，但以其中《水滸》用繁本比較，仍能證明有啟示之處。例如在簡本第二回中，教頭王進被迫同母親離開京城後，在史家住了一宿。他們天色很晚時才到，故而他們只會見了史太公。第二天，王進要告辭的時候，看見一個後生，拿條棒在練武，他失口說這後生的棒法有破綻，那少年聽後大怒。這時史太公到來，把他的兒子史進介紹給他的客人，並說請他留在莊上教他兒子。但在一百回本中王進的母親在到史家莊時就病了，王進在這兒住了五七日，侍候母親。後來作者才又回到我在前面敘述的那個故事。但王進已經在這莊內住了一個禮拜的樣子，他應該早已被介紹給史進；在繁本裡，這段時間內他倆保持互不相識，實在有些令人不解。而在簡本中，他倆在這富有戲劇性的場面中才被介紹相見，乃是十分自然的。如果我們相信簡本是較早者，可能是羅貫中的本子，那麼一百回本的編者對一個事件詳加刻畫而損及邏輯，也是極自然的，參看《水滸全傳》第一回。

14 何心在他的書中（頁46-48）列舉了一百一十五回本和這些較完整版本間的不符處凡十一則。最顯著的（第五則）是有關林沖及其妻。跟王進一樣，林沖也是殿帥府太尉高俅門下一名禁軍教頭。高俅的螟蛉子高衙內垂涎林沖之妻，幾次企圖姦汙她，均被阻撓。為了讓他這乾兒子能順利成功，高俅設計陷害林沖，林沖中計，誤入白虎節堂，犯了重罪，被判配滄州牢城。發配之前，林沖在一酒店裡遇見岳父張教頭，便告訴他丈人說他決定休其妻。根據一百一十五回本，他寫了一紙休書（在繁本他口述而令一個寫文書的人寫）。就在這個當兒（一百一十五回本第七回），林沖的娘子帶著使女錦兒來到，聽到這消息，哭將起來，並請她丈夫自己珍重，然後離去。過了一會兒，使女回來說她女主人已自縊。林沖和丈人哭得暈了過去，恢復知覺之後，林沖立刻同兩個差人上路，留下丈人獨自辦理埋葬女兒的事宜。在一百二十回本第八回，林沖的娘子回到店裡，由其父帶領回家。在第二十回，林沖已是梁山一頭目，他派兩個人回去接眷。兩個月後，他們回來，說六個月前因被高太尉逼親，林沖之妻已自縊身死。從這部小說的憎恨女人的觀點而言（稍後我將討論這一題目），則一百一十五回本中敘述的林沖之妻的自縊故事似乎更能代表原來的羅貫中本，而一百回本的編者改寫了這段故事使林沖成為一個比較有同情心的人物，正如他在別的地方做了些小小的修改以使高俅更為惡劣。參看何心書，頁66-67。

在《中國之俠》（*The Chinese Knight-Errant*）頁114-166中，劉若愚指責我說，我在《水滸傳的比較研究》那篇論文中分析這部小說的施虐行為和憎恨女人時過於注意道德方面。我同意劉教授的說法，即沒有一位批評家只因一件藝術作品支持一種與他個人相異的道德體系就貶低它的價值。我很抱歉我那篇論文的節略形式易引起誤解，以致讓我所敬重的一位朋友產生一種印象，覺得我忽略了文學價值而給我「對《水滸》英雄們所持的道德憤慨」找個發洩（頁115）。（這篇論文只印了我在一九六二年印第安納大學主辦的第一個文學會議上所宣讀的那些部分。此文的中譯〔比節略本長兩倍〕曾在《現代文學》第二十六期發表，題目是《水滸傳的再評價》。遺憾的是劉教授沒有讀到這篇文章。）然而，即使在那篇節本論文中，我也很清楚地說明我寫該文的目的是「探討這本小說的道德實體作為對其高貴的公開宣揚的道德之對比」（*Yearbook of Comparative and General Literature*, No. 11, p.124）。鑑於「這本小說在其本國傳統中確然無疑的重要性」，我的目的是「尋求一種在世界文學名著領域中的新理解」（《年刊》，頁121）。也許我在做這項工作時未能成功，但我認為以一種比較形式探討一件藝術作品的道德本體成為文學批評的一種合理的目標，絕非什麼出於道德的「義憤」。如果我的發現是令人困擾的，那也許是因為我們（我指的是像劉教授和我自己這樣的自小就讀《水滸》的人）習慣於把梁山英雄們公開宣布的道德理想和書的道德實質等量齊觀，因之不易使我們自己接受一種對他們真正殘酷行為的客觀看法。

為了抵消這本小說中施虐行為和憎恨女人的累積的重量，劉教授舉林沖為人性的卓越例子：「一個施虐成性的憎恨女人者」的對比反例（頁116）。但在我這篇論文的原文中，我並未忽略林沖的例子，無疑他是這本小說中最有同情心的英雄。下邊我引錄有關的一段文字（何心譯文見《現代文學》第二十六期，頁16）：「林沖真心關懷他的妻子，為她的受辱而苦惱，這是一個例外。但在他被發配之前，他的確做了一件不平凡的事，就是請求同妻子離婚，這一舉動對於他那貞節的妻子的打擊甚於高俅義子侮辱她。表面上看，離異完全是為她。她可以再嫁他人，以免苦等他而誤了青春。但一個真正愛他妻子的男人會使她受到離婚的屈辱嗎？在仍有希望時，難道他不希望重聚團圓？這一行動難道不指明：林沖在為自己的不幸而懷恨時，在下意識中把他的不幸歸之於妻子，在請求和妻子離婚時，獲得了一個真正好漢之鐵石心腸？最有意義的是，在一百一十五回本中，林沖的妻子聞知這件事後立刻自縊身死，雖然在一百二十回本中作者為了保持我們對林沖的同情，把她自殺的事歸之於高俅的兒子不斷壓迫，且在以後才發生。一百一十五回本中的故事可能較忠於口傳故事，因為這適合於梁山泊英雄們普遍的憎恨女人。」

15 除《三國》和《水滸》外，羅貫中還被認為是幾種歷史小說的作者，如《隋唐志傳》、《三遂平妖傳》、《殘唐五代史演義》。除最後一種（此書流傳至今，但文字粗俗，不似出於羅之手筆），別的現已不存，因為它們經過以後一些作者的修改與重寫。因此褚人穫的《隋唐演義》，一部清代初期的作品，可溯源到《隋唐志傳》；關於這部小說的發展簡述，參看《胡適文存》第四集，頁413-416。一百回的《隋唐演義》中前六十九回都是講唐太宗李世民和他的追隨者的有趣故事。他的追隨者中有很多教人難忘，尤其是秦叔寶，在心理上的刻畫遠較《三國》或《水滸》中那些英雄為佳。關於羅貫中的資料，參看伊爾文的 *The Evolution of a Chinese Novel*，頁48-49以及有關的注釋。

16 五代時期英雄故事中柴榮是位很受歡迎的人物，雖然在《新編五代史平話》殘存部分中，他的故事已不完整。在寫宋朝建國皇帝趙匡胤事蹟的《飛龍全傳》中，柴榮也是重要人物。《說呼全傳》中的英雄呼延贊也出現於本書第一章注50提到的楊家將小說中。

17 劉若愚在 *The Chinese Knight-Errant*（頁115）中對我用「偽史Pseudo history」一詞於《水滸》提出質詢說，「《水滸傳》中的英雄故事很明確地在宋代歸屬於『小說』而非『講史』」。他的主要權威依據是羅燁的《醉翁談錄》（參看第一章注20），書裡至少提到四位梁山英雄（孫立、楊志、武松、魯智深）為職業說書人（小說）的題材。但是《醉翁談錄》（可能是南宋時代編纂的）所指的是這個傳奇故事發展中最早期的情形，那時說書人只能背誦出很少數的有關梁山英雄們的單獨的故事。在羅貫中撰寫《水滸》的時代，必定有一大套口頭講述的關於梁山英雄的故事了，在這些由南宋開始且被羅燁歸列於公案、朴刀和桿棒類下的故事同較後期創作的梁山英雄集體行動的軍事事件融於一起了。因此《水滸》前幾回仍保留著個人冒險事蹟的「惡漢小說」的形式，後邊的章回逐漸表現出一種模仿其他有軍事特色的歷史傳奇而寫成的軍事傳奇。從第五十二回梁山泊英雄們公然對抗政府的武裝部隊到完成遠征方臘止，這部小說無疑是在偽史的範圍內發展而其前半寫「惡漢冒險」精彩之處絕少重現了。雖然在《水滸的比較研究》和本章裡，我為了方便起見用「演義」這個名詞來指歷史小說，實際上，「傳」這個字也同樣可以應用。因此在被認為是羅貫中寫的那些小說中（參看注15），我們看到《水滸傳》、《三遂平妖傳》和《隋唐志傳》。以後以「傳」為名的傳奇多得不勝枚舉。《水滸傳》這個書名上沒有「演義」字樣並不指明（如劉教授欲使我們相信者）其寫作不受「說書的歷史形式那種毫無疑問的優越性」之限制。再說，同宋代較早的資料不同，《醉翁談錄》好像把「小說」這個名詞應用於所有各種說書。羅燁在《小說引子》標題下加註，謂他所說有關「小說」的講述者也可應用於「演史」者和「講經」者身上。在以《小說開闢》為題的非常重要的第二節中，他好像又把「小說」和「演史」的區別弄得混淆不清了。所以論及一個說書人的訓練時，他說說書人「幼習太平廣記，長攻歷代史書」。參看《醉翁談錄》（台北：世界書局，一九五八）頁3。對於說書人的準備，對歷史獲得廣博知識好像跟記住一部內容豐富的故事集的全部內容同樣重要。文學史家對於這一節中短篇故事下八類一百多個題目非常注意，但羅燁自己並沒有說這些題目是小說而那些更富歷史性的題目（三國和六朝時代，劉邦、項羽、黃巢、狄青等）就不是。學者們參考了其他資料之後，才把這八類小說同本節中所提的其他類型的說書分別出來。幾種小說題目在明代無疑被寫成歷史傳奇，所以《飛龍記》當然是關於宋朝建立者的故事，很可能是小說《飛龍全傳》的基型。楊業和他的第五子都列在小說目錄下，是明朝兩本小說中的主要人物（第一章注5）。同梁山傳奇一樣，楊家將傳奇必然也是以獨立的短篇故事開始，後來發展成一個相當豐富的英勇故事。

18 在第九十八回，張清化裝一個醫生的兄弟，進入敵營，同反賊田虎的舅子鄔梨的養女瓊英結婚，張清和瓊英都善於手飛石子，他倆的婚姻已在夢中預言了。在很多歷史傳奇中，一位英俊的年輕將軍同敵營中美貌女將匹配良緣，如《說唐征西傳》中薛仁貴的兒子同樊梨花結婚，《五虎平西》中狄青同賽花公主結婚。

19 這個故事發生在第十八回。參看金聖歎在《金聖歎七十一回本水滸傳》冊七卷二十二中對第十七回的評論。他的意見是：宋江未捕晁蓋，對我們了解他的人格非常重要。他說，如宋江真正忠義，他便不能讓晁蓋前去，但他既讓晁蓋去，他就不能被稱為是忠實與公正的。

20 在第四十六回。

21 如第三十二回中，宋江被三個強盜燕順、王英和鄭天壽所擒，正待要取他的心肝來時，宋江偶然提到自己的姓名，便立刻獲釋，被待如貴賓。

22 在第三十二回，宋江聽到說王英有女色之疾時，立刻說：「原來王英兄弟要貪女色，不是好漢的勾當！」在第五十回，王英娶扈三娘為妻。

23 這件事發生在第三十八回結尾處。

24 引自第四回。

25 阮氏三兄弟雖然是以捕魚為業，但他們也走私和賭博，所以他們不是在政府壓迫下的無援無助的善良農民。吳用去說服他們協助共奪生辰綱時，他們抱怨的是梁山泊的那伙強人把住了泊子，絕了他們的飯碗，其次才抱怨政府，那是因為他們要政府協助重獲捕魚權時有很多麻煩，在經濟上很不划算。如阮小伍說：「如今那官司一處處動彈便害百姓；但一聲下鄉村來，倒先把好百姓家養的豬羊雞鵝都吃了，又要盤纏打發他！」

26 見第三十四回。

27 見第五十一回。

28 梁山泊攻打祝家莊見第四十六至五十回，攻打曾頭市見第六十和六十八回。

29 《一百二十回的水滸》，第六冊，第三十一回，頁42-44。亦參看《水滸全傳》第二冊，頁476-478，以及對各版本內容相異的注釋。在《一百二十回的水滸》第六冊頁44第七行第三個字「懷」顯然是「樓」字（七十回本中就用了這個字）的誤寫。武松走出後門去找他的刀時，在英譯中並未說明那刀的位置。在這一回的前邊曾說武松用腰刀推開廚房門前，他曾「倚了朴刀」，顯然是放在廚房門旁的外牆邊，進廚房後，他又殺了兩個丫鬟，便匆匆奔向鴛鴦樓的敵人，顯然是忘了帶朴刀。

30 *All Men Are Brothers*, I, 526，賽珍珠將此六字譯成：“*To tell it is slow but how swift it was in the doing!*”

31 《一百二十回的水滸》，第八冊，第四十一回，頁48。

32 《史記》（北京：中華書局，一九五九），第二冊，頁397。

33 《一百二十回的水滸》，第九冊，第四十六回，頁48-49。

34 參閱《水滸研究論文集》（北京：作家出版社，一九五七）。

35 關於李贄的稱讚宋江，參看他給這小說寫的序，在李贄的《李氏焚書》（上海：貝葉山房，一九三六），頁122-124。在《水滸研究》（頁85-87）中，何心列舉出金聖歎改寫的地方，他這樣做是故意要貶低宋江的人格。

36 《一百二十回的水滸》，第八冊，第四十一回，頁54-55。

37 《一百二十回的水滸》，第十三冊，第七十一回，頁58-59。

38 《一百二十回的水滸》，頁59。

39 《一百二十回的水滸》，第十九冊，第一百一十回，頁9-10。

40 在四個奸臣中，童貫和楊戩其實是宦官。童貫在平方臘叛亂之後，官拜太師。楊戩逢迎徽宗，官拜太傅。高俅是徽宗還是太子時的寵臣，在徽宗時代他一直很有權。四個人裡最著名的蔡京，在徽宗時代曾四度為宰相。

41 在京城為金人所佔後，李師師命運如何，有不同之敘述。根據《李師師外傳》記載，張邦昌拼命尋找她，想把她送往金人大營，李師師乃痛罵張邦昌，罵畢「乃脫金簪自刺其喉，不死；折而吞之，乃死。道君帝在五國城，知師師死狀，猶不自禁其涕泣之汍瀾也」。

42 《一百二十回的水滸》，第二十冊，頁86-87。

43 這些事件見第一百一十九回。

44 《一百二十回的水滸》，第十四冊，第九十三回，頁84-85。

45 《一百二十回的水滸》，第一百二十回，頁81-82。

第四章　西遊記

作為一部滑稽有趣的幻想故事，《西遊記》可以很容易地納入西方的想像領域中。阿瑟．魏理（Arthur Waley）那部節譯本《猴子》（*Monkey*），深為一般讀者，尤其是大學生所歡迎，就是明證。但魏理只是從這部小說後半部四十多個冒險故事中選譯了幾個而已；如果全部都翻譯出來，這個西行取經的故事可能會使西方讀者感到沉悶厭倦，因為其中許多冒險故事，雖然每個故事都講得津津有味，但實質上只是重複。但即使西方讀者偶感厭煩，也會發現這是一部很文明和不違反人道的書，一個喜劇性的冒險故事就是應該像它這樣的。《西遊記》雖然也和《三國演義》及《水滸傳》一樣塞滿無數的人物和情節，但寫的西行的設計使那些朝聖取經者吸引住讀者的注意力，而他們在旅途上遇見的那些妖怪和人物只居次要地位。《西遊記》的作者吳承恩雖然也曾根據一個較早較簡單的版本所寫，但他嚴格地使這個故事隸屬於對主題及人物的較大考慮，以及對主要人物——至少是唐三藏、孫悟空和豬八戒——始終保持滑稽有趣的敘述，這些就證明了他的創作才能。孫悟空和豬八戒同世界文學中另一對著名的相輔相成的人物——唐吉訶德和桑丘．潘沙一樣，都讓讀者永遠忘不掉。作為一個以現實觀察和哲學智慧為基礎的諷刺的幻想故事，《西遊記》確實使人聯想到《唐吉訶德》——在中國和歐洲小說發展中均佔有同樣重要地位的兩部作品。

自從胡適在一九二三年發表那篇對這部小說的考證之後，[1]學者們都同意一百回本《西遊記》的作者是吳承恩（約1506-1582）。吳承恩是淮安府山陽縣（今江蘇省北部）人，性敏而多慧，有文才，頗為友人所敬重。以前各種版本的《西遊記》都沒有說明小說的作者或編纂者是吳承恩。杜德橋（Glen Dudbridge）認為以吳承恩為《西遊記》作者的記錄不夠充分而提出異議。[2]但除他而外，似乎不可能有另一位候選人出現，所有客觀情況的證明均指出吳承恩具有寫這部小說時需要的時間、動機和才華。最近劉修業女士出版了一部《吳承恩詩文集》，裡面附有吳承恩的詳盡年譜和很有價值的書目資料。[3]

如果我們同意一般人的意見，認為《西遊記》是一位作者所寫成，他有莎士比亞那樣充沛的創作能力，選用了各種資料（稍後我將說明近來許多反對這種意見的看法）而寫成這部小說，我們現在所有的這個一百回本的原文和來源就沒多少使人困惑的問題。現存最早的版本是一五九二年世德堂本，是在作者死後十年或十一年刊行的。它可能不是最早的刊本，但除了第九回裡把三藏的出生與幼年的傳說首先添入康熙年間（1662-1722）準備的一個版本外，一直沒有太大的修改。[4]以後的版本，雖然對宗教的寓言增加了評釋，但在文字上只有次要的改變。一九五四年出版的最好的現代版本，凡後來版本中修訂的好像不適當的地方，都恢復了世德堂原文。[5]跟《水滸傳》的許多互爭的版本不同，《西遊記》一直保持著吳承恩的原文的完整性。

這本小說寫玄奘到印度取經的史詩般的朝聖旅行，有歷史的根據。玄奘也被尊稱為唐三藏，這位具有巨大才智的高僧在中國佛教史上是一位重要人物。他去外國旅行凡十七載（629-645），從印度帶回梵籍六百五十七部。回國後，以有生之年從事佛經翻譯工作，還創立了中國佛教中以教義深奧見稱的唯識宗。[6]他這一派從來說不上流行，但他的西域旅行，甚至即在他活著的時候，已引起一般人的興趣。有兩本書敘述他這些旅行，一本由玄奘口授而由弟子辯機所寫，另一本則由其弟子慧立所記。[7]根據慧立的記載，玄奘在旅程的早期經歷了不少困難，吃過不少苦頭。他跨過中國的邊界後，曾把盛水的容器弄翻，把水灑了，而這些水是要支持他繼續前進，直到安全跨過沙漠的：

四顧茫然，人鳥俱絕。夜則妖魑舉火，爛若繁星；晝則驚風擁沙，散如時雨。雖遇如是，心無所懼；但苦水盡，渴不能前。是時，四夜五日，無一滴霑喉；口腹乾燋，幾將殞絕，不能復進，遂臥沙中。默念觀音，雖困不捨，啟菩薩曰，「玄奘此行，不求財利，無冀名譽，但為無上道心正法來耳。仰惟菩薩慈念眾生，以救苦為務。此為苦矣，寧不知耶？」如是告時，心心無輟。

至第五夜半，忽有涼風觸身，冷快如沐寒水，遂得目明；馬亦能起。體既蘇息，得少睡眠；……驚寐進發，行可十里，馬忽異路，制之不迴。經數里，忽見青草數畝，下馬恣食。去草十步，欲迴轉，又到一池，水甘澄鏡澈。下而就飲，身命重全，人馬俱得蘇息。[8]

胡適相信此段文字以及其他類似的記載孕育了唐三藏的傳奇故事，他的看法正確：自從詩人屈原的時代起，中國的作家就把中國本土以外的沙漠地帶寫成妖魔鬼怪出沒之區。[9]引文裡我們更注意到玄奘的祈求觀音。在這部小說中，觀音是最關懷這些取經者平安的神祇。在孫悟空的力量失效的困境中，她便伸出援手拯救他們。

玄奘的傳奇故事同他的聲譽一起發展，也像梁山泊的英雄們一樣，成為說書人最受歡迎的一個題目。現存一種簡短的話本，共十七回（第一回已失），屬於南宋時期，書名是《大唐三藏取經詩話》。在這本書裡，我們已看到孫悟空成為玄奘西行途中的主要保衛者，他們遭遇的那些冒險故事性質上出自幻想——包括神仙、妖怪和那些稀奇古怪的小王國。後來這個傳奇故事成為金元戲曲的材料；有些戲曲還殘存到今天。在元末明初，楊景賢還利用它寫成雜劇，共六本，二十四折，名為《西遊記雜劇》。[10]這部長劇說明那時候西行的傳奇故事不僅已具有定形，而且也發展得相當豐富完備了——這也許該歸功於元代說書人繼續不斷苦心經營的結果。在元朝後期，當會有一個故事較完整的版本存在，主要是以白話記載，且成為日後吳承恩所根據的本子。很不幸這個版本可能只有兩小片段存在，其中一段是經過改寫的。《永樂大典》錄有約一千二百字，相信是錄自這個版本，講唐代魏徵丞相斬龍王的故事。初次刊行於一四二三年的一本朝鮮人學中國話的讀本《朴通事諺解》中還有一段敘述車遲國的冒險故事，約有一千一百字，可能選自同一本書。[11]我們不妨把這兩段情節跟吳承恩小說中描寫較詳的相當部分作一比較。下面這一段錄自《永樂大典》中的那段殘文：

夢斬涇河龍（《**西遊記**》）

長安城西南上，有一條河，喚作涇河。貞觀十三年，河邊有兩個漁翁，一個喚張稍，一個喚李定。張稍與李定道：「長安西門裡，有個卦鋪，喚神言山人。我每日與那先生鯉魚一尾，他便指教下網方位。依隨著一日下一日著。」李定曰：「我來日也問先生則個。」這二人正說之間，怎想水裡有個巡水夜叉，聽得二人所言。「我報與龍王去。」

龍王正喚作涇河龍，此時正在水晶宮正面而坐。忽然夜叉來到言曰：「岸邊有二人都是漁翁，說西門裡有一賣卦先生，能知河中之事。若依著他籌，打盡河中水族。」龍王聞之大怒，扮作白衣秀士，入城中。[12]

吳承恩採用這一故事時，他仍讓張稍為漁夫，而把李定寫成一個樵夫。他們都是識字的山人，所以才能討論二人執業的相對利弊。在歐洲文藝復興時代的牧歌文學中，這是一個常常討論的主題，這一主題在明代小說中也相當普遍。在《封神演義》（這是一部跟《西遊記》屬於同一時代的歷史想像小說）中，我們看到一位漁夫和一位樵夫率直地稱他們的談話為「漁樵問答」。[13]吳承恩寫他這一場辯論，主要是表現他的詩才，這一景一共有十首詞，屬五種詞牌，兩首七律，兩首排律體的七言長詩。這些詩詞並沒有太多小說的趣味，所以不值得譯成英文。但我必須指出，《水滸傳》裡的詩通常套用些描繪人物風景的陳腔濫調，而《西遊記》中大部分的詩篇和較長的詩賦駢麗文字則顯然是為了配合小說正文而特別寫的。這些詩作都排偶很工，通常是具體的和幽默的描寫。以這些詩作來判斷，我們必須認為吳承恩是中國文學中最具有描寫才華的詩人。在他以前絕少有詩人和詞賦家這麼喜歡描寫動物的滑稽行動和栩栩如生的宏偉以及怪誕的背景。

在那場友善的辯論之後，作者重返談話的主題——造成龍王致命後果的主題。因為李定不是漁夫，張稍沒有必要把秘密都告訴他，尤其是在這場詩辯之後。因此我們要注意吳承恩在處理二友談話中主題改變時使用的熟練技巧：

他二人既各道詞章，又相聯詩句，行到那分路去處，躬身作別。張稍道：「李兄啊，途中保重！上山仔細看虎。假若有些凶險，正是『明日街頭少故人』！」李定聞言，大怒道：「你這廝憊懶！好朋友也替得生死，你怎麼咒我？我若遇虎遭害，你必遇浪翻江！」張稍道：「我永世也不得翻江。」李定道：「『天有不測風雲，人有暫時禍福』，你怎麼就保得無事？」張稍道：「李兄，你雖這等說，你還沒捉摸；不若我的生意有捉摸，定不遭此等事。」李定道：「你那水面上營生，極凶極險，隱隱暗暗，有什麼捉摸？」張稍道：「你是不曉得。這長安城裡，西門街上，有一個賣卦的先生。我每日送他一尾金色鯉，他就與我袖傳一課。依方位，百下百著。今日我又去買卦，他教我在涇河灣頭東邊下網，西岸拋鉤，定獲滿載魚蝦而歸。明日上城來，賣錢沽酒，再與老兄相敘。」二人從此敘別。[14]

這段文字中表現得最明顯的是作者寫喜劇的天賦和他對這一場景不露經營痕跡的處理，所以張稍先開惡毒的玩笑，李定才有憤怒的反駁；李定表示不肯輕信，張稍才宣洩其秘密。後來水晶宮裡那一景敘述，雖不若前面那一段精彩，但也有《永樂大典》原文所缺乏的滑稽活力：

龍王甚怒，急提了劍，就要上長安城，誅滅這賣卦的。旁邊閃過龍子、龍孫、蝦臣、蟹士、鰣軍師、鱖少卿、鯉太宰，一齊啟奏道：「大王且息怒。常言道：『過耳之言，不可聽信。』大王此去，必有雲從，必有雨助，恐驚了長安黎庶，上天見責。大王隱顯莫測，變化無方，但只變一秀士，到長安城內，訪問一番。果有此輩，容加誅滅不遲；若無此輩，可不是妄害他人也？」龍王依奏，遂棄寶劍，也不興雲雨，出岸上，搖身一變，變作一個白衣秀士。[15]

在吳承恩的巨著中，唐三藏故事的演化達於極點。但正如一百回本《水滸傳》出版之後即有許多簡本問世，大約就在世德堂版本刊行的時候，市面上就見到兩個唐僧故事的簡化本。第一個是由朱鼎臣所編，在隆慶（1567-1572）或萬曆年間由閩南一書商印行。學者通常稱這個本子為《唐三藏西遊釋厄傳》。它的分量不及吳承恩的四分之一。前面的幾個故事，敘述相當完整，但唐三藏收了三個徒弟上路後的冒險故事，則作了大量刪節。但《釋厄傳》對唐三藏的出生及年幼事蹟交代頗詳，這些散文敘述後來都拼湊到吳承恩的小說裡。[16]

另外一個短的本子，通常叫做《西遊記》或《西遊記傳》，是楊志和編纂的。這是《四遊記》的第三部分，《四遊記》裡包括東、南、西、北四個遊記的敘述，都不太長，每個遊記都像個中篇小說。[17]雖然現存最早的版本寫明是清朝中葉刊行，實際上此書在清初或明末即應有刻本了。分冊刊行的《東遊記》、《南遊記》和《北遊記》寫明係晚明刊行，這些書已在日本內閣圖書館和大英博物館裡發現了，雖然學者們還沒有發現同樣版本的《西遊記》。[18]鄭振鐸是第一個試圖澄清這三本遊記間的關係的學者，他說楊志和必定是採用了吳本《西遊記》和朱本《釋厄傳》。[19]他並未忽略故事的下半部而過分強調前面幾個事件，這表現他比朱鼎臣有更好的比例感。鄭氏贊同孫楷第的意見，即這兩個本子都是一百回本的刪節本。[20]

跟《水滸傳》的情形一樣，認為吳承恩的小說是根據較短版本擴大而成，而非較短本係刪節吳承恩本的意見，永遠是有可能的。一九六三年，柳存仁提出了新的資料和文字方面的證據支持他的論點，即三個版本中最早的朱鼎臣本是吳承恩本的直接模式。楊本大致上是簡化的朱本，也是吳的範本。但在次年，杜德橋引用朱本與楊本中的省略處和文字前後不照應處「明顯地指明粗心大意的抄寫和刪節」，再度肯定孫楷第與鄭振鐸的意見。[21]

大體說來，他和柳、鄭二氏意見一致，認為楊志和採用朱本，但若說朱本根據楊本，他認為也是不無可能的。

柳存仁和杜德橋的論文過於學術化，我在這裡不擬重述他們的意見。我們可以認為楊志和本不太重要，因為它顯然是朱本的改本，雖然楊本中有幾段是朱本所沒有的，但他可能參閱吳本或朱本的直接來源——這個本子可能同吳本一樣，也可能不一樣。因為就目前的形式而論，後邊的部分有高度的簡化，朱鼎臣本必定是個簡化本。因此最重要的問題是，朱鼎臣本根據的直接範本究竟是吳承恩本還是元代那位佚名作者的本子，而這本子的一些殘篇仍保留在《永樂大典》和那本朝鮮的讀本中。[22]趙聰沒有讀到柳存仁和杜德橋的文章，他做了一個似乎可信的假設，認為朱本和吳本都是根據那個無名氏的擴大本（雖然趙聰並不太合理地假定楊本也根據此本）。[23]有一個理由支持這項假設，就是朱本印行可能比世德堂本較早。另一個值得考慮的因素（柳存仁特別強調這一點）是楊志和本和吳承恩本都由一首詩開始，此詩末行分別為：「須看《三藏釋厄傳》」和「須看《西遊釋厄傳》」，而朱本的書名即是《唐三藏西遊釋厄傳》。這本小說的明代原本必定就是用這個名字，我們知道有這樣一個本子存在過——大略堂《西遊釋厄傳》，這個本子必定早於世德堂本。如果吳承恩真是大略堂版《釋厄傳》的作者，那麼這個本子的內容，除了加添玄奘的出生與年幼的情形外，該同世德堂本是一致的。如果（真相是柳存仁和趙聰所相信的）吳承恩只是《西遊釋厄傳》的擴充者，則我在前邊把元本中技巧純熟的擴充該歸於吳承恩的功勞，至少一半必須給予一位無名的編纂者。在本章裡我假定吳承恩是一百回本《西遊記》的創作者，他根據的主要資料是原始的元本。如果以後的學者把《西遊釋厄傳》歸於另一位作者，那麼在下文吳承恩的名字出現於非傳記的內容中時，我們應該了解是指吳承恩和那位作者。

《西遊記》的每一位讀者都該知道這本書中的唐三藏（他時常是作為一位聖僧的戲謔畫出現）跟歷史上的玄奘沒有任何相似處。雖然玄奘在沙漠中遭遇的困難給那些說書人提供了線索，但他以後旅程中的詳細情形，很少讓他們感興趣。在橫越沙漠後，歷史上的玄奘遇到了吐魯番的國王，他供給玄奘一隊極體面的護送人員，給其他王國的國王介紹信和大量的金、銀、絲綢。誠然這些裝備相當齊全的旅行者曾遇見強盜，且有一次幾乎為海盜謀害時竟然神奇地起了暴風雨而挽救了玄奘的性命，[24]但在印度居住的那些歲月裡，玄奘同那些國王、聖人、學者相處時所表現的是一位虔誠、勇敢、機智的人，而且有稟賦、有悟力，精通繁瑣的印度邏輯。但在通俗文學活動中的唐三藏，就沒有這位備受尊敬的外國知識分子的影子。

小說中的唐三藏至少有三種身份。首先他是那個通俗傳說中的聖僧，使人想起摩西和伊底帕斯那樣的神話人物。他父親是狀元，母親是丞相之女，出生後就被母親所棄，因為他母親怕有人殺害他。他便在江上漂流，最後由一位長老救起，並託人把他撫養成人。十八歲削髮修行，並去尋找生身父母。找到父母之後，他的孝心和神聖不凡在朝臣中引起注意，不久唐太宗便命他去印度取大乘經。借用了許多早期有關佛門聖賢的傳說，這位唐三藏只能算是通俗文學想像的產物。

後來就在這個民間傳說英雄的故事上，再添加了玄奘原是西天如來佛弟子金禪長老的神話。金禪長老有一次因無心聽佛講道，轉托凡塵受難。所有想吃他肉的妖魔鬼怪都知道，在凡間轉生十次，他過著極端純淨的生活，甚至不曾失過一滴精液。[25]在完成把佛經帶回中國的最後一次任務後，他還要回西天，而且有了個新的頭銜：旃檀功德佛。

那位終歸成佛的唐三藏對小說的發展，極為重要。說實話，那些妖魔鬼怪對於一個來自中國的和尚，不論他多麼神聖，並不感興趣。他們的興趣是在一個有魔法的宿主，他的肉能使他們長生不老。只要唐三藏自己知道他是個具有極大誘惑力的目標，他在這部小說裡就是一個無時無刻不為自己的安危提心吊膽的人。他原來的形象是個有智慧有果斷力的虔誠和尚，吳承恩因此決定突顯唐三藏的第三面：一個普通的人，經歷一次危險的旅行，一點兒小小的意外就大驚小怪，心煩意亂。小說內的三藏既好生氣又無幽默感，他是不善觀人察物的旅途領導，旅伴中獨偏愛最懶惰的一個。他對佛教的哲理缺乏虔誠，專憑吃長素和遠女色這兩件事來表示自己是個好人，簡直稱得上是個法利賽人。事實上他沒有表現出玄奘本人的勇氣，也沒有表現基督教聖者為了達到更高層次的領悟自願經歷誘惑而表達的剛毅不撓的精神。他既不抗拒也不投降於妖魔鬼怪的吞食或性侵犯，他只是表現得束手無策。西方寓言《凡人》（*Everyman*）和《天路歷程》（*The Pilgrim's Progress*）中的主角都經歷一段小心設計的路程以使自己接受死亡或最後進入天國。唐三藏經歷災難時並未表現任何精神啟迪的跡象。如果有任何表現的話，那就是他愈往前走，愈變得乖張和壞脾氣。甚至在他被渡往救難河彼岸謁見佛祖並接受經卷時，他對孫悟空推他上無底船弄得一身濕還抱怨不止，他「還抖衣服，跺鞋腳，抱怨行者」。[26]

批評家常常說，唐三藏本人作為一個滑稽的人物，的確是個「每個人」，[27]但只有參照這部小說所列示的唯心論的佛家哲學，才能了解「每個人」一詞的宗教含義。如果唐三藏在旅行中沒有表現任何精神的進步，那是因為從那種哲學方面看，他只是那充滿恐懼的自覺意識之具體表現，為現象所奴役，因此永遠不能達到心境平靜，只有這種心境才能擊潰感官帶來的恐懼。在西行開始時，他已收了孫悟空和豬八戒為徒，但在他遇到沙僧前，他是依指示去找烏巢禪師，受他的《心經》，這部小說裡明載了歷史上的玄奘自己的標準譯文。[28]《心經》的真理似乎使唐三藏深深感動，他立刻作了一首詩，以表示他那新的精神領悟的狀態。迄今一直為當代評論家忽略的事實是，正如同唐三藏手下那些怪物徒弟一般，《心經》本身就是被指定作為三藏取經險途中保佑他的精神伴侶。從佛教寓言的構成上來說，它遠比任何一個徒弟更為重要。因為一個僧人若真正了解它的訓誡也就無需徒弟們的保護了，他會了悟他遭遇的災難其實都是幻境。

因為《心經》簡短易誦，它是大乘佛經中的最主要的智慧（《般若波羅蜜多》，*prajnaparamita*）經文。[29]因此也是歷史上的玄奘最為珍視的；魏理告訴我們：「在六二九年橫跨大沙漠時，他背誦這部經文就逐退了流沙上來襲的妖魑，比請出觀音菩薩保佑更為有效。」[30]在宋本《取經詩話》中，我們發現接受這卷經成為三藏求經的最大成功。他已經到了天竺國，接受了五千零四十八卷佛經；雖然未標明這些經的名稱，卻言明《心經》不在裡面。在歸途中，唐三藏夜宿盤律國的香林寺，[31]有神託夢，謂第二天他要受《心經》。第二天一位年約十五歲的僧人從雲端降下，把這部經交給他，對他說：「授汝《心經》歸朝，切須護惜。此經上達天宮，下管地府，陰陽莫測，慎勿輕傳，薄福眾生，故難承受。」[32]

到了元代，說書人的本子記錄下來的時際，我們可以這樣推定，鑒於原始版本中的重要性，傳授《心經》的故事必須移到更前邊來，這樣《心經》的重要性可以由西行的經歷予以闡明。我們可以更進一步假定，吳承恩改編這個版本時，曾盡量使他這部小說成為對這部《心經》的哲學的註釋。喬治・斯坦納（George Steiner）曾目光獨到地指出，托爾斯泰和陀思妥耶夫斯基創造的主要人物，在面臨道德困惑時，常常討論《新約》中的章節，其中引用的文字指出和闡釋這些人物出現於小說中的主旨。[33]在《西遊記》裡，唐三藏和孫悟空一再討論《心經》，《心經》也因此在小說中具有類似的指涉功能。

雖然唐三藏得到《心經》時彷彿獲得了直接的徹悟，以後又經常背誦，但「色即是空，空即是色」[34]的超絕意義是唐三藏不能理解的，所以他的每一次災難都顯出他對《心經》缺乏理解力。因此，一災剛過，另一災尚未近身的時候，具有更高精神理解力的孫悟空常常請他師父注意這部《心經》。在第四十三回他又做了一次嘗試，「老師父，你忘了『無眼耳鼻舌身意』。我等出家之人，眼不視色，耳不聽聲，鼻不嗅香，舌不嘗味，身不知寒暑，意不存妄想——如此謂之祛褪六賊。你如今為求經，念念在意；怕妖魔，不肯捨身；要齋喫，動舌；喜香甜，觸鼻；聞聲音，驚耳；睹事物，凝眸。招來這六賊紛紛，怎生得西天見佛？」[35]唐三藏也知道孫悟空這種優越的悟力。在第九十三回，豬八戒和沙僧譏笑孫悟空自命為一禪師的態度，因為他又提醒師父注意《心經》。三藏叱責這兩個沒有多少悟力的徒弟說：「悟能、悟淨，休要亂說。悟空解得是無言語文字，乃是真解。」[36]因此以孫悟空所持的這超脫態度的標準來衡量三藏所顯露的恐懼和輕信，只想避免犯錯，卻又乖張地關心他個人之舒適之種種醜態，就很容易地看出這些是一部精心設計的喜劇的一部分，正如豬八戒的惡俗行為一樣。

但唐三藏不僅為感覺所奴役，他的人道主義的悲憫——這是他最可愛的特性——本身也是一種奴役。孫悟空加入三藏的西行行列時第一個行動即斬除六賊——眼耳鼻舌心體，這件有寓意的行動就說明他比別的西行者有更優越的超脫態度。[37]但三藏因之大為驚恐，因為除了別的弱點外，他對現象界的事物仍存有愛心與憐憫心。這件事造成師徒間第一次暫時的裂痕，後來孫悟空曾兩度受罰，為師父所逐，只是因為他看似無情地先殺死一個偽裝成惹人憐愛的妖怪，之後又殺了一些盜賊。[38]從普通的佛教觀點而言，三藏無時不遵守戒殺的戒律，只因這部小說反覆說明一種佛教的智慧：它拒絕接納愛心（人類最高貴的情操）作救贖之指引。因此三藏被看成是一個永遠被騙的虛幻的犧牲者，永遠不能達到基督教寓言中的英雄獲得的那種精神上的進步。然而這部小說最後指明這種智慧的似非而是的性質，就是說，它的名義上的英雄最後成佛，因為他並沒有做出任何值得成佛的事。清醒地追求成佛之道反而令他再度身心受縛。

孫行者悟空一再提醒唐三藏精神上的盲點，亦是這部小說真正的英雄。在宋版的《詩話》中他已經成為三藏往西天取經途中的保衛者，一百回本小說的讀者所熟悉的孫悟空的事蹟在元代版本中當已出現，雖然可能是幾筆簡單的敘述。吳承恩先把這些事蹟詳加描述，並堅決地把悟空的英雄性格明確地刻畫出來，強調他的超脫，他頑皮的脾氣，充沛的精力，和一往無悔地效忠師父。面對這一個特出的角色，學者們一直想探究民間故事和文學中的哪種人物可作為孫行者的原型。因為悟空跟唐代和更早的文言小說裡的少數猿猴甚少相似處，胡適提出印度古代紀事詩《羅摩衍那》中的猴子大將哈奴曼可能是孫悟空的前身。[39]直到最近這一假設仍甚少受到挑戰，雖然胡適實際上並未對這部印度史詩和中國民間故事有什麼關係做過研究。鄭振鐸暫時接受了胡適的假設，再研究中國有關猴子的故事，得到一個很有趣的推想，就是中國人必定是接受了篡改過的《羅摩衍那》故事的形式，因為他們時常把哈奴曼和拉瓦那（Ravana）混為一談。在兩篇文言小說中，猿猴以綁架女人的歹角姿態出現；在楊景賢的雜劇中，孫悟空親自盜去一個公主為妻。在一百回本《西遊記》裡，孫悟空在取經前的一切行為也暗示了拉瓦那的叛逆行為。[40]

可是中共學者斷然拒絕孫悟空源於印度故事的假設，他們的理由是這種理論是胡適故意貶低中國人的創造的自信。[41]著名學者吳曉鈴在一篇重要的論文中曾詳細探討《羅摩衍那》在中國文學中的痕跡。據他說，來自印度的那些僧侶雖然熟悉這部史詩，他們提到這些對於促進佛教運動並無多大助益的故事時，態度卻特別審慎。雖然在兩部佛經裡以佛教故事的形式敘述過這部史詩中的有些情節，且在大藏經中也零零星星提過其中的一些主要人物，但《羅摩衍那》沒有中文譯本，中國讀者看到這些故事的梗概和主角名字，起不了多少作用。吳曉鈴認為，吳承恩和他以前的那些說書人並非佛經方面的飽學之士，他們不可能詳盡地知道哈奴曼的故事。42

當然吳曉鈴並沒有一口否認《羅摩衍那》故事也可能經由口傳而介紹到中國來。特別是在唐代，中亞商人在中國的貿易活動頗為頻繁。他們自然會把他們地區的故事也傳來中國，這些故事刺激中國文人寫了許多浪漫的和超自然的傳奇小說。《羅摩衍那》也許對塑造孫悟空這個人物多少有些貢獻，也許沒有，但不容置疑的是，孫悟空的許多詭計和本領，以及這部小說裡其他超自然的插曲，歸根結底是受到印度、波斯和阿拉伯文學影響的。例如悟空喜變形，在第六回他跟二郎神的那場著名戰鬥中，這兩位鬥士經過一連串的變形和彼此追逐。這兒引一小段：

> 大聖慌了手腳，就把金箍棒捏作繡花針，藏在耳內，……變作一個魚兒，淬入水內。二郎趕至澗邊，不見蹤跡，心中暗想道：「這猢猻必然下水去也，定變作魚蝦之類。等我再變變拿他。」果一變變作個魚鷹兒，飄蕩在下溜頭波面上，等待片時。那大聖變魚兒，順水正游，忽見一隻飛禽，似青鷂，毛片不青；似鷺鷥，頂上無纓；似老鸛，腿又不紅。

「想是二郎變化了等我哩！」急轉頭，打個花就走。二郎看見道：「打花的魚兒，似鯉魚，尾巴不紅；似鱖魚，花鱗不見；似黑魚，頭上無星；似魴魚，鰓上無針。他怎麼見了我就回去了？必然是那猴變的。」趕上來，刷的啄了一嘴。那大聖就躥出水中，一變，變作一條水蛇，游近岸，鑽入草中。[43]

《天方夜譚》中一篇著名的故事，《挑夫與巴格達三貴婦》，一個阿拉伯的魔鬼和一位會魔法的公主從事一場生死攸關的戰鬥，他們也經歷了一系列的變形。魔鬼變成一隻蠍子，公主變成一條大蛇，去捕捉那可惡的蠍子，這兩個便打了起來，一會兒盤起，一忽而伸直，苦戰了至少一小時。後來蠍子變成了一隻禿鷹，大蛇變成一隻老鷹，前去攻擊禿鷹，追了一小時的光景。後來禿鷹變成一隻黑色的公貓，喵喵叫，露齒齜牙，呼呼叫。老鷹於是變成一匹毛呈兩色的狼，兩個在宮中打了很久。[44]

雖然在唐以前的文學中也發現傳說的或虛構的人物能夠變成動物的形狀，[45]但具有這種能力的人物不能隨己意變形，當然更不能像前邊引述的孫悟空和二郎神那樣表現出很多種變形。在這方面，他們雖與《天方夜譚》中兩個戰鬥者有相似處，但我們不能說孫行者神話的創造者就是受那本書的影響，無疑這一事實說明他們已經知道一些中東與近東的民間文學了，《羅摩衍那》裡也有人物能自己變形。另一史詩《摩呵婆羅多》（*The*

Mahabharata）中也有。在唐代和唐以後這些文學作品如何口傳到中國該是一個有趣的題目，有待有資格的學者們作全面探討。

不論其原型為何，吳承恩最後形成的孫悟空這個人物也帶引出西方神話人物如普羅米修斯和浮士德的公然向權威挑戰和追求知識與權力。在第一回中，作為花果山上群猴之首，他享受了非常幸福的富有田園風味的生活。那裡有富饒的食物，不為狩獵者和掠奪者所侵擾，水簾洞裡的猴國比陶潛的桃源洞還自由自在。但美猴王還有煩惱：

眾猴又笑道：「大王好不知足！我等日日歡會，在仙山福地，古洞神洲，不伏麒麟轄，不伏鳳凰管，又不伏人間王位所拘束，自由自在，乃無量之福，為何遠慮而憂也？」猴王道：「今日雖不歸人王法律，不懼禽獸威服，將來年老血衰，暗中有閻王老子管著，一旦身亡，可不枉生世界之中，不得久注天人之內？」[46]

他的野心是追求永生，以便超越閻羅王的控制而延長生命的樂趣。他立刻漂洋過海去尋找一個神仙教他如何征服死亡。從寓言的意義去看，他是追求精神上的理解，但在這部小說的神話結構中，他也是在追求一種魔力。甚至對那些位居至尊的神仙而言，他們的權力標誌也一成不變的是保衛生命與導致死亡的魔力。老子（太上老君），在道教諸神中至高無上的祖師，也以八卦爐為其寶物中之寶物，用以提煉仙丹熔化頑敵。[47]孫悟空拜為師的禪祖師須菩提也尊崇他求長生和學魔法的慾望。孫悟空最後被遺棄，因為他愛在其他徒弟面前自吹自擂：從不懷疑長生不死與魔法是值得追求的。

孫行者在日月光華影響下由石卵孵化而成。《西遊記》和很多其他中國小說一樣，由天地之初和創造之神話開始。從這一點理解，孫行者不滿其田園生活方式和期望獲得權力與知識，可以看作是一種有意企圖向上的象徵——從無生命的石頭到有人類智慧的獸形再到可能的最高精神造詣。孫悟空逃不出如來佛的掌心，到後來只好乖乖聽話，皈依佛法。在他反抗失敗之前，他原是在所有希望能獲得這種進化的諸妖中最聰明、最有本領的一個。著名的短篇小說家張天翼在解釋這部小說的時候，大膽地把孫悟空同那些反抗天神力量——天神嫉妒他們心懷奢望——而最後被俘或被毀的妖怪等量齊觀。以這種解釋來看，孫悟空後期的行動只能看作是一個變節者的行動，他為了天國官僚組織的利益而屠殺或降伏昔日的同志。張天翼這一看法（首先發表於一九五四年的一篇文章中），[48]果然引起很多大陸批評家的反對。他們認為這不僅誹謗孫悟空，而且改變了去西天取經這一旅程的全部意義：最好把那些妖怪視為「人民公敵」，孫悟空則是人民的朋友、民族的救星。[49]

這些批評家的意見沒有錯，至少我們可以說孫悟空是個好惡作劇和富有靈性的動物，因此不能永遠嚴肅地追求智慧和魔力。甚至在他反叛的階段，他和其他妖怪如拉瓦那和《失樂園》中的撒旦都不同：因為他有能力以幽默態度觀察自己，以及不論做什麼事他都能保持超然距離。甚至同一隊天兵天將作戰時，他也沒有過分認真。假如悟空沒有這種幽默感，他可能會成為一個悲劇英雄，或落得與其他妖魔相同的命運。有了這種幽默感，他就能從反叛者的身份搖身一變轉成佛的忠僕，而不必喪失我們對他的同情。這種幽默感，雖然有時表現得有點粗鄙，而且吃大虧的永遠是他的同道中人或仇家，但最能暗示出他不受一切人類所有的慾望的限制。豬八戒則是這些慾望的奴隸；唐三藏必須時刻保持戒心才能免於這些慾望的誘惑。靜觀世界的終極形式應該是笑，這同佛家堅持超然是一致的。在這部小說中，喜劇居於神話和寓言之間。孫悟空一方面是神力無限的齊天大聖，同時也是奧秘的悟「空」論之發言人（傳統評論家把孫悟空看作心靈與機智的代表是很正確的）。[50] 但他最後仍保持一貫好惡作劇的猴子滑稽形象，他那股奔放的熱誠和玩世不恭的脾氣也正襯托了他超然物外的處境。

如果孫悟空在他能控制的情勢中永遠是個惡作劇的精靈，同時在很多場合他所表現的那種出自真情的憂傷和憤怒也給予我們深刻的印象。如果人道主義的悲憫是唐三藏的令人敬愛的特性，那麼孫悟空雖具有卓越的悟性和嘲弄的出世態度，他那對西行取經的大業和對其主人不離不棄的忠誠也是佛教之「空」的一種對比。讀者不時會有一種感覺，認為他才是唯一認真的朝聖者。同行者有對他行徑諸多疑惑的，有因疏懶誤事的，更不用說上天神祇對他的冷漠和惡意了。甚至時常出手援助他們的觀音，在孫悟空看來，總給他們不必要的磨難，實在也是很殘酷的。在第三十五回，孫悟空費了很大氣力捉住兩個頑強的妖怪以後，很驚訝地獲知這兩個妖怪原是給老子看爐的金銀二童子，是觀音為了試探這些朝聖者才向老子借用的：

大聖聞言，心中作念道：「這菩薩也老大憊懶！當時解逃老孫，教保唐僧西去取經，我說路途艱澀難行，他曾許我到急難處，親來相救；如今反使精邪掯害，語言不的，該他一世無夫！」[51]

但給他最大痛苦的還是他的師父唐三藏。孫悟空對他忠心耿耿，但三藏聽信妒心極重的豬八戒的話，常常不信任孫悟空。尤有進者，唐三藏非常自私，有一次，孫悟空剛打死兩個強盜，三藏竟焚香禱告，還表示自己跟這殺人罪毫無關聯：

他姓孫，我姓陳，各居異姓。冤有頭，債有主，切莫告我取經僧人。[52]

在第二十七回，孫悟空打死一個曾三度化成人形欺騙唐僧師徒的妖怪，這反而激怒了唐三藏。他寫了一紙貶書給悟空，且說：「猴頭！執此為照！再不要你做徒弟了！如再與你相見，我就墮了阿鼻地獄！」[53]為保護師父而殺死妖怪的孫悟空感到大受委屈：

> 大聖連忙接了貶書道：「師父，不消發誓，老孫去罷。」他將書折了，留在袖內，又軟款唐僧道：「師父，我也是跟你一場，又蒙菩薩指教；今日半途而廢，不曾成得功果，你請坐，受我一拜，我也去得放心。」唐僧轉回身不睬，口裡唧唧噥噥的道：「我是個好和尚，不受你歹人的禮！」大聖見他不睬，又使個身外法，把腦後毫毛拔了三根，吹口仙氣，叫「變！」即變了三個行者，連本身四個，四面圍住師父下拜。那長老左右躲不脫，好道也受了一拜。
>
> 大聖跳起來，把身一抖，收上毫毛，卻又吩咐沙僧道：「賢弟，你是個好人，卻只要留心防著八戒詀言詀語，途中更要仔細。倘一時有妖精拿住師父，你就說老孫是他大徒弟。西方毛怪，聞我的手段，不敢傷我師父。」唐僧道：「我是個好和尚，不題你這歹人的名字。你回去罷。」那大聖見長老三番兩覆，不肯轉意回心，沒奈何才去。
>
> 你看他忍氣別了師父，縱觔斗雲，徑回花果山水簾洞去了。獨自個悽悽慘慘，忽聞得水聲聒耳，大聖在那半空裡看時，原來是東洋大海潮發的聲響。一見了，又想起唐僧，止

不住腮邊淚墜，停雲住步，良久方去。

……早望見東洋大海，道：「我不走此路，已五百年矣！」那行者將身一縱，跳過了東洋大海，早至花果山，按落雲頭，睜眼觀看，那山上花草俱無，煙霞盡絕；峰巖倒塌，林樹焦枯。你道怎麼這等？只因他鬧了天宮，拿上界去。此山被顯聖二郎神，率領那梅山七弟兄，放火燒壞了。這大聖倍加悽慘。54

孫悟空之異於其他朝聖者，就是由於他對家鄉、對師父和他的偉大目標的赤誠忠心。孫悟空超越其神話的滑稽的角色，他把自己表現成一個不時真情流露而值得敬愛的人物，不管人家如何妒忌他、詆毀他。他也以其根深蒂固的人性掩飾他在佛家智慧方面的優越成就。

在前面一節中，我從其歷史、文學背景簡單介紹了唐三藏和孫悟空。在作此一簡單敘述時，我曾指出在這部小說所觀察到的三種不同格式——神話、寓言、喜劇——之間的複雜聯繫。從這種複雜的結構來看，我們不難了解批評家們有一種趨向，即在強調其中一種格式時，往往忽略了其他的格式。傳統的評論家特別強調這本書的神祕寓意，就全力強調它的寓言格調。由胡適開其端，近代批評家拒絕了這種寓言的解釋而強調其豐饒的喜劇與諷刺。胡適在魏理英譯本的前言中說：「排除佛家、道家、儒家的評論者們那些寓言的解釋之後，我們可以看出，《西遊記》只是一部胡鬧得徹頭徹尾、語言盡譏諷之能事而不失厚道的書，一卷在握，樂也無窮。」[55]（但「胡鬧得徹頭徹尾」一句點出了哲學的或寓言的解釋之必要。）中共批評家更進一步詳細剖析這部喜劇在政治諷刺方面的革命意義，他們引用明史中那些官吏們不公不義與奸詐的例子，還有宮廷中道士們的傲慢，小說中對這一階層的人不乏諷刺戲謔，因之成為吳承恩諷刺靈感的來源。

這種純然從政治意識角度的研究是先假定一位政治小說家蓄意地譴責他那個時代的罪惡。但是在明朝的專制統治下，吳承恩恐怕不敢做這樣的政治批判，或以斯威夫特的方式來虛構政治的寓言，即使他有意這樣做。[56]在幾次科舉考試中失敗後（一五四四年他終於取得歲貢生資格，很多年後曾任長興縣丞），他可能成為一個有政治意向的憤慨諷刺家。但從他的小說以及詩文來看，他是一位脾氣溫和的人，並不因為自己沒有功名或因明朝的腐敗而憤世嫉俗。他在小說中誠然也記載了對中國官僚政治的敏銳觀察，但在我們看來，這些觀察是民間智慧的積聚，而不是對當時事件尖銳諷刺的反應。事實上，他時常引用許多有滑稽效果的諺語來嘲弄那些在通俗文學裡經常出現的諷刺對象。如果他在一些最熱鬧滑稽的情節中嘲弄了道士，他對佛家的和尚也一視同仁，因為唐僧自己就是經常被嘲弄的對象。但在他蓄意言志時，這位小說家並未能擺脫傳統的影響，對於儒、佛、道各家均表示了同等的尊崇。[57]

近代批評家一致頌揚《西遊記》諷喻世情的成就，卻相對地忽視了這部小說的神話張力。當然他們對作者這種神話的想像力稱讚有加，但他們所看到的多是他苦心增敘許多元代版本中早被認為已存在的情節。然而在文學研究中，作為一種批評的觀念，「神話」指的是任何能暗示原始人類的原型處境的現實。[58]《尤利西斯》寫的雖是二十世紀初的都柏林，但它的結構是以神話為基礎。基於相同的理由，《西遊記》的神話意義並不在於利用了印度的、佛家的以及道家的神話，而在於它對原型人物與情節之描繪。因此，《封神演義》裡神人兵刃相見的戰鬥場面雖多，其神話意義只出現在描寫少數幾個英雄的早期事蹟上，如哪吒同父親間的仇視就是伊底帕斯神話的一個類型，可追蹤到印度的來源。[59]《西遊記》的情形是，即使魏理節譯本的讀者也會注意到它的主要情節跟西方與印度文學中神話真實的古典具體表現間的相似。例如烏雞王國的故事就有一種哈姆雷特神話的成分——一位被骯髒手段謀害的父親，一位狡詐的心腹人，篡奪了他的王位，霸佔了王后，一位參與報仇行動的被疏遠的王子。[60]在車遲國的故事中，信佛教的居民所遭遇的命運和以色列人在埃及被俘虜時的命運相似，孫悟空和豬八戒擊敗三個道士國師的方式也跟摩西和亞倫戰勝法老的巫師的方式是一樣的。[61]至於控制著通天河的妖怪，他每年要五個童男童女作為犧牲吃掉，使他近於西方和中國文學中妖物人身牛面怪（the Minotaur）和河伯等知名神話角色。[62]

但在最後這三個例子的情節以及魏理譯本略去的許多相同事件中，同較早神話間可能的偶然的相似對其神話地位的證明，遠不及對原始人之生產力崇拜的暗示更為有力。因此當地居民和通天河的妖怪和解，因為不遵守每年以童男童女作犧牲就會招致他控制地區內農產歉收。同樣地，三位道士國師深得國王的信賴，因為他們能祈求甘雨，保證國家豐收。進了烏雞國時，這位未來的篡位者能解除長年亢旱，故而贏得國王的感激與信任。從這方面看，這個巫妖使人聯想到伊底帕斯遠多於克勞底亞斯（Claudius），因為他清楚顯示出來的超自然力量使他有權殺死無此力量的國王並佔有王后。另一方面，烏雞國的故事只像做戲似的上演了原始儀式與悲慘謀殺。雖然國王被推進井中，但他在井裡並未受傷，且得以安息，最後復活。這篡位者是被閹的雄獅，雖然他在姦淫王后和其他嬪妃時暗示了他淫蕩好色的本性，但那些女人卻抱怨他性無能和性情冰冷。跟哈姆雷特全然不同，這位王子對於母親非常孝順，而非只怪想像中母親的不忠不貞；憑借唐僧師徒的幫忙，他不經流血就恢復了昔日的秩序。這青毛獅子在人間荒唐了一陣之後，又被他主人文殊菩薩收回。這一故事，像小說裡很多別的故事一樣，可見神話置於一個較大的喜劇的架構中：一個原始的現實被表現出來，這樣它的非現實性就能更有效地被表達了。

兩類妖魔鬼怪生活在這個神話層面上。第一類以閹獅和三位道士妖精（事實上是一虎一鹿一羊）為代表，他們化身人形後，利用他們的狡詐顛覆了一個國家。有些妖怪傷害人類，罪大惡極。例如在比丘國，白鹿把他的女兒進貢給國王，使其朝夕縱慾毀其健康。然後他向國王進言，教他煉製延年益壽丹。此藥是以一千一百一十一個五到七歲之間的男孩的心肝製作。[63]另一種是魔王，生活在他們自己選擇的領域內——或為高山，或為洞穴，或為河流（通天河的妖怪是條金鯉魚）。他們不大過問世事，但因他們吃人肉且又縱慾，因此對他們控制下的地區構成極大威脅。

以其來歷而論，這些妖怪可以分為兩類：有些原是神仙的畜生、寵物，他們逃出天宮到凡間來吃喝玩樂；有些一直是地上的牲畜，恥與天官相往來，雖然有些據說同天上的神仙有些親屬關係。在大多數情況下，這些從天上下來的逃犯掠人土地，奪人城池，而地上的妖怪們則選擇自由，過洞穴人的生活，在這方面很像《奧德賽》史詩中的獨眼巨人們。但並非永遠如此：車遲國的三個道士乃是地上的動物。以他們最後的命運而論，這些來自天上的避難者一旦被孫悟空（有時靠神之助力，有時沒有）收服後便被主人收回，恢復其原先的奴隸地位，那些獨立的妖精通常都是被處死。這裡也有例外，紅孩兒最後是觀音的隨從；他的雙親跟所有的天兵戰鬥一番後，最後也得屈服而皈依佛祖。

從人的觀點而言，這些妖魔鬼怪當然是罪大惡極，但是除了那些殘暴的國師外，他們之中大多數可以被認為是無是非觀念的非道德動物，他們的縱慾享受是超越是非觀念的。

黃袍怪同一位公主共同生活十三年，被征服後，返還原形，乃天上下界的奎木狼星。他向玉帝解釋為什麼要逃出天宮：

萬歲，赦臣死罪。那寶象國公主，非凡人也。她本是披香殿侍香的玉女，因欲與臣私通，臣恐玷污了天宮勝景，她思凡先下界去，托生於皇宮內院，是臣不負前期，變作妖魔，佔了名山，攝她到洞府，與她配了一十三年夫妻。「一飲一啄，莫非前定。」今被孫大聖到此成功。[64]

如果回天宮後奎木狼星能對他在凡間做的事作一番合理的解釋——趕快完成一樁在天宮不可能發生的羅曼史，他作為黃袍怪在凡間生活時卻泯滅了他一切天宮根源的記憶。他當然拐走了公主，但她頗不情願同他生活在一起。後來全靠她的幫助，唐僧師徒才能把她的消息傳給她的父母，並且征服了妖怪。他裝扮成一個俊俏的人以子婿之禮跑去求見國王，但因酒亂性終於露出其獸性來：

當晚眾臣朝散，那妖魔進了銀安殿，又選十八個宮娥彩女，吹彈歌舞，勸妖魔飲酒作樂。那怪物獨坐上席，左右排列的，都是那豔質嬌姿。你看他受用飲酒，至二更時分，醉將上來，忍不住胡為。跳起身，大笑一聲，現了本相。陡發兇心，伸開簸箕大手，把一個彈琵琶的女子，抓將過來，扢咋的把頭咬了一口，嚇得那十七個宮娥，沒命的前後亂跑亂藏。……那些人出去，又不敢吆喝。夜深了，又不敢驚駕。都躲在那短牆簷下，戰戰兢兢不題。

卻說那怪物坐在上面，自斟自酌，喝一盞，扳過人來，血淋淋的啃上兩口。65

但這些妖怪不單單是獸性的，他們常常展露出準會使巴爾扎克大喜過望的人世的七情六慾。例如牛魔王（也稱大力王）原先一直同紅孩兒之母羅剎女同住，但晚近兩年他卻跟另一個女妖同居。一個當地的土地公向孫悟空敘述他們的情形：

大力王乃羅剎女丈夫。他這向撇了羅剎，現在積雷山摩雲洞。有個萬年狐王。那狐王死了，遺下一個女兒，叫做玉面公主。那公主有百萬家私，無人掌管；二年前，訪著牛魔王神通廣大，情願倒賠家私，招贅為夫。那牛王棄了羅剎，久不回顧。66

我們要注意，經濟因素已侵入妖怪們的生活中。牛魔王不單厭倦了羅剎女，他同玉面公主同居的另一個原因是她的財富。孫悟空化作牛魔王出現在兩個婦人面前時，就利用了

「丈人啊！你還好生看待我渾家：只怕我們取不成經時，好來還俗，照舊與你做女婿過活。」行者喝道：「夯貨！卻莫胡說！」八戒道：「不是胡說，只恐一時間有些兒差池，卻不是和尚誤了做，老婆誤了娶，兩下都耽擱了？」[77]

這段話非常滑稽，只是因為豬八戒態度十分認真。每逢他們遭遇到災難而唐三藏被認為已死時，豬八戒就一再表示願意回到妻子的身邊。跟忠心於師父的孫悟空不同，在這些情況下豬八戒毫無痛苦的跡象，他真願意擺脫他的伙伴們。有一次孫悟空被妖怪吞掉後（第七十五回），他又談起分離：

他也不來勸解師父，卻叫：「沙和尚，你拿將行李來，我兩個分了罷。」沙僧道：「二哥，分怎的？」八戒道：「分開了，各人散伙：你往流沙河，還去喫人；我往高老莊，看看我渾家。將白馬賣了，與師父買個壽器送終。」長老氣呼呼的，聞得此言，叫皇天放聲大哭。[78]

在這兒，也同在其他類似的情景中一樣，作者說明豬八戒自私的邪惡面，也說明容易沮喪的唐三僧那種令人難以相信的脆弱。兩個都是自我中心的人，豬八戒只關心自己的幸福，唐三藏只想到個人的安危。因此他們兩個常常結成一伙兒反對孫悟空：孫悟空有他的卓越理解力，他暴露了唐三藏的永繫心頭的恐懼，他也因忘我、急公好義的性格而使豬八戒的好色、懶惰與嫉妒本性暴露無遺。這些鮮明對比的寓言意義是非常明顯的，但在他們經常的吵鬧中，這三個是經歷一種艱苦行程的旅行者，他們遲早會讓彼此煩惱不安的。按照寫實的角度看來，唐三藏彷彿是個懵然不察、愛受奉承的父親，而孫悟空和豬八戒是一對跟湯姆·瓊斯和布利非爾（Blifil）一個形式的敵對的兄弟。

因為對進一步的奮鬥缺乏動力，豬八戒看來主要是個貪吃的傢伙，他只希望飽餐一頓，作為一天辛勞的補償。所以在通天河的故事中，雖然主人正為他的女兒和姪女可能被妖怪吃掉的命運而憂傷時，豬八戒卻若無其事地吃他那頓豐富的餐飯，「一石麵飯、五斗米飯與幾桌素食。」[79]在這部小說中，食物是個主調：不只是這些朝聖者常處於飢餓狀態（通常為了尋找食物給唐僧吃，孫悟空遇上了新的冒險），而那些嗜食人肉的妖怪永遠要吃唐僧，甚至那些神仙也念念不忘他們的神秘而有魔力的食物，因此紅了眼地看管著這些食物不被無恥的外人偷走。天宮動員天兵天將來對付孫悟空，就是因為他頑皮地偷吃了他負責看管的蟠桃園中的神桃。後來他又和八戒一起偷了人參果，推倒人參果樹，若非觀音出面干涉，一定會惹起他同果園主人鎮元子間的一段過節。[80]在其他神話角色中，孫悟空也是個勇闖金蘋果園（the Hesperidian garden）的人。

由於這些對於食物的奇思怪想，《西遊記》同《巨人傳》（*Gargantua and Pantagruel*）有些重要的相似。拉伯雷（Francois Rabelais）和吳承恩是生時相近的同時代人，他們留給兩個不同民族文化兩部滑稽的傑作，在表現純然動物的充沛精力方面無出其右者。在那些粗獷的章節中，這兩部作品都因沒有顧全人道主義者的感性而冒犯了一些吹毛求疵的現代讀者的趣味。Gargantua、Pantagruel和行腳僧約翰對敵人經常流露出最大輕蔑，又常開玩笑把他們殺死。當豬八戒在蛻去平時的懶惰而分享孫悟空開玩笑的幽默感時，二者在嘲弄和處罰那些無助的敵人時，也同樣表現出最調皮的本色來。在第六十七回，豬八戒鼓動孫悟空去折磨一條無援無助的紅鱗大蟒：

> 八戒捶胸跌腳，大叫道：「哥耶！傾了你耶！」行者在妖精肚裡，支著鐵棒道：「八戒莫愁，我叫他搭個橋兒你看！」那怪物躬起腰來，就似一條路東虹。八戒道：「雖是像橋，只是沒人敢走。」行者道：「我再叫他變個船兒你看！」在肚裡將鐵棒撐著肚皮。那怪物肚皮貼地，翹起頭來，就似一隻贛保船。八戒道：「雖是像船，只是沒有桅篷，不好使風。」行者道：「你讓開路，等我叫他使個風你看。」又在裡面盡著力把鐵棒從脊背上搠將出去，約有五七丈長，就似一根桅杆。那廝忍疼掙命，往前一躥，比使風更快，躥回舊路，下了山，有二十餘里，卻才倒在塵埃，動蕩不得，嗚呼喪矣。[81]

在《巨人傳》第四卷中，Pantagruel同朋友們正在航海途中，他看見一條巨鯨，乃向牠射一支復一支巨箭，直到那巨鯨像一艘大帆船（galleon）：

> 船上儲有很多大箭，第一支箭他深深射進鯨魚的前額，箭穿過它的兩顎和舌頭，所以它不能再張開嘴，也不能吸進或噴出水。第二箭他射中且挖出牠的右眼，第三箭射出牠的左眼。之後那鯨魚在前額上帶著那三隻角，稍稍有些前傾，成為一個等邊三角形的樣子，忽左忽右，搖晃前游，擺擺動動，很為不穩，彷彿受到什麼阻礙，盲目地游向死亡，這情景使每個人都很高興。Pantagruel還不滿足，又向牠的尾巴上射了一箭，它跟另外那些箭一樣地斜著射進的；之後又有三支沿著脊骨垂直射進，正把從鼻到尾分為三等份。最後他在身體一側射五十支，在另一側也射五十支；之後鯨魚的軀幹看來像三桅帆船的船身，以相等大小的船梁緊釘一起，它們可能是船龍骨的肋骨或船緣。這景象看來實在令人悅目。鯨魚死後，翻身過來；像所有死魚一般，躺在水上，船梁在下面，看來像古代賢人尼坎達（Nicander）描寫的百足蛇。[82]

這兩位作家雖有類似的幽默感，他們對於食慾的態度卻全然不同。拉伯雷自己曾受制於禁慾的僧侶生活，但他在書裡卻排除這種生活，令他筆下的人物能吃能喝，有無限的性能力，借以正面比喻人類從教會的自制克己的教條中得到解放。Gargantua、Pantagruel和他們的朋友乃是巨人而非妖怪，他們巨大的胃口跟他們巨大的智力比重是對等的。同吳承恩比起來，拉伯雷更粗鄙、更淫猥，因為他把信仰置於非宗教的人文主義之上。他發現人的生殖、消化、排泌功能不僅非常好玩，而且值得作更嚴肅的處理。吳承恩雖有充沛的滑稽能耐，但他不是一個文藝復興時代的人文主義者；在道德層面上，他更近於喬叟而不是拉伯雷，因為他發現人不能滿足的慾望，在作為一種消極的證實其荒謬性中，乃是可笑的。作為貪欲主要象徵的豬八戒沒有任何精神的或智能的要求。雖然作者很輕鬆地讓他不斷大吃大喝，因為在中國人看來貪吃比好色較少受到道德的斥責，因之也就更可引人發笑（我們已經看過《水滸傳》的英雄們雖好飲食，卻不近女色），但豬八戒性慾雖強，吳承恩卻從不曾讓他好好放縱一下。相反地，為了他那易於激起的色慾，還給他折磨與痛苦。豬八戒是因跟嫦娥調情而被放逐到凡間的。第九十五回，嫦娥隨同月宮太陰星君下凡去揭穿一個假公主的真面目，豬八戒見了他的老相好，大為激動：

> 豬八戒動了欲心，忍不住，跳在空中，把霓裳仙子抱住道：「姐姐，我與你是舊相識，我和你耍子兒去也。」行者上前，揪著八戒，打了兩掌，罵道：「你這個村潑呆子！此是什麼去處，敢動淫心！」八戒道：「拉閑散悶耍子而已！」83

這是令人拍案叫絕的一景，因為至少這一次在豬八戒因性饑渴而發出痛苦的呼號中，滑稽的喜劇幾乎變質成了嚴肅的戲劇。但通常豬八戒只是受到不能滿足慾望的可笑的折磨，根本不能嘗到甚至一息兒的愛之溫存的報償。因為中國人深知淫慾的危險，從不需要西方寓言家那樣把它詳加解釋，中國式的色慾則大多都是點到為止。在第二十三回，黎山老母同三位菩薩化身為女人，憑她們的美色和財富誘惑唐僧師徒。豬八戒當然上鉤，唐三藏自己也心有所動，雖然碰到此類考驗，他就「推聾裝啞，瞑目寧心，寂然不答」。化身為富孀的黎山老母先講「田產家業」、綾羅金銀，再講三位待字閨女（真真二十歲、愛愛十八歲、憐憐十六歲）的才能，唐三藏坐著聽了，「好便似雷驚的孩子，雨淋的蝦蟆；只是呆呆掙掙，翻白眼兒打仰」。[84]後來他被迫娶女兒國的女王時也採用同樣的態度。因此豬八戒成為四神嘲弄的主要對象。現在我把《四聖試禪心》故事節錄出來，作為小說最佳寓言之代表。唐三藏已拒絕那寡婦的求婚：

那婦人聞言，大怒道：「這潑和尚無禮！我若不看你東土遠來，就該叱出。我倒是個真心實意，要把家緣招贅汝等，你倒反將言語傷我。你就是受了戒，發了願，永不還俗，好道你手下人，我家也招得一個，你怎麼這般執法？」三藏見他發怒，只得者者謙謙，叫道：「悟空，你在這裡罷。」行者道：「我從小兒不曉得幹那般事，教八戒在這裡罷。」

八戒道：「哥呵，不要栽人麼，大家從長計較。」三藏道：「你兩個不肯，便教悟淨在這裡罷。」沙僧道：「你看師父說的話。弟子蒙菩薩勸化，受了戒行，等候師父。自蒙師父收了我，又承教誨，跟著師父還不上兩月，更不曾進得半分功果，怎敢圖此富貴？寧死也要往西天去，決不幹此欺心之事。」那婦人見他們推辭不肯，急抽身轉進屏風，撲的把腰門關上。師徒們撇在外面，茶飯全無，再沒人出。八戒心中焦燥，埋怨唐僧道：「師父忒不會幹事，把話通說殺了。你好道還活著些腳兒，只含糊答應，哄她些齋飯吃了，今晚落得一宵快活。明日肯與不肯，在乎你我了。似這般關門不出，我們這清灰冷灶，一夜怎過？」

悟淨道：「二哥，你在他家做個女婿罷。」八戒道：「兄弟，不要栽人。——從長計較。」行者道：「計較甚的？你要肯，便就教師父與那婦人做個親家，你就做個倒踏門的女婿。他家這等有財有寶，一定倒陪妝奩，整治個會親的筵席，我們也落些受用，你在此間還俗，卻不是兩全其美？」八戒道：「話便也是這等說，卻只是我脫俗又還俗，停妻再娶妻了。」

沙僧道：「二哥原來是有嫂子的？」行者道：「你還不知他哩，他本是烏斯藏高老兒莊高太公的女婿。因被老孫降了，他也曾受菩薩戒行，沒及奈何，被我捉他來做個和尚，所以棄了前妻，投師父往西拜佛。他想是離別的久了，又想起那個勾當。卻才聽見這個勾當，斷然又有此心。呆子，你與這家子做了女婿罷。只是多拜老孫幾拜，我不檢舉你就罷了。」那呆子道：「胡說！胡說！大家都有此心，獨拿老豬出醜。常言道：『和尚是色中餓鬼。』那個不要如此？都這般扭扭捏捏的拿班兒，把好事都弄得裂致了。如今茶水不得見面，燈火也無人管，雖熬了這一夜，但那匹馬明日又要馱人，又要走路，再若餓上這一夜，只好剝皮罷了。你們坐著，等老豬去放馬來。」那呆子虎急急的，解了韁繩，拉出馬去。行者道：「沙僧，你且陪師父坐這裡，等老孫跟他去，看他往那裡放馬。」三藏道：「悟空，你看便去看他，但只不可只管嘲他了。」行者道：「我曉得。」這大聖走出廳房，搖身一變，變作個紅蜻蜓兒，飛出前門，趕上八戒。

那呆子拉著馬，有草處且不教吃草，嗒嗒嗤嗤的，趕著馬，轉到後門首去。只見那婦人，帶了三個女子，在後門外閑立著，看菊花兒耍子。她娘女們看見八戒來時，三個女兒閃將進去。那婦人佇立門首道：「小長老那裡去？」這呆子丟了韁繩，上前唱個喏，道聲：「娘，我來放馬的。」那婦人道：「你師父忒弄精細。在我家招了女婿，卻不強似做掛搭僧，往西蹭路？」八戒笑道：「他們是奉了唐王的旨意，不敢有違君命，不肯幹這件事。剛才都在前廳上栽我，我又有些奈上祝下的，只恐娘嫌我嘴長耳大。」那婦人道：「我也不嫌，只是家下無個家長，招一個倒也罷了，但恐小女兒有些兒嫌醜。」八戒道：「娘，你上覆令愛，不要這等揀漢。想我那唐僧，人才雖俊，其實不中用。我醜自醜，有幾句口號兒。」婦人道：「你怎的說麼？」八戒道：「我——雖然人物醜，勤緊有些功。若言千頃地，不用使牛耕，只消一頓鈀，佈種及時生。沒雨能求雨，無風會喚風。房舍若嫌矮，起上二三層。地下不掃掃一掃，陰溝不通通一通。家長裡短諸般事，踢天弄井我皆能。」

那婦人道：「既然幹得家事，你再去與你師父商量商量看，不尷尬，便招你罷。」八戒道：「不用商量：他又不是我的生身父母，幹與不幹，都在於我。」婦人道：「也罷，也罷，等我與小女說。」看她閃進去，撲的掩上後門。八戒也不放馬，將馬拉向前來。怎知孫大聖已一一盡知。他轉翅飛來，現了本相，先見唐僧道：「師父，悟能牽馬來了。」長老道：「馬若不牽，恐怕撒歡走了。」行者笑將起來，把那婦人與八戒說的勾當，從頭說了一遍。三藏也似信不信的。

少時間，見呆子拉將馬來拴下。長老道：「你馬放了？」八戒道：「無甚好草，沒處放馬。」行者道：「沒處放馬，可有處牽馬麼？」[85]呆子聞得此言，情知走了消息，也就垂頭扭頸，努嘴皺眉，半晌不言。又聽得呀的一聲，腰門開了，有兩對紅燈，一副提爐，香雲靄靄，環佩叮叮，那婦人帶著三個女兒，走將出來，叫真真、愛愛、憐憐，拜見那取經的人物。那女子排立廳中，朝上禮拜。果然生得標致，但見她：

一個個蛾眉橫翠，粉面生春。妖嬈傾國色，窈窕動人心。花鈿顯現多嬌態，繡帶飄颻迴絕塵。半含笑處櫻桃綻，緩步行時蘭麝噴。滿頭珠翠，顫巍巍無數寶釵簪；遍體幽香，嬌滴滴有花金縷細。說什麼楚娃美貌，西子嬌容？真個是九天仙女從天降，月裡嫦娥出廣寒！

那三藏合掌低頭，孫大聖佯佯不睬，這沙僧轉背回身。你看那豬八戒，眼不轉睛，淫心紊亂，色膽縱橫，扭捏出悄語，低聲道：「有勞仙子下降。娘，請姐姐們去耶。」那三個女子，轉入屏風，將一對紗燈留下。婦人道：「四位長老，可肯留心，著那個配我小女麼？」悟淨道：「我們已商議了，著那個姓豬的招贅門下。」八戒道：「兄弟，不要栽我，還從眾計較。」行者道：「還計較什麼？你已在後門首說合的停停當當，『娘』都叫了，又有什麼計較？師父做個男親家，這婆兒做個女親家，等老孫做個保親，沙僧做個媒人。也不必看通書，今朝是個天恩上吉日，你來拜了師父，進去做個女婿罷。」八戒道：「弄不成！弄不成！那裡好幹這個勾當！」

行者道：「呆子，不要者囂。你那口裡『娘』也不知叫了多少，又是什麼弄不成。快快的應成，帶攜我們喫些喜酒，也是好處。」他一隻手揪著八戒，一隻手扯住婦人道：「親家母，帶你女婿進去。」那呆子腳兒趄趄的，要往那裡走。那婦人即喚童子：「展抹桌椅，鋪排晚齋，管待三位親家。我領姑夫房裡去也。」一壁廂又吩咐庖丁排筵設宴，明晨會親。那幾個童子，又領命訖。他三眾吃了齋，急急鋪鋪，卻在客廳裡安歇不題。

卻說那八戒跟著丈母，行入裡面，一層層也不知多少房舍，磕磕撞撞，盡都是門檻絆腳。呆子道：「娘，慢些兒走。我這邊路生，你帶我帶兒。」那婦人道：「這都是倉房、庫房、碾房各房，還不曾到那廚房哩。」八戒道：「好大人家！」磕磕撞撞，轉彎抹角，又走了半會，才是內堂房屋。那婦人道：「女婿，你師兄說今朝是天恩上吉日，就教你招進來了。卻只是倉卒間，不曾請得個陰陽，拜堂撒帳，[86]你可朝上拜八拜兒罷。」八戒道：「娘說得是，你請上坐，等我也拜幾拜，就當拜堂，就當謝親，兩當一兒，卻不省事？」他丈母娘笑道：「也罷，也罷，果然是個省事幹家的女婿。我坐著，你拜麼。」

咦！滿堂中銀燭輝煌。這呆子朝上禮拜，拜畢。道：「娘，你把那個姐姐配我哩？」他丈母道：「正是這些兒疑難：我要把大女兒配你，恐二女怪；要把二女配你，恐三女怪；欲將三女配你，又恐大女怪；所以終疑不定。」八戒道：「娘，既怕相爭，都與我罷；省得鬧鬧吵吵，亂了家法。」他丈母道：「豈有此理！你一人就佔我三個女兒不成！」八戒道：「你看娘說的話。那個沒有三房四妾？就再多幾個，你女婿也笑納了。我幼年間，也曾學得個熬戰之法，管情一個個伏侍得她歡喜。」那婦人道：「不好！不好！我這裡有一方手帕，你頂在頭上，遮了臉，撞個天婚，教我女兒從你跟前走過，你伸開手扯著那個就把那個配了你罷。」呆子依言，接了手帕，頂在頭上。有詩為證。詩曰：

痴愚不識本原由，色劍傷身暗自休；從來信有周公禮，今日新郎頂蓋頭。

那呆子頂裹停當，道：「娘，請姐姐們出來麼。」他丈母叫：「真真、愛愛、憐憐，都來撞天婚，配與你女婿。」只聽得環佩響亮，蘭麝馨香，似有仙子來往，那呆子真個伸手去撈人。兩邊亂撲，左也撞不著，右也撞不著。來來往往，不知有多少女子行動，只是莫想撈著一個。東撲抱著柱科，西撲摸著板壁。兩頭跑暈了，立站不穩，只是打跌。前來蹬著門扇，後去擋著磚牆。磕磕撞撞，跌得嘴腫頭青。坐在地下，喘氣呼呼的道：「娘啊，你女兒這等乖滑得緊，撈不著一個，奈何！奈何！」

那婦人與他揭了蓋頭道：「女婿，不是我女兒乖滑，她們大家謙讓，不肯招你。」八戒道：「娘啊，既是她們不肯招我啊，你招了我罷。」那婦人道：「好女婿呀！這等沒大沒小的，連丈母也都要了！我這三個女兒，心性最巧。她一人結了一個珍珠嵌錦汗衫兒。你若穿得那個的，就叫那個招你罷。」八戒道：「好！好！好！把三件兒都拿來我穿了看；若都穿得，就教都招了罷。」那婦人轉進房裡，止取出一件來，遞與八戒。那呆子脫下青錦布直裰，取過衫兒，就穿在身上；還未曾繫上帶子，噗的一蹺，跌倒在地。原來是幾條繩緊緊繃住，那呆子疼痛難禁。這些人早已不見了。

卻說三藏、行者、沙僧一覺睡醒，不覺的東方發白。忽睜眼抬頭觀看，那裡得那大廈高堂？也不是雕梁畫棟，一個個都睡在松柏林中。慌得那長老忙呼行者。沙僧道：「哥哥，罷了！罷了！我們遇著鬼了！」孫大聖心中明白，微微的笑道：「怎麼說？」長老道：「你看我們睡在那裡耶！」行者道：「這松林下落得快活，但不知那呆子在那裡受罪哩。」長老道：「那個受罪？」行者笑道：「昨日這家子娘女們，不知是那裡菩薩，在此顯化我等。想是半夜裡去了，只苦了豬八戒受罪。」[87]

《四聖試禪心》是這部小說最精彩故事中的一個。在意義上是寓言，但寓意完全跟寫實小說的目的相接近。張心滄博士在他那本《斯賓塞作品中的寓言與禮儀》（*Allegory and Courtesy in Spenser*）裡曾說，《仙后》裡所表現的寓言是使抽象的心智與道德情況人格化，而中國的寓言則表現更實際的倫理的衝動，主要是解釋誘惑的事實。[88]豬八戒被誘的故事因之在其力求以小說形式體現虛構故事的嘗試上更接近近代西方寓言如托爾斯泰的「一個人需要多少土地？」假如我們理解中國人講故事自有其一套較簡單的慣例後，《四聖試禪心》寫色慾同托翁小說寫貪婪同樣震撼人心。這則寓言顯然比《水滸傳》或《三國演義》中任何敘述更富心理描寫之微妙。

我們會進一步注意到，在這個可說是獨立的寓言中，對豬八戒的描述和這整部小說的其餘部分是渾然一體的。這個欲結婚並且住在那富孀田莊中的豬八戒就是那不大情願地向高家告別的豬八戒。他老是給人家嘲弄的對象，但他自己做什麼事都是認真的。在他同那富孀的談判中，雖然他一再不耐煩地透露急於改變自己處境的願望，但大體說來，他是彬彬有禮的。他對自己的容貌表示歉意，他又誇口他在管理農莊方面是有經驗的。當他面對女子的拒絕而懇求那富孀招他為婿時，他的性饑渴是以令人驚異的寫實手法表現出來的。但這種性饑渴同他的有目的行動是不可分的。跟其他任何沒有精神稟賦的普通好色者一樣，豬八戒只在佔有和經營大田莊中看到挑戰。但在一個令人厭倦的西行朝聖的旅行中則看不到挑戰。在《仙后》極樂亭（Bower of Bliss）中的那些妖豔的仙子表現出赤裸裸的淫蕩，屈服於她們誘惑的男人立刻失掉自尊，在遺忘自己的責任和義務中獸性佔了上風。豬八戒在看到擁有田產財富的美女時則激起治家的本能。（在後來蜘蛛精的誘惑中，因為她們是沒有田產的妖精，豬八戒則表現得粗魯無禮，因為他對她們的態度並不認真。）[89] 如果他在行程中有極度的性饑渴，他也曾因為沒有機會表現其管家的本事而變得手足無措。在尤其不討人喜歡的身體與道德標準的豬八戒身上，吳承恩刻畫了一個在追求體面的世俗目標方面得到滿足的普通人。

注釋

1《西遊記考證》（《胡適文存》第二集），完成於一九二三年二月，合併了兩篇較早發表的論文。在一九二一年寫第一篇論文時，胡適還沒有開始研究作者的問題。

2 杜德橋：《西遊記祖本考的再商榷》，《新亞學報》第六卷第二期（西元一九六四），頁499。

3 劉修業編：《吳承恩詩文集》。

4 杜德橋（見《新亞學報》第六卷第二期，頁513）相信在世德堂版本以前必定有一種或數種版本存在，因為陳元之的序中曾提到過一篇《舊序》。但那一序文可能是以手稿形式存在的。

康熙版把唐僧年輕時代的傳說也添進去，書名為《古本西遊證道書》，係由汪澹漪所編，並加有評述。汪澹漪從大略堂本《西遊釋厄傳》中取出其傳說部分，把吳本的第九至十一回再重分為第十回及第十一回。大多數學者把大略堂版《釋厄傳》視為與朱鼎臣的《唐三藏西遊釋厄傳》是相同的。杜德橋則相信這一版本較早於世德堂本，也早於現存最早的朱鼎臣本，此本出現於隆慶或萬曆年間。他更相信朱本是改寫的大略堂版，但因大略堂本已佚，他就不能建立起它同世德堂本的關係。參看《新亞學報》第六卷第二期，頁508-513。

5 參看《西遊記》（北京：作家出版社，一九五四），《出版說明》，頁1-7。以下頁碼以此版本為準。

6 阿瑟·魏理在*The Real Tripitaka,and Other Pieces*（《真正的唐三藏及其他論文》）中有一篇很出色的玄奘傳。關於唯識宗，參看馮友蘭*A History of Chinese Philosophy*（《中國哲學史》）（普林斯頓大學出版部，一九五三））第二卷，第八章。

7 由辯機記載的玄奘敘述其西行取經的故事書名為《大唐西遊記》；已由華特茲（Thomas Watters）譯為英文，*On Yuan Chwang's Travels in India,629-645A.D.*（凡兩卷，倫敦，一九〇四至一九〇五年出版）。慧立在《大慈恩寺三藏法師傳》第一到五卷敘述玄奘回長安前的活動，和尚彥琮在第六到十卷中敘述他回長安後的活動。這本書即魏理寫《真正的唐三藏》的主要根據資料。

8 引自《西遊記考證》，《胡適文存》第二集，頁357。

9 參閱David Hawkes譯*Ch'u Tzu':The Songs of the South*（Oxford:Clarendon Press,1959）。

10 孫楷第於一九三九年證實這些雜劇的作者為楊景賢，以前的學者們很多年來都接受胡適的說法，即把這些雜劇的寫作歸於元代較早的一位劇作家吳昌齡。吳的雜劇《唐三藏取西經》只存了些殘破不全的片段。孫楷第論楊景賢的文章《吳昌齡與雜劇〈西遊記〉》曾於《滄州集》中重印。楊景賢還有些別的名字，如楊景言和楊訥：《元曲選外編》的編者用的是楊景賢。這部《外編》是個標準選本，有楊的全部《西遊記》雜劇和其他未錄入《元曲選》的雜劇。

11 參看《中國文學史》（西元一九六二）第三冊，頁904-905。關於《朴通事諺解》其他資料，參看楊聯陞的《老乞大朴通事裡的語法語彙》，見《歷史語言研究所集刊》（台北中央研究院，一九五七）第二十九期，頁197-208。

12 引自《中國文學研究》上冊，頁270-271。

13《封神演義》（北京：作家出版社，一九五五）上冊，第二十三回。傳統上中國人常把漁樵同遠離塵世煩憂的沉思的田園生活聯繫在一起。「漁樵」一詞在唐詩中時常出現。北宋哲學家邵雍寫過一篇簡短的《漁樵問對》。

14《西遊記》，第十回，頁103-104。

15 同前，頁104-105。

16 有關這本小說的學術性的研究，參看趙聰《中國四大小說之研究》，第三章；鄭振鐸《西遊記的演化》，《中國文學研究》上冊；柳存仁《西遊記的明刻本》，《新亞學報》第五卷第二期（西元一九六二）。

17 關於這本書的文本資料，參見前注。《唐三藏西遊釋厄傳》為一珍本，美國國會圖書館藏有顯微膠片。台北有《四遊記》出版（西元一九五八）。

18 一九三一年，孫楷第在東京內閣文庫發現了明版《東遊記》，有余象斗序。一九五七年，柳存仁在大英博物館陸續發現明版《南遊記傳》和《北遊記》（均為余象斗編）以及明版《東遊記》的殘本。關於版本目錄資料參閱注16引用柳教授之論文。在柳教授之前，劉修業女士曾在大英博物館看到《南遊記傳》和《北遊記》，但她在《古典小說戲曲叢考》中只有簡單的敘述。余象斗在萬曆年間主持余家出版事業，也刻過最早的《水滸》簡本。

19 《中國文學研究》上冊，頁258-287。

20 孫楷第在《日本東京所見中國小說書目提要》中對《西遊記》各種版本皆有評論。柳存仁和杜德橋均暗示，對於楊志和本同朱鼎臣本，胡適、孫楷第二人意見相同。在《跋四遊記本的西遊記傳》（《胡適文存》第四集）一文裡，胡適認為楊志和本是吳承恩本的刪縮本，但胡適在該跋和《西遊記考證》長文裡皆未提及朱本。

21 《新亞學報》第六卷第二期，"*Abstracts in English*"，頁8。在注2中，我已提到過杜德橋的文章，在注16中提到過柳存仁的文章。

22 朱鼎臣本所根據的版本不可能是原始的元代版本。在《中國文學研究》中，鄭振鐸曾引用張稍和李定的對談，是朱本中的原文，它同吳承恩寫的對話非常相似，但與《永樂大典》版本則不同。除非朱鼎臣是採用了吳承恩的本子，否則我們必須假定吳本以前的一個本子已經發展得相當完備，其中不少文字後來均被吳承恩所採用，有些略加改動，有些原封照抄。

23 參看趙聰著《中國四大小說之研究》，頁172-177。關於大略堂版的較詳資料，參看注4。

24 參看*The Real Tripitaka*, pp. 27-29, 38-41。

25 在這部小說中時常提及唐三藏實為金蟬長老：參看第十二回及第一百回。在第二十七回，我們首次獲知他是「十世修行的原體」。

26 見魏理譯本頁281-282。這一段在第九十八回，頁1105。

27 魏理在英譯本序中說，「關於這寓言，顯然唐僧代表了普通人，在生活之困難中時常犯下錯誤。」（見

*Monkey*頁8）在Wm. Theodore de Bary所編*Approaches to the Oriental Classics*中所收的梅儀慈（Yi-tse Mei Feuerwerker）"*The Chinese Novel*"中也曾提及此點，見該書頁178。

28 見第十九回。玄奘的《心經》譯本代替了以前所有中文翻譯。

29 在*Buddhist Wisdom, Books, Containing the Diamond Sutra and the Heart Sutra*（London: Allen and Unwin, 1950）中，譯者Edward Conze肯定佛家意見，即此二經乃Prajnaparamita sutras間「神聖中之最神聖者」。《心經》特別「是要形成最完善智慧的『心』、『根』或『本質』」（頁10）。

30 參看*The Real Tripitaka*，頁98。

31 《大唐三藏取經詩話》第十六章的題目是《轉至香林寺受心經》。在正文的第二行卻說唐三藏停在香林寺。這本詩話影印本有羅振玉的跋。

32 前書第16章。

33 參看George Steiner, *Tolstoy or Dostoevsky: An Essay in the Old Criticism*（New York: Knopf, 1959）, pp. 58-59, 300-305。

34 Conze, *Buddhist Wisdom Books*，頁81。

35 《西遊記》，第四十三回，頁494-495。

36 《西遊記》，第九十三回，頁1051。

37 這個事件在第十四回。參看魏理譯本頁131-137。

38 參看第二十七至二十八、五十六至五十七各回。

39 《胡適文存》第二集，頁370-372。

40 《中國文學研究》上冊，頁290-293。鄭振鐸提及的許多故事之一是唐代的傳奇《捕江總白猿傳》，王際真英譯的題目是"*The White Monkey*"，收於*Traditional Chinese Tales*。

41 茲舉一例，馮沅君的《批判胡適的〈西遊記考證〉》攻擊胡先生的有下列三點：（一）他稱孫行者源於印度神話；（二）他稱讚《西遊記》是一部詼諧幽默的書而忽視作者時代的社會與政治實況；（三）他認定《西遊記雜劇》的作者是吳昌齡是錯誤的。

42 吳曉鈴：《〈西遊記〉和〈羅摩延書〉》，《文學研究》（第一期，一九五八），頁163-169。

43《西遊記》，第六回，頁64。

44 Richard F. Burton譯*The Arabian NightsEntertainment*（New York: The Modern Library, 1932）, p.98。

45 一九六五年六月十三至十四日台北《中央日報》副刊登過一篇文章《孫悟空和七十二變》，作者周燕謀引述了唐以前文學中幾個變形的熟悉的例子，但更多這一類型的故事皆引自唐代文學作品中。作者相信在唐代來自中亞的許多外國人使中國的想像文學格外豐富起來，顯然他是對的。

46《西遊記》，第一回，頁5-6。

47 在第七回他企圖把孫悟空熔化。

48 參看張天翼《西遊記札記》，收於《西遊記研究論文集》。

49 收於《西遊記研究論文集》中大部分論文均持此種觀點，在《試論〈西遊記〉的主題思想》一文中，其作者說「妖魔鬼怪不但是神和佛的屬下，他們也是神和佛壓迫一般人的直接工具」。

50 這些評論家顯然受了這部小說各回題目的影響，這些題目一再地指孫悟空為「心猿」。在世德堂本的序文中，陳元之提到一篇更早的序文中說明這些朝聖者名字的寓言含義，包括唐三藏的馬，他本是一個龍王太子。參看《中國文學研究》上冊，頁274。鑒於這篇不復存在的《舊序》的時期極早，現代學者們當然沒有理由認為傳統評論家硬把寓言意義讀進《西遊記》裡去。

51《西遊記》，第三十五回，頁409。

52《西遊記》，第五十六回，頁649。

53《西遊記》，第二十七回，頁313。

54《西遊記》，第二十七至二十八回，頁313-315。在我的譯文中，省去了一首寫海的詩和連接這兩回的幾個句子。

55 *Monkey*美國版序言，頁5。

56《西遊記研究論文集》中的許多論文都強調吳承恩作為政治諷刺家的任務。李辰冬為臺北世界書局版（西元一九六四）《西遊記》寫的《西遊記的價值》序文中也採用以政治觀點解釋這部小說。誠然，任何奸臣和他的一幫屬下遭到皇上的懲罰並失勢後，明朝說書人和戲曲作者痛斥他們的罪行都是可能的。例如被認為是王世貞寫的傳奇劇《鳴鳳記》以及「三言」小說中的《沈小霞相會出師表》都記載正直的人受嘉靖年間的權臣嚴嵩父子的迫害且忍受這些迫害。但率直地斥責一個已死的和喪失名譽的奸臣與隱晦諷刺一個仍享有權力的朝臣或宦官不同。在明朝的小說中，後一型的諷刺是很罕見的。

57 例如在第四十七回，孫行者勸告車遲國國王要尊崇三教的教義，「向後來，再不可胡為亂信。望你把三教歸一：也敬僧，也敬道，也養育人才。我保你江山永固。」（頁541）

58 參看William K., Wimsatt, Jr., and Cleanth Brooks, *Literary Criticism: A Short History*（New York: Knopf, 1957），第三十一章《神話與原型》（"Myth and Archetype"）；和Northrop Frye, *Anatomy of Criticism*（Princeton University Press, 1957）。

59《封神演義》，第十二至十四回。參看柳存仁，Buddhist and Taoist Influences on Chinese Novels, Vol.1《〈封神演義〉的作者》，第十一章《Vaisravana和Nata的故事》。

60《西遊記》，第三十七至三十九回。

61《西遊記》，第四十四至四十六回。

62《西遊記》，第四十七至四十九回。戰國時代的西門豹下令禁止以女孩祭河伯，參看《史記》，卷126。

63 這故事在第七十八至七十九回。

64《西遊記》，第三十一回，頁359-360。

65《西遊記》，第三十回，頁340-341。我的譯文略去描寫宮女驚恐的詩。

66 《西遊記》，第六十回，頁686。

67 《西遊記》，第七十九回，頁906。

68 《西遊記》，第六十四回，頁738。

69 《西遊記》，第六十四回，頁740。

70 《西遊記》，第七十七回，頁888-889。這隻鳥怪先是叫做雲程萬里鵬，但他被如來佛迫現原形時，又被稱為大鵬金翅鵰，這是印度和佛教神話裡鳥怪Garuda的標準漢文稱呼。參看注59裡提到的那部書，頁173-174。

71 在第八回和第十九回，豬八戒曾提到他的過去事蹟。

72 《西遊記》，第八回，頁83。

73 參看Allen Tate所著*The Man of Letters in the Modern World*（New York: Meridian Books, 1955）中"*The Angelic Imagination*"和"*Our Cousin, Mr. Poe*"兩文。「坡的女主角——Berenice, Ligeia, Madeline, Morella,除了不食人間煙火的Eleanora——都是偽裝不太好的吸血鬼；他的男主角是巫師，他們的意志也和女主角們的意志一樣，是借求不死以保持他們半死不活地『活著』。」（頁115）

74 這一段引自Joseph Glanvill，成為"Ligeia"這個故事的題詞的一部分。

75 《西遊記》，第十八回，頁210。

76 《西遊記》，第十九回，頁213。

77 《西遊記》，第十九回，頁219。

78 第七十五回，頁864。豬八戒當然知道這匹馬是一個龍太子變的（見注50）並了解人的語言。把他只當作是馱重的獸類給八戒的話更增加了滑稽情調。

79 《西遊記》，第四十七回，頁546。

80 這個故事見第二十四至二十六回。

81 《西遊記》，第六十七回，頁768-769。

82 J. M. Cohen譯*The Histories of Gargantua and Pantagruel*（Baltimore: Penguin Books, 1955），頁524。

83《西遊記》，第九十五回，頁1076。

84《西遊記》，第二十三回。

85「牽馬」也有一對男女做媒、做牽頭的意思。

86 撒帳也是中國傳統婚禮儀式中的一部分。參看魏理，*Ballads and Stories from Tun-huang*，頁189-201。但根據《快嘴李翠蓮記》中對結婚儀式的詳盡敘述，撒帳是用五種穀物而非「銅錢和絲質彩球」。這篇故事見於《清平山堂話本》。

87《西遊記》，第二十三回，頁261-266。

88 見張心滄，*Allegory and Courtesy in Spenser*（Edinburgh University Press, 1955），第三章《寓言與誘惑主題：一個比較研究》。

89 在第七十二回，豬八戒同七個蜘蛛精共浴。

第五章　金瓶梅

傳統上與《三國演義》、《水滸傳》和《西遊記》並稱的《金瓶梅》，是明代四大奇書之一，這本小說有西方翻譯卓越的譯本和學者們深刻的研究。克里門・伊吉頓（Clement Egerton）的譯本凡四冊，譯名The Golden Lotus（一九三九年出版）。譯事雖難，但譯筆頗令人激賞。這位譯者根據的是崇禎本而非較早與較完備的萬曆本，且把詩詞部分予以簡化或予以刪除，但他嗜愛這件譯述工作，甚少嚴重錯誤，這多半是因為小說家老舍的「慷慨協助」，所以伊吉頓就把這譯本獻給他。[1]雖然省略了那些描寫性愛的部分，但弗蘭茲・庫恩（Franz Kuhn）的德文節譯本（再轉譯為英文，英譯書名即《金瓶梅》的譯音Chin P'ing Mei）也把許多令人厭悶的事件省略而增加了這部小說的可讀性。[2]最近，帕特里克・韓南（Patrick Hanan）發表了兩篇重要論文，《〈金瓶梅〉的版本及其他》（"The Text of the Chin P'ing Mei"）與《〈金瓶梅〉探源》（"*Sources of the Chin P'ing Mei*"），對於中日學者的研究又提供更多材料。[3]對這部小說的結構與組織的進一步研究必然會基於此書在學術上的貢獻。

在中國，《金瓶梅》一向被認為是放縱情慾的色情文學而未受到重視甚至被列為禁書。但近代學者研究這本小說時已具有較大的寬容，他們認為這是第一部真正的中國小說，也是一部自然主義的結實作品。[4]就題材而論，《金瓶梅》在中國小說發展史上無疑是一座里程碑；它已跳出歷史和傳奇的窠臼而處理一個屬於自己創造出來的世界，裡邊的人物均是飲食男女，生活在真正的中產人家之中。雖然色情小說早已見多不怪，但書中那麼工筆細描一個中國家庭中的卑俗而且骯髒的日常瑣事實在是一種革命性的改進，在往後中國小說的發展中也鮮有任何作品能與之比擬。它雖然給小說開拓了一個新領域，但它的表現方法卻是另一回事兒了。更甚於《水滸傳》，《金瓶梅》是特意設計出來以迎合慣於聽故事的各式聽眾。它包括過多的詞曲與笑話、民間傳統和佛家故事，因此經常損害了自然主義的敘述肌理組織。所以從文體與結構觀點而論，我們得承認這是迄今為止在前面討論過的小說中最令人失望的一部。

它繼承說書的形式實在使人不解，雖然開始時是取材於《水滸傳》中西門慶與潘金蓮的姦情，但故事後來的發展有一篇獨創故事的特徵，很少與歷史或傳說有關。現存的最早的本子——刻於萬曆（1573-1619）末年——書名為《金瓶梅詞話》。[5]書中無數描寫性愛的詩章，跟其他早期小說無異，但它更收錄了大量的詞或曲和整套的詞曲。根據這一顯著的特徵來推論，潘開沛很認真地提出一個假設，即這部小說是從許多代的說書人的演唱腳本演化出來的，這些說書人的特徵就是在敘述西門慶的故事時，也吟誦那些單支和整套的詞曲。我覺得這個推論言之成理，雖然在西方學者中對《金瓶梅》研究最有成就的韓南教授找不出理由認同這一假設。[6]如果我們拒絕接受這一論點的話，那麼這部小說的作者必定很熟悉當時流行的各式各樣的大眾娛樂，他寫這部小說一半是表現他採用講唱方式多才多藝的一面。

作者究竟是誰，迄今仍是個謎。在大多數小說作家都不願意以真實姓名示人的時代，《金瓶梅》這部「淫書」的作者更沒理由挺身而出表露身份，即使晚明時期小型的色情故事和木刻春宮畫已十分流行。[7]在萬曆本的《金瓶梅》中，作者用的筆名是蘭陵笑笑生。有兩序一跋，作者也署假名，一致為這本小說不是淫書而力辯。弄珠客因此特別提出警告：「余嘗曰：讀《金瓶梅》而生憐憫心者，菩薩也。生畏懼心者，君子也。生歡喜心者，小人也。生效法心者，乃禽獸耳。」[8]清初有好事者更進一步說，作者寫這部小說實出於一片孝心。（這一說法可能書印出後不久就有了，直到近代此說才破滅。）此說推斷《金瓶梅》的作者不是別人，而是王世貞（1526-1590），一位著名的詩人和散文大家。他寫這部小說是為了報父仇，他的父親為奸臣嚴世藩所害。因為嚴世藩好讀淫書，世貞在每頁的下角下毒，呈給嚴世蕃。嚴世蕃讀此淫書時，習慣地以指尖沾自己的唾液翻書頁，終於吞下足量的毒藥喪命。[9]

這種荒謬的說法不足以使人信服，所以《西遊記》的譯者魏理提出《金瓶梅》最可能出自徐渭（1521-1593）手筆。徐渭一來認同白話文學，二來也是深受民間愛戴的傳奇人物。[10]這位著名的劇作家當然對《金瓶梅》介紹的流行詞曲十分熟習，雖然我們不禁要問，那就是像他那樣一位出世奇才怎能寫出這樣一本如此庸俗反智的書來。除了這點內在證據外，《金瓶梅》的作者看來不大像是當時著名的文人。在一五九〇年間，至少有一份原稿是經過董其昌、袁宏道袁中道兄弟、陶望齡和湯顯祖之手的——這幾位都是當時著名的知識分子和作家，或多或少都受到晚明個人主義和放浪習性的影響。[11]他們喜歡這部書是可以理解的，因為他們在別處不可能看到像這樣的對中產階級和婦女生活的生動描寫。但是這些文人中沒有一個知道作者是誰，正說明他是個地位卑微的人物，不是盡人皆知的名人雅士。或者正如袁中道所說，他只是個卑微的私塾老師：「舊時京師有一西門千戶，延一位紹興老儒於家。老儒無事，逐日記其家淫蕩風月之事。以西門慶影其主人，以餘影其諸姬。」[12]或者說，轉移到社會階級的另一端，他可能是一位寄人籬下的沒落王孫，這些朱姓皇室後裔散居全國大城市中，他們是劇院或其他娛樂場所的常客。他可能是個奢侈淫逸專橫霸道的人，日中閒著無聊就隨手把他的生活實情記錄下來。

韓南在《〈金瓶梅〉探源》中所做的研究是要探求作者大量借用各種資料的來源，亦因此說明了此書七拼八湊的性質。韓南列舉了七種來源：（1）長篇小說——《水滸傳》；（2）白話短篇小說，尤其是公案小說；（3）中國文言文的色情傳奇小說；（4）宋代歷史；（5）劇本；（6）流行詞曲；（7）夾有詩詞的講唱文學作品，特別是寶卷。在這七種來源中，流行詞曲用得最多，依韓南的意見，也是最為成功的部分。這一類包括了小令和散套，這些詞曲在形式和音樂上都同劇本中所用者相同。這些詞曲原來是從劇本中選取出來的，但是賣唱的妓女借用來演唱之後，就具有了獨立的生命。在晚明時期，這些散套和小令非常普遍，許多歌曲選本印行出來在坊間發售。[13]《金瓶梅》的作者，是這類詞曲的大行家，小說裡的全部散套與小令，極可能是憑記憶收入的，因為其中有些還保存在現存的歌曲選本中，但在言辭上跟印出的本子間有差異。

在《金瓶梅詞話》本子中，選用的有二十個散套和一百二十個小令。因為這部小說只有一百回，所以每一回幾乎都有引用的詞曲。事實上，作者在每回末尾都經常用小令或一散套作結。這些詞曲與《西遊記》的詩詞不同，《西遊記》的詩詞每一首都是配合描寫情景的創作，而《金瓶梅》的作者把詞曲引為己用前得費心機作剪裁，設計適合使用這些詞曲的情景。[14]從某一角度去看，這本小說差不多是一部納入敘述結構中的曲詞選。

選收流行的詞曲外，作者又費很大心血選用流行的故事。不難想像這些平白加添的情節有損故事結構之完整。幸好中間部分的七十回，即從第九回到第七十九回，受到這類加插故事的連累損傷較少，對嚴肅讀者的吸引力相對更大。但是最後二十一回（我們有理由懷疑這些章回是否出自前七十九回的作者之手）[15]只不過是用選來的故事亂針織成的一條奇特的棉被而已，雖然迄今為止只有少數故事能查證出來源。鑒於作者有改編詞曲與故事的習慣（讀者可參看韓南的文章，他詳盡地討論了其他類型的出處），我們從此可以看到，雖然他在創作上的表現足以驕人，但他最引以為傲的應該是改編作品時巧立名目的功夫。雖然對寫實小說有顯著才能，但為了一群特殊讀者，他玩弄這種小聰明——這群特殊讀者會盛讚他那些借自他人詞曲的偷天換日的故事。因為即在明代，中國小說的讀者主要是對故事有興趣：在崇禎時代（1628-1643），大家都認為精心設計而穿插進去的小令和散套只不過是一種閱讀的障礙而已，所以在所謂小說本《金瓶梅》中這些小令、散套以及其他形式的詩詞都經刪除或剪裁。這種小說本取代了詞話本，深為一般讀者所喜愛，到清代就成為標準版本了。[16]就其散文部分而論，《金瓶梅》的刪節本只有在第一回和第五十三至五十五回跟《詞話》版本有重要不同處。照韓南的說法，兩種本子都能追溯到一個更早些但已失傳的第一版本。

雖然穿插很多借來的故事，《金瓶梅》的情節可以容易地簡述如下。這部小說仍是以一節節之小故事累積而成的，但這些情節主要跟西門家有關。潘金蓮私通西門慶並謀害親夫武大郎後不久即搬進她情夫家，作為第五房。西門早已娶了正室月娘和三個偏室：娼婦李嬌兒，布販的遺孀孟玉樓，丫頭雪娥；雪娥名義雖為妾，但仍在廚房中當廚娘。

潘金蓮來到西門家之後，西門又同他的鄰居和結拜兄弟花子虛之妻李瓶兒私通。花子虛也是個尋花問柳的淫棍。李瓶兒深恨其夫，不久就施計使他經濟破產而加速他的死亡。隨後她嫁給一個庸醫蔣竹山，但為時甚暫，她深深厭惡他在性生活方面的無能而離開他。充滿悔意的李瓶兒重回西門家時已是個脫胎換骨的人，不再是一個寡廉鮮恥的女人。作為西門慶的第六房，她是潘金蓮鮮明的對比：李瓶兒慷慨，經濟獨立，忠於西門，善待奴婢，有自我克制能力。潘金蓮非常嫉妒她，一如她嫉妒受到西門慶寵幸的任何女子一樣。李瓶兒生了一個身體羸弱的兒子，潘金蓮就設法使他活不過一歲。她這一陰謀的成功使憂傷悲痛的李瓶兒也早離人世。西門慶有好幾個星期為瓶兒之死悲痛欲絕。

作為給太師蔡京的服務和禮物的報償，西門奉召進京，接受晉陞。在京城時，李瓶兒托夢給他，警告他即將發生大難；雖然如此，他回家時心情愉快，顯然忘了悲痛。那時他已是個非常活躍的商人，同時也是地方上相當重要的軍官，每日酬酢頻仍。雖然他每天不離女色，但早已要依賴春藥（一位神秘的印度和尚給他的）。使他諸妻妾感到驚訝的是，他已經成為難讓潘金蓮性慾滿足的犧牲者了。月娘對自己的處境逆來順受，經常去找尼姑做伴，以求安慰與指導。但她也跟金蓮一樣，憑著秘方藥物讓自己懷孕。燈節的晚上，西門慶在回家到潘金蓮屋裡前，早因跟王六兒（西門一家店鋪主管之妻）縱慾過度而疲憊不堪。但永不滿足的潘金蓮讓西門慶吃了三顆春藥，硬逼他行房事。當夜他變得臉色蒼白，失去知覺。幾天後就死了，那天月娘產下他的兒子孝哥兒。

在最後的二十一回中，故事發展得極快。西門死後，朋友輩都離去，僕人和店鋪裡的伙計各自偷雞摸狗潛逃。李嬌兒偷了財寶潛逃後重操舊業，不久再嫁。一個知縣的兒子李衙內愛上了孟玉樓，婚後開始過幸福的新生活。在這個人丁減少後的家裡，月娘掌握了大權，她首先把跟金蓮狼狽為奸的丫鬟春梅賣給周守備，一位權勢日升的軍官，死時已是將軍。接著她趕走西門慶的女婿，也就是潘金蓮的情大陳經濟。最後月娘把金蓮賣給武松，他轉眼就取了她的性命為亡兄復仇。

一個以前的僕人來旺回來，同西門慶的第四房雪娥私奔。但雙雙被抓，受到處罰，雪娥又被賣給春梅，那時春梅已是周守備最寵愛的妻子，過著舒適豪華的少奶奶生活。雪娥當年是金蓮的敵人，所以她這位新主人對待她十分苛刻，強迫她接受下等娼妓的生活而逼得她自殺。同時，西門的女婿經濟也過著窮得像叫花子的生活，最後為春梅所救，送到守備府去住。守備因公外出時，春梅公開跟他淫樂，還給他一個新媳婦（他第一任妻子早幾年因受不了他的殘暴而死）。經濟最後為周守備手下的一個虞侯張勝所殺，這時正是他的妻子和另一個忠於他的女孩對他的愛極深的時候。不久春梅也因縱慾過度而死。

孝哥十五歲時，月娘又遇見老和尚普靜，孝哥還不到一歲的時候，普淨禪師就曾要收他做徒弟。[17]這一次月娘勉強答應孝哥出家，小說結尾也強調了佛家普度眾生之願。

在前邊的扼要敘述中，我沒有提到西門慶那些酒肉朋友，其中最特別要提到的是應伯爵，西門慶的酒肉朋友。王六兒外，我也沒有提到他的好幾個寵妓、姘頭以及他的官場同僚和生意往來上的朋友。這些各色各樣的次要人物使這部小說更生動可讀，也加深了它諷刺的濃度。但無論如何，前面所引的故事大綱已足以使我們相信《金瓶梅》是一個引人入勝的故事，雖然結尾那些情節令人難以置信，處理得也相當潦草。如果這麼一個鬧哄哄的小說終究不能成為一部偉大的作品，那是因為作者沒有隨時把握到寫實的戲劇化的機會。除了愛隨意在作品中加插外來資料這種癖好外，他在敘述故事時也非常粗心，不時採取一些輕佻諷刺的姿態，因而毀掉了寫實場面的可信性。下文將討論這些弊端。

這部小說開始時（第四回），西門慶以手撫摸潘金蓮的赤裸身體，摸見她的私處「並無毳毛」。跟在這簡短敘述後的就是一首詩，讚美其陰部，也涉及她的陰毛。[18]就是因為這種前後矛盾，使讀者對這位小說家喪失信心。作者為了引用一首諧詩以陪襯他的散文描寫，竟然不想一想這兩種敘述是否配合。這種疏忽看來是極平庸的，而且在中國傳統小說中也相當普遍，可是就在這一描述中，我們看得出作者對金蓮的身體並沒有什麼預設的構思，雖然敘述她的性行為時用了不少篇幅描寫她的樣貌。

西門慶的再生是個更顯著的矛盾例證。月娘深信普淨是古佛化身為人到世間來救苦救難的。他又向她證明孝哥實在是西門慶的轉世，如果她要把孝哥留在自己身邊，他就會散盡家財，死時身首異處。聽到這番話後，月娘覺得有理，最後放棄了他的兒子，叫孝哥出家。但在這一回（第一百回）中較前幾頁，普淨老師父整夜念經，以超度那些橫死者的亡魂。結果是在這本書裡已死的十三個人物的鬼魂出現在老和尚面前，說明他們即將到不同的人家去投生。月娘的婢女小玉目睹這一場面，看見在眾鬼魂之中有西門慶，他說自己即將往汴梁托生為富戶沈通次子，名為沈鉞。[19]如果西門慶死時立即托生為自己的兒子，他的鬼魂如何又於十五年後等待轉世？這個差異影響我們對這部小說的了解，我們無法確知西門慶是因古佛的求情而能通過他兒子以洗滌罪惡呢，還是他自己已經過一系列的托生獲得拯救，而孝哥只是因其清靜無為的生活為西門慶積了陰德。我們的小說家似乎沒有排除這兩種可能。

在敘述的主要部分中，作者試圖保持其實事求是的寫實主義精神。他差不多是逐日記載西門的家居生活實況，在生日和節日上安排些重要的情節。他也記載著日期，金錢出入的流水賬，家庭店鋪事務上的處理，所以一般讀者初接觸此書時必會對他巨細靡遺的細節處理大為激賞。但事實上，這些外表看來的精密細緻時常掩蓋了作者的粗心大意。把《金瓶梅》和《紅樓夢》作一比較，我們立刻就會看到，《紅樓夢》裡錦衣玉食的貴族不時面臨經濟拮据的時刻，西門則大撒金錢送禮、行賄，彷彿很少有為金錢發愁的事。當然他是一個相當繁榮的小城鎮（清河縣，屬今之山東省）中的富戶，但作為一個商人，他的主要收入來自藥鋪和當鋪，後來才又加上絨線鋪和綢緞莊。潘金蓮最後要賣身一百兩銀子時，她的情人陳經濟一時湊不足這個數目，就是這一拖延才讓武松買到了她。這件事至少說明在這本小說中金錢並不是容易獲得的。通常一個婢女只能賣五兩或六兩銀子。但第五十五回西門慶送給蔡京的生日禮物包括了：

大紅蟒袍一套，官綠龍袍一套，漢錦二十四匹，蜀錦二十匹，火浣布二十四匹，西洋布二十四，其餘花素尺頭，共四十匹。獅蠻玉帶一圍，金鑲奇南香帶一圍。玉杯犀杯各十對，赤金攢花爵杯八只，明珠十顆，又體己黃金二百兩。[20]

雖然西門慶是因賄賂蔡京才能得到一個「義子」的地位，但從原先他送給蔡京的豐厚禮物只能買到一個小小的軍官的位置觀之，我們懷疑西門是否會以如此巨大代價買到這樣一個不見得光彩的榮譽。且不問他能從哪裡張羅到上述那些財物，單是那二百兩黃金，就算是一個殷實商人也不肯輕易一擲，如果僅僅為了得到一個空無實質的報酬。

蔡京手下的紅人新狀元蔡蘊路經清河縣的時候，西門慶給他一百兩白金，另外還有別的名貴禮物。蔡蘊做了巡鹽，二度經過清河，由巡按御史宋盤陪同，西門慶給他們一頓最豪華的接風宴，花了「千兩金銀」。[21]但西門慶死後，蔡蘊前來弔喪時，帶來「五十兩一封銀子」（他自承曾向死者借了這一筆錢），此外尚有「兩匹杭州絹，一雙絨襪，四尾䱒白，四罐蜜餞」。[22]作者開出這份相對寒酸的禮物表，想來無非要表示，西門死後，他的家人就不必希望得到那些酒肉朋友的奉承了。但對這位巡鹽來說，他根本不來西門家弔唁要比送四條乾魚體面得多。在這兒作者又過度表現了他特別喜歡冷嘲熱諷的誇張。在西方文學裡，很多滑稽作品是以強烈的誇張手法著稱的。如果《金瓶梅》的作者一貫地把他的作品設計成一種鬧劇，效果會更好。但現在我們所見的是，他一再有板有眼地用心經營微末細節，活像個自然主義者，所以每次他不加警告轉個大彎引進那些索然無味的笑話時，讀者便感到不耐煩。

西門慶之死是整部小說中最可怕的一景。但他死後，他那些酒肉朋友竟討論他們該花多少錢以表示對死者的崇敬。他們最後決定每人出一錢銀子，總共湊了七錢。作者顯然很喜歡這一類型的低俗喜劇，但是加了這些穿插，他必須暫停這部作為世態小說的敘述，必須破壞西門之死潛伏的寫實主義的真實感。為了進一步表現他對西門的輕視，他讓這群朋友委託一個秀才做了一篇讀來像是荒唐諷刺文章的祭文，因為其中有一半是以明顯的筆調頌揚死者的生殖器官。[23]作者的玩笑開得實在到家。不過如果說他成功地嘲弄了他的英雄，他也同時嘲弄了自己，畢竟他費了這麼大的氣力把西門慶寫成一個我們信得過的人物。

如果西門慶該受作者諷刺，李瓶兒就不該了。在他故事後半部分出現的李瓶兒成為一個極討人喜歡的善心腸婦人，她的死亡無疑是《金瓶梅》這本小說中最感人的一幕。但在她的病情變得非常嚴重要請醫生診治時，作者又故態復萌開起玩笑來。他怎能放棄諷刺庸醫的機會呢？江湖郎中從來就是中國通俗文人的諷刺對象。西門慶先請來兩位醫生，他們束手無策。跟著請來婦科醫生趙龍崗。來到西門家後，他先吹噓自己的本事：

我做太醫姓趙，門前常有人叫。只會賣杖搖鈴，哪有真材實料。行醫不按良方，看脈全憑嘴調。撮藥治病無能，下手取積兒妙。頭疼須用繩箍，害眼全憑艾醮。心疼定敢刀剜，耳聾宜將針套。得錢一味胡醫，圖利不圖見效。尋我的少吉多兇，到人家有哭無笑。[24]

韓南說，這首詩和趙太醫看病時的胡說八道抄白明代名劇《寶劍記》（作者李開先）的第二十八齣。[25]作者也許覺得譏諷這個庸醫是蠻過癮的，但是在抄錄了這一段滑稽文字後，又如何能希望讀者再燃起對垂死的瓶兒和她那心煩意亂的丈夫的同情心呢？

前邊引述的打油詩，當然，在精神上同明代妓女選唱的小令和散套全然不同。後者是很高雅的，最成功的部分代表了晚唐五代時期傷感的豔詞最後的發展。在《金瓶梅》中，這類的詩詞是由歌伎演唱的，除了點綴一下詩意的憂傷和郎情妾意的思念外，對小說的敘事架構沒有什麼作用。但其中有不少是潘金蓮唱的，以表示她的沮喪與孤獨的心情。韓南曾稱讚作者，認為採用這些流行的詞曲是他在寫作技巧革新方面莫大的成功。[26]但在小說文本的敘述裡，潘金蓮被寫成一個狡詐而殘酷的人物，一個有獨佔慾的色情狂，只要能滿足她的性需要，她會為所欲為。因為作者不能另創新詞以配合她的性格與習性，在她要以詩詞「言志」時聽來就比她的實際性格好得多而且更值得我們同情。在小說敘述部分，她是個毫無道德觀念的人物，作者時時用自己的語言來譴責她的邪惡。但在用詩詞的時際，她彷彿很嫻雅，很美，很有女性的似水柔情。我們會懷疑，除了像個專門賣唱的妓女背誦這些詩詞外，她是否能夠用來表現自己的感情。如果作者能夠把放肆的邪惡和詩樣的優雅這兩種優先配搭的品質調協起來，把潘金蓮寫成一個性格複雜的人，那真是了不起的成就！但是，正如他習慣性地喜愛插科打諢，看來他是抱定宗旨不寫組織嚴密、一氣呵成的寫實小說。他犧牲了寫實主義的邏輯以滿足把玩詞曲的慾望。

作者那種明顯的粗心大意，他那種抓住機會不放過使用嘲弄、誇大諷刺的衝動，他那種大抄詞曲的酷好，在在都損壞了這本小說寫實主義的模型。但這些特色之中對寫實主義最具破壞力的是他「浪漫」的衝動，用倉促的離奇的情節的敘述取代本應輕吞慢吐才說得完的生動而又可信的故事。從敘事的角度而言，這小說可以分為三部分：第一至八回，第九至七十九回，第八十至一百回。[27]第一部分深受《水滸傳》的影響，因為前邊那些有關西門慶和潘金蓮的故事（雖然這些故事增強了色情與嘲弄和教誨的氣息）都抄自這部小說。第一回那篇教誨的開場白寫得荒謬得連崇禎小說本的編者也覺得非改掉不可。整體來說，前八回給人的印象是作者仍在探索一種適合於家庭小說的敘述模式，但他還沒有想通想透整本小說的結構。潘金蓮被寫成一個男性玩弄的對象，自己的性格尚未成形。

第二部分始於潘金蓮到西門慶家，止於西門之死，構成了這部小說中的「戲中戲」。

這裡有許多無關宏旨且單調無味的事件敘述，盡可刪去，但整個來說，這本「小說」有極顯著的寫實格局，雖然難免夾帶著前邊提到的作者擾亂寫實的紋理習慣。但第三部分的敘述方式再度改變：這位小說家不再專注於清河縣的雞毛蒜皮雜事，他現在漫無宗旨似的徘徊於較大的地理區域和較長的時間以敘述前文出現過的每個人物。簡單地敘述許多似不可能的事件永遠不能激起讀者的興趣，這是結束一本小說時一個非常不經濟和愚笨的方法。西門除了兩次去京城外，人一直留在清河，但新的男角陳經濟則一直在漂泊。例如在第九十二回他南下只是為了敲詐過著快樂婚姻生活的孟玉樓。玉樓是西門慶的第三房時，經濟曾拾到她使用的一把梳子。現在，握有這把梳子（是作為她同他曾有曖昧關係的證據？）他就威脅她，如果她不對他的性要求和勒索就範，他就要揭發這件事。這一陰謀實在妙想天開。有一次經濟窮得淪為乞丐，他的同伴逼問他的過去，他唱了些現成的詞。韓南正確地指出：「真正同這小說有關的事實只出現在這些詩詞中的一首裡；其他都僅涉及陳經濟這次經歷前所發生的奇遇。在這個例子中，正如在我們已討論過的幾個例子中一樣，穿插這些情節似乎很可能只是為了方便作者借用自己熟知的一段（在這兒是個散套）。」[28]

在第三部分，西門慶的遺孀都突然間具有迷人的魅力。在中國社會中，寡婦習慣上不是被追求娶作妻室的對象。特別是前四個妻子既然不曾對西門慶有特別的吸引力，西門的審美標準不高，加上她們都因「近墨者黑」而得惡名，我們不知道為什麼一下子成了男人追求的對象。美麗而年輕的春梅被賣給一個中年人為妾（他的妻子瞎了一隻眼），討盡他的歡心，但為什麼這是可理解的。妓女出身的女優李嬌兒，重操舊業後竟有一富鄉紳以三百兩銀子買下為妾，而鄉紳可以用便宜得多的價錢買下比李嬌兒年輕貌美得多的女子，包括李嬌兒的美麗的姪女。這真令人費解。[29]為什麼一個知縣的三十幾歲的公子會對三十七歲的孟玉樓那麼迷戀？——她曾兩度守寡，臉上還有些麻子，不可能色相過人。[30]我們也不明白為什麼西門家以前的家僕來旺——一個曾受西門慶折磨而一直是值得我們同情的人——會被雪娥迷住要跟她私奔。[31]月娘，一個孀居的虔誠佛教徒，居然能激起當地一個惡霸的興趣，且差點被強暴，這也是令人無法相信的。當然，作者只是利用她去泰山朝聖（往濟南府投奔雲離寺）這一節再從《水滸傳》中借些故事為己用。[32]

所有這些事情都是可能發生的，但從小說第三部分之前的敘述角度來看，婚姻既是一項金錢交易，這些近乎感情用事的關係就不大可能發生了。我們會得到一個印象：作者為了要給每個人物一個誇張得近乎鬧劇的結局，他只借用現存的故事去編造難以置信的情節，使讀者感到驚愕，卻毫不關心這些情節是否適合於那較大的敘述形式。除了潘金蓮這幫人（春梅和經濟）跟敵對者之間的憎惡表現在七情上面外，[33]這本小說已經淪落到成為一本七拼八湊的故事雜碎了。

一件文學作品在結構上表現得如此凌亂，我們就不可能希望它在思想或哲學上會有什麼前後關聯了。但在能適當地欣賞《金瓶梅》中較出色的部分時，我們必須先注意那些常常相互矛盾的道德與宗教上的層面。整體說來，這位小說家的態度也就是明代話本小說中常見的那種道德含混模糊的態度：表面上順從儒家道德體制，又暗地裡同情墮入愛河的情人和追求「個人自由」的市民；信仰佛教的因果報應之說，但又公開輕視和尚和尼姑；很嫉妒地瞧不起有權勢有財富的人，但又冷酷地蔑視出身卑微和不幸的人。但這些只能算是一種取態而不是一個井然有序的世界觀組成的因素，因為作者也跟說書人一樣，好像不能用自己的思想解決這些矛盾。他的思想實在平庸，因為他一再求助於流行的偏見。

有些現代批評家認為《金瓶梅》是一部自然主義的小說。如此說能成立，這種自然主義跟十九世紀的遺傳與環境的理論並無相同處。《金瓶梅》的「自然主義」是從佛家思想中的因果報應之說發展出來的。從某一意義而言，西門慶和潘金蓮因受前生孽障而無可奈何地註定今世過罪惡生活，正如法國作家左拉小說中那些不幸的人受遺傳與環境所支配的道理一樣。用佛家的語彙來說，這部小說是寫以月娘的心甘情願自我犧牲和她的兒子選擇出家而為西門慶的罪惡作補贖。如果接受孝哥是西門慶的再世，那麼我們就可以說，對西門慶而言，因果報應之輪已經停止了迴轉，因為一個佛爺的介入，他個人的罪業已經消解了。但是那些受其罪惡影響並且繼續以其自身的孽障作惡的人物如金蓮、瓶兒、春梅、經濟等必須經過一連串的輪迴再生，直到他們也積到足夠的功德而解脫再生之苦。在最後一回宣布他們的托生（雖然按照佛家的說法，他們之中大多數不配托生為人）所說，對他們而言，因果報應的輪轉不限於今生今世。《續金瓶梅》（清初丁耀亢編）則確實記述月娘和孝哥以及其他死者再度輪迴托生為人或獸的一切遭遇。[34]

雖然《金瓶梅》的作者把他這本小說置於佛家的因果報應的觀念上，但他自己現身說法時卻不像一個佛教信徒而是一個儒家信徒，對宗教上的「棄世」信條很不認同。作為一個佛教信徒，他應該很高興地宣布孝哥的誕生，因為孝哥要補贖他父親的罪。但在第七十五回，作者對於已懷孕的月娘全神貫注於佛家的故事有頗不以為然的評說：

> 古人妊娠懷孕，不倒坐，不偃臥。不聽淫聲，不視邪色。常玩弄詩書金玉異物，常令瞽者誦古詞。後日生子女，必端正俊美，長大聰慧，此文王胎教之法也。今吳月娘懷孕，不宜令僧尼宣卷，聽其生死輪迴之說。後來感得一尊古佛出世，投胎奪舍，日後被其顯化而去，不得承受家緣。蓋可惜哉！[35]

這種惋惜之情，後來在描寫月娘極不願跟兒子分別時又再度加強，的確增加了這部小說的悽惻性。好像作者是在訴諸中國讀者本能的儒家的價值，已使他看到由西門慶的罪行所造成的恐怖與淒寂。如果他不是那樣邪惡，也許月娘就不會那麼輕易地為尼姑所誘，如果她不曾為尼姑所誘；她的兒子也許會很正常獨尊儒家的聖賢書，最後通過殿試而成為一個傑出的官員。作者對儒家的私慕就把佛家贖罪的計劃置於悲劇的視野中。作為一本佛家小說而論，《金瓶梅》裡那些和尚、尼姑（還有道士）的行為卻多教人側目。除了一兩個有明顯道行或法力的高僧外，[36]幾乎沒有一個可以作為宗教團體教人敬重的代表。所有逢迎月娘的尼姑都有些不清不白，無疑作者同意西門慶對她們的看法，她們跟那些騙錢拉皮條的媒婆各有千秋。這種普遍存在於中國人之間對尼姑、和尚的輕視（但對和尚的輕視較淺）不是出自對宗教的不敬，而是跟民間的「勢利」風氣有關：尼姑跟和尚，正跟媒婆、庸醫、考場失敗而屈就私塾教師或抄寫文員的讀書人一樣，他們的社會地位低微，因之受到鄙視。《金瓶梅》可以說是為中產階級而設的，如果那些男女不是流氓壞蛋，他們至少也是被嘲笑的滑稽人物，而嘲笑他們並不受良心譴責。除了像趙太醫那樣可笑的庸醫外，還有醫生蔣竹山，他娶了李瓶兒，受盡她和西門慶殘酷無情的虐待而未受到任何補償。[37]西門慶的文書窮秀才溫必古就純然是被嘲笑的對象。[38]（在好些中國小說中，我們可以看到不少教書先生雞姦書僮，但他們不是自甘情願的同性戀者。小說家嘲笑因為他們太窮了，既娶不起妻子，也無力嫖妓尋歡。）當然，西門慶那些酒肉朋友真的是吃他的殘羹剩飯為生。這位絕少有高雅幽默感的小說家專精於寫貧窮的喜劇，對這些不中用的丑角盡情恣意地大開其玩笑。

從這方面來看，西門慶並不像一般人認為的那樣永遠被寫成一個為害他人的壞蛋。他有錢有勢，大體說來，他是作者嘲罵的對象。我們對他最後的印象是：他是個可愛的人物，樂觀、慷慨，能有真正的感情。他經常從事無法無天的交易，但也給我們樂善好施的印象。他當然是個臭名遠播的色中餓鬼，但作者也明白表示受他誘騙的女子都是自願上鉤的。在看待西門慶的罪孽時，作者訴諸於中國人的偏見，認為女人永遠以性的誘惑和致命的狡詐給男人帶來禍害。幾乎西門慶所有的女人都是煙花出身，在接觸他之前都已背上了淫婦的惡名。王六兒和林太太縱慾耽色，就是一例。[39]甚至惠蓮（僕人來旺之妻——西門慶手下最可憐的犧牲者）也有不清不白的歷史。蔡通判家的一個婢女，被發現跟她的女主人背著通判共同私通一個情夫而遭到驅逐。之後她嫁給廚役蔣聰為妻，並且私通來旺。在一場爭吵中，她丈夫被殺，她跑到西門家，名義上她是來旺的妻子，也引起了她新主子的注意。雖然她不像作者原想寫的那麼壞，[40]但無疑她是個愚蠢、愛虛榮的淫蕩女人。

在西門慶作為一個惡棍的一生中，他是妓院中的恩客，有特權梳攏雛妓，但實際上他從未侮辱過一個良家處子或婦女。在浪蕩女人群中作為一個懶惰的縱慾者，他跟西方傳統中的勤於獵豔的登徒子唐璜（Don Giovanni）是一個鮮明對比。西門慶當然不是法國十八世紀作家拉克洛（Pierre Choderlos de Laclos）小說《危險的私通》（*Les Liaisons Dangereuses*）中的故意引誘天真少女走上邪路的伐蒙子爵（Vicomte de Valmont），但對這部中國小說很幸運的是，如果西門慶比起即使陰險邪惡的法國子爵來，僅是位縱慾者，他的寵妾潘金蓮卻隱約顯示了梅特漪侯爵夫人（Marquise de Merteuil）那種決心和邪惡的狡詐。當然這位中國作家沒有拉克洛那種藝術和智力，如果他的作品有些精彩場面裡使人感到道德恐懼，那該歸功於他對潘金蓮的性格所作的徹底暴露。我們將會討論《金瓶梅》在這方面的藝術。

如前所述，即使描繪潘金蓮時，作者也不是完全沒有同情心，這主要是他對於性功能的矛盾態度。表面看來他是個嚴峻的道學之士，他抓住每個機會斥責淫邪與敗德，但他費很大力氣描寫做愛活動的事實使我們感到他道德上非難的態度是當不得真的。大多數用以「過場」的色情描寫，作者用的語言不是陳腔濫調就是廢話連篇，一到他用大塊文章描寫交媾時，顯然他欣賞每一個細微動作（即使他不借用詩句），文筆帶有一種平心靜氣的抒情格調，這彷彿暗示說，床上二人在平時我可能對他們有反感，但這性活動本身，充作工具的器官，以及赤裸的身體，都是值得欣賞的美麗景象。有些許令人作嘔的和施虐的場面抵消了這種印象，亦有淫心熾盛的旁觀者定神觀望正在交媾中的男女時給人觀看粗俗喜劇的感覺。但整體說來，使雙方均得到快感的做愛活動永遠不會完全失去人的意義。對許多生活仿如籠中鳥的女子來說，性生活幾乎是她們生活唯一的補償活動。

可惜的是，除了詞話本昂貴的影印石版本外，現在廉價的《金瓶梅》全是潔本，長篇的色情描寫，寫得再好也都給刪掉了。在大多這些描寫中作者不免借用或改寫現成的香艷詩詞或流行詞曲，但他寫這些場面時看來非常用心。他的詞彙（從方言粗話到極富詩意的有關性活動的替代用語）是十分驚人的。當然這些詞彙不全是他個人創造的，因為早在漢代即已有房事指南這類書籍，[41]在中國的某類型的詩詞裡也早已有色情的素描。但《金瓶梅》是第一部長篇色情小說，對性的描寫遠超越前人。跟西方許多色情詩人一樣，作者在使用雙關語和偽英雄體（mock-hero style）時，並非沒有幽默感。但即使在他的嬉戲中，作者似乎也品嘗了參與性活動的雙方互動的快樂。在他們做愛時，他們床笫外的做人態度已被忘掉，他們只是一對縱情於性歡樂的癡情男女。

作者好像對於性挫敗的痛苦十分敏感。西門慶同女人們尋歡作樂時，他那些被冷落的妻妾顯得特別孤獨，只好以言不及義的閒聊、惡行惡相的吵鬧來打發時間。但作為正室的月娘倒是跟廟裡的尼姑談得來，她有道德上的正直，對性也不強求，所以她是妻妾中最孤獨的。甚至潘金蓮在暫時被忽略的時候，也是值得人同情的。她在這種時刻常覺得自己是流行歌曲中失寵的女人。雖然《金瓶梅》的作者並沒有試圖協調傳統的道德要求和本能的自我需要，但在字裡行間我們可以看出，他那意匠經營的性交描寫和他對性苦悶強烈的同情，代表一種作者個人對被小說否定的價值的信奉與承擔。

承認那些使這部小說成為寫實不徹底和道德意義曖昧的作品的因素後，我們如能集中在只牽涉到主要人物——尤其是西門慶、潘金蓮、李瓶兒和月娘——的諸事件，而不為所有穿插的諷刺與滑稽的文字、輕浮的喜劇和一本正經的教化所擾，則這部小說可視為一部令人毛骨悚然的道德寫實主義的作品。很幸運地，差不多所有「傳奇式」插曲都走馬看花似的出現在第八十回之後，所以它們不會太影響我們即將討論的這部小說中的「小說」。[42]

在這本「小說」裡，很明顯地，潘金蓮是最吃重的人物。除了在她唱那些詞曲時表現得憂鬱苦悶無精打采的時刻外，她就是頭腦最冷靜和最工心計的人。她生來是奴隸，長大是奴隸，她的殘暴是奴隸的殘暴：在自私裡表現出卑鄙，在掙扎著獲得安全與權力時表現出狡詐，對待她的情敵和仇人時表現出殘酷。先是一個老登徒子張大戶的玩物，後來又嫁給個「七寸侏儒」為妻，這場婚姻是滑稽可笑的。她一直是個被侮辱與被損害的人，劇作家和小說家敘述她的一生，現在的趨向是同情她，至少同情她早期企圖從她小叔武松身上得到一種正常的快樂。[43]但在《金瓶梅》裡沒有證據指出她對武松有浪漫的柔情。她的美色引起西門慶的注意後，更可說對武松心如止水了。（當然，最後武松回來以復仇人自居，是她的死敵。但我們不能對小說的第三部分太認真；如果她跟早期的性格一致，她就該設法逃開而不是快活地踏進為她所設下的陷阱了。）她的性格中罕有值得人同情的地方。她自己是刻薄無情的，春梅為她辯護時，曾稱讚她的「逞強不服弱性格」，就是說在競爭中她要勝過並擊敗別人的決心。[44]譬如說她竟會抓破迎兒的臉以洩心頭之憤。[45]這是個重複出現的情勢：每逢覺得受了虐待或不能得到性滿足時，金蓮就會對她的奴婢施虐，不論她是繼女迎兒，還是丫頭秋菊。

潘金蓮的真正故事始於嫁到西門家後。在介紹給他妻妾後，她知道別人都不如她美，都不是她的對手。但為了保障她這種優越地位，她逢迎討好月娘，熱切地滿足丈夫的性需要，還把她那美麗的丫頭春梅給了他，以這種手段費煞苦心爭取丈夫的寵愛。丈夫對她的寵愛或多或少確定之後，為了鞏固她的地位，她又跟性格溫順的孟玉樓結伙，之後又跟最不為丈夫寵愛的妻子雪娥爭吵，以測驗她的權力。她唆使西門慶踢打雪娥。[46]西門慶急欲取悅金蓮，使她敢於對月娘的手段得寸進尺。此後她三番四次地教唆她的主子處罰她的仇家，要求他給予更多愛的證明。

但潘金蓮也是個色情狂。開始時她受一個觀念的限制，就是一個女人的責任乃是使她丈夫快樂，她一直利用她的奴隸地位使她的命運成為可以忍受的：把自己看作是性慾的工具，但主要在滿足自己，而不是使她的丈夫或情人也得到快樂。不久她發現西門慶不能滿足她的性需要：雖然他在別的妻妾身上花的時間不多，但他是個喜新厭舊的壯漢，也是當地妓院的常客。有一次他很久沒回家，潘金蓮就私通了小廝琴僮，但這次紅杏出牆給予別的妻妾一個報復的機會。雪娥和李嬌兒告了密，西門慶大為震怒，把那琴僮「打了三十大棍，打得皮開肉綻，鮮血順腿淋漓」。[47]最後又把他趕將出去。但潘金蓮受的處罰沒有這麼重，她只被西門慶喝令脫掉衣服，跪在面前受審問。因為那個孩子為了這不能否認的罪受了嚴厲處罰，讀者很合理地預料西門慶也要逼取她的口供：如果他要那樣做，他可以打死她而不會有任何法律上的負擔，但他見「那婦人脫的光赤條條，花朵兒般身子，嬌啼嫩語，跪在地下。那怒氣早已鑽入爪哇國去了，把心兒已回動了八九成」。[48]之後他叫來春梅，摟在懷中，問她潘金蓮果然與小廝有染否。他那種摟抱春梅的毫無尊嚴的態度說明潘金蓮赤條條的身子挑起他的性慾（所以他需要抱著春梅撫摸）。他對春梅的問話是要解開這一困局而不丟面子。在這一場跟她主子的戰鬥中潘金蓮受到公開的羞辱，以後她同陳經濟約會時就特別小心了。但西門慶沒有給她應有的處罰就證明她還佔上風。

在這小說的發展中西門慶變得愈來愈圓潤成熟了，這改變對潘金蓮愈為有利。西門仍然尋求多彩多姿的性生活，但多是出自習慣而非內在的衝動。他成為當地名人，忙於應酬和官場活動，因此就愈來愈少發怒。作為一個情夫，他現在是更在意給女人們一種印象，就是他的性能力很強，給她們快樂甚於從她們身上取得快樂了。有時他是個性虐狂者，現在他差不多是自虐狂地以興奮的淫樂來處罰自己了。漸漸地他脾氣愈來愈好，從施惠他人中得到滿足。他對李瓶兒嫁蔣竹山感到不滿而虐待瓶兒一事，可以說是他身為一家之主的最後一次專橫行動。把她收為第六房之後，前三個晚上他竟不進她的房間。受了這種屈辱，她在第三夜企圖自殺。在第二天晚上，他還沒有放過她，叫她赤裸裸地跪在他面前鞭打她。[49]但自此之後，他對她的深情厚意甚為感動，所以在她的影響下他變得越來越有人性了。李瓶兒對西門慶的偉大愛情跟她對兩個前任丈夫的殘酷是不容易調協的：她在性格方面的改變主要出自故事情節的需要，這樣她可以作為好逞強而自私的潘金蓮的襯托。但從心理方面講，她能有這樣的改變不是完全不可能的，因為她一再告訴西門慶，她從他身上得到了性的滿足。[50]另外再沒有一個男子能像西門那樣滿足她。為此她心懷感激成為一個關懷丈夫的好妻子。

就潘金蓮而言，瓶兒對她在西門慶面前繼續享有特權地位構成了最大威脅。跟李瓶兒不同，潘金蓮主要是以色作為一種控制丈夫的武器，他臨幸多，她愈感到安全。她能容忍丈夫平時同別的女人廝混的慾望，只要那些女人不對她的安全構成威脅。從第十一回到第五十回中，除李瓶兒外，還有兩個競爭者，但都不太嚴重。第一個是李嬌兒的侄女李桂姐，她對自己甚是認真，因為西門慶是第一個奪其童貞的顧客。她跟潘金蓮有過幾次小眉小目的爭執，但因作者有很多別的次要人物要處理，所以隨即對她失去興趣。第十二回之後，她就被排除於「爭寵」戰場之外了。另一個競爭者是可憐的頭腦簡單的惠蓮。潘金蓮認為她更危險，因為她可能成為西門慶的第七房，可以名正言順地跟她爭寵。她不能忍受惠蓮自誇因受寵於西門而地位得到改善。惠蓮的丈夫抱怨妻子給自己戴了綠帽子時，潘金蓮就教唆西門慶好好給他點顏色看。他先是在牢中受苦，後來又被逐回原籍，結果使傷心欲絕的惠蓮自殺身亡。[51]潘金蓮對這場勝利甚為得意。

但李瓶兒卻不好對付，她自己有錢，而且人人都喜歡她，潘金蓮是奴婢出身，在西門家人人討厭。再說皮膚白淨的李瓶兒是個美人兒，潘金蓮為了把西門慶奪回自己懷抱，「就暗暗將茉莉花蕊兒攪油酥定粉，把身子都搽遍了，搽的白膩光滑，異香可掬」。[52]西門慶真心誠意地愛著瓶兒，更感激她帶來的錢財；她不久就懷了孕。潘金蓮自己想要孩子，也使用了巫符，但兩次都流了產，一直未能受孕。無法在競爭者面前佔上風，她只有在西門慶面前就瓶兒之懷孕說些壞話。西門慶立刻對她施以一種不傷皮肉的性虐待（第二十七回，中國讀者認為這是書中最淫穢的一回）。這種處罰形式無疑表示他仍很喜歡她，因為這實在是他做性實驗的一種藉口。潘金蓮在這場遊戲中沒有參與的機會，可說受到處分。這是她短暫的挫折。

瓶兒生了兒子之後，潘金蓮感到自己面目無光。在無可奈何的絕望中，她企圖以種種性愛的花樣討丈夫的歡心，或聯合各房媳婦排擠瓶兒。這一切努力失敗後，她常無緣無故地處罰自己的丫頭秋菊以發洩她的挫敗屈辱。第五十八回裡有最駭人的例子，她折磨秋菊為的是懊惱瓶兒和加重她那患病的嬰兒官哥的病情。一天晚上，金蓮踩了狗屎弄髒了新鞋。她先用一根棍子打狗，狗的叫聲吵醒了在旁邊房子裡睡覺的官哥。瓶兒叫她的丫頭迎春過來請她停手，她還繼續打了一陣。之後，金蓮又痛斥秋菊在這麼晚的時候還讓狗待在她的院子裡，並喚她前來看她的鞋：

> 哄得她低頭瞧。提著鞋，拽巴兜臉，就是幾鞋底子，打的秋菊嘴唇都破了。只顧搵著搽血。那秋菊走開一邊。婦人罵道：「好賊奴才，你走了？教春梅與我採過跪著。取馬鞭子來。把她身上衣服與我扯了，好好教我打三十馬鞭子，便罷。但扭一扭兒，我亂打了不算。」於是春梅扯了她衣裳。婦人教春梅把她手拴住，雨點般鞭子掄起來，打得這丫頭殺豬也似叫。那邊官哥纔合上眼兒，又驚醒了。又使了綉春來說：「俺娘上覆五娘，饒了秋菊，不打她罷，只怕諕醒了哥哥。」那潘姥姥正歪在裡間屋裡炕上，聽見金蓮打的秋菊叫，一骨碌子爬起來，在旁邊勸解。見金蓮不依，落後又見李瓶兒使過綉春來說，又走向前，奪他女兒手中鞭子，說道：「姐姐，少打她兩下兒罷。惹的她那邊姐姐說。只怕諕了

哥哥。為驢扭棍，不打緊，倒沒的傷了紫荊樹。」金蓮緊自心裡惱，又聽見她娘說了這一句，越發心中躥上把火一般。須臾紫漒了面皮，把手只一推，險些兒把潘姥姥推了一跤，便道：「怪老貨，你不知道。與我過一邊坐著去，不干你事，來勸什麼！腌子什麼紫荊樹，驢扭棍？單管外合裡差。」潘姥姥道：「賊作死的短壽命。我怎的外合裡差？我來你家討冷飯吃，教你恁頓摔我。」金蓮道：「你明日說與我來，看那老毬走。怕是他家不敢拿長鍋煮吃了我。」那潘姥姥聽見女兒這等證她，走到那裡邊屋裡，嗚嗚咽咽，哭起來了，由著婦人打秋菊。打夠約二三十馬鞭子，然後又蓋了十欄杆，打得皮開肉綻，纔放起來。又把她臉和腮頰都用尖指甲掐的稀爛。李瓶兒在那邊，只是雙手握著孩子耳朵腮頰痛淚，敢怒而不敢言。53

由這件事可知道，潘金蓮決定了她報復的道路：害死瓶兒生的孩子，剝奪瓶兒佔優勢的來源。因為那孩子特別容易受驚，她訓練一隻貓出其不意去撲他。因為久久害病，他受了驚嚇，一命嗚呼。面對潘金蓮這第二度使奸不忠的嚴重罪行（第一次是私通琴僮），西門慶的反應非常懦弱。雖然瓶兒和月娘沒有理由懷疑金蓮故意訓練這貓來嚇孩子，西門慶聽到他的病勢嚴重時卻不想查出實情：

西門慶不聽便罷，聽了此言，三屍暴跳，五臟氣沖，怒從心上起，惡向膽邊生。直走到潘金蓮房中，不由分說，尋著貓，提溜著腳，遠向穿廊，望石臺基輪起來，只一摔，只聽響亮一聲，腦漿迸萬朵桃花，滿口牙零濺碎玉。正是不在陽間擒鼠耗，卻歸陰府作狸仙。

那潘金蓮見他拿出貓去摔死了，坐在炕上風紋也不動，待西門慶出了門，口裡喃喃吶吶，罵道：「賊作死的強盜，把人裝出去殺了，纔是好漢。一個貓兒礙著你摔屎？亡神也似走的來摔死了。他到陰司裡，明日便問你要命，你慌怎的，賊不逢好死，變心的強盜！」[54]

現在回想一下，在處理她私通琴僮時，西門慶至少還有一番詢問，在面對這次她的惡毒更危險的表現時，他只是摔死貓出口氣，甚至沒有問她任何問題。雖然這時他可能是太難過而未處罰她，但他兒子死後他也沒有再追問這件事。我們可以責備作者未寫出一個二人怒目相視的大場面，但他靜靜處理這件事也可能暗示西門慶知道潘金蓮有控制他的力量而不想冒犯她了。在這段引文裡，她顯得完全蠻橫無禮，扮演一個受傷害的女人的角色，因為她心愛的寵物不由分說地被摔死了。潘金蓮在喃喃吶吶詛咒他時，西門慶匆匆離去，也不反駁一聲。

兒子的死使李瓶兒精神完全崩潰。她不再關心跟潘金蓮爭寵的鬥爭，健康不佳，死亡逼近，她一切都聽天由命。這種態度使西門慶孤獨哀傷，使潘金蓮又重掌呼風喚雨的地位。但除掉了瓶兒這心腹大患不久卻產生了另一後果，就是西門慶疏遠了潘金蓮。這不是他怨恨她，而是因為他在憂傷中要廝守在瓶兒的臥室，不再感到往常的性刺激。之後，有一天晚上，出於對瓶兒丫鬟如意兒的感激（李瓶兒死後，她還一直對她忠誠不變），他把她抱到床上，極自然地發生了性關係。潘金蓮聞訊覺得有趣而未感驚訝：除非他對女人有濃厚的興趣，否則她就不能控制他。在仍為瓶兒之死哀傷時，同西門慶過夜的，除了如意兒外，還有多情妓女鄭愛月兒（是全書可愛的女子），當然還有潘金蓮。後來他又去了一趟京城。[55]

作為一個性伴侶，潘金蓮的拿手好戲是品簫。西門慶在去京城的前一晚，就和潘金蓮玩這一套，這暗示著西門慶在性活動方面愈來愈成為被動的角色。回來之後，第一晚就歇在潘金蓮屋裡，甚至同她做愛之後，仍不能入睡。因為潘金蓮也未能滿足，就提議品簫以證明她對他的忠誠。我甘冒大不韙，也要引用下面非常重要的一段，同時也是這本小說最髒的一段。

這婦人的話，無非只是要拴西門慶之心，況又離了半月，在家久曠幽懷，淫情似火。得到身，恨不得鑽入他腹中，那話把來品弄了一夜，再不離口。西門慶要下床溺尿，婦人還不放，說道：「我的親親，你有多少尿，溺在奴口裡，替你嚥了罷。省的冷呵呵的熱身子，你又下去凍著，倒值了多的。」這西門慶聽了，越發歡喜不已，叫道：「乖乖兒，誰似你這般疼我。」於是真個溺在婦人口內。婦人用口接著，慢慢一口多嚥了。西門慶問道：「好吃不好吃？」金蓮道：「略有些鹹味兒。你有香茶，與我些壓壓。」西門慶道：「香茶在我白綾襖內，你自家拿。」這婦人向床頭拉過他的袖子來掏，掏了幾個，放在口內才罷。56

敘述完畢之後，作者以一段教誨評論結束它：

看官聽說，大抵妾婦之道，蠱惑其夫，無所不至。雖屈身忍辱，殆不為恥。若夫正室之妻，光明正大，豈肯為此？57

只有變態的天才才能構想出這一插曲，說明了西門慶溺愛的新階段。他顯然覺得潘金蓮最關心的是他，因此他以後多半在潘金蓮房中過夜，這使其他妻妾深為憤怒，而金蓮自已變得要求更多，對他的行為也好吹毛求疵。西門慶這個縱慾之徒現在常常抱怨說鼠蹊和四肢作痛。要跟別的女人一起歇時，總得要先徵得潘金蓮的同意。一天晚上他告訴她說要跟如意兒一起過夜：

潘金蓮便問：「你怎的不脫衣裳？」那西門慶摟定婦人，笑嘻嘻說道：「我特來對你說聲，我要過那邊歇一夜兒去。你拿那淫器包兒來與我。」婦人罵道：「賊牢。你在老婦手裡使巧兒，拿些面子話兒來哄我。我剛才不在角門首站著，你過去的不耐煩了，又肯來問我。這個是你早晨和那個歪刺骨兩個商定了腔兒，好去和她個窩去，一徑拿我扎筏子嗔道。頭裡不使丫頭，使她來送皮襖兒，又與我磕了頭兒來。小賊歪刺骨把我當什麼人兒，在我手內弄判子。我還是李瓶兒時，教你活埋我。雀兒不在那窩兒裡，我不醋了？」西門慶笑道：「那裡有此勾當。她不來與你磕個頭兒，你又說她的那不是。」婦人沉吟良久，說道：「我放你去便去，不許你拿了這包子去，和那個歪刺骨弄答的齷齷齪齪的。到明日還要來和我睡好乾淨兒。」西門慶道：「你不與我，使慣了，卻怎樣的？」纏了半日，婦人把銀托子掠與他，說道：「你要拿了這個行貨子去。」西門慶道：「與我這個也罷。」一面接的袖了，趔趄著腳就往外走。婦人道：「你過來，我問你。莫非你與她停眠整宿，在一鋪兒長遠睡？惹的那兩個丫頭也羞恥。無故只是睡那一回兒，還教她另睡去。」西門慶道：「誰和她長遠睡？」說畢就走。婦人又叫回來說道：「你過來，我分付你，慌走怎的？」西門慶道：「又說什麼？」婦人道：「我許你和她睡便睡，不許你和她說甚閒話，教她在俺們跟前欺心大膽的。我到明日打聽出來，你就休要進我這屋裡來。我就把你下截咬下來。」西門慶道：「怪小淫婦兒，瑣碎死了。」一直走過那邊去了。58

我們可以感覺到他們的關係已改變的調子：西門慶現在是一個行動偷偷摸摸、不斷為自己的行動解說的丈夫，潘金蓮是那大義凜然手執令箭的妻子，她用極無禮貌的話來指揮他。

第二天晚上，潘金蓮等候西門慶在她屋裡睡。照曆法那是個有受孕吉兆的夜晚，她已事先準備了一種易使她受孕的符藥，但西門慶和同僚忙了一整天之後，逗留在月娘的屋裡，因為家裡的婦道人家和女客在那兒參加一個生日宴會。金蓮等得不耐煩了，便親去月娘屋裡叫他。

見西門慶不動身，走來掀著簾兒叫他說：「你不往前邊去，我等不的你，我先去也。」西門慶道：「我兒，你先走一步兒，我吃了這些酒就來。」那金蓮一直往前邊去了。[59]

即使對金蓮而言，這也是前所未聞的粗暴無禮：未受邀請就徑直闖進月娘屋裡，企圖當著那麼多客人就把她們共有的丈夫拉走。直到此時還不曾抱怨過的月娘也被激得說出一番大快人心的話，反映了眾妻妾對潘金蓮積累的憤怒：

> 月娘道：「我偏不要你去，我還和你說話哩。你兩人合穿著一條褲子也怎的？是強汗世界，巴巴走來我這屋裡，硬來叫他，沒廉恥的貨。自你是他的老婆，別人不是他的老婆！」因說西門慶：「你這賊皮搭行貨子，怪不的人說你。一視同仁，都是你的老婆，休要顯出來便好，就吃她在前邊霸攔住了。從東京來，通影邊兒不進後邊歇一夜兒，叫人怎麼不惱你。冷灶著一把兒，熱灶著一把兒才好，通教她把攔住了。我便罷了，不和你一般見識。別人她肯讓的過，口兒內雖故不言語，好殺她心兒裡有幾分惱。今日孟三姐在應二嫂那裡，通一日恁什麼兒沒吃，不知掉了口冷氣，只害心淒惡心來家。應二嫂遞了兩鐘酒，都吐了。你還不往她屋裡睡她睡去。」[60]

那天晚上西門慶歇在孟玉樓屋裡。雖然潘金蓮那晚的計劃沒有實現，她頂撞月娘不是疏忽而是有意的，她是為了炫耀她那已改進的地位，敢於對抗眾妻妾聯合起來對她的攻擊。第七十五回（前三段引文皆出自此回）就很詳盡地敘述了她們為時已晚的遏制潘金蓮權力的努力。但她們的努力收效甚微：金蓮被帶來向月娘道歉，但這只是一種敷衍，她對她們公用的丈夫仍保持絕對控制權。

現在要是西門慶不在身邊監視，潘金蓮就公開跟陳經濟勾搭。顯然是因為西門慶自己已近生命的末期（他在第七十九回中死去），因為他好像部分地恢復了對性征服的強烈興趣。他的新情婦是林太太，一個上流社會中的淫蕩婦人，但同時他生平第一次渴望著品質高貴而無法到手的東西：一位新同僚何千戶年輕貌美的妻子。[61]在燈節的晚上，西門慶正跟王六兒私通，想起何千戶娘子藍氏那美麗的模樣，勾起了他的慾念，但人已累得萬念俱灰了。三更時分，西門慶回到潘金蓮房裡，倒下就睡。金蓮斯時慾火燒身，不能入睡，卻發現西門慶已不能勃起。在極度絕望中，她最後把他叫醒，問出藥丸所在，從穿心盒裡取出四粒，自己服了一粒。雖然她知道正常藥量是每晚只能服一粒（西門慶跟王六兒嬉戲前已服了一粒），潘金蓮命他把三粒同一杯燒酒一併吞下，這樣使他在極度疲倦中恢復性能力。哪消一盞熱茶的工夫藥力便發作起來。她便騎在他身上，又取膏子藥安放馬眼內，加強其勃起，饑渴地只求深入。她曾兩度達到亢奮，濕了五塊巾帕，但昏睡的西門慶卻只是不泄，雖然他的龜頭越發脹得色若紫肝。金蓮嚇壞了，連忙用嘴吮之，直到管中之精猛然一股邈將出來。

初時還是精液，往後盡是血水出來，再無法收救，西門慶已昏迷過去，四肢不收。婦人也慌了，急取紅棗與他吃下去。精盡繼之以血，血盡出其冷氣而已，良久方止。[62]

此情景之後，作者立刻寫了一段總結西門慶一生有教化意味的話：

看官聽說，一己精神有限，天下色慾無窮。又曰嗜慾深者，其天機淺。西門慶自知貪淫樂色，更不知油枯燈盡。髓竭人亡。[63]

但即使一個短命浪子也不需要有如此可怕的死亡。對西門慶「油枯燈盡」的驚人描述，雖也配得上這段教誨文字，實際上給人的印象是，他給一個無情無義而永不滿足的色情狂女子謀殺了。西門慶在後來的幾天中，都得到名醫診治，替他續命，但潘金蓮仍不放過他，利用他的特殊情況（「連腎囊都腫的明滴溜如茄子大」）[64]以獲得性的滿足。「麈柄如鐵，晝夜不倒。潘金蓮晚夕不知好歹，還騎在他上邊，倒燒燭掇弄，死而復甦者數次。」[65]

這種連環不斷的色情敘述累積起來，終於讓我們看出作者的道德心意：金蓮無視西門的健康狀況，還要在他身體擠出最後一點歡樂，既可說明她根本不把西門當人看待，但亦可同時證明金蓮是怎樣一個極端可怕邪惡的女人。但是到頭來她一敗塗地。西門慶無疑是她快樂的源頭，但更其重要的是他是她權力與安全的保障。不在他羽翼之下，她就是一個無依無靠的奴婢。她瘋狂地追求短暫的歡樂時，對自己的未來全無打算，漠不關心。她一生最教人哀憐的地方不外是：她在西門家心狠手辣、巧取豪奪的作為無非是為了爭寵，目的是為了取得源源不絕的性快樂。性之外她什麼也看不到。

在細看這本敘述潘金蓮與西門慶的小說最重要的部分時，我們已經看到，他倆的關係既非建立在愛情上，亦同我們通常所說的熱戀或激情無關。就西方讀者所理解，激情總帶有排他性：雖然為了顯著的理由，潘金蓮也要獨占西門慶，但她並未認真地希望西門慶對她沒有異心。她對他也不忠不實，雖然在家裡那些嫉妒的婦人們監視下，她沒有她丈夫那麼多機會去跟別人廝混。她跟家中小廝有染，之後跟女婿陳經濟私通。除她丈夫外，在家裡陳經濟是唯一不屬於僕人階層的人。對這兩個縱慾者而言，他們的結合只是肉體的。西門慶雖然有很多性經驗，但他認為潘金蓮是最能滿足他的床上伴侶。潘金蓮跟別的男人的性經驗有限，但她知道再不能希望一個比西門慶有更強的性能力的男人出現了。就最原始的層次看，他們二人的「戲」是動物交媾的生物活動。雖然剛開頭男的比女的佔上風，不時露出侵略者的雄風，但是從生理觀點看來，男人實際上是弱者，在這場絕不公平的搏鬥中總要敗下陣來。在這方面潘金蓮好像是女蜂王或黑寡婦蜘蛛，但比起二者，她只想一意貪求感官之樂，徒有貪念，卻失去了生殖能力。[66]

他們的關係更進一步展現出，在一個多妻和淫亂社會中愛情之墮落。當一個人的金錢和權力能買下很多侍妾和丫鬟連同很多情婦娼妓尋歡時，他就不會把她們當人看待，而視之為歡樂玩品。（值得注意的一點是，中國色情小說最初是帝王妃嬪生活的淫亂記錄。）[67]當然一個侍妾可以以其無限溫柔博得主人的憐愛，像這部小說裡的李瓶兒，但若在主人眼裡只不過是件玩物時，她也就看不到她自己的人性了。奴婢潘金蓮變得比主子西門慶更邪惡的諷刺意味是可以理解的。西門慶是個有財富和權勢的人，他的妻妾、朋友和食客都諂媚他逢迎他，所以他頗能自得其樂，心平氣和、樂善好施。雖然他是色中餓鬼，但日常有多種事業和官方的職務要照顧，所以他晚上回到妻妾身邊時，實在可讓他在刻板的生活中喘一口氣。再說，作為社會的一個中堅分子，跟外界應對時他一定得保持笑容滿面、知書識禮。但潘金蓮不曾受過這種文明的洗禮。她跟外界社會不相聞問，生活在一個經常吵鬧不休的家裡，她不必介意她的言談舉止是否得體。（相反地，那些賣笑的妓女，因為要取悅於顧客，比西門慶諸妾都更討人歡喜而有禮貌。）她沒有什麼文化嗜好（除了偶爾哼哼幾句外），亦從不見她有訪客（除了她的母親潘姥姥）。因此她日常所思所想都導向一個能使她暫時解除單調與卑微生活的目標方向：性的享受。結果是她的生活就變得更冷酷無情。

凱瑟琳·安·波特（Katherine Anne Porter）曾說過，《查泰萊夫人的情人》描寫的生活只不過是「一連串長長的灰色的、單調無趣的日子，不時以一種性的享樂增加一絲愉快」。[68]如果這句話對勞倫斯的小說不太公平的話，它可以更公平地應用在《金瓶梅》上，只是在西門慶家那一連串的日子，不但沒有因頻繁的性活動而變得輕鬆愉快，而是尋常得像例行公事一樣令人厭倦。潘金蓮是如此熱衷於性，性的享受已沒有自發的和了無牽掛的樂趣之餘地了。她工於心計，整天都忙個不停，我們難得看到她享受一兩次無憂無慮的快樂。

在第十五回中，潘金蓮於燈節的晚上去李瓶兒家，她站在樓上望著下面的街景：

> 惟有潘金蓮、孟玉樓同兩個唱的，只顧搭伏著樓窗子，望下人觀看。那潘金蓮一徑把白綾襖袖子摟著，顯她遍地金掏袖兒，露出那十指春蔥來，戴著六個金馬鐙戒指兒。探著半截身子，口中嗑瓜子兒，把嗑了的瓜子皮兒都吐下來，落在人身上，和玉樓兩個嬉笑不止。一回指道：「大姐姐，你來看，那家房簷底下掛了兩盞玉繡毬燈，一來一往，滾上滾下，且是倒好看。」一回又道：「二姐姐，你來看，這對門架子上挑著一盞大魚燈，下面

又有許多小魚鱉蝦蟹兒跟著它，倒好耍子。」一回又叫孟玉樓：「三姐姐，你看這首裡，這個婆兒燈，那老兒燈。」正看著，忽然被一陣風來，把個婆子兒燈下半截割了一個大窟窿。婦人看見笑不了。69

在這時節，潘金蓮新到西門慶家，她毫無心術地炫耀她的美，在她欣賞這街頭燈景的歡樂中，還保有一個孩子的純真，這種純真以後就很少出現了。對潘金蓮和西門家大部分人而言，因為滿心想著追求快樂、安全與來世的救贖而失去出自天性的純真，這才構成她們生存厭煩得可以與恐怖得可以的原因。

注釋

1 在題獻詞頁中用了老舍的真實姓名C. C. Shu，代表Shu Ch'ing-ch'un（舒慶春）。Egerton很感激老舍給予他的協助。

2 Kuhn的譯本是一九三〇年萊比錫出版。Bernard Miall的轉譯本書名為*Chin Ping Mei: The Adventurous History of Hsi Men and His Six Wives*（西元一九四〇）。

3 韓南的研究參考了下列論文：馮沅君的《金瓶梅詞話中的文學史料》，收於《古劇說彙》；吳　的《金瓶梅的著作時代及其社會背景》，收於《讀史札記》。韓南也曾有一篇評論《金瓶梅》的文章，收於Douglas Grant和Millar Mac-Lure合編的*The Far East: China and Japan*（《遠東：中國和日本》）。

4 參看鄭振鐸在《談金瓶梅詞話》中的代表性意見，收於《中國文學研究》上冊。

5 這些是所謂的A版本。參閱韓南：《〈金瓶梅〉的版本及其他》。

6 參看潘開沛《〈金瓶梅〉的產生和作者》，收於《明清小說研究論文集》。韓南相信潘的假設曾被徐夢湘「很適當地反駁」過了，徐的文章也刊於同一卷（《〈金瓶梅〉探源》，頁24，注2）。

7 參閱R. H. van Gulik, *Erotic Colour Prints of the Ming Period*。

8 弄珠客：《金瓶梅序》。

9 差不多每本小說史中都一再重述這個故事，主要是因為它有趣。對這故事各種記載的原始資料，參看孔另境編《中國小說史料》中的《金瓶梅》部分。

10 參閱Arthur Waley給Bernard Miall所譯*Chin P'ing Mei*寫的序。詩人兼劇作家李開先（1501-1568）已被認真考慮為作者候選人之一；參看《中國文學史》第三冊（北京：中國科學院文學研究所，一九六二），頁949，注1。關於李氏對這部小說的不容置疑的貢獻，參看本章下文和《〈金瓶梅〉探源》頁50-55。

11 參看《〈金瓶梅〉探源》，頁39-49。

12 孔另境書頁81。這一段的原始資料見於袁中道的《遊居柿錄》。

13 這些十六世紀的《盛世新聲》和《同林摘豔》近來曾重印，《雍熙樂府》收《四部叢刊》中。

14 參看《〈金瓶梅〉探源》，頁55-63。

15 潘開沛的推論說（見注6）原來說書人的本子終於第八十七回潘金蓮之死。只是從第八十八回後所續的部分中，春梅才由次要人物變為主要人物。不論他這理論的價值如何，潘開沛覺得這部小說後半部的低劣是對的。我相信後半部分應包括自第八十回到第八十七回，理由我在後邊將再討論。

16 在原文中，韓南列舉了十個這些B版本，詳細地跟A版本比較。從文字上看，清代的C本同B版沒有太大差別，孫楷第把清代的這個版本定為《張竹坡評〈金瓶梅〉》。

17 月娘初遇普淨見於第八十四回。那次他告訴她說十五年後要收孝哥為徒。在第一百回中，普淨提醒月娘說她在十年前答應把兒子給他。這就是說孝哥是十一歲的孩子，但同時又說他是十五歲。這是這本小說許多矛盾處中的一個。

18 《金瓶梅詞話》（上海：襟霞閣主人，一九三〇年代），第四回：Egerton, *The Golden Lotus*, I, 71-72。在第二回西門慶初見潘金蓮時，作者立刻告訴我們他被她的美迷住了，接著就以一大段來寫她的美，雖然西門慶根本不可能見到她身體中這些部位，因為她穿著衣裳。這一場景取自《水滸傳》。

19 《金瓶梅詞話》，第一百回。

20 《金瓶梅詞話》，第五十五回。Egerton, III, 21列了一個不完整的表。

21 在第三十六回西門慶初見蔡狀元，給了他很大一筆禮物。「白金一百兩」，Egerton譯為"*a hundred taels of white gold*"。照中國傳統用法，「白金」就是「銀」。酒宴在第四十九回，「千兩金銀」我譯為"*one thousand taels of gold and silver*"，雖然這說法有些含混。Egerton譯為"*a thousand taels of silver*"也許是對的，但吃一次飯用一千兩銀子也是個極大的數目。

22 《金瓶梅詞話》，第八十回，關於「絨襪」一詞，參看姚靈犀的《瓶外卮言》（西元一九六二）頁220。作者彙集的「詞曲」（頁100-240）對《金瓶梅》的讀者非常有用。

23 這篇祭文見第八十回。

24 《金瓶梅詞話》，第六十一回。

25 《〈金瓶梅〉探源》，頁53。韓南又繼續評論說：「他（趙太醫）說完這首詩——總共有二十多行，我們看到下文是：『眾人聽了，都呵呵笑了。』這是劇院聽眾應有的反應。」

26 因此可以說，作者的成就就是把流行的歌曲拿來戲劇化的使用。（《〈金瓶梅〉探源》，頁60）

27 我們不能清清楚楚給第一部分和第二部分截然畫一條分界線。第九回中潘金蓮到了西門慶家，但直到第十一回她的新生活才獲得注意。第九至十回繼續寫武松並介紹另一個女主角李瓶兒。所以從文體上嚴格判斷，我們可以以第一至十回為第一部分，第十一至七十九回為第二部分。

28 《〈金瓶梅〉探源》，頁57-58。

29 李嬌兒在第八十回嫁給張二官兒，他在這部小說中短暫地代替西門慶，西門的朋友們都巴結他。但後來作者就沒有再寫他。

30 見第九十一回，縣知事的兒子姓李。

31 見第九十回。在第二十五回雪娥曾告訴來旺說，他太太惠蓮同西門慶有染。但在第九十回說他們私通的理由是他們是「曠夫寡女，慾心如火」，但對偷竊並非沒有興趣。

32 《〈金瓶梅〉探源》，頁29-31。

33 即使這些場景的一些細節也是令人失望的。在第八十五回月娘把春梅賣掉，在第八十九回她們又在一個廟中邂逅。春梅現在已是貴夫人，盡可表示對月娘之怨恨。但她仍跪在月娘面前，彷彿仍是個奴婢。

34 劉大杰在《中國文學發展史》（中華書局出版）中把丁耀亢的生卒年代列為1599-1670，雖然我參考過的其他文史家都只給一個近似的年代。他的六十四回本的小說，雖然也是色情的，卻指出很明確的因果報應。後來有一位署名四橋居士改編為四十八回本，人物中的名字均予改變，書名也改為《隔簾花影》。《隔簾花影》有德文譯本，譯者**Franz Kuhn**，譯名*Blumenschatten hinter dem Vorhang*（Freiburg im Breisgau, 1956）；**Vladimir Kean**的*Flower Shadows Behind the Curtain*（New York, 1959）即從德文譯本節譯。**Dr. Kuhn**在Kean譯本的序文中對《續金瓶梅》和《隔簾花影》有更深入的剖析與資料。一說《金瓶梅》的作者可能又寫了一部《玉嬌李》（勿同《玉嬌梨》相混），這本小說現已不存。當年是否真有此書，也很難說。

35 《金瓶梅詞話》，第七十五回。

36 我已經提到過普淨，他在這本小說結束時領走了孝哥兒，還有那神秘的印度和尚，他把春藥丸和藥膏送給西門慶（見第四十九回）。那印度和尚形容古怪，似為真羅漢，普淨則是一尊古佛的化身。在《續金瓶梅》裡普淨則是地藏菩薩下凡。

37 蔣竹山的故事見第十七回與第十九回。

38 溫必古在第七十六回露出本相。他的名字同「溫屁股」諧音。西門慶的許多酒肉朋友都有這種諧音姓名。

39 王六兒是她小叔了的情人，由她丈夫的縱容默許而私通西門慶。林太太的淫蕩就連當地的妓女們都知道。在第六十八回鄭愛月兒告訴西門慶說勾搭林太太絕無問題。在第七十八回西門慶去她家，當夜同床。

40 惠蓮的身世見第二十二回。

41 《漢書．藝文志》，列出八本有關性愛的書。

42 在第二部分，只有苗青和他那被謀殺的主人苗天秀切斷了敘述的進行。這個故事採自《龍圖公案》或《包公案》中的一個犯罪故事。韓南相信這個借來的故事「是《金瓶梅》連續敘述中唯一的一次斷層」。（見《〈金瓶梅〉探源》，頁42）

43 近代劇作家歐陽予倩寫過一個《潘金蓮》的短劇，於一九二八年發表在《新月月刊》第一卷第四期，歷史小說家南宮搏也寫過一本小說《潘金蓮》（一九六五年臺北大風書局出版）。

44 《金瓶梅詞話》，第七十八回。

45 《金瓶梅詞話》，第八回。

46 《金瓶梅詞話》，第十一回。

47 《金瓶梅詞話》，第十二回。

48 《金瓶梅詞話》，第十二回。

49 事見《金瓶梅詞話》第十九回。

50 在《金瓶梅詞話》第十七回，李瓶兒因為被第一任丈夫冷落，非常感激西門慶在性愛上給她滿足。她對西門說：「誰似冤家這般可奴之意，就是醫奴的藥一般，白日黑夜教奴只是想你兩個耍一回。」（第十七回）後來李瓶兒嫁給蔣竹山，因為她恨西門慶忽略了她。兩人和好後，她又稱讚他，仍用同樣的醫藥的意象，「你是醫奴的藥一般，一經你手，教奴沒日沒夜只是想你。」（《金瓶梅詞話》，第十九回）

51 第二十六回。

52 第二十九回。

53 第五十八回。

54 第五十九回。

55 李瓶兒在第六十二回中逝世，西門慶在第七十回去京城。

56 第七十二回。

57 第七十二回。

58 見第七十五回。同我們了解這段話有關的前事如下：在前一天晚上做過愛後的翌晨，潘金蓮要西門慶把原屬李瓶兒的貂皮襖給她。起床之後，他徑直到如意兒的房間去取那件皮襖。如意兒抱怨他冷落她，為了安慰她，他把瓶兒的衣服送幾件給她，又答應第二天晚上住她房裡。於是如意兒親自拿出瓶兒的皮襖，送給金蓮，並給她磕了頭。下午，西門慶在家裡招待了些重要的客人。他目送客人上轎之後，回到家裡，在旁門被潘金蓮攔住，拉進她的房裡。

59 第七十五回。

60 第七十五回。

61 西門慶在第七十八回第一次見到她。

62 第七十九回。

63 第七十九回。

64 第七十九回。

65 第七十九回。

66 潘金蓮跟西門慶生活時有兩次小產，前已提過。西門慶死後，她同陳經濟發生關係，又懷孕。在第八十五回她墮胎。

67 第一則此類故事是《趙飛燕外傳》，大概屬於漢朝，英譯為 "*The Emperor and the Two Sisters*"，收於Wolfgang Bauer和Herbert Franke合編的*The Golden Casket*，雖然學者們對於其寫作的時代持不同意見。「三言」中色情成分最顯著的例子是《金海陵縱慾亡身》，也是這類故事中最早用白話的一篇。其中色情部分自正史改編得來。韓南把《金瓶梅》的本事追溯到《如意君傳》，一篇明代寫武則天和她的兩個寵人的色情故事。

68 Katherine Anne Porter, "*A Wreath for the Gamekeeper*", Encounter, XIV, No. 2（1960）, pp. 72-73.

69 《金瓶梅詞話》，第十五回。

第六章　儒林外史

《金瓶梅》是在一六一〇年或一六一一年間出版刊行。[1]《儒林外史》在一七五〇年完成。在這兩個年代之間，很多小說出版了。這些小說雖然大部分都模仿以前出版的四大小說，但在它們進一步探討歷史與傳奇世界和幻想與性慾世界時，並非全部都沒有創新。雖然它們之中還沒有一部受到批評界的廣泛注意，但在西方語言的翻譯本中，我們可以看到兩部彷彿特別有趣。一部是《好逑傳》，一本只有十八回的較短的小說，描寫一個紈褲子弟怎樣鍥而不捨地去追求一位有高尚品德的閨女。另一部是《肉蒲團》，一本只有二十回的小說，在其色情敘述方面尤甚於《金瓶梅》。《好逑傳》是第一本翻譯成英文的中國小說；[2]有波爾西（Bishop Thomas Percy）序文。那時（第二版印行日期標明是一七六一年）理查森（Samuel Richardson）和菲爾丁（Henry Fielding）是英國最受歡迎的小說家，他們必定立刻注意到這本中國小說的主題和他們的作品間有相似之處。《肉蒲團》於一九五九年翻譯為德文，不久即轉譯成法文和英文，當時西方人士對色情文學正如癡如醉。[3]雖然這本小說有怪誕可笑的淫穢敘述，但它比《金瓶梅》不論藝術上或思想上更為聯貫完整，讀來也更為有趣、生動活潑。另一本等待譯成西方文字的較短小說是董說的《西遊補》。這雖是一本宗教的寓言，但它以夢的心理學探討孫悟空的困窘，寫夢境極為精緻而具現代意味。[4]在這一百四十年間出版的長篇小說中，最值得注意的是《醒世姻緣》，寫一個怕老婆的人為前世罪孽贖罪受盡妻妾的蹂躪折磨。在這方面這部小說寫的是善惡相報的佛家故事，但因其怪誕的幽默和粗獷的活力而得到論者另眼相看。[5]

雖然這些小說各有千秋，但它們以及同時代的其他小說在內卻沒有一本能及得上《儒林外史》：它在技巧與風格方面帶來革命性的創新，對中國小說發展的影響至巨。《好逑傳》、《肉蒲團》、《西遊補》和《醒世姻緣》都是作者構想出來的作品，但由於他們的習慣，總覺得應該採用些職業說書人的敘述習慣。相反地，《儒林外史》就沒有跟隨這個老規矩。作者吳敬梓當然仍遵守最起碼的形式上的需要：五十五回中每一回都以兩句對比的詩作回目，差不多每回開始都用「話說」，結束時用四行詩，跟著就是「欲知後事如何」這一類的公式問句，然後就以「且聽下回分解」結束。跟先前的小說相比最顯著的分別是《儒林外史》沒有用詩詞來描寫景物人情。在這本創新的白話小說中，破題兒第一遭地，描寫的文字同敘述的文本完全結合在一起，因為它們用的都是白話文。為了避免使用老套的詩詞語彙，作者更依賴他個人對人物和地方的觀察和認識。南京、杭州、蘇州、嘉興、江南地區內其他城市，跟它們活躍的生活和今天尚可認出的著名風景，都一一生動地被記下來。此外，方言俗語甚少，文言的詞句通常只在學者的談話裡出現。認識到這些優點，我們必須同意錢玄同的意見，《儒林外史》是中國文學的里程碑，因為它慎而重之地使用白話文。[6]毫無疑問，其他古典小說的文字沒有一本是如此清純與恰如其分的，連《紅樓夢》也不例外。清末和民初的小說家都爭相模仿，今天的散文家仍受到《儒林外史》風格的影響。

從意識形態上講，《儒林外史》是第一部跟當時中國人的宗教信仰幾乎完全沒關聯的諷刺寫實主義作品。雖然通俗的佛家思想及其堅持的善惡報應道德觀僅能以粗淺幼稚的方式去解釋現實，為了取悅觀眾，說書人必須採用佛家觀點。結果是，即使在最好的白話短篇小說中，也都遵從善有善報惡有惡報的規矩。（通俗的儒家思想和道家思想也鼓勵這種教誨的傾向。）在《金瓶梅》、《醒世姻緣》和其他有諷刺意向的小說中，這種粗俗的宗教觀縱然不是它們未能得到寫實完整的主要原因，也永遠是令人厭煩的東西。在有清一代，小說作者愈來愈多博學之才，他們實在沒有理由保持這種簡單的說教者姿態。雖然清代幾位卓越的作家與學者——例如蒲松齡（1640-1716）、袁枚（1716-1797）和紀昀（1724-1805）——都在他們怪力亂神的筆記小說集裡仍然講述這種迷信的世界觀，[7]吳敬梓卻可能受不了當時流行的迷信與佛家道德思想。我想在這方面他更能代表他那時代有頭腦的讀書人的見解。吳敬梓試圖使小說擺脫通俗宗教的束縛，足以證明他有足夠的藝術勇氣：在《儒林外史》裡，我們終於看到了一部堅持作者個人的人生觀並著實運用了自傳經驗的小說。不再束縛於善惡報應的機械教條，作者利用他對各階層人物的廣泛知識，刻畫出來的男男女女，既寫實生動，又是發人深思的嘲諷的對象。

吳敬梓（1701-1754）出生於安徽省全椒縣的一個書香世家，晚明清初期間因有人在朝廷做官，家道相當顯赫。但吳敬梓的祖父命短，父親並無進取之心，因此他自己性格也相當軟弱，不適於競爭激烈的官場生活。他的長子吳烺由乾隆帝賜舉人，授內閣中書，是位傑出的數學家。跟他顯赫的祖先和卓越的兒子比較，吳敬梓在全椒居民眼裡似乎只是個遊手好閒的浪子。他慷慨，處理事務漫不經心。而且要是他詩中流露的感情可信的話，他在南京高級妓院裡就把繼承的財產都揮霍得一乾二淨。[8]他二十二歲中秀才，以後再沒有什麼試場得意的事。[9]三十二歲時，他手頭已經相當拮据，決定舉家遷到南京。三年後（西元一七三六），由安徽巡撫趙國麟的保薦，到北京去參加一次專為有才華但沒有名分的學者舉行的特別考試（博學鴻詞科）。也許是因為那時他病倒（如胡適所說），也許是因為他在原則上反對做官（有些大陸學者如此假設），他拒絕了這種榮譽。[10]後來他過著一種名士的生活：雖享有文名，卻推開官宦生活可能帶來的「榮」與「辱」，只以寫詩文自娛，或與諸友同樂。他留下了十二卷詩文，但只有四卷流傳至今。《詩說》七卷已佚失。[11]

但跟其他名士不同，吳敬梓晚年寫了一部小說，為他在生活上的失敗作辯護，也同時留下自己對周遭社會的印象。詩人金和（1819-1885）（全椒人，同吳家有親戚關係）在給一八六九年版《儒林外史》寫的跋中曾告訴我們，書中許多人物都取自吳敬梓自己的朋友或當時大家熟知的歷史人物。至少有一個人物——杜少卿——是作者的自畫像。就從這個提示出發，胡適在他的《吳敬梓年譜》裡又提供了有關這些原型的更多資料。何澤翰在他一部重要的研究《儒林外史人物本事考略》（西元一九五七）中又搜集了不少有關三十個人物的資料。不少這些人物跟小說中的相對人物在事業上和人格上有驚人的相似，而那三十個人的姓名，或在字音上，或在字義上，或在字形上，也同他們的相對人物有幾分接近。[12]

如果吳敬梓只是寫他同代人的傳記，當然就不可能獲得作為一位小說家的聲譽。我們舉一個相似的近代英國小說為例。《針鋒相對》（*Point Counter Point*）裡許多人物都取自作者赫胥黎（Aldous Huxley）的文藝界的朋友與相識，但這些人物在這部諷刺小說裡是否活潑生動同小說家為他們畫像是否忠實於現實生活上的模特兒並無多少關係。同樣情形，吳敬梓可能把某一朋友的特徵、怪癖、個人生活環境應用在一個角色身上，但他必須運用他的創造力賦予此人在小說中的真實感且讓他發揮其諷刺的功能。我們對吳敬梓最基本的批評應該是他沒有認真使用他的創造力去創造小說人物。在一本不算太厚的小說裡，他誠然給了我們很多讀後印象頗深的人物素描，但我們仍有權利懷疑他是借用其他書籍裡的材料來補充他自己對人物喜劇性的了解的，這種情形在小說後半部尤其顯著。如果吳敬梓看來比他的前輩作家更能擺脫通俗長篇小說的傳統之外，他還是無可避免地受到文言文和白話文的短篇小說、文人學者編集成輯的掌故、逸事和笑話所熏陶。何澤翰對《儒林外史》已從事這一類型的小說背景研究。[13]毫無疑問，這種全面研究，跟韓南對《金瓶梅》資料的研究一樣，會讓我們對這部作品有更深入的了解。吳敬梓採用這些笑話、逸事的襯托讓我們看清楚一個角色，有時效果甚佳，但有時他也只是為了製造滑稽氣氛而加插，並未顧及它們在上下文的連接上有無產生適當的諷刺效果。結果是小說的完整結構受到損害了。

在著手寫這部小說之前，吳敬梓已經做了另外一件值得他驕傲的事。雖然他經濟拮据，但還是用了一筆錢重修一座廟宇。《全椒縣志》中曾敘述這件事：

> 江寧雨花臺有先賢祠，祀吳泰伯以下五百餘人。祠圮久，敬梓倡捐復其舊。貲罄，則鬻江北老屋成之。[14]

這一定是吳敬梓在公眾服務方面一件不平凡的成就。因為看來十分重要，所以才在縣志中提到（金和的跋裡也提到）。因此我們在這本小說裡讀到熱心公益的學者們共同努力為遷居吳地的姬姓賢人修建泰伯祠。祠堂落成後，《祭先聖南京修禮》（第三十七回）構成這部小說的高潮。

胡適說這座先賢祠約在一七四〇年重建，那時吳敬梓三十九歲。一年前他完成了一卷詩，也許已經印了出來。胡適假定這一年他也開始寫他的小說是合情合理的。他已經完成一件象徵的儒家作為，為了完成這件事，他散盡家財，也決定放棄為官的野心。現在他有足夠的時間以超然的態度觀察他四周的學者文人，聊以自娛。《儒林外史》很可能完成於一七五〇年。

吳敬梓五十三歲逝世，時為一七五四年，死時還沒有籌劃這部小說的出版。第一版應在一七六八年與一七七九年之間刊行，雖然小說初版及手稿皆早已失傳。金和整理的標準本共有五十五回。胡適卻相信吳敬梓寫的這本小說應該只有五十回，因為《全椒縣志》和他的好友程晉芳為他寫的傳記中都說它是只有五十卷的作品。雖然小說後面的部分有些寫得相當拙劣，但胡適並沒有特別列出偽作的五回，只說這五回是在我們現有的五十五回本中。柳存仁對胡適的看法提出異議，他相信《儒林外史》是五十五回，較早的兩種資料可能是錯的。[15]

《儒林外史》是第一部有意從儒家觀點所寫的諷刺小說，但它跟歷史小說中支持的儒家英雄主義不同。它的儒家精神染上了一層憂鬱的色彩，因為小說裡所敘的一切社會改革和政府所採取的行動終歸於無效。在小說裡，幾位軍官鎮服土著的叛亂，在新殖民地區開始實行農業與教育的新計劃，獲得極大成功，但朝廷對他們的所謂的過度熱心與浪費的努力予以譴責，在經濟上予以科罰。[16]這件事就暗示說，在愚昧的統治下，甚至軍官都不能得到持久的事業成就，更不必說讀書人了。作者贊同儒家的一句箴言，在政治承平時代，讀書人為官不但光榮而且也是責任；在政治腐敗時代，從政府工作抽身出來不但不是恥辱，而且還是人格完整的象徵。但對自命清高的讀書人來說，沒有任何時代是夠好的。

吳敬梓在清朝的鼎盛亦即乾隆皇帝時代書寫這部小說。因為小說寫的事都發生在明朝，他通過不參政而肯定個人人格清高常被解釋為愛國抗議的一種形式，因此間接批評了滿清的統治。[17]但在他的現存作品中並沒有一處指明這是一種故意的不合作。吳敬梓把他的小說放在明朝不只是為了方便，他對明代歷史一直有積極的興趣，也對這一朝代的歷史有眼光獨到的批評。因此雖然他對明太祖的評價相當正面，但他也對當時實施的簡化考試制度（科舉）很不以為然，因為這種制度主要看的是考生們以八股文的形式闡釋一句或半句四書五經引文的能力。太祖後來亦因殘酷地處決詩人高啟而受到批評。高啟無疑是作者心目中的大英雄。一位學者因刊刻高啟的手稿而獲得聲名，另一位則因為收藏高啟的作品而被捕。[18]吳敬梓勸人遠離仕途，但卻出奇地崇拜有作為的人。他在作品中歌頌心狠手辣的篡位者明成祖，因為沒有明成祖，明朝會更快走上窮奢極侈之途。[19]書中的一個角色也為江西寧王朱宸濠的反叛辯護，認為他反叛的時期明朝已柔弱無力，寧王的成功會帶來新氣象。[20]在所有這些批評中，作者似乎認真地提出他對明朝歷史的看法，用意並非指桑罵槐，影射清廷。

在形式上《儒林外史》是一連串鬆懈地聯繫在一起的故事。因為每一個故事都發生在前一個故事之後，這部小說包括了很長一段時間，從一四八七年到一五九五年。但楔子把時間推到更前，推到元末那幾年，講一位隱士畫家王冕的故事。王冕是一位模範人物，是衡量後來學者的愚昧與墮落的標準。《儒林外史》是一本沒有情節的小說，這個楔子剛好用來作主題說明。

在吳敬梓之前，有兩位著名作家給王冕寫過傳：明初大散文家宋濂（1310-1381）和清朝詩人朱彝尊（1629-1709）。宋濂筆下的王冕不是自願選擇做隱士。年輕時候，在元朝，王冕曾數度參加考試。甚至在他放棄求取功名的希望之後，還到北京充任一蒙古大官的幕僚，這位官員後來被漢人叛亂者所殺。宋濂更把王冕描寫成一個怪誕的天才，給予讀者的印象是更像古代遊俠或魏晉時代的狂狷之士，而不是一個避世的隱士。在朱彝尊的傳裡，他的形象始終是位簡傲任誕的文人和詩人，雖然他遺世獨立的脾氣有點理想化了。

但在吳敬梓的描述中，王冕是一位藝術家、隱士，毫無世俗的野心，過於溫順謙厚不求聞達，不能稱為任誕之士。幼年喪父，他跟母親一起住在浙江省諸暨縣附近一個鄉村裡，為鄰居秦老放牛。他勤於讀書，又對繪畫興趣濃厚，尤其是花卉。不久他在當地有了名氣，引起諸暨縣時知縣的注意，他買了王冕的花卉冊頁送給他的恩人危素，危素是著名的學者和歷史家，正在諸暨縣置屋定居。危素看了，愛不釋手，就向時知縣說：「我學生出門久了，故鄉有如此賢士，竟然不知，可為慚愧！此兄不但才高，胸中見識，大是不同，將來名位不在你我之下。不知老父臺可以約他來此相會一會麼？」[21]時知縣遣人去請王冕，他拒絕了這邀請，並向勸他的秦老說了兩個古代隱士的故事，以證明他的行動是對的。後來時知縣親自去拜訪他，他竟躲藏起來，不見他。秦老不知他為什麼如此無禮貌時，他回答說：「老爹請坐，我告訴你。時知縣倚著危素的勢，要在這裡酷虐小民，無所不為；這樣的人，我為什麼要相與他？但他這一番回去，必定向危素說；危素老羞變怒，恐要和我計較起來。我如今辭別老爹，收拾行李，到別處去躲避幾時。——只是母親在家，放心不下。」[22]他隨後跑到很遠的山東省去。

這位曾在元明兩朝為官的危素沒有為後世留下清名。但這時他似乎主要是位天才的發現者和可能的保護人。至於這位時知縣，雖然王冕斷然說他是酷虐小民無所不為的惡人，但在故事中卻沒有絲毫跡象表明他是這樣的人。他自願跑去拜訪一個普通的鄉民，就可看出他開明的態度，雖然他也同恩人危素一樣是想獲得一種聲譽，作為一個知縣，能在自己管轄的縣裡發現一位天才。（在整部小說中，讀者會面臨一個敘述權威的問題。當一個人物的行為舉止有矛盾的報告時，他該信誰的話？）王冕老早已經把畫賣給鄉民和城裡的人以謀生計，所以上流社會人士接受他的藝術並沒有違反他做人的原則。但他拒絕跟能夠認識其才華與帶給他聲望的官方人士接觸。在他看來，官方人士，特別是被懷疑沾有腐敗與不公的傳聞時，都是他要不惜任何代價躲避的凡夫俗子。

吳敬梓所描繪的王冕在性格上是厭惡熱鬧生活的人。他逃開庸俗，但生活怎能不為庸俗所汙染（不論以何種方式謀生，都是一種庸俗形式的謀生），因之他就有些悲哀。跟伯夷叔齊不同，[23]他不是表示一種政治性的抗議。（一些批評家仍認為他是人格完美的愛國者象徵，因為他拒絕在一個異族統治的朝代服務。但在這部小說的敘述中，在明代他也沒有出任公職。但從歷史記載上看，他在異族蒙古人統治下確曾為政府服務過。）他跟陶潛也不一樣，他沒有獲得隱退的權利，因為他不了解為官方奴役的實情。因此他更像後漢光武帝的同學嚴子陵，子陵隱藏起來，拒絕光武帝的邀請出仕，雖然他有一次去宮廷時和皇帝同榻而眠。[24]王冕不是任何皇帝的密友，但他從山東回家之後，未來的明太祖，吳王朱元璋曾去看他。

一日，日中時分，王冕正從母親墳上拜掃回來，只見十幾騎馬竟投他村裡來。為頭一人，頭戴武巾，身穿團花戰袍，白淨面皮，三綹髭鬚，真有龍鳳之表。那人到門首下了馬，向王冕施禮道：「動問一聲，哪裡是王冕先生家？」王冕道：「小人王冕，這裡便是寒舍。」那人喜道：「如此甚妙，特來晉謁。」[25]

王冕請他進到屋裡，朱元璋便表露身份，並請教王冕如何贏得浙江人民的愛戴。

王冕道：「大王是高明遠見的，不消鄉民多說。若以仁義服人，何人不服，豈但浙江？若以兵力服人，浙人雖弱，恐亦義不受辱。不見方國珍麼？」吳王歎息，點頭稱善！

兩人促膝談到日暮，那些從者都帶有乾糧，王冕自到廚下，烙了一斤麵餅，炒了一盤韭菜，自捧出來陪著。吳王吃了，稱謝教誨，上馬去了。[26]

一位隱士的特殊榮光是，一位賢君真心誠意去尋找他時，他仍拒絕為他服務而保持其人格完整。他的能力並沒有實際受過試煉，但他的忠言，雖然是老生常談，卻永遠受到珍視。他比大臣們更受尊敬，因為後者只是皇帝的奴僕，而隱士，只要他拒絕為官，就保持是皇帝良師益友的身份。吳敬梓很適當地用下邊的話結束王冕的傳，「可笑近來文人學士，說著王冕，都稱他做王參軍，究竟王冕何曾做過一日官？所以表白一番。」[27]

因為吳敬梓未能通過科舉而博取功名，乃把王冕看作他的理想自畫像，似乎是可信的：一位因藝術成就和孝心著名的隱士，不為醇酒婦人所迷，也不為野心與榮譽所動。雖然孝子不婚堪稱怪事，王冕終身不娶，同秦老住在一起，生活得似乎十分愜意。他去世後不久，秦老也就離世。吳敬梓選擇了這麼一個無與倫比的人物作為自己的典範，使他作為一位諷刺家受到嚴重的限制。晚明時期個人主義的文人學者（他們也痛恨官場）的行為不是這樣的。他們在醇酒、婦人、自然和非正統的觀念中尋求無拘無束自由快樂。到吳敬梓的時代，這種個人主義的思潮已經消退，一種更有規律的和拘謹的儒家思想成了主流。[28]晚明的文人學士反抗粗鄙和官僚，但我們知道他們也同時在肯定為感官和智能所享有的充滿活力的生活。吳敬梓的抗議可能產生自一種酸葡萄心理，是他對自己失敗揮之不去的記錄。作為一個堅貞決絕的隱士，即使他視為理想人物的王冕也可以看作是一個以拒人千里的言行而建立聲名的超人。

在他諷刺攻擊最力的一個課題上，亦即是明太祖建立而直到清末還未加改變的簡化科舉制度，王冕也是作者的傳聲筒。王冕得知取士之法的新規定後，就對秦老說：「這個法卻定得不好。將來讀書人既有此一條榮身之路，把那文行出處都看得輕了。」[29]在下面幾回中，作者發揮這一主題，極見精彩。但這種過分堅持諷刺科舉制度和受害的犧牲者可能跟他對純潔的和脫離俗世的隱士大為推崇同樣可以看到作者內心酸葡萄的感受。

我們在第一回即可看到吳敬梓是一個行文簡潔的散文家，能很經濟很精確地記錄他所觀察的一切。下邊這幅田園景色激發起王冕做畫家的決心：

那日，正是黃梅時候，天氣煩躁。王冕放牛倦了，在綠草地上坐著。須臾，濃雲密布，一陣大雨過了。那黑雲邊上，鑲著白雲，漸漸散去，透出一派日光來，照耀得滿湖通紅。湖邊上山，青一塊，紫一塊，綠一塊。樹枝上都像水洗過一番的，尤其綠得可愛。湖裡有十來枝荷花，苞子上清水滴滴，荷葉上水珠滾來滾去。[30]

在一本中國現代小說中，這樣一段描寫並不新奇，也許還覺得似曾相識，因為五四時代許多作家都喜歡這樣的風景描寫。但依傳統方式寫作的吳敬梓能不依賴陳舊的現成詩句而把風景如此精確表現出來，實在令人讚歎。在風格上，這一段代表了白話文學採用古文的風景描寫形式，這種描寫形式在唐宋散文家如柳宗元和蘇軾那裡是常見的，他們選擇極其具體的細節，棄用語言精密、典故繁多的意象。早期小說家中最善寫景的詩人吳承恩常常引用賦體和駢體文的資源；現在吳敬梓又把古文散文適當地應用到小說寫作上。

如果第一回楔子已顯露出作者是位散文高手，第二回則更令人叫好，因為在人物刻畫上他使用了一種革命性的技巧。早期的小說家通常都愛扮演一個躲在木偶後面的人，他把那些木偶一個個介紹出來，告訴我們他們是誰和要做什麼。但吳敬梓拒絕這麼單刀直入地給讀者做領航人，他把他們置於一種戲劇化的場景中。那一場景的演員們做他們的事和談他們那各樣各色的事情時，就漸漸把自己揭示出來。下邊是開始的幾段：

話說山東兗州府汶上縣有個鄉村，叫做薛家集。這集上有百十來人家，都是務農為業。村口一個觀音庵，殿宇三間之外，另還有十幾間空房子，後門臨著水次。這庵是十方的香火，只得一個和尚住。集上人家，凡有公事，就在這庵裡來同議。那時成化末年，正是天下繁富的時候。新年正月初八日，集上人約齊了，都到庵裡來議「鬧龍燈」之事。到了早飯時候，為頭的申祥甫帶了七八個人走了進來，在殿上拜了佛；和尚走來與諸位見節，都還過了禮。申祥甫發作和尚道：「和尚，你新年新歲，也該把菩薩面前香燭點勤些！阿彌陀佛！受了十方的錢鈔，也要消受。」又叫：「諸位都來看看：這琉璃燈內，只得半琉璃油。」指著內中一個穿整齊些的老翁，說道：「不論別人，只這一位荀老爹，三十晚裡還送了五十斤油與你，白白給你炒菜吃，全不敬佛！」和尚陪著小心，等他發作過了，拿一把鉛壺，撮了一把苦丁茶葉，倒滿了水，在火上燎得滾熱，送與眾位吃。荀老爹先開口道：「今年龍燈上廟，我們戶下各家，須出多少銀子？」申祥甫道：「且住，等我親家來一同商議。」正說著，外邊走進一個人來，兩隻紅眼邊，一副鍋鐵臉，幾根黃鬍子，歪戴著瓦楞帽，身上青布衣服，就如油簍一般，手裡拿著一根趕驢的鞭子。走進門來，和眾人拱一拱手，一屁股就坐在上席。這人姓夏，乃薛家集上舊年新參的總甲。夏總甲坐在上席，先吩咐和尚道：「和尚！把我的驢牽在後園槽上，卸了鞍子，將些草餵得飽飽的。我議完了事，還要到縣門口黃老爹家喫年酒去哩。」吩咐過了和尚，把腿蹺起一隻來，自己拿拳頭在腰上只管捶，捶著說道：「俺如今倒不如你們務農的快活了！想這新年大節，老爺衙門裡，三班六房，那一位不送帖子來？我怎好不去賀節。每日騎著這個驢，上縣下鄉，跑得昏頭暈腦；打緊又被這瞎眼的亡八在路上打個前失，把我跌了下來，跌得腰胯生疼。」申祥甫道：「新年初三，我備了個豆腐飯邀請親家，想是有事不得來了？」夏總甲道：「你還說哩！從新年這七八日，何曾得一個閒？恨不得長出兩張嘴來，還喫不退。就像今日請我的黃老爹，他就是老爺面前踹得起來的班頭；他抬舉我，我若不到，不惹他怪？」申祥甫道：「西班黃老爹，我聽見說，他從年裡頭，就是老爺差出去了；他家又無兄弟兒子，卻是誰做主人？」夏總甲道：「你又不知道了。今日的酒，是快班李老爹請。李老爹家房子褊窄，所以把席擺在黃老爹家大廳上。」31

在此以前再沒有一部中國古典小說開始時有這樣直接的寫實手法了。首先以最少的開場白把地點和時間交代清楚。觀音庵被點出來，不只因為它是薛家集最重要的建築物，而是因為要馬上用它介紹集聚在那裡討論特殊問題的那些人。作者沒有隨即告訴我們申祥甫最受集上人的敬重：相反地，他的地位是由他管制那群人和他責備和尚時的專橫聲調表示出來的。同時，由他對荀老爹慷慨布施的贊詞，我們可以判斷，荀老爹一定年紀比他大，可能比他富有，也更有資格稱為紳士，雖然他已不為集上的事像以前那麼積極活動了。又因為申祥甫不立即開始討論他們要討論的事情，說是要等他的親家到來，我們就知道夏總甲才是薛家集握有實權的人物，申祥甫的自吹自擂正反映了他由別人身上借來的榮耀而已。今天的小說家當然認為間接的戲劇化表現手法是想當然耳的事，難得的是吳敬梓是第一位經常而審慎使用這種技巧的中國小說家。

作者以更大的戲劇化的神韻來呈現夏總甲出場：他那狂妄自大的口吻跟他鄙俗的面貌、油漬斑斑的衣服、土裡土氣的言談處處形成鮮明的對比。但是作為集上新的總甲，他對自己還沒有太大的信心，因此時常誇耀同官府的新關係和繁忙的交際應酬。我們不知道他的吹噓的虛虛實實，直到申祥甫不懷好意地笑著點破他的謊言。但他沒有因這挑撥而感到不安，因為他太舉足輕重了，誰也不會更進一步地嘲笑他。但作者已經巧妙地引導我們懷疑他所說的那些事：他是不是真正很忙碌，驢子是否真打了個前失把他丟下來，是否在庵裡聚會之後他要去參加宴會。在這本書裡許多人物因為愛自吹自擂而露了本色，夏總甲卻是這些人物中的第一位。吳敬梓確有小說家的本領，很了解在社會風俗小說中差不多每個人都是勢利小人。

對鬧龍燈的準備工作完成之後，集上人家又忙著另一件事：請一位教書先生教村童念書。作者以同樣插話的方式讓周進上場。周進六十多歲，試場從不得意，因此有錢人和中過舉的人都看不起他。但最後他連交好運，上京會試中了進士，又被任命為廣東學道。就任之後，舉行考試，他發現另一個潦倒的老童生范進，他也及時考中進士，做了學道。這兩個人物就給這部小說定下了一個輕快的喜劇調子，使它因以辛辣的文筆揭發科舉制度而得名。但即在這兩則極見功夫的喜劇故事中，讀者要辨清紮根於對人情世故的真實知識中的喜劇場面和遠離真實而故意設計的荒謬場面間的區別。吳敬梓交互使用這兩種喜劇模式，他寫得十分成功，所以許多學者都把這種荒謬的諷刺場面當成現實描寫來對待。但在這些場景中，如在前面已經提到，作者也時常引用他讀書得來的笑話和誇張的故事。這些笑話和故事有自己的生命，也提供了一種胡鬧滑稽的調子，但不太吻合這本小說大部分對於人情世故喜劇式的描繪，而作者在這方面是極認真嚴肅的。

以周進為例。有一天一位新舉人王惠經過薛家集的觀音庵，周進被請來陪他。王舉人講了些故事，意在讓這位地位卑微的教書先生對他另眼相看，同時也表現了他自鳴得意的個性。之後是吃飯的情景：

彼此說著閑話，掌上燈燭；管家捧上酒飯，雞魚鴨肉，堆滿春臺。王舉人也不讓周進，自己坐著喫了，收下碗去。落後和尚送出周進的飯來，——一碟老菜葉，一壺熱水，——周進也喫了。叫了安置，各自歇息。次早，天色已晴，王舉人起來洗了臉，穿好衣服，拱一拱手，上船去了。灑了一地的雞骨頭、鴨翅膀、魚刺、瓜子殼，周進昏頭昏腦，掃了一早晨。[32]

這是一段同寫實格局互相配合的滑稽場面：這兩種飯菜的對比因為稍帶誇張而讀來更教人絕倒。把王舉人飯後剩餘的殘羹冷炙一一列出簡直是生花妙筆。

接著作者又寫了一段較為誇大的滑稽場面，但也寫得十分到家。周進被辭退教學堂的職務後，替他姊夫金有餘和他合伙的人做記帳員。對一個有心求取功名的老頭子而言，在商人群裡混飯吃是種屈辱。但他並沒有完全認命。有一天，到了省城，他請同伴們帶他去看看貢院。到了那裡，他竟撞在考生小室間的一塊號板上，失去知覺。不久知覺恢復，被扶起來：

周進看著號板，又是一頭撞將去；這回不死了，放聲大哭起來。眾人勸著不住。金有餘道：「你看，這不是瘋了麼？好好到貢院來耍，你家又不曾死了人，為什麼這麼號淘痛哭？」周進也聽不見，只管伏著號板，哭個不住；一號哭過，又哭到二號、三號；滿地打滾，哭了又哭，哭得眾人心裡都悽慘起來。金有餘見不是事，同行主人一左一右，架著他的膀子。他哪裡肯起來，哭了一陣，又是一陣，直哭到口裡吐出鮮血來。眾人七手八腳，將他扛抬了出來，貢院前一個茶棚子裡坐下，勸他吃了一碗茶；猶自索鼻涕，彈眼淚，傷心不止。[33]

這個故事可能是吳敬梓杜撰的，也可能是改編自一個流行的笑話，因為在明清兩代有關失意的老童生的笑話很是流行。但即使是改編自一個現成的故事，它也很適合周進一生努力的滑稽敘述，它那誇張的調子增強了一個受挫的讀書人的憂傷，他只落得空想坐在考場（貢院）中的特權，而作為記帳員的周進卻不可以越考場的半步雷池。一隻膽小的老鼠對任何折磨牠的人都很柔順，周進最後只有放聲大哭，事實上也只好如此。

作者從一個事件發展到另一個滑稽事件時，隨時介紹新的人物以取代舊人物，其間他逐漸失去一貫的譏諷視覺，所以有時介紹一個笑話，但並不能促成我們對某一人物的了解。茲以第五回和第六回中富人嚴致和之死一事為例：

到中秋以後，醫家都不下藥了；把管莊的家人都從鄉里叫了上來。病重得一連三天不能講話。晚間擠了一屋的人，桌上點著一盞燈；嚴監生喉嚨裡，痰響得一進一出，一聲不倒一聲的，總不得斷氣，還把手從被單裡拿出來，伸著兩個指頭；大侄子上前問道：「二叔！你莫不是還有兩個親人不曾見面？」他就把頭搖了兩三搖。二侄子走上前來問道：「二叔！莫不是還有兩筆銀子在那裡，不曾吩咐明白？」他把兩眼睜得溜圓，把頭又狠狠地搖了幾搖，越發指得緊了。奶媽抱著哥子插口道：「老爺想是因兩位舅爺不在眼前，故此記念？」他聽了這話，把眼閉著搖頭，那手只是指著不動。趙氏慌忙揩揩眼淚，走近上前道：「爺，別人都說的不相干，只有我曉得你的意思！……你是為那燈盞裡點的是兩莖燈草，不放心，恐費了油；我如今挑掉一莖就是了。」說罷，忙走去挑掉一莖；眾人看嚴監生時，點一點頭，把手垂下，登時就沒了氣。[34]

單獨看這則故事，它確是對守財奴的一個有力的譏諷。但對一位小說家而言，首先考慮採用這故事時該問：它適合嗎？嚴致和首次出現的時候，作者說「他是個膽小有錢的人」，後來這位監生也自承很節省，捨不得花錢。但我們看到他為了解決他哥哥的官司而使用十幾兩銀子。他的妻子王氏死後，王仁支持他立妾趙氏為正室。為了感激王氏兄弟的支持，嚴致和一再給他們大量銀子，為他亡妻「修齋、理七、開喪、出殯」等也用了四五千兩銀子。一個真正的守財奴不會為已死的妻子浪費這麼多錢，也不會變得如此粗心，竟讓兩個舅奶奶乘著亂時把一些衣服、珠寶首飾擄個精光。我們閱讀嚴致和這個有趣的故事時，得到這個印象，作者曾計劃把嚴致和寫成一個富有的守財奴，以使他跟他那卑鄙的哥哥形成有效對比——嚴致中雖然常以詐術弄錢，但始終是個窮光蛋。但作者立刻看到嚴致和老是給他兩個貪婪的舅爺欺詐，覺得這件事有更大的喜劇潛能，因此把他寫成一個儒弱的、易受騙的、愁眉不展的有時又亂花錢財的人。但吳敬梓早把兩個燈芯的故事（也許是他編的，也許是從笑話書讀來的）留給嚴致和。這個故事棄之不用太可惜了，因此嚴致和死時必須是個特級守財奴，雖然他生前的事蹟跟這一印象是矛盾的。

再引一個例子，在第七回作者借用一件趣事來說明范進的無知。范進從一介布衣而中進士的故事（第三回）是這部小說裡最熱鬧的喜劇之一，但以後間歇地出現時，他的性格變得相當模糊和無趣。在目前這個例子中，他只是要把不學無術的官僚世界揭發出來。在吃飯的時候，他為不能找到一個名叫荀玫的學生而煩惱，按理說他是應該參加了上一屆兗州的考試的：

內中一個少年幕客蘧景玉說道：「老先生這件事倒合了一件故事：數年前，有一位老先生點了四川學差，在何景明先生寓處吃酒；[35]景明先生醉後大聲道：『四川如蘇軾的文章，是該考六等的了。』這位老先生記在心裡，到後典了三年學差回來，會見何老先生，說：『學生在四川三年，到處細查，並不見蘇軾來考；想是臨場規避了。』」說罷，將袖子掩了口笑；又道：「不知這荀玫是貴老師怎樣向老先生說的？」范學道是個老實人，也不曉得他說的是笑話；只愁著眉道：「蘇軾既文章不好，查不著也罷了；這荀玫是老師要提拔的人，查不著，不好意思的。」[36]

這位少年幕客講的故事在吳敬梓的時代一定是極為流行的：更早前周亮工（1612-1672）的《因樹屋書影》和錢謙益（1582-1664）為他的明詩選《列朝詩集》所寫的一位詩人的傳記中都出現過。[37]把這個笑話用在一個自幼即勤奮讀書的進士身上，這又是一個不適當的例子。如果接觸過中國文化與歷史的美國大學生都熟知蘇軾的大名，范進雖然研究的範圍狹窄，但不知蘇軾之名似乎也絕不可能的。但吳敬梓特別喜歡這一類言過其實的嘲諷。另一位儒者馬純上也不知女詞人李清照的大名。[38]馬純上為嘉興府有名的詩文選家，一生可說伴書而眠。他可能沒有讀過李清照的詞，但他一定聽說過她的大名。這一類的故事雖被許多批評家稱讚為敢於無情地揭露正在衰微的學者階層的眾生相，實際上卻沒有什麼諷刺價值，正因為所言實難以置信。[39]這就彷彿是英國大詩人蒲柏（Pope）在攻擊他那時代的愚蠢人時，特別提出他們不知道彌爾頓和德萊頓這兩位是誰一樣教人難以置信。

吳敬梓還喜歡另一類型的笑話，但就我所知，這些笑話也沒有什麼意義。它們滑稽可笑，可以獨立成趣，但從諷刺的角度看卻是無關宏旨的。一位名士型的年輕學者蘧公孫獲得一位退休翰林的喜愛，招為女婿。下嫁他的魯家小姐早已熟讀四書五經、歷科程墨、各省宗師考卷，她和這位討厭時文的丈夫是情不投意不合的。這對寃家以後的喜劇絕不尋常，但現在我們是在他們的喜筵的現場，看到兩樁非常滑稽的事。先是一隻老鼠從梁上走滑了腳，掉了下來，掉在滾熱的湯裡，嚇了一驚，把碗跳翻，爬起來就從新郎官身上跳了下去，把簇新的大紅緞補服都弄油了。另有一位廚役氣急敗壞地使盡平生氣力踢兩隻狗，因用力太猛，把一隻釘鞋踢脫了，踢起有丈把高，那鞋落下來，正好落在媒人陳和甫坐的桌上，他「正待舉起箸來到嘴，忽然席口一個烏黑的東西，的溜溜的滾了來，乒乓一聲，把兩盤點心打的稀爛，陳和甫嚇了一驚，慌立起來，衣袖又把粉湯碗招翻，潑了一桌」。[40]何澤翰說，這樣的故事在唐代史家李延壽的《南史》中提到過。[41]我們可以假定那個老鼠的故事也有書本的根據。表面上看，這些荒誕不經的事情預示了一樁不幸的婚姻。但這些故事太好笑了，所以不能是不祥的徵兆。作者把它們寫進來，只是為了獨立的鬧劇效果。

雖然《儒林外史》寫的是一連串聯繫鬆散的故事，但有個可識認的結構，分為三部分，再加上楔子和尾聲（第五十五回）。第一部分（第二至三十回）的那些故事都講述追求名位、聲譽和財富的各色人等。第二部分（第三十一至三十七回）是這本小說的道德支柱，講主角杜少卿和他的正派朋友。這些集合在南京的儒者，最後都在泰伯祠主祭。第三部分（第三十七至五十四回）搜集了一些雜亂的故事，顯然沒經過嚴謹的組織。其中有些重返第一部分和第二部分中諷刺和教誨的模式，其餘的則是傳統的「傳奇故事」，讚美軍事指揮官和行為符合儒家典範的男女。整個說來，這一部分給人的印象非常不均衡。

很不幸的是批評界一直認為《儒林外史》是部譏刺科舉制度的小說。即使在第一部分，作者雖然主要營造諷刺場面，但嘲笑的對象不僅限於滿心都是考試的學者和偽學者。學者和偽學者獲得作者明顯注意是因為在傳統中國，通過鄉試和會試是獲取名譽、地位和財富的捷徑。但這本小說隨即把焦點轉移到學者們另一種同樣著迷的追求，即在社會上和文學界內而非在官場的聲譽。一位學者如果不在乎做官，他可以成為一位名士，以培育文士之高雅脫俗而得到聲望。他可以出版自己寫的詩，或是限量印行稀見手稿，他可以主持作詩比賽或組織團體到風景優美的地方旅行，他也可以「顧曲」，評判優伶的好壞，或對才德兼備的寒士施以援手。蘧公孫、婁琫、婁瓚、杜慎卿都因為這些作為而受人敬重。[42]這些自鳴風雅的學者通常瞧不起那些滿心科舉，偏狹而俗氣的學者。但吳敬梓對這兩類學者並不偏袒任何一方，因此使這本小說的諷刺氣味更加醇厚。如果學而優則仕的教育過於偏狹，由名士雅人提倡玩票式的藝術鑑賞也一樣俗不可耐。從樹立王冕的事跡作為典範的生活觀之，追求高雅也許是比追求官場功名更為醜陋的一種世俗姿態。

在吳敬梓對學者的諷刺中，文化修養的觀念占有重要地位。他們遲早會暴露出自己的無知，一如我們在范進和馬純上兩例中所見的情形。但沒有文化修養並不如不道德那麼該受譴責，因此最後道德觀念控制了作者對他筆下人物的評價。一位學者，縱使他的文化修養被死讀書讀死書嚴重扭曲了，仍能保持其道德的完整。馬純上是作者一位親密朋友的微影，他在談話中所表現的文化修養甚淺，他不斷說，如果孔夫子活在今天，他一定也會加倍努力準備考試的。[43]他對自然感覺遲鈍，餐桌上禮儀乏乏。可是他的同情心跟他的食慾一樣奇大，他的人性通過他土包子的鄉愿氣息而發出燦爛光輝，因此他是這部小說中最可愛的人物之一，比第二部分中那些規規矩矩的儒者學士都更為有趣可視，更有個性。有一次為了救一位正因有叛逆嫌疑而受勒索的朋友，馬純上傾其積蓄所有。[44]另一次，他又資助杭州一位暫以算命糊口的勤奮的青年，使他能回到家鄉侍奉父母並準備考試。作者雖盡情嘲弄馬純上的鄉愿氣，卻不惜筆墨稱讚他為人的純真可愛性格。周進和范進理應繼續歸隱鄉間而非後來的顯赫地位（因為周進是考試中唯一能賞識范進文章的人，我們不知道范進是否能寫很好的八股文），但他倆接受了足夠的單調的正統儒家文化，所以後來做官時就不會離正道太遠。他們不是機會主義者，雖然他們進入官場需要很大的運氣。

一些諷刺的對象是年輕的機會主義者，他們跟典範英雄王冕的顯著對比就是在機會來臨時他們隨時準備犧牲自己道德的信念。作者給予匡超人最諷刺的目光。他就是得到馬純上資助的那位年輕算命先生。他跟讀者初見面時是位孝子，工作努力，好學不倦；回到故鄉之後，他侍奉臥床的父親，販賣豬肉和豆腐，其餘的空暇時間讀書。他的孝心和勤奮引起大柳莊保正潘老爹和知縣李本瑛的注意：

> 那日讀到二更多天，正讀得高興；忽然窗外鑼響，許多火把簇擁著一乘官轎過去，後面馬蹄一片聲音。自然是本縣知縣過。他也不曾住聲，由著他過去了。不想這知縣這一晚就在莊上住，下了公館，心中歎息道：「這樣鄉村地面，夜深時分，還有人苦功讀書，實為可敬！只不知這人，是秀才，是童生？何不傳保正來問一問？」[45]

潘保正告訴他這個年輕人的孝心時，知縣深為感動，有意援助他。匡超人隨即遵囑應考，中了秀才。

一位知縣去看王冕時，他拒絕見他。匡超人接受了李知縣的協助，得到相當程度的成功。我們不能責備匡超人等待被人發現；在他的故事中這一階段，我們會高興見到這個年輕人一切進行得如此順遂，雖然作者可能想要表現他的樂於接受幫助乃是他的道德弱點。後來匡超人的父親謝世，他的保護人李知縣也丟了官。這個年輕人又回到杭州，遇到一群紈褲子弟和生意人，他們都以詩人自居。他混在他們中間，後來因為選批歷科考卷的八股文而有了些聲譽。潘保正的同房兄弟潘自業，人稱潘三，是布政司裡的一個書吏，同他結交，請他偽造文書和替考。匡超人毫不遲疑地答應了，雖然我們沒想到一個孝子對這種有辱聲名的事會有如此大的興趣。也由於書吏潘三的提議，他娶了在衙門服務的鄭老爹——一個忠厚老實的人——的女兒。又通過另一次考試，中了貢生。

後來潘三因無法無天的行為被拿入獄。匡超人怕受連累，把妻子送返原籍，他受前知縣李本瑛（現已授給事中）之邀前往北京。他很高興看到匡超人，知道他還沒有結婚（匡超人告訴他說還沒有結婚，是怕他看不起他娶平民的女兒），就把才貌出眾、嫁妝又整齊的外甥女許配給他。不久他倆結了婚。

幾個月後，匡超人回到杭州，為了他考取國子監教習之職回本省地方取結。對他來說，真是幸運，他知道前妻鄭氏已死，從此無人知道他犯過重婚之罪。他的朋友和恩主潘三還在獄中，請求同他晤面談談。但匡超人告訴為潘三說話的蔣刑房：

「潘三哥是個豪傑。……可惜而今受了累！本該竟到監裡去看他一看，只是小弟而今比不得做諸生的時候，既替朝廷辦事，就要照依著朝廷的賞罰。若到這般地方去看人，便是賞罰不明了。」蔣刑房道：「這本城的官，並不是你先生做著；你只算去看看朋友，有什麼賞罰不明？」匡超人道：「二位先生，這話我不該說；因是知己面前不妨。潘三哥所做的這些事，便是我做地方官，我也是要訪拿他的；如今倒反走進監去看他，難道說朝廷處分他的不是？這就不是做臣子的道理了。況且我在這裡取結，院裡司裡都知道的；如今設若走一走，傳的上邊知道，就是小弟一生官場之玷，這個如何行得？可好費你蔣先生的心，多拜上潘三哥，凡是心照。若小弟僥倖，這回去就得個肥美地方，到任一年半載，那時帶幾百銀子來幫襯他，倒不值什麼。」[46]

除了額外一段（在這段裡作者不厭其煩地把他寫成一個不能解釋簡單詞句的大言不慚者）之外，匡超人的故事結束於他義正詞嚴地跟他的恩人劃清界限。潘三雖是個騙子，但匡超人在杭州人地生疏需要經濟幫助時，他是匡的患難之交。現在他有能力援助潘三時而竟拒絕去監獄探望他，在作者看來，是個比他欣然同意再婚更為不可饒恕之罪。但吳敬梓沒有給他任何處罰（較早的說書人定然會這樣做）。相反地，他使他踏上更為飛黃騰達之路：這種道德譴責諷刺已足夠了。

匡超人的故事非常有趣，但其敘述的方法使我們無法瞥見當這些事情發生時他的心靈狀態。許多讀者一定覺得一個看來極正派規矩的孝順兒子竟墮落得如此之快，是不大說得通的。但在作者看來，這答案是很明顯的：成功的滋味是腐敗的溫床。匡太公給他兒子最後的勸誡就是警告他勿受成功滋味之誘惑：

「第二的僥倖進了一個學，將來讀讀書，會上進一層，也不可知；但功名到底是身外之物，德行是要緊的。我看你在孝悌上用心，極是難得；卻又不可因後來日子略過得順利些，就添出一肚子裡的勢利見識來，改變了小時的心事。我死之後，你一滿了服，就急急的要尋一頭親事；總要窮人家的兒女，萬不可貪圖富貴，攀高結貴。你哥是個混賬人，你要到底敬重他，和奉事我的一樣纔是。」[47]

匡超人以後的經歷證實了他父親最大的憂慮。

吳敬梓經常把一些能和主角的特性比較與對照的故事並列一起（例如我們已提到的周、范二進士和嚴氏二兄弟的故事），同時這些主角同早已出現過的或即將上場的角色也有相比之處。匡超人退場之後，另一位貧窮而想上進的青年出現在舞台上——即牛浦郎。牛浦郎的父母都已去世，他的七十多歲的祖父開了個小香蠟店。牛浦郎顯然很聰明，又勤於讀書，但他主要是以讀詩為樂，且重自修，因為他無意為應考苦讀。一位老和尚對他很好，他就在和尚的甘露庵裡念書，每天都要念到三更天。一位著名的中年詩人牛布衣曾死在庵中，留下兩卷詩稿由和尚保管。由於好奇心，這個孤兒趁和尚不在時念了這些詩稿。

浦郎喜道：「這個是了！」……又見那題目上，都寫著「呈相國某大人」，「懷督學周大人」，「婁公子偕遊鶯脰湖分韻，兼呈令兄通政」，「與魯太史話別」，「寄懷王觀察」；其餘某太守、某司馬、某明府、某少尹，不一而足。浦郎自想：「這相國、督學、太史、通政，以及太守、司馬、明府，都是而今的現任老爺們的稱呼。可見只要會做兩句詩，並不要進學、中舉，就可以同這些老爺們往來。何等榮耀！」因想：「他這人姓牛，我也姓牛。他詩上寫了牛布衣，並不曾有個名字，何不把我的名字，合著他的號，刻起兩方圖書來印在上面？……這兩本詩可不算我的了？我從今就號做牛布衣！」48

如果匡超人的墮落是逐漸的，牛浦郎的則是突然的，為期立即得到詩名和生活的改善。一個十七八歲的青年裝作一位著名詩人，說來實在有些荒謬。這個冒牌詩人果然經歷了幾場滑稽的小災難，但當牛布衣的遺孀抓住他送到官府裡，控告他謀害先生且竊用其名時，牛浦郎同縣知事早已建立起信任，所以他未受處罰。那時，也跟匡超人在其相似的事業階段一樣，牛浦郎也犯了重婚罪，並得到有勢力人物的禮遇與保護。

在讀這兩個機會主義者的故事時，讀者當為一個事實而驚異，就是居然有這麼多心地善良和易受欺騙的人甘以守護神自居而幫助他們。匡超人和牛浦郎開始時都涉世甚淺，如果他們周遭的人都是狐疑的、自私的和不講道德的，他們就不可能成功地抓住機會以利自己。吳敬梓對無知的人和粗俗的暴發戶的態度是抱怨式的輕蔑，但他對這個大千世界大體上是寬厚的，表示一種溫和的幽默。如果他以尖銳的諷刺的調子結束匡超人的故事，那麼他處理牛浦郎自始至終是鬧劇式的，不太同情也不太嚴厲。兩個故事都有相同的道德腔調，但作者對匡超人更為嚴厲也暗示一個更大的個人悔恨感，因為匡超人如不早早為成功所毀，他會是一個才德兼備的好青年。作為兩個年輕機會主義者的鮮明對比，在牛浦郎退場之後，吳敬梓又介紹了一個名叫鮑文卿的老伶工。雖然他的職業卑微（在傳統中國社會中，伶人是受歧視的），但有最高的忠誠與仁慈的理想。他的故事是感人的，但有幾位中共批評家在稱讚這位老伶工時也表示了遺憾，說作者對這個老人的極高尊敬暗示了他擁護被剝削階層的奴隸道德。[49]但我們如記得職業說書人（和《金瓶梅》的作者）對伶人、妓女、婢妾這類地位卑微的人物所持的詼諧的輕視或嚴厲的非難時，吳敬梓就更值得欽佩，因為他對那些卑微人物抱有深厚的同情，且喜歡從他們之中挑選幾個模範人物來證明人性還是樸實的，孔孟之道還是行得通的。雖然他愛好諷刺和嘲弄，但吳敬梓仍是中國小說家中第一位人道主義者。

當然匡超人和牛浦郎最後都得跟王冕對比，王冕做隱士是為了保持自己道德的完整和藝術的感性。以他的標準而言，懷著享受世俗成功的思想即注定是一個人的墮落。吳敬梓會同意匡超人父親的說法，「德行是要緊的」；對普通人而言，能維持簡樸的生活所需和行德好善之心就夠了。如果老伶工鮑文卿是個有德行的人，小說中好多次要人物，雖然較少英雄氣質，也能在清苦的環境中保持正直和誠懇的品性。王冕自己就生活在兩個單純人物的仁慈影響之下：他的母親和秦老爹。匡超人的父親、牛浦郎的祖父和他們的第一位妻子的父親都屬於這一類的人，如果這些年輕人能夠受到他們的影響，就不會步入歧途。通過所有這些人物，小說家彷彿表示希望見到一個儒家道德統治的單純的道家世界。

但對學者而言這問題就複雜多了。他們作為政府官員的角色和人文傳統的繼承者，就使他們暴露於名利的誘惑下，要他們保持德行就格外困難了。因為儒家教育和儒者統治的最終目標是表現出一種道德文化，這位小說家不斷說，如果大多數想當學者的人能滿足於做單純的農夫、小商人或藝人，而不在對世俗成功的掙扎中暴露於腐化的力量，則對所有的人都有好處。因此吳敬梓表現了卓然不群的貴族氣質，這氣質又同他對偽學者、求名者的輕視所表現的牢騷滿腹結合在一起。他有顯赫的家族背景，顯然他認為名譽、地位、財富是一個人視為當然所有的東西，但貪求這些就是卑鄙了。後來他家道中落，生活貧困，好像更進一步證實他反對所有後來具有權勢與財富的暴發戶的偏見。從這角度看，甚至王冕也可以看作是一個很高傲的人，他拒絕接受一個小小知縣的提拔。這種高傲更顯著地由帶著作者自傳色彩的英雄杜少卿表現出來，杜少卿也是一個名門望族的後裔，目前在拮据的生活中過日子。當知縣託臧三爺轉話，要會見他時，他不加理睬。理由是：

「像這拜知縣做老師的事，只好讓三哥們做，不要說先曾祖、先祖，就先君在日，這樣知縣不知見過多少！他果然仰慕我，他為什麼不先來拜我，倒叫我拜他？況且倒運做秀才，見了本處知縣，就要稱他老師！王家這一宗灰堆裡的進士，他拜我做老師我還不要，我會他怎的？所以北門汪家今日請我去陪他，我也不去。」[50]

他跟王冕不同，王冕是個從未被官祿和財富汙染的隱士，杜少卿生來就有值得驕傲的門第和財產。因為他不能擺脫家世名聲之累（他那奢侈的樂善好施的行為，讓他的名聲變得更為顯赫了），只好擺脫開他的財富以獲得自由——當然，還有不為阿諛者包圍的自由；到處旅行和願做什麼便做什麼的自由；在潛意識中也是擺脫家族傳統重擔的自由——倒能給他某種乖張的滿足。他當然為顯赫的祖先而自傲，但是他覺得沒有必要經過一次復一次使人發怒的考試以期在政府中獲得高位，除非有人請他以重要的顧問或大臣的身份為皇帝服務，他是情願的。他考中秀才，為的是能得到跟官員同等的社會地位，但僅止於秀才，不再企圖得到更高的名分。然而，只要他保有他家的財產，他的朋友、鄰居甚至僕人，就會把他跟他的祖先作不公平的比較，就有令人厭煩的管理財產的責任。最好是能離開老家，跟家人搬到像南京這樣的都會，享受那兒的風景，和性格相近的朋友們歡聚。

我已經分析過杜少卿把家產散盡，搬居南京的決定，好像他故意這樣做，為的是要掩飾他的自卑感。一如作者所刻畫，他當然是個極有吸引力的人——一個高傲的學者，坦率、真誠、慷慨賽孟嘗。但他的故事，一直到離家去南京（第三十一至三十二回），都是一個最神奇的故事：一些人請求經濟上的援助，為了滿足他們的願望，他自己挨窮，淪為窮光蛋。大多數請他幫忙的人沒有任何權力要求他援助，他們很明顯地是利用他的弱點佔他的便宜。但杜少卿心甘情願滿不在乎地幫助他們，就像幫助那些他真正有好感的人一樣：父輩忠僕婁煥文的老小一家和一個無錢埋葬母親的裁縫。杜少卿當然不是盲目的：他知道管家王鬍子是個騙子，他大部分客人都是逢迎他的諂媚者。婁煥文臨終前曾叫杜少卿注意，不要對人人都慷慨而「賢否不明」，又勸他父子二人事事學他先尊的德行，這段話使杜少卿感動得流下淚來。（婁煥文這段話在杜的故事中跟匡超人的父親臨終時說的那段話有同樣戲劇化的效用。）但他仍繼續在不值得幫助的人身上浪費金錢，直到他把剩餘的一點家產賣掉，搬到南京去住時才罷。

杜少卿是個軟心腸的人，但他那種孤傲的慷慨更像是貴族傲慢的一種姿態。他的堂兄杜慎卿早已用開玩笑的方式道出了他的性格，他說他「又最喜做大老官」。[51]「大老官」這個詞兒是個俗話，指一個人好照顧人，好客，堅持為一切付賬，人們請他幫忙時不會拒絕。正如去拜見知縣有辱他的尊嚴一樣，拒絕一項請求（不論多麼冒失）也違背他的性格。請求者信賴他的寬厚大度，因此他不能令這種期待失望，雖然他對請求者只有輕蔑。為了同樣的理由，他也不願查看管家的帳目，雖然王鬍子經常欺騙他。這是一種作風的問題，為保護自己而作審慎考慮不是杜少卿的作風。

新到南京後，杜少卿果然名不虛傳，朋友都欣賞他的思想獨立和行為脫俗。他跟其他文士不同，總把太太看作同等的人，出去旅行也多帶著她。有一次他們在姚園玩耍，玩得很開心：

轎裡帶了一隻赤金杯子，擺在桌上，斟起酒來，拿在手內，趁著這春光融融，和氣習習，憑在欄杆上，留連痛飲。這日杜少卿大醉了，竟攜著娘子的手，出了園門。一手拿著金杯，大笑著，在清涼山岡子上走了一里多路。背後三四個婦女，嘻嘻笑笑跟著。兩邊看的人目眩神搖，不敢仰視。[52]

一位學者攜著太太的手在眾目睽睽之下很高興地漫遊，這是前所未聞的事。但雖然不從習俗，杜少卿所能做的事到底也不多，他的名士生涯就在充滿智慧的談話和享受酒與自然中漸漸消失了。他一度有機會使自己成為更有用的人。跟吳敬梓一樣，他被舉薦參加一次為沒有功名的著名學者舉行的特別考試。杜少卿裝病拒絕：

娘子笑道：「朝廷叫你去做官，你為什麼裝病不去？」杜少卿道：「你好呆！放著南京這樣好玩的所在，留著我在家，春天秋天，同你出去看花、喫酒，好不快活，為什麼要送我到京裡去？假使連你也帶往京裡，京裡又冷，你身子又弱，一陣風吹得凍死了，也不好；還是不去的妥當。」[53]

杜少卿對妻子的感情是動人的，但在這兒找的藉口實在太離譜，直同疏懶。我們能夠了解杜少卿不願在正規考試中同那些無知的人競爭也不願主動去謀取官職，但在目前的情勢中他是以傑出賢才的資格進京，待「引見擢用」，總算有機會可以平等條件同祖先一爭長短。但住在南京，他已經拔除了他們的魂靈，正如他早已揮霍了他們的祖業一樣。他決定在縱情詩酒山水玩樂中保全自己的節操，但這只給讀者一個無用之人的印象。最後，一個依其良知盡職做事的庸俗官員，是否比一個自願隱退以便偕妻漫遊的孤傲才子，更應得到我們的尊重，這真是個值得考慮的問題。如果所有好的學者，都放棄為民服務的傳統職責，他們不是永遠把這個世界交在庸俗貪汙的官僚手裡嗎？

吳敬梓注意到這個問題，所以在杜少卿拒絕出仕後不久，就讓南京另一位很好的學者接受為皇帝服務的邀請。比起杜少卿來，莊紹光更是位正統的儒生，他自願奉旨進京，雖然他臨行前向太太說的話揭露了敷衍的順從：「我們與山林隱逸不同；既然奉旨召我，君臣之禮是傲不得的。你但放心，我就回來，斷不為『老萊子之妻』所笑。」[54]皇帝便殿召見時，莊紹光好像變得很有興趣。但正當他要回答皇帝的問題時，很難令人相信的，一隻藏在他頭巾內的蠍子螫他的頭頂，使他不能奏對。發現頭頂疼痛的原因之後，莊紹光道：「看來我道不行了！」[55]尤有進者，雖然他奏呈十策，但有位大學士太保公反對他，說服皇帝不要給他官職。這似乎是說，即使一位好的儒者願為朝廷效勞，但命運和特殊遭遇擋住這條路，時機不對！

在小說第二部分，杜少卿、莊紹光和南京其他真正儒者捐錢費時修建一座紀念泰伯的祠堂。泰伯是周室一位祖先的長子，他逃到當時還沒有文化的吳國來，為了使他的弟弟有繼承王位的權利。這些儒者建議奉祠一位以孝順和謙讓而不以此謀求參與實際政治活動的先賢，這正是他們的特質。但泰伯的確改變了他周遭那些人的野蠻生活方式，他的祠堂也有相同的開化的目的。那位建議這一計劃的學者說：「小弟意思，要約些朋友，各捐幾何，蓋一所泰伯祠，春秋兩仲，用古禮古樂致祭；借此大家習學禮樂，成就出些人才，也可以助一助政教。」[56]因為作者也曾修建過同一性質的廟，好像他真相信古禮古樂對人們有教育性的影響。也許在世界文學中所有嚴肅的諷刺家性格上都是保守分子。在一本寫偽學者的書裡宣揚健康的儒家學說與道德，自有其關鍵的重要性，但作者主張恢復在孔子時代就已衰微的古禮古樂，就表示作者迂闊好古的性格。

作為一個諷刺家，吳敬梓也應該知道，要生動而有趣地敘述舉行儀式的場景是極端困難的。在設計出這樣的場景來具體表現滑稽故事中所否定的一切價值時，他面對的困難更不易克服。要在這方面取得成功，作者應該通過一位深受感動的祭禮參與者或觀察者的眼睛來看那事件的感情上的層次。當然吳敬梓沒有使用這一技巧，因為現代中國小說以前都是通過一個無所不知的第三人稱敘述者的觀點寫的。可是作者在寫學者們在新建的祠堂前大祭時，他只用肅穆的筆調把進行過程簡述了一下，這教讀者相當失望：

當下祭鼓發了三通，金次福、鮑廷璽，兩人領著一班司球的、司琴的、司瑟的、司管的、司鼗鼓的、司柷的、司敔的、司笙的、司鏞的、司簫的、司編鐘的、司編磬的，和六六三十六個佾舞的孩子，都立在堂上堂下。

金東崖先進來到堂上，盧華士跟著。金東崖站定，贊道：「執事者，各司其事。」這些司樂的都將樂器拿在手裡。金東崖贊：「排班。」司麾的武書、引著司尊的季萑、辛東之、余夔，司玉的蘧來旬、盧德、虞感祁，司帛的諸葛祐、景本蕙、郭鐵筆，入了位，立在丹墀東邊；引司祝的臧荼上殿，立在祝版跟前；引司稷的蕭鼎、儲信、伊昭，司饌的季恬逸、金寓劉、宗姬，入了位，立在丹墀西邊。武書捧了麾，也立在西邊眾人下。[57]

這只是一連串儀式的開始。儀式完成之後，參加大典的眾學者看見歸路上「兩邊百姓，扶老攜幼，挨擠著來看，歡聲雷動」。[58]但只有非常偏愛「祭先聖」這節文字的讀者才能分享他們的歡欣。

到第三十七回舉行泰伯祠大祭的時候，這部小說已經寫得愈來愈沉悶了。我們也許會料到這些好的學者比壞的讀書人過著更乏味的生活，但卻想不出何以作者不能給予他們喜劇式的理解。早幾回作者曾津津有味地描寫好心腸的鄉愿學者馬純上，但杜少卿的朋友卻描寫得較少客觀性，這是因為吳敬梓怕招惹他的朋友們不快（杜少卿那些朋友就是影射他們），或是因為（更可能的推測）他太欽佩他們，故而不能看到他們的缺點，在大祭中被選做主祭的學者虞育德寫得非常乏味，因為作者非常佩服真實生活中虞博士影射的吳夢川。59

《儒林外史》的第三部分只是間斷諷刺的。其中許多寫孝子、賢妻、義俠、有政治家風度的軍官的故事略見「三言」傳統中那些故事的「傳奇」精神。即在那些諷刺故事中，吳敬梓的諷刺也是有其普遍應用性的。在第三部分這些故事裡，他一再告訴讀者，五河被揭發的罪惡只屬於那一地區，並不適用於別的地方。顯然他已失去諷刺家應有的風度。他沒有以他慣用的那種文雅的、超脫個人的筆調曲求我們的信任，相反地，他對全椒那些不欣賞他學問品德的人表示極端的蔑視，且以毫不含糊的詞句道出他們的庸俗和勢利：

五河的風俗：說起那人有品行，他就歪著嘴笑；說起前幾十年世家大族，他就鼻子裡笑；說那個人會作詩賦古文，他就眉毛都會笑。問五河縣有什麼山川風景，是有個彭鄉紳；問五河縣有什麼出產希奇之物，是有個彭鄉紳；問五河縣那個有品望，是奉承彭鄉紳；問那個有德行，是奉承彭鄉紳；問那個有才情，是專會奉承彭鄉紳。60

這段充滿憎惡的文字充分揭露了作者對彭鄉紳所代表的，也是他自己本鄉本土的，所有那些粗俗的暴發戶的深惡痛絕。但同時過去為了這些人受氣忍辱的忿恨仍縈繞於懷（假如我們有權利如此設想），因之忿怨佔了上風，勝過了他的諷刺的判斷，所以面對著這些庸俗的敵人，他派了三個並無特殊才能的而且不識時務的儒生去應戰，他們是余氏兄弟和虞華軒。長兄余有達甚至不能算有什麼操守的人，因為他能坦然接受一筆賄賂以便埋葬父母。只有祇講孝道，不顧其他德行的盲儒、陋儒才會贊同他這種舉動。如果作者不能以小說的方式寫出余氏兄弟的高風亮節，硬是機械地說他們好的本領當然是有的，因之他在第四十四回寫道：「余家弟兄兩個，品行文章是從古沒有的。」[61]——這是整部小說中最不足信的誇張之詞。這兩兄弟影射了全椒金氏兄弟，他們是作者的表兄弟。[62]我們知道，吳金兩家世代通婚，這些表兄弟是很親近的，但我們仍不明白吳敬梓何以會用這種激烈的語言大捧金氏兄弟而詆毀彭鄉紳。我們只為他受窘，寫五河故事的諷刺筆調如此個人化，讀來實在是不太舒服的。

在尾聲（第五十五回）中作者又返回南京並介紹了四位平民英雄：住在寺院裡無家可歸的書法家季遐年，以賣火紙筒過活的圍棋高手王太，開茶館的畫家蓋寬，做裁縫的吹笛能手荊元。這時，當年聚集南京的學者或已謝世，或成老人，他們引以為榮的那座紀念碑泰伯祠早已破敗不堪。有一天，這四位新英雄中的畫家蓋寬同一位年長的鄰居來看泰伯祠：

從岡子上踱到雨花臺左首，望見泰伯祠的大殿，屋山頭倒了半邊。來到門前，五六個小孩子，在那裡踢球，兩扇大門，倒了一扇，睡在地下。兩人走進去，三四個鄉間的老婦人，在那丹墀裡挑薺菜。大殿上隔子都沒了。又到後邊五間樓，直桶桶的，樓板都沒有一片。

兩人前後走了一交。蓋寬歎息道：「這樣名勝的所在，而今破敗至此，就沒有一個人來修理！多少有錢的，拿著整千的銀子去起蓋僧房道院，那一個肯來修理聖賢的祠宇！」[63]

這裡顯然有哀悼的調子。

但最後一回也讓讀者看到一種不服氣的希望：雖然士大夫階級可能已式微，但在更卑微環境中的小人物會推動文化與道德往前走。這四位人物都是以王冕為模範而寫成的，蓋寬的輕視金錢與不分青紅皂白的慷慨也讓讀者想起杜少卿。蓋寬原是個地主和開當鋪的，但後來窮了，才帶了兒子和女兒搬進一個僻靜巷內的兩間小房子開茶館：

他老人家清早起來，自己生了火，扇著了，把水倒在爐子裡放著，依舊坐在櫃臺裡看詩畫畫。櫃臺上放著一個瓶，插些時新花朵；古瓶旁邊放著許多古書。他家各樣的東西都變賣盡了，惟有這幾本心愛的古書是不肯賣的。有人來要吃茶，他丟了書，就來拿茶壺、茶杯。茶館的利錢有限，一壺茶只賺得一個錢，每日只賣得五六十壺茶，只賺得五六十個錢。除去柴米，還做得什麼事！[64]

在中國小說裡，很少人物能像這位茶館主人，在寥寥數語中得到如此尊嚴。

琴棋書畫一向是中國讀書人的四寶。但對這四位新的英雄，這四種藝術中每一種都是自我表現的形式，而非單純的休閒活動。吳敬梓似乎同意傳統中國文學與藝術批評家的意見，沒有人能達到真正的自我表現，除非同時他也懷抱著一種純粹的（也就是好善疾惡的）道德感性。[65]因此作為真正的藝術家，這些平民英雄也可視為在一個充滿金錢利祿誘惑的世界中維持道德不淪亡的象徵。

吳敬梓可視為第一位展示內心世界的中國小說家，因為他那孤傲的學者／隱士的面貌跟近代心理小說中的英雄們差不多，都是跟社會疏離的藝術家。雖然吳敬梓在技巧上對中國小說有很大貢獻，但很奇怪地，他對探測小說最後邊境——內在的意識世界——的野心不大。這時一位比他年輕十幾歲的同代人，曹雪芹，正在踏進這個領域時，他仍滿足於描寫外在的可見世界。如果吳敬梓筆下那些人情洞達的隱士們能徹底透露他們的心理狀態，就會變得格外有趣。作為一本寫知識分子的小說，《儒林外史》的重要性自不待言，可是在其卓越地表現作者那個時代的熙攘世界時，它也是最吸引讀者的風俗喜劇。我們在那個世界裡所邂逅的不只是學者和偽學者，還有富有的鹽商和小店主、胥吏衙役、伶人娼妓、媒婆鴇母、各式各樣的騙子和冒充他人的人。作者按照一定計劃為學者和偽學者畫像，因此他要怎麼畫，我們也可以預料的，可是他描繪其他類型人物時，正因為他不必老想到道德問題，反而可以放膽用喜劇手法畫他們。假如他們沒有被社會眾生相的喜劇包圍著，作者對學者官僚的諷刺要顯得單薄得多。

在此社會喜劇中婦女占有重要地位。縱使在數目上她們遠少於男人，這一群各自不同的女性角色可說是間包羅眾相的中國婦女展覽室，也特別證實作者對社會與心理的現實之了解。我在前邊提到嚴致和的妻妾和蘧公孫的妻子——她們每個都代表一個明顯的忠實於生活的類型。我想也該提到這些婦人中一個特別悲慘的例子，她就是王玉輝的女兒，一位貞節寡婦，於丈夫死後自己也餓死。[66]還有兩個活潑愉快的妓女，她們在第四十二回接待兩個紈褲子弟和其他各色嫖客——我敢說《金瓶梅》裡的眾多妓女，都沒有像細姑娘、順姑娘這樣給寫出了她們妓院生活的真實環境。但若要舉例，作者描寫遠離官場儒林的社會現實的本領，我們不妨看看王太太的故事（第二十六至二十七回）。追求終身幸福對她而言是十分嚴肅的。她曾是個下堂妾，現在是個經濟獨立的寡婦，最後被說服嫁給貧窮的伶人鮑廷璽，但媒人沒有把鮑廷璽的身份告訴她。為了圖利，鮑的繼母和媒人陰謀促成這一婚事，雖然誰都看得出這是絕不對稱的結合。

王太太馬上對這環境並不富裕的新家失望極了。婚後第三天，依照風俗新娘子要下廚做條魚，發個利市：

太太忍氣吞聲，脫了錦緞衣服，繫上圍裙，走到廚下，把魚接在手內，拿刀刮了三四刮，拎著尾巴，望滾湯鍋裡一摜。錢麻子老婆正站在鍋臺旁邊看她收拾魚，被她這一摜，便濺了一臉的熱水，連一件二色金的緞衫子都弄濕了，嚇了一跳，走過來道：「這是怎說！」忙取出一塊汗巾子來揩臉。王太太丟了刀，骨都著嘴，往房裡去了，當晚堂客上席，她也不曾出來坐。[67]

過了兩夜，她終於知道了丈夫的行業：

一直等到五更鼓天亮，他才回來。太太問道：「你在字號店裡算賬，為什麼算了這一夜？」鮑廷璽道：「什麼字號店？我是戲班子裡管班的，領著戲子去做夜戲，才回來。」太太不聽見這一句話罷了，聽了這一句話，怒氣攻心，大叫一聲，望後便倒，牙關咬緊，不省人事。鮑廷璽慌了，忙叫兩個丫頭拿薑湯灌了半日。灌醒過來，大哭大喊，滿地亂滾，滾散頭髮，一會又要扒到床頂上去，大聲哭著，唱起曲子來。原來氣成了一個「失心瘋」。嚇得鮑老太太同大姑娘都跑進來看；看了這般模樣，又好惱，又好笑。

正鬧著，沈大腳手裡拿著兩包點心，走到房裡來賀喜。才走進房，太太一眼看見，上前一把揪住，把她揪到馬子跟前，揭開馬子，抓了一把尿屎，抹了她一臉一嘴。沈大腳滿鼻子都塞滿了臭氣。68

讀過引述的這場景的潑辣活力之後，我們倒希望吳敬梓曾集中更多注意力於日常家庭生活中預想不到的真實場面。他對學者的諷刺最後既然毫不精彩，我們甚至可以認為他選擇了這個主題是一種強加給自己的限制，剝奪了他把傳統的中國生活——特別是中產階級和下層階級的生活——全部展示出來的機會。但沒有一位作者能夠具有全部的自知；除了對偽學者和貪官汙吏所懷的強烈憎恨和為自己作為一個具有儒家正值的孤高隱士作辯護的同樣強烈的衝動外，可能他沒有感到成為一位小說家的驅策力。果真如此，我們也就不會看到他對周遭社會生活的生動描寫——這個保存了十八世紀中國早已消失的風習之記錄。

注釋

1 韓南：《〈金瓶梅〉的版本及其他》，頁54。

2 Thomas Percy所編，*Hau Kiou Choaan, or The Pleasing History*（第二版，一七六一）。此後另有《好逑傳》英文、法文和德文譯本出版。

3 Richard Martin根據Kuhn的德文版（Jou Pu Tua, Zurich, Verlag die Waage, 1959）譯成英文，書名*Jou Pu Tuan*（The Prayer Mat of Flesh）。參看我對這譯本的評論，刊於Journal of Asian Studies, XXIII, No.2（February, 1964）。

4 參看夏志清與夏濟安合著"*New Perspectives on Two Ming Novels: Hsi-yu chi and His-yu pu*"（《對兩部明代小說〈西遊記〉與〈西遊補〉的新看法》），收於周策縱編*Wen-lin: Studies in the Chinese Humanities*（《文林：中國人文學科研究》）。

5 參看第一章，注47。

6 參看錢玄同《儒林外史新序》，上海亞東圖書館，一九二二年第四版出版者注。

7 蒲松齡因《聊齋誌異》而著名，此書部分譯成英文，譯者Herbert A. Giles, *Strange Stories from a Chinese Studies*。袁牧之《子不語》和紀昀《閱微草堂筆記》今日仍為流行的讀物。

8 胡適：《吳敬梓年譜》，見《胡適文存》第二集，頁328。此文引了寫於一七三〇年的三首詞。胡適雖受到一些批評家的攻擊，指斥他引用這樣的資料來確定吳敬梓的放蕩不羈，但何澤翰也引用吳敬梓的堂表兄弟們的詩以確證小說家詩中提供的自傳資料。參看何澤翰的《儒林外史人物本事略》，頁164-173。

9 在我提到吳敬梓年齡的幾個地方，是依照西方方法計算的。所以二十二歲時，依中國的算法應該是二十三歲。在小說人物中我則使用中國的計算方法，以符合我用的資料。何澤翰引用吳敬梓的表兄弟金兩銘的一首詩證明吳敬梓於一七二三年中秀才。胡適很不正確地根據一行詩而提前到一七二〇年（《胡適文存》第二集，頁327）。何澤翰對胡適《年譜》其他錯誤的改正，見其書頁197-200。

10 《胡適文存》第二集，頁332-335。中共學者反對胡適意見者甚多，《明清小說研究論文集》（北京：人民文學出版社，一九五四）裡何家槐那篇論文為一例。

11 《詩說》未曾印行。在《儒林外史》第三十四回《詩說》被指為杜少卿（作者自己的影子）的作品。在這一回裡幾段關於《詩經》的評論可能就是摘自這本書。關於吳敬梓現存和已失的詩文，見何澤翰書，頁176-180。

12 金和的跋收於何澤翰的書裡，頁202-205。該書中（頁131-136）也列舉了三十個人物和他們在這部小說中的配對人物。

13 何澤翰書，頁137-163。

14 見《胡適文存》第二集，頁338。

15 參看《胡適文存》第二集，頁351，和柳存仁《論近代人研究中國小說的得失》，刊《聯合書院學報》，柳存仁認為胡氏的理論的不當處是：從五十五回的小說中分割任何一個故事而不損及全書嚴密結構是不可能的。從文體上看，所有這些章回都是統一的。

16 參看第三十九至四十回中蕭雲仙和第四十三回中湯鎮臺的故事。

17 《儒林外史研究論集》中有幾篇論文強調吳敬梓的反清的民族主義思想。他被稱為「一位熱誠的愛國者」（頁12），也提到他的「強烈的民族主義和感情上的愛國主義」（頁45）。李辰冬在《儒林外史》（台北：世界書局，一九五七年第四版）寫的序文《儒林外史的價值》中也強調吳敬梓的反滿親明的感情。

18 關於這位偉大詩人的傳記參看F. W. Mote, *The Poet Kao Ch'i*, 1336-1375（Princeton University Press, 1962）。《儒林外史》第八回裡，年輕學者蘧公孫印了《高青邱詩話》，這原是詩人親筆繕寫的一個抄本。在第三十五回盧信侯因私藏高啟的作品而被捕，但由老友莊紹光之助而獲釋放。金和跋中說這件事暗指戴名世（1653-1713）的案件，戴是康熙文字獄下的犧牲者。有人相信金和，更進一步認為盧信侯影射了吳的一位朋友，此人因私藏戴的作品而吃了官司。盧的故事誠然反映了在吳敬梓時代人們怕文字禍的情形，但何澤翰已毫無疑問地考證出來，它指雍正年間一個不重要的案件。盧德（信侯）影射了劉著（字允恭），此人乃程廷祚（小說裡的莊紹光）的朋友。劉因藏了一部抄本《方輿紀要》，竟被人誣告下獄，案子前後拖延將近十年之久。詳情見何澤翰，頁74-82。假如吳敬梓在這則極簡略交代有關盧信侯的故事裡表示了他對政府文字迫害的關心，他的批評可說是十分溫和的，因為他沒有提到戴名世或其他殘酷的文字獄。

19 在第二十九回，杜慎卿為成祖辯護說：「況且永樂皇帝也不如此慘毒，本朝若不是永樂振作一番，信著建文軟弱，久已弄成個齊梁世界了。」

20 在第八回婁四公子評論說：「據小姪看來，寧王此番舉動，也與成祖差不多。只是成祖運氣好，到而今稱聖，稱神；寧王運氣低，就落得個為賊為虜，也要算一件不平的事。」

21 《足本儒林外史》（臺北：世界書局，一九六四），第一回，頁4。以下簡稱《儒林外史》，頁碼以此版本為準。

22 同書，頁6。

23 伯夷和叔齊是一個小國的公子，因不滿武王輕率滅商而餓死首陽山。

24 嚴光，字子陵，傳記見《後漢書》卷一一三，列傳七十三。

25 《儒林外史》，頁7-8。

26 《儒林外史》，頁8。

27 《儒林外史》，頁9。

28 前面幾章中，我們曾提到晚明學者如李贄、袁氏兄弟和金聖歎。一般相信吳敬梓代表了顧炎武、黃宗羲、王夫之、顏元和戴震等所發展的清代思想主潮。這批學者講經世實學，代表了對明代個人主義和唯心主義的強烈反對。參看何滿子《論儒林外史》第二章；《儒林外史研究論集》中吳組緗、姚雪垠二文。

29 《儒林外史》，頁8。

30 《儒林外史》，頁2。自胡適在《老殘遊記序》中摘引此段加以讚賞後，批評家們便時常引用它。

31 《儒林外史》第二回，頁9-10。

32 《儒林外史》第二回，頁15。

33 《儒林外史》第三回，頁16-17。

34 《儒林外史》第五至六回，頁39-40。引文省了幾句連接二章的文字。

35 何景明（1483-1521），明代中葉一著名古典作家，前七才子之一。

36 《儒林外史》第七回，頁48。

37 何澤翰書，頁140-141，在給詩人汪道昆寫的傳中，錢謙益記載了一段故事，說明汪的自負和輕視四川人。在一位四川學道前，他曾兩度貶低蘇軾的散文風格，蘇軾無疑是四川最偉大的文人。為了遷就他的朋友，這位學道偽稱對於蘇軾一無所知，第二次回答汪道昆的話同《儒林外史》中四川學差回答何景明的相仿。可是錢謙益的傳記是開汪道昆的玩笑，而吳敬梓重寫這個笑話，卻把范學道寫成一無文學常識之人。汪為一五八九年版百回本《水滸傳》寫序，用的筆名是天都外臣。

38 事見《儒林外史》第十四回。

39 在明清兩代有很多關於無知學者的笑話和逸事確實反映了社會現實。清詩人兼批評家王士禎在他的《香祖筆記》裡記載一位學者從未聽說過《史記》及其作者。見何滿子《論儒林外史》，頁35。

40 第十回，頁74。

41 參看何澤翰書，頁144。這件事見於《南史》卷十七，列傳七《劉敬宣傳》。

42 在第八回蘧公孫印了一本珍本手稿；在第十一至十三回婁氏兄弟因同三個自稱有道德俠義的怪人締交而受嘲弄；他們也在湖上召開詩酒勝會。在第三十回杜慎卿在南京莫愁湖上作戲子賽唱的評判。

43 他的長篇大論見第十三回。

44 見《儒林外史》第十四回。

45 第十六回，頁116。

46 第二十回，頁141。

47 第十七回，頁119。

48 第二十一回，頁145。

49 參看何滿子，頁48-49，同馬茂元的《儒林外史的現實主義》，收於《明清小說研究論文集》，頁272。

50 第三十一回，頁225-226。

51 第三十一回，頁220。

52 第三十三回，頁238。

53 第三十四回，頁242。

54 第三十四回，頁247。

55 第三十五回，頁252。

56 第三十三回，頁241。這一計劃的擬議者是遲衡山。因為作者沒有點明是哪個朝代的「古禮古樂」，在我接著評論此段引文時，我擅作主張把那「古禮古樂」算是周朝早期的，也就是孔子最讚美的。我批評吳敬梓「迂闊好古」，這句評語仍站得住，縱然泰伯祠致祭時用的禮樂沒有這樣高古。

57 第三十七回，頁265。程芝亭在《讀儒林外史隨筆》中曾對泰伯祠大祭這段文字予以苛評，文刊《文學雜誌》第三卷第六期（臺北，一九五八年二月）。

58 同回，頁268。

59 虞育德的小傳見第三十六回。

60 第四十七回，頁336。

61 第四十四回，頁318。

62 何澤翰，頁102-114，對金燦、金兩銘兄弟二人敘述頗詳。

63 第五十五回，頁397。

64 第五十五回，頁396。

65 傳統批評家對屈原、陶潛、杜甫等大詩人不僅稱讚其文學天才，也稱讚其高超的人格。

66 她的死見第四十八回。王玉輝先讚同女兒的自殺，後來又十分懊悔，痛苦不堪。在這部小說中，這是最值得讚揚的一景。

67 第二十七回，頁189-190。

68 第二十七回，頁190。

第七章　紅樓夢

《紅樓夢》於一七九二年初版刊行，是中國小說最偉大的一部。從李汝珍的《鏡花緣》[1]到劉鶚的《老殘遊記》，很多值得注意的清代小說均產生於《紅樓夢》之後。到了民國時代，中國小說更吸收了西方的影響而沿新的方向發展。但即使最好的現代小說，無論在深度或廣度上，都不能同《紅樓夢》相比：中國現代小說誠然能使用新技巧，但除了極少數例外，他們因循中國文學傳統，缺乏哲學家的雄心，不能探究較深入之心理真相。為了表示對當代中國文學的輕蔑，一位飽讀古文學的學者曾這樣問：「過去五十年來的作品，有哪一部比得上《紅樓夢》？」[2]但我們同樣也可以反守為攻，同樣懷著得到否定答覆的期望去問他：「《紅樓夢》之前，又有哪一部作品可與比擬呢？」約在六十年前，首先把西方思想應用於中國文學研究的大學者王國維也毫不含糊地肯定《紅樓夢》為所有中國大部頭作品裡唯一充分具有悲劇成分的一部。[3]可是王國維主要稱讚《紅樓夢》的作者在一個苦難世界中不懈地追求人生的意義，但在一部小說裡哲學是不能跟心理學分開的

——《紅樓夢》不但具體表現了中國文學中最有意義的悲劇經驗，也是中國文學中最上乘的心理寫實作品。

《紅樓夢》的作者曹雪芹是吳敬梓的年輕的同代人。雖然他倆生活在完全不同的圈子裡，從來不曾相遇，但他們面臨中國小說發展的緊要關頭，都感到一種迫切的需要，如何去擴大寫實層面和把他們更多的個人經驗運用到小說中來。諷刺家吳敬梓比起曹雪芹來，寫實手法更簡純，白話文體也較乾淨，但他仍得採用現成的故事與笑話來充實自己小說的內容，以補充自己觀察之不足。曹雪芹的小說結構上離不開詩和寓言的模式，文體上土話俗語和古典辭藻並用，也不夠純潔，但他卻堅決不借用慣見小說的老套情節，以便探測個人經驗更深的底層。吳敬梓為了肯定學者和隱士的理想、為了譴責一個庸俗社會之罪惡，就把小說裡的自傳成分按照此二原則重加處理，自傳的味道也就沖淡了。讀者通過一系列的姿態來看杜少卿，甚至他在姚園同太太散步也是一種姿態。對讀者而言，知道杜少卿很愛他太太和在行為上憤世嫉俗就夠了：再近些距離描寫他的婚姻生活就會損毀了他作為孤傲學者的形象。我們對吳敬梓的認識多半是因為他在南京耽於燈紅酒綠生活而把家財散盡。但如果他描寫杜少卿時也把個人生活經驗的這一面加進去，將會使他的意象失去光彩。因此不見於吳敬梓自畫像的是那種「夫子自道」的衝動，但也正是這種要講出個人的隱私和重新捕捉更親近的個人真相的衝動，使曹雪芹比起吳敬梓來更像是個反對中國小說不涉個人身邊事這個傳統的先驅者。雖然到了晚明時代，講個人瑣事的小品文和回憶錄已相當流行，但《紅樓夢》仍是大規模使用自傳經驗的第一部中文長篇小說。看來事出有因，第一回前面一段總批，自《紅樓夢》初次刊行以來即歸入小說正文，其中一小部分引錄如下：「自己又云：今風塵碌碌，一事無成，忽念及當日所有之女子，一一細考較去，覺其行止見識皆出我之上；我堂堂鬚眉，誠不若彼裙釵；我實愧則有餘，悔又無益之，大無可如何之日也！」[4]這種懺悔的調子是真情流露的。

四十五年前首先由胡適所採用的以《紅樓夢》為作者自傳的研究方法，激起了廣事搜求可能與作者有關的一切資料記錄。但直到今天，我們對曹雪芹個人的事蹟所知並不多於莎士比亞。關於他生命中的那些女孩子（第一回總批說明她們在小說裡的重要性），除了前八十回的評語裡看到些資料外，我們對她們簡直一無所知。但因小說家生於曹家一支，曹家（原籍漢人）幾代以來屬於正白旗包衣，算是滿清皇帝的奴隸和世僕，故而有足夠的資料存留下來，使我們能重建他的家庭背景。[5]他的曾祖父、祖父、伯父和父親都在蘇州或南京做過江寧織造監督，這是一個肥缺。祖父曹寅（1658-1712）工詩詞，極好文學，在南京的曹家經他之手建立了一個書香世家的傳統和文學環境。他曾連續四次於高祖南巡時負責接駕，這當然負擔極重，用去很多錢財。但他又蒙皇帝指派擔任別的職位（西進巡鹽御史）以補償他的開銷。

曹霑（雪芹是他的號）生於何年仍未確定。最近的學者似乎頗重視兩個提示的年份——一七一五或一七二四年，但我則更傾向於相信他生於1716-1718年間。[6]世宗於一七二三年繼高祖為清帝，他對曹家似乎不太友善。一七二八年他解除雪芹父親曹頫的江寧織造的職位，抄了他的家，沒收了他的大部分財產。約在十一到十三歲間，曹雪芹隨家人遷居北京，他父母的生活情況已很困難，但仍保持同滿清貴族間的聯繫。大多數學者相信高宗於一七三六年即位後，曹家暫時又獲得了皇帝的寵信。但在一七四四年間，曹雪芹開始寫他的小說時，已遷到北京西郊，生活相當貧困。他的一些朋友，特別是滿籍的敦誠和敦敏兄弟，留給我們一些詩文，說雪芹詩畫兼擅，好飲酒而健談。據另一位滿人裕瑞說，雪芹「身胖頭廣而色黑」，根本不像他小說中寫的那位俏公子。他很可能逝於一七六三年二月十二日；依敦誠在輓詩中所說，他曾因子殤（想是第一位妻子所生）而感傷成疾。他死後留下一位「新婦」，她究竟是誰，我們也無所知。[7]

學人的研究雖然不曾發現多少有關曹雪芹不爭的事蹟，近年來卻出現了這部小說的極重要的原稿抄本，這些抄本可讓我們在某種程度上客觀地重建其寫作的歷史。[8]當然還有許多疑難有待解決，再加上較早的學者留給我們的許多假設（儘管他們較主觀，看到的資料也不夠多）流行已久，較合理的新的理論一時還不能獲得普遍的支持。但為了更適當地理解這部小說，我們必須把它的創作經過和早期的稿本簡要地交代一下，雖然下文不少敘述都是推測性的。

標準的一百二十回本《紅樓夢》是在曹雪芹去世近三十年後由與曹家毫無公私關係的外人的主持下才刻印行世的。其中以《石頭記》為名的前八十回，早在曹雪芹生前便在他的朋友中傳閱，而且往往連同曹的一位筆名為「脂硯齋」的近親的批語一起被抄錄下來。每一章寫成，這位近親顯然有先睹為快的特權，在作者生前與身後的很長一段時間內的不同場合下，他會點評這些章節。從他的批語，以及作者其他親朋的少量評論來看，前八十回的真實性無可置疑。

然而，後四十回則一直是個謎題。雖然脂硯齋曾經見過八十回以後的劇情草稿，但是在作者生前這樣完整的章節顯然從未被傳閱過，即使他去世後或謄抄或發賣的絕大多數稿本都只有八十回。因此，對公眾而言，他們要到一七九一年程偉元、高鶚的刻本（一七九二年真正刊印）問世之後才有機會接觸到完整的版本。程、高兩位生怕讀者對後四十回的真偽產生懷疑，因此在他們給這個版本以及兩個月後的修訂版的序文中自述：程偉元如何歷經數載搜求散佚稿本，如何請高鶚幫忙輯成這四十回。如果他們能夠按照現代編輯們的習慣，提供詳細的信息，例如這些分散的手稿分別得自何時何人，哪些係作者手稿、哪些不是，編者究竟做了哪些編輯……後世就沒必要為後四十回而聚訟紛紛了。然而由於他們給的信息簡陋得近乎隱秘，而且由於一直以來大量其他證據都認為曹雪芹只完成了前八十回，按照現代規矩，作為後三分之一篇幅的作者，高鶚也被冠以著者之名，也就是我們現在最常見到的樣子。[9]按照這一觀點，高鶚的續篇主要是延續前八十回的線索。他當然將一些後來找到的殘稿零章吸收合併到自己的寫作中，但大多數學者都傾向認為程偉元所擁有的類似殘稿數量極少。

然而有賴新材料的發現，我們得知程、高所言不虛，即完整的《紅樓夢》應該是一百二十回。雖然脂硯齋評點本《石頭記》更容易讀到，名為《紅樓夢》的一百二十回本早於程、高刊印之前就存在。若干條一七九一年前的文獻材料能夠證明此事，但直到一九五九年才發現這樣一個版本。它被複製成豪華玻璃版的《乾隆抄本百廿回紅樓夢稿》，共分十二卷。[10]事實上，放在上面的標題頁被斷定是一八五五年的，原稿本缺第四十一至五十回，後來的收藏者為了完整而補錄進去。其中有一頁上的題詞，極有可能是高鶚手跡，表示他已看過。然而，即便題詞有假，這個稿本作為脂硯齋評點過的八十回本和程高本之間的過渡仍有無可估量的價值。而這個前八十回本（除了那散佚後又補入的十回）作為原始抄本，大體上和脂硯齋本一致，而其中穿插的省略和改動，使得這個合併起來的版本整體上又和程高本一致，雖然令人費解的是和一七九二年版而非一七九一年版。同樣地，最後改定的後四十回幾乎和程高本一樣，然而它們是否最初的定本，缺乏其他稿本以資對照。不僅如此，原稿本的抄錄有數種筆跡，而統改這一百一十回的則出自一人手筆。有的章節修改很多，有的少些，而許多章節則沒有任何修改痕跡。基於這個發現，范寧在他為豪華玻璃版所作的跋中認為這個稿本是程、高二人籌備自己的版本過程中的某一個抄本。它不是最終的清樣，因為它只有百分之九十九和一七九二年版一致。

范寧提出的這一假說恐怕難以獲得學術支持。俞平伯早年寫的那本《紅樓夢辨》（一九五二年修訂本改題《紅樓夢研究》）在說服讀者接受高鶚為偽造者方面頗具影響力，他在晚近寫的一篇文章中對《紅樓夢》是否是在程偉元和高鶚監督下完成的頗有懷疑。[11]但在仔細校勘稿本時，他只限於前八十回，對後四十回則不作主張。他贊同這一結論，就是原稿中寫於頁邊上的修改處可能抄自一七九二年本，但未經修改的原稿是否在程、高修輯他們的版本之前即已存在呢？還是在它出版之後？我們可以說，關於《紅樓夢稿》最主要的問題是說明白未經修改前的後四十回從何而來。假如它們不是程、高合作的成品，那是誰寫的呢？曹雪芹自己，還是一個不知其姓名的編輯呢？

但《紅樓夢稿》的存在證實了俞平伯的意見，就是高鶚並沒有偽造後四十回，他在《紅樓夢八十回校本》（一九五八）的《序言》裡早已探討性地提出了這個意見。[12]在談稿本的新文裡他重申了這個主張，等於全部否定了他早期的看法。他說：

我們可以進一步說，一七九一年和一七九二年的本子絕不是程、高的獨立創作，而只是根據不同版本加以擴充的結果。當然這一假設只肯定了他們在序文中的聲明，很不幸過去的人對於他們的聲明沒有信心，且引用張問陶[13]的詩為權威資料，堅持說後四十回是高鶚所作，而程偉元則未享有任何榮譽，這看來有些背理。當然我們早已知道在他們的一七九一年和一七九二年的本子裡，程和高好像常常不知道在後四十回中故事如何進行：如果一位作者不能順從他自己作品中情節的發展線，實在是怪事。[14]

百廿回抄本的發現，如果除了堅決否定高鶚偽造的理論之外並未帶來其他結果，卻也大有貢獻：四十多年來《紅樓夢》的研究被這種未曾懷疑的假設所損害。可是對大陸上的學者而言，免除高鶚偽造之罪只是意味著要加緊追查最後四十回的作者究竟是誰。這種研究主要是為了意識形態的理由。中共文評家一直吹捧曹雪芹，認為他是個有革命思想的反封建主義作家，[15]但只有在他限定是前八十回的作者時，這個說法才有意義，因為在前八十回中他的主要人物的終極命運尚未確定。甚至在五四時代，許多學者，俞平伯即是領頭的一位，不能忍受這本小說的後三分之一，因為它同封建主義的道德妥協，並公開宣揚道家與佛家的逃避主義。今天大陸上的學者也因同樣理由而反對它，既然高鶚不能再做替罪羊，保全曹雪芹為一假定的巨著作者的清名，似乎比確認他是一部意識形態不符合中共標準的作品之作者要好得多。

認真說來，學者們不大願意把這部小說的後三分之一歸於曹雪芹，因為那毛病不少的後四十回，在情節發展和人物評說這兩方面，有些地方未能配合前八十回的敘述，令人失望。為了反駁這論點，我們也可以說前八十回並不是連貫的敘述，也缺乏統一性。[16]如果前八十回中也有無傷大雅的矛盾和疏漏，後四十回在好些細微處不能同前文相符也不該使人過分驚訝。程偉元和高鶚這兩位編輯在這部小說的前三分之二誠然引入了不少錯誤，但若把程、高本同脂硯齋本作一比較就會看出，作者引進的錯誤更多。我們從脂硯齋的評語中得到一個印象，按照所謂庚辰（一七六〇）本第七十五回的回前總批，脂硯齋於一七五六年（乾隆二十一年五月初七）「對清」此回。曹雪芹在此後七年中沒完成這部小說，似乎很不可能。[17]但依照脂硯齋的說法，曹雪芹到他死前一直在修改他的小說，所以第二十二回始終保留在未完成的狀態中。[18]前二十二回的確有很多小小矛盾之處，這些都是零碎修改的結果。

現在大家都同意這本小說的主人公賈寶玉是作者與批書人兩人合成的畫像。[19]從他較屬個人的評語中判斷，脂硯齋必曾目睹或參與曹家生活中以小說形式記載的許多場面。根據兩種已經引起廣泛注意的理論判斷，這位批書人或是作者的一位叔父（生於一六九七年，或更早些），或是一位表妹，在《紅樓夢》中她是活潑伶俐的史湘雲。[20]眼光獨到的年輕紅學家趙岡推翻了這兩個理論。他提出一個新的候選人，相信學者們會接受他為真正的脂硯齋。他就是曹寅的孫子，比曹雪芹略大幾歲的堂兄曹天祐。他們倆一起在南京長大，可能他在評語裡指出的那些經驗是他也曾參與的。這位堂兄有一塊家傳的紅石寶硯，這也解釋了他何以要用脂硯齋作筆名。[21]

因為脂硯齋提供了我們有關作者和這部小說背景的最有價值的資料，近代學者對於他的興趣幾乎跟對曹雪芹是同等的。每逢所謂高鶚的「續書」未載或竄改了小說的最後部分應包括的（也就是評語裡提及的）情節時，紅學界過去的風尚就是指責這是他的偽作。但是除了提供資料外，脂硯齋對作者而言也可算是一個添麻煩的傢伙。假如曹雪芹不斷修改作品以滿足他的藝術良心，但從某種程度而言，他這樣做也是為了滿足脂硯齋和其他的批書人。在書中的某一段落批書人說當年他曾命作者刪掉一個重要的情節，以保存一個親戚的名節，在小說裡這位親戚名為秦可卿。[22]曹雪芹果然刪了，但卻沒有把上下文改動以求不露刪改的痕跡。如果曹雪芹沒有把他的小說完成，脂硯齋必須要負一部分責任。

作者和批書人都在小說中給往事招魂。分別是：一個有勇氣和熱情把他的過去委之於寫作，另一個則憂思無限地點評其結果。雖然脂硯齋的論點偶見佳句，但他卻習慣地追憶前人往事，好像借此能取得一種感同身受的歡樂或悲傷。但假如脂硯齋要的是一個對過去事件的忠實記錄而不是一部小說，曹雪芹必定會在創造慾的驅使下寫出他自己心目中這個世界的樣子。對任何大小說家而言，忠於自己視境的衝力要比把自己的身世宣示天下更來得迫切。大小說家在忠於自己視境的大前提下，盡可修改自身的經驗：他沒有任何責任如實去寫下有關自己或家人忠實的事跡來。如果當時脂硯齋不在場，曹雪芹或會是個更孤獨的人，但他卻不用分心去調整自己的視角了。

儘管經過脂硯齋的干擾，但《紅樓夢》基本上仍是一部結構完整的充滿想像力的作品。在最後四十回裡，所有重要女角色都一一完成了她們的宿命。[23]如果在一部規模龐大、結構複雜的小說裡有些不影響大體的矛盾存在，這常常是因為作者的疏忽，或在激動的書寫中把事先設計好的情節改變了。這部小說最後三分之一似乎忽略了批語中的暗示，可能是作者沒有告訴批書人就做了一些改變。但脂硯齋想來既看過各批原稿，這部小說必定會有一本較早的稿本，在這個本子裡賈寶玉和賈家的人因為抄家而陷於絕境中。因之不少紅學家相信，這本現存的小說既然不是以陷於絕境中結束，可能在它流傳之前就有人刪改過。

趙岡覺得下文所記的事是極重要的。雖然曹雪芹在逝世前七、八年已完成八十多回，但只有首八十回有脂批而流傳，而最後部分看來是故意禁止外傳的。因為率直敘述賈家不幸的遭遇可能觸怒政府，這種限制可能是自動設置以保護作者和他的家人免受文字獄之苦。在乾隆時代恐怖的文字獄是屢見不鮮的。作者死後數年，乾隆皇帝偶然在一個旗人家得到這本小說的一部抄本，非常喜歡，有位跟作者很親近的人覺得有責任提供一個在政治上無禁忌的本子，好使這部小說沒有不滿政府的嫌疑。如果作者死後有大規模的修改，修改的方式可能正如趙岡所說。[24]在所謂甲戌本的《凡例》中，我們果然看到一條強烈支持這一假設的聲明：「此書不敢干涉朝廷，凡不得不用朝政者，只略用一筆帶出，蓋實不敢以寫兒女之筆墨唐突朝廷之上也。」[25]

在提對本書創作過程及版本的最基本問題和較合理的假設時，我並未把現代學者的全部爭論和推測作一番檢討，因為對一般讀者而言實無關重要。珍重的資料陸續有發現，但現代紅學最大的特點是對曹雪芹的崇拜。很明顯地，曹雪芹最值得我們尊敬，因為他這部小說在中國文學中是成就最大的想像作品。清代以來就有好多原先對白話小說不屑一顧的學者，卻給予這本百廿回本的《紅樓夢》最高的讚賞。（就在今天，最流行的本子仍是一七九二年的程、高本，雖然以前八十回而論，當今學者更看重脂硯齋評本。上文提到的《紅樓夢八十回校本》廣校各本，也附有後四十回。）沒有這後四十回，我們就沒有評價這本偉大小說的基礎文本，因此我覺得光看前八十回的表現而抹殺後四十回的價值是一種不誠實的行為。如果曹雪芹確實在世時沒有完成這部小說，或是後四十回的大半是他寫的但我們不滿意，那麼我們對他的天才與成就的評價也應該修正。但任何對本書作者問題不懷先見的公正的讀者不會找到任何理由誹謗後四十回，因為它們對這部作品的悲劇的和哲學的深度提供了最感人的證據。再沒有其他中國小說可以相提並論。

因為《紅樓夢》是部極複雜的小說，我們對此書的評論不妨從介紹其較重要的人物和簡述其情節之要點開始。這部小說寫的是鐘鳴鼎食的賈家，跟曹雪芹的祖先一樣多年沐浴聖恩。賈家兩支都住在京城，兩府邸相連，一為寧國府，一為榮國府。寧國府名義上的家長是位自私的道家煉丹信徒，最後也死於這種修煉。[26]他的兒子賈珍和孫兒賈蓉都是好色之徒。賈母——賈代善的遺孀——是榮國府裡最受尊敬的人物。她有兩個兒子，賈赦和賈政。賈赦的只追求享樂的兒子賈璉娶了一個精明能幹的女子王熙鳳為妻。雖然在管理家中財務和迫使情敵自殺這兩方面顯得膽色過人，但這位才貌出眾、渾身是勁的少婦最後一病不起，變得十分憔悴，終於離世。她因貪財而做的傷天害理之事對於賈府被抄家要負大部分責任。

在衙門做官的賈母次子賈政是家族中唯一的一個正直的儒者。他是個孤獨的人，眼光淺窄，為人公平正直，在這部小說開始前，他的一個前途無量的兒子夭折。[27]賈政很自然希望王夫人生的小兒子寶玉能用功讀書應考。但寶玉自小被祖母、母親和女性親戚們寵壞，討厭為應考而讀書，喜歡同表姊妹及丫鬟一起厮混。自兒童時代的後期開始，寶玉就有冰雪聰明、姿容絕世且為賈母所疼愛的林黛玉姑娘做玩伴。幾年後，另一個美麗的表姊薛寶釵也入住榮國府。雖然寶玉一再保證他對黛玉的愛，但黛玉仍把寶釵當作情敵，心中感到毫無保障。因為朝夕浸淫在自憐自艾的苦惱中，黛玉的健康愈來愈壞，寶釵終於取代了她成為寶玉的妻子。但這場婚姻並未給寶釵帶來快樂，因為那時寶玉已經變成呆子。黛玉怨憤難平，傷心欲絕之餘就在他們成親的那個晚上逝去。

寶玉終於恢復健康，考中舉人。但試後沒有回家，他已棄絕塵緣，出家去了。事實已成棄婦的寶釵幸得一子，借此安慰自己。忠心的女婢襲人也傷心已極，最後很幸福地嫁給寶玉的一個伶人朋友。另外一個寶玉十分疼愛的婢女晴雯早在他結婚前就因抱屈得病吐血而亡。

上面介紹這段「三角戀愛」的大綱可能給讀者一個錯誤的印象，以為《紅樓夢》只不過是部尋常的浪漫愛情悲劇。事實上，《紅樓夢》卓然而立於其他中國古典小說的理由即在於其對於人物的性格特別有興趣。即使是次要的角色也賦予活靈活現的個性而不是刻板的公式化人物。雖然寶玉、黛玉、寶釵三位皆才貌出眾，但他們一點都不像清初流行過的才人佳人小說中男女主角的模樣。不管多美、多有文才，這些男女沒有什麼個性，小說結尾時循例終成眷屬。從這一意義而言，《紅樓夢》可以說是有意為反對才子佳人小說而寫的。在第五十四回一位女先兒正準備說一段新書以取悅賈母，賈母聽了幾句，就沒有耐心聽下去了。她笑道：

這些書就是一套子，左不過是些佳人才子，最沒趣兒。把人家女兒說的這麼壞，還說是「佳人」！編的連影兒也沒有了！開口都是「鄉紳門第」；父親不是尚書，就是宰相。一個小姐，必是愛如珍寶。這小姐必是通文知禮，無所不曉，竟是絕代佳人，只見了一個清俊男人，不管是親是友，想起她的終身大事來，父母也忘了，書也忘了。[28]

這種對癡情怨女的道德偏見可能是賈母自己的，但作者通過她道出了他對陳腐的公式化的浪漫愛情故事的厭惡。

雖然我在上面簡述中並未提到《紅樓夢》跟《金瓶梅》有任何相似之處，但事實上《紅樓夢》深受《金瓶梅》之影響。《金瓶梅》是《紅樓夢》以前唯一描寫不和諧的大家庭興衰的一本小說。曹雪芹一定對這本書非常熟稔，因為他的批書人曾四次向讀者指出《紅樓夢》裡值得跟《金瓶梅》作對比的段落。[29]曹雪芹向《金瓶梅》學習的地方，主要是日常生活寫實的藝術，是敘述從表面看來不太重要的日常瑣事或是工筆描寫家族中特別有意義的日子，諸如生日聚會或時節喜事。但《金瓶梅》敘事粗俗無味，《紅樓夢》言情則秀麗玲瓏。在《金瓶梅》中，朋友或親戚聚會不是聽聽流行曲就是朗誦佛家故事。或是互相嘲謔、無理取鬧，此外便不知如何打發時間。在《紅樓夢》中，至少年輕的一輩表現了高度的文化修養。他們腹有詩書，吐屬不凡，聚會一起時，談話充滿詩的韻味和真正幽默的風趣。這種不同不單讓我們看到兩個家庭的社會階級的懸殊，也從此看出曹雪芹比《金瓶梅》的作者對中國傳統在理智和美學方面的探索更為關注。

因此曹雪芹並不滿足於只講自己一生的故事；他有更強的慾望，就是要以所有現存的中國文化的理想做標準來衡量自己的故事。特別有關性愛和浪漫愛情的看法，因為這些看法是可以互相矛盾的。儒家重視夫妻之愛的家庭生活，對性的放縱和浪漫的癡情卻不容忍，因為儒家認為男人首要的責任是齊家治國。佛家與道家的哲學強調個人必須從一切迷戀——包括性愛——中解脫出來。（曹雪芹沒有精確地區別出佛教與道教之不同，但認為佛教的禪宗和道家的老莊思想基本上是一致的，兩者都堅持個人不可有慾念。跟吳敬梓一樣，他很看不起流行民間的佛教與道教。）在純文學的傳統中，男歡女愛的交往自《詩經》後即一直得到正面關注。在通俗小說與戲劇中，即使極端的性慾與浪漫的放縱也得到作者們暗地裡的同情。[30]因此，如果賈寶玉最後決定做和尚一事加強了求取個人解脫的釋道思想，浪漫的和儒家的理想在小說裡也絕對未受忽略。作者對中國思想中不同支派表示一視同仁式的器量，小說讀起來若有些地方讓人感到意義曖昧不明，這正也是一本偉大和內涵豐富複雜之小說的必要條件。

毫無疑問地，曹雪芹有意把他的主角置於反世俗的個人主義的浪漫傳統中。在第二回中，兩個朋友，冷子興和賈雨村，正在談論賈府，因此在他們出現之前我們就多少知道那些比較重要人物的身世了。賈雨村聽到有關寶玉的性格之後，立刻把他置於中國歷史上的非凡男女之間。這些善惡兼備的男女擁有特殊的活力：

假使或男或女，偶秉此氣而生者，上則不能為仁人為君子，下亦不能為大凶大惡，置之千萬人之中，其聰俊靈秀之氣則在千萬人之上，其乖僻邪謬不近人情之態又在千萬人之下；若生於公侯富貴之家則為情癡情種；若生於詩書清貧之族則為逸士高人；縱然生於薄祚寒門，甚至為奇優，為名娼，亦斷不至為走卒健僕，甘遭庸夫驅制。[31]

賈雨村列舉了中國歷史和傳說中很多這類人作為例證，如隱士許由，詩人陶潛、阮籍和柳永，皇帝唐玄宗和宋徽宗，畫家倪瓚和唐寅，美人如卓文君、紅拂和薛濤。這些對庸俗與官場深惡痛絕的人，其中有幾個能作為《儒林外史》中主角的榜樣，但整體說來，他們提供了一個文學上的典型，在性情上比吳敬梓的理想隱士更為浪漫。寶玉出家之後，他信奉詩禮傳家的父親對他的兒子也作了同樣的評價。[32]

曹雪芹對受盡折磨的年輕情侶深表同情，這使他成為像王實甫和湯顯祖那樣將浪漫傳統發揚光大的偉大作家。在一些場景中他引用他們的代表作《西廂記》和《牡丹亭》中的名句，這些詞句在整部小說中來回蕩漾如花美眷終如願之承諾。[33]不過寶玉和他的表姊妹均不敢模仿這些劇中較有膽色的情侶，而謹守儒家禮法的寶釵對她們的越軌行為更不以為然。但寶釵從小讀這些劇本長大，她那表面上順從禮教的舉動更尖銳地加強了她故意壓制她早熟的詩才和對愛情浪漫的渴望。《西廂記》和《牡丹亭》都以大團圓結尾。曹雪芹把社會地位相當、浪漫氣質相近的男女主角放在一個悲劇的僵局中，比起王、湯兩位前輩來可以說野心更大，因為他要表達出更具社會複雜性和哲學意義的人生真相。《牡丹亭》中沐浴愛河的男女公然面對死亡，夢預示了情侶的結合。在《紅樓夢》中，情侶也經常入夢，但他們做的常是噩夢。

為了使他對中國傳統的複雜反映充分透露於小說中，曹雪芹使用了很多寓言與象徵。跟孫悟空一樣，寶玉在第一回就被置於一個創世的神話中。女媧氏在補天的時候，看到一塊有靈性的大石頭但因不合適而沒有用它。這塊石頭對其不幸的遭遇自怨自艾，因有下凡塵求快樂的慾望。它變成一塊扇墜大小的小石頭，在一僧一道的協助下，最後投生賈府，成為書中的主角。[34]在投生以前，這石頭曾到過警幻仙子處，對靈河岸畔一株絳珠仙草特有好感，逐日以露水灌溉。這株仙草誓言若能在塵世同他一起時，一定以淚水報答他這份恩情。後來她就是林黛玉。在整部小說中，這癩僧、跛道經常出現，或嘲弄或開導那些在塵世中打滾的精神苦悶男女。這一僧一道特別同寶玉生來即銜在嘴中的那塊玉有關，因為這塊小石頭象徵了他的精神本質。

作者在第五回再用寓言把寶玉置於小說中最著名的一場夢境。在去寧國府玩樂時，十來歲的寶玉在賈蓉的年輕妻子秦可卿的臥房中小睡，夢中遇見一個與可卿同名的仙子。我們在前邊提過，秦可卿是粗心修改原稿下的犧牲者。雖然她死於長期臥病，但在一個較早的本子裡有些跡象顯示她跟公公賈珍有姦情。但除此以外她是個極賢淑的女子，事事以賈家為念。她死後，跟好友熙鳳托夢，提醒她將來「樹倒猢猻散」的日子。曹雪芹創造她時彷彿是以李瓶兒為藍本，李瓶兒也是長期病魔的犧牲者，她的靈魂也在西門慶的夢中警告過他。但在第五回的寓言中，秦可卿是所有的美的化身。警幻仙子的妹妹也叫兼美，看到她之後，寶玉立刻感到驚奇的是她具有黛玉和寶釵兩人之嬌嫩與嫵媚。（作為在這部小說中一個實際的存在，秦可卿也讓人聯想到她們兩個人。跟林黛玉一樣，她是個嬌花早謝、紅顏命薄的孤兒；跟薛寶釵一樣，她是個負責而心地極好的女人，不論長幼都喜歡她。）

作者似乎說，秦可卿的夢的意象可以讓寶玉在未同二位女主角牽涉太深之前對於愛情覺醒起來。

為了使秦可卿的臥室適合這一場景，作者讓這屋裡的擺設物件都曾屬於歷史上的美人和蕩婦如西施、武則天和楊貴妃。在這具有暗示性的擺設中，寶玉即時入夢，進入警幻仙姑的居所太虛幻境中。在太虛幻境時，仙姑讓他看到賈府約十五位小姐、少婦和丫鬟的命運。這些預言都是用詩畫寫出來的，寶玉不大懂其含意。仙子隨後依照那些擔心寶玉前途的祖先吩咐，毅然擔負起一位儒家代言人的角色，指責寶玉是所有男人中「古今第一淫人」。這位仙子雖然知道淫與情的區別，也知道寶玉尚無性經驗，但在她看來，他的命運更為危險，因為「天分中生成一段癡情」，而浪漫傳統中反世俗的英雄皆為「癡情」所折磨。警幻仙子講述一篇大道理之後，把他介紹給秦可卿，並秘授以雲雨之事，主要目的「不過令汝領略此仙闈幻境之風光尚然如此，何況塵世之情景呢？從今後，萬萬解釋，改悟前情，留意於孔孟之間，委身於經濟之道」。[35]

> 寶玉與可卿果然柔情繾綣，軟語溫存，難解難分。但不久他就被夜叉海鬼追逐，拖到萬丈迷津的邊緣。寶玉大驚，失聲喊出：「可卿救我！」隨後醒來。在臥室外的秦可卿納

悶怎會有人知道她的乳名。

這場夢的結果提示了警幻仙子未加說明的另一個選擇，在小說的發展中會變得越來越重要。它是把愛情，甚至可說把人依戀的任何事物，都看作是迷惑之根源，同真正的心情寧靜是對立的。心情寧靜是要拋棄這個世界後才能產生的。寶玉被夜叉海鬼拖去的那條河叫迷津，是一個佛家的名詞，那些夜叉海鬼當然是使人進入迷惑狀態的情慾。在這部小說裡，賈政是孔孟經濟之道的主要代言人，寶玉對他甚少理會。但以後因為他的愛心和對周圍不幸者的同情而愈來愈涉入痛苦的世界時，他就步步靠近佛道兩家的清空理想世界。所以對寶玉來說，最終的悲劇衝突是互相對立的同情懷療在抱與棄絕紅塵兩者之間的一場拉鋸戰。

世事洞明、人情通透的曹雪芹，當然不會是個徹頭徹尾的寓言家。這場富於教誨意味的春夢之後緊接著就是寫實的一場，把這個寓言置於諷刺的觀照中。那天晚上，事前已獲得警告的寶玉勸誘襲人跟他初試雲雨情。他跟可卿郎情妾意的甜蜜記憶已完全消解了他對夜叉海鬼的畏懼。幾章之後，作者又回到寓言的架構去描寫著迷的情境，暗示任何人一旦嚐到性愛的滋味，就會失去自製能力。賈瑞，一個窮塾師的孫子，竟然沒頭沒腦地迷上了王熙鳳。心高氣傲的鳳姐兒怪他不知好歹，一再使用毒計懲罰他。他因此得病。病危時跛足道人出現，送給他一柄兩面皆可照人的「風月寶鑑」。鏡子的一面現出一個骷髏，是貪慾喪身的象徵，另一面則是鳳姐站在裡面招手叫他進去跟她成其好事。賈瑞一再走進鳳姐向他招手的那一面，最後精盡人亡。[36]

在這部小說中不少青年男女死亡，但他們的死亡與其說是作者對他們道德上的譴責，還不如說他要表達的是哀傷——因為年輕人對愛的熱情竟常是健康狀況不佳或是道德衰微的徵兆。即拿賈瑞而言，若說他是個對所有癡戀成狂的少年的警告，還不如說他是個受到雙重欺騙愚弄的可憐蟲更合情合理些。愛讀富有同情味的寫實敘述更甚於教誨味道極重的寓言故事的讀者，必然會下這個結論：單以小說寫實敘事的手法為證據，曹雪芹用可怖的色彩描繪的不是愛情本身，而是愛情坦途上所有的障礙：貪婪，嫉恨，色情狂和社會制度之冷酷無情。當然，在故事的陳述中，「情」和「淫」是保持著顯著的區別的。凡是好色的淫棍，不論是賈珍、賈璉或寶釵的兄弟薛璠，只追求色慾的滿足。但他們雖然縱慾，身體卻十分健康。此類淫棍又經常受到其他歹毒的念頭和慾望所支配。他們既無廉恥之心，又想不到人家的苦樂，這些人顯然是快樂的，因為他們沒有道德自省的習慣。另一方面，把「情」與「淫」界線劃分清楚的多情種子，必然會受到很多的痛苦。他不僅是流氓壞蛋陰謀下無助的受難者，而且跟那些鐵石心腸的淫棍不一樣，這些有情人在身體和道德兩方面都是脆弱的。因此愛得熾熱消耗精力（如秦可卿的弟弟秦鐘），羞恥導致自取滅亡（如丫鬟司棋和寒門烈女尤三姐）。[37]在讀這些次要的愛情故事時，我們會有一種感覺，與其說作者沒有尊重真正的愛情，不如說他認為真愛是生來脆弱的情感，未逢大風暴雨也會給彈弓射出的石彈所擊碎。尤三姐在對抗周遭好色之徒時表現了不尋常的道德勇氣，但很典型地，她卻不能片刻忍受她的心上人因誤聽傳聞而對她的不信任。柳湘蓮根本不知道三姐早已準備把她的忘我之愛奉獻給他，且為人如此之剛烈。三姐衝動地自刎，湘蓮也隨跛足道人拜別紅塵。從邏輯上講，柳湘蓮不可能對於愛情幻滅，因為他還沒有開始感受到愛情虛幻的溫暖：他的行動只說明了他對世界的憎惡。這個世界這麼有秩序地摧毀愛的可能性。

因此《紅樓夢》是按照這個計劃表現「情」與「淫」的：那些墮入慾望深淵之俗人並沒有想解脫自己（賈雨村是個例外，因為他在小說中的寓言意義，書快到結尾時他也認識到道家的真諦）；[38]而那些多情種子，如果給他們發展的機會，就能嚴肅地向棄絕塵世的理想挑戰。他們代表另一種心願的完成（作者的同情使我們有權利做這種預期），但他們遭到有計劃的摧毀，以給釋道兩派的道德觀留下餘地。除了在規模上可互相匹敵，主題上也有幾分相似之外，《紅樓夢》與《源氏物語》和《追憶似水年華》（*Remembrance of Things Past*）是性質不同的小說。在這兩部外國小說中，愛情能夠充分發展，從最初的迷惑到最終的滿足或厭惡：源氏、斯萬和馬賽爾都苦愛甚久，最後是無可奈何地認識到熱情的虛幻。《紅樓夢》裡的癡情男女都沒有達到這種成熟的境界：他們或停留在痛苦相思的少年時期，或未經過一段長時期的追求而得到對方甜蜜的愛的保證之前即發生關係。小說主角最後獲致的悲劇性的人生了解，差不多跟肉慾關係毫不相干。

同一般人的看法正相反，賈寶玉不是一個大情人，他在小說中的功能也不是作為一位情人。雖然警幻仙子很早就已警告過他有關性的危險，他以後的行為，雖然不合正統，卻完全沒有強烈的情慾跡象。誠然他在十幾歲時即跟襲人有過雲雨的親密經驗，但這件事只明白提到過一次，以後就沒有再出現。作者不舊事重提似乎是一種暗示，就是對於賈寶玉而言，做愛並非重要的考慮：他同襲人肉體接觸絲毫未改變他把她當作一個人和一位朋友而給予她的尊重。在莎士比亞著名的十四行詩《在一片羞辱中的精神代價》中，愛情主要是從佔有和破壞的能量去理解，而正因為寶玉絕不會給這種瘋狂的破壞力所占據，他才是周圍女孩子歡迎的對象。淫棍玩女人滿足一己之私慾，寶玉給予所有女孩子的是同樣的無私的友情和慰藉。他聽到秦可卿逝世的消息後，悲痛已極，竟致吐血。慣於用犬儒眼光看世事的讀者或會認為這就是他倆之間有特殊關係的草蛇灰線，但對這本書中每位可愛女孩的早死，寶玉都有同樣強烈的悲痛，例如金釧兒、尤三姐和晴雯。[39]寶玉早知賈府男人是什麼料子，因有名言：「女人是水做的骨肉，男人是泥做的骨肉。」[40]男人有汙濁如泥的情慾，生而粗卑的欲望；而女人，至少在她們美麗的青春時代，看來如此清新無邪。雖然有女人水做這句名言，他卻認為差不多年紀較大的或已婚的女人在她們那種自私的狡猾中也和一般好色的男人一樣粗俗。因此在面對一個女孩子的時候，寶玉就滿懷欽佩和憐惜——欽佩因為她具體體現了天仙之美和聰明；憐惜因為不久的將來她披上嫁衣作他人婦之後，她那國色天香的本質就變得黯然無光，而如果她能活下去，她必然在貪婪、妒忌、惡意傷人等下流人物的樂趣中得到滿足。寶玉可說是「思無邪」的樣本。他那秘密的願望與美國一本流行小說《麥田捕手》中少年主角相近：成為麥田中一捕手，從習俗和淫慾的邊緣拯救所有可愛的女孩子。

寶玉身邊的女孩子對他都極信任，不因她們把他看作一個情人，而是因為在所有男人中只有他同情她們的景況，跟她們的思想相通。儘管他渾身女孩氣，有時喜怒無常，也缺乏男子氣概，她們能夠肯定的是，他永不會粗暴與殘酷。她們甚至可以嘲笑他，因為到頭來他最大的特點是他的「呆」與「癡」，那就是說，他有使自己跟他人和事物認同的能力，認同的程度達到看來好像靈魂出竅，離開了他平日自我居住的軀體。不少女孩子是英勇而高貴的，但她們都缺乏寶玉自我提升的天賦異稟。

我們借用珍．奧斯汀（Jane Austen）的名詞，這本小說中的女性或可視為「理性」（sense）或「感性」（sensibility）的代表。在最接近寶玉的四個女主角中，寶釵和襲人是明達的人，而黛玉和晴雯是感性的、神經質的、不切實際的。她們都死得很早，而她們的「仇家」卻伴著她們的男人享天年。因為讀者很自然地同情失敗者，傳統的中國論者一直以來以黛玉、晴雯的高貴跟寶釵、襲人據說的「心機算盡」的氣質對照相比。[41]其中得到最多同情與讚美的是黛玉。中共批評家可以輕易地把這部小說視為反抗封建主義罪惡的作品。他們還堅持對寶釵和襲人的敵視態度，[42]認為她們是封建主義的走狗，雖然她們真正的罪惡仍舊是奪走了黛玉的生命和她在賈府應得的地位。

這種一面倒的評論反映了中國人根深蒂固地把《紅樓夢》視為一個愛情故事的習慣。他們還認為這個故事應該有個大團圓結果。在抱著這種心情閱讀這部小說時，天生一對的黛玉和寶玉的愛情竟然是一場空，實教人不敢想像。但如果我們細心讀這部小說，就會發現早在她失寵於長輩之前，黛玉就總是一腦子怨氣沖天。即便在她們無憂無慮的日子裡，她跟寶玉每次聚會也總是以一種誤解或是爭吵收場。[43]這種爭吵傷透了黛玉的心。而且這種情形容易發生，因為黛玉跟寶玉雖然談文說藝的趣味相同，但氣質卻正相反。寶玉心胸廣闊，能自我超越；黛玉是個自我中心的神經病患者，所作所為皆可招致自我毀滅。她吸引寶玉的不僅是她那纖弱的美人胚子和詩人的氣質，還有她那不隨和、不與人苟同的性格——一種一切都想不開的自我迷戀。這跟寶玉開朗的性格正相反，因之他對她的愛總帶著揮之不去的悲哀。縱使他們能夠結婚，他們也不可能得到浪漫情侶式的幸福：如果寶玉繼續愛她，那主要是出自憐憫——一如陀思妥耶夫斯基小說《白癡》中米希金親王（Prince Myshkin）對納斯塔西亞（Nastasya）產生的那種憐憫。

毫無疑義地，林黛玉具體表現出作者個人非常欣賞的一種美。除黛玉之外，至少還有四個女孩子具有可與之比擬的相貌和感性：秦可卿、香菱、晴雯和那帶髮修行的尼姑妙玉。這四個人或是孤女，或是幼年即同父母分離，兩個或三個是同年的，實際上是同一天生的。當然每一位都有其顯著的個性和特殊的命運。黛玉同她們之中任何一位比較，都增加我們對她的了解，但以其神經氣質的自怨自艾的性格而言，香菱跟她極為不同。

在第一回裡，作者把重大的寓言意義加諸香菱（那時叫英蓮）身上，雖然後來她只獲得一個配角的地位。她還是孩提的時候，被拐子拐走，以後的生活苦不堪言，先是做薛蟠的丫頭，後來下廚做妾。她被大婦夏金桂虐待，最後因難產而死。同她比較起來，林黛玉的境遇好得多了。她入住榮國府時，父親還在世。雖然失去了母親，但她周遭的親戚都疼愛她。但在這許多長輩的愛護下她還覺得不安全。香菱呢，她雖然受盡折磨，但在能去拜訪黛玉和她的表姊妹時，總是表現得愉快而開朗。她認不得幾個字，但跟從黛玉學習作詩時，表現了驚人的進步，因為她專心一意，在夢中也在想著詩。唸到唐詩的名句或自己寫的詩時，露出了神魂顛倒的狀態。在眾姊妹中，林黛玉公認最有詩才，但她寫的詩無不自傷情懷。在那首最著名的《葬花詞》中，她視自己為落花。一個慣於自戀的人即在觀賞天然美景時也不會忘掉她自己的，因之她感傷地唱道：「儂今葬花人笑癡，他年葬儂知是誰。」[44]

寶釵到賈府之後，黛玉就感到焦慮不安了：寶釵戴有一片金鎖，上面刻的字同寶玉的那塊玉上的字相配。那金鎖的來歷也相當神秘：是一個癩頭和尚在她嬰兒時送給她的。這鎖和那塊玉預示一個幸福的結合。雖然黛玉知道在眾姊妹中寶玉偏愛她，但她覺得少了一種明確的證物象徵他倆未來之結合。因此，一方面她變得很愛攻擊她的敵對者，只要有機會就諷刺她戴金鎖之福氣；另一方面，對寶玉則很苛求，一再激他保證對她的愛情不渝，要他打破金石盟的象徵意義。在黛玉這種經常渴求保證的壓力下，寶玉十來歲的愉快童年就此結束，進入了成年時代。但黛玉所要求的那種安全保證不是僅憑言辭的保證能給的。同時她又是最正派、最怕人家說閒話的女孩，不說肌膚相親式的保證使她無法接受，甚至連寶玉說幾句無傷大雅、意在安慰的笑話，也無法接受。所以到最後她認為屬於自己的證物只是他以前送給她的兩條舊手帕，她早在上面寫了三首詩。在她死之前，她焚化了這兩條手帕——兩件事實證明完全無效的證物。[45]

但不管內心如何焦慮，黛玉一直保持一種表示對自己的命運毫不關心的高傲態度。

當然好家庭出身的中國女孩是不作興對自己的終身大事表示興趣的，但大部分女孩都會把自己的心裡話告訴貼身丫鬟的，像《西廂記》和《牡丹亭》的女主角更不惜採取有違禮教的勇敢手段以得到她們的男人。但對林黛玉而言，「婚姻」這個詞兒就是一種禁忌，她甚至不跟自己的丫鬟和最要好的朋友紫鵑談論她的未來，雖然紫鵑經常請求她注意自己的健康並為實現自己的慾望而採取積極的手段。黛玉知道自己沒有一個有力量的辯護人能積極照顧她的利益。但她寧願獨自受苦也不願奉承長輩。如果她是個悲劇人物的話，那麼她的悲劇即在於她那種固執的不切實際，在於她莫名其妙地老愛搗自己的蛋：既想同自己愛的男人結婚，又不敢為了達到目的而做出任何一切按照世俗眼光看來會損害她名譽或形象的事。對她而言，承認自己在性和愛情這方面的需要脆弱如常人就等於當眾丟盡了自己的臉。因之她只好以消極的、帶攻擊性的行動來發洩她的情感；日子久了，她的脾氣變得更壞，話說得更刺耳，態度更易觸犯別人。她是交游冷落的肺病患者，日夕陷於自憐中，認為自己確是個沒有人為她說句好話的可憐蟲。

黛玉對她孤兒處境之朝夕牽掛在心和對婚姻之未來恐懼在第八十二回中的夢境完全顯露出來。依據有些版本專家的看法，這個夢既然屬於「後四十回」，其作者就不能確切認定為曹雪芹。但這個夢有如此駭人的心理寫實，所以在《紅樓夢》外，只有陀思妥耶夫斯基的小說中那些教人難忘的夢才能與之相比。此夢發生之時，寶玉為父親所管教，每天到家學裡去唸書，留在大觀園的表姊妹，少了個伴，又因為不少曾住在園裡的女子都遭遇到悲劇，自己心裡也不好過。那天下午，先是襲人後是寶釵屋裡的一個婆子來同黛玉閑談。襲人自思將來差不多做定了寶玉的偏房，假如他的正配卻是黛玉，她自己的日子就不好過了。因此她特別講起為大婦所虐待的兩位偏房——尤二姐、香菱——來試探黛玉。寶釵屋裡派來的婆子也以寶玉、黛玉是理想的一對兒的話來酸酸地故意「冒撞」她。因之黃昏來臨時，黛玉比往日更特別關懷她未來的日子：

當此黃昏人靜，千愁萬緒，堆上心來。想起自己身子不牢，年紀又大了，看寶玉的光景，心裡雖沒別人，但是老太太舅母又不見有半點意思，深恨父母在時，何不早定了這頭婚姻。又轉念一想道：「倘若父母在時，別處定了婚姻，怎能夠似寶玉這般人材心地？不如此時尚有可圖。」心內一上一下，輾轉纏綿，竟像轆轤一般。歎了一回氣，掉了幾點淚，無情無緒，和衣倒下。不知不覺，只見小丫頭走來說道：「外面雨村賈老爺請姑娘。」黛玉道：「我雖跟他讀過書，卻不比男學生，要見我做什麼？況且他和舅舅往來，從未提起，我也不必見的。」因叫小丫頭回覆：「身上有病，不能出來，與我請安道謝就是了。」小丫頭道：「只怕要與姑娘道喜。南京還有人來接。」說著，又見鳳姐同邢夫人、王夫人、寶釵等都來笑道：「我們一來道喜，二來送行。」黛玉慌道：「你們說什麼話？」鳳姐道：「你還裝什麼呆？你難道不知道林姑爺升了湖北的糧道，娶了一位繼母，十分合心合意。如今想著你撂在這裡，不成事體，因託了賈雨村做媒，將你許了你繼母的什麼親戚，還說是續絃；所以著人到這裡來接你回去。大約一到家中就要過去的。都是你繼母做主。怕的是這道兒上沒有照應，還叫你璉二哥哥送去。」說得黛玉一身冷汗。黛玉又恍惚父親果在那裡做官的樣子，心上急著，硬說道：「沒有的事，都是鳳姐姐混鬧！」只見邢夫人向王夫人使個眼色兒：「她還不信呢，咱們走罷。」黛玉含著淚道：「二位舅母坐坐去。」眾人不言語，都冷笑而去。黛玉此時心中乾急，又說不出來，哽哽咽咽，恍惚又像和賈母在一處的似的，心中想道：「此事惟求老太太，或還有救。」於是兩腿跪下去，抱著賈母的腿，說道：「老太太救我！我南邊是死也不去的！況且有了繼母，又不是我的親娘，我是情願跟著老太太一塊兒的！」但見賈母呆著臉兒笑道：「這個不干我的事。」黛玉哭道：「老太太，這是什麼事呢！」老太太道：「續絃也好，倒多得一副妝奩。」黛玉哭道：「我在老太太跟前，決不使這裡分外的閑錢，只求老太太救救我！」賈母道：「不中用了。做了女人總是要出嫁的。你孩子家不知道。在此地終非了局。」黛玉道：「我在這裡，情願自己做個奴婢過活，自做自吃，也是願意；只求老太太作主！」見賈母總不言語，黛玉又抱著賈母哭道：「老太太！你向來最是慈悲的，又最疼我的，到了緊急的時候兒，怎麼全不管！你別說我是你的外孫女兒，是隔了一層了，我的娘是你的親生女兒，看著我娘分上，也該護庇些！」說著，撞在懷裡痛哭。聽見賈母道：「鴛鴦，你來送姑娘出去歇歇，我倒被她鬧乏了！」黛玉情知不是路了，求之無用，不如尋個自盡，站起來，往外就走，深痛自己沒有親娘，便是外祖母與舅母姊妹們，平時何等待的好，可見都是假的；又一想：「今日怎麼獨不見寶玉？或見他一面，看他還有法兒。」便見寶玉站在面前，笑嘻嘻地說：「妹妹大喜呀！」黛玉聽了這一句話，越發急了，也顧不得什麼了，把寶玉緊緊拉住，說：「好！寶玉！我今日才知道你是個無情無義的人了！」寶玉道：「我怎麼無情無義？你既有了人家兒，咱們各自幹各自的了。」黛玉越聽越氣，越沒了主意，只得拉著寶玉，哭道：「好哥哥！你叫我跟了誰去？」寶玉道：「你要不去，就在這裡住著。你原是許了我的，所以你才到我們這裡來。我待你是怎麼樣的，你也想想。」黛玉恍惚又像果曾許過寶玉的，心內忽又轉悲作喜，問寶玉道：「我是死活打定主意了的，你到底叫我去不去？」寶玉道：「我說叫你住下，你不信我的話，你就瞧瞧我的心！」說著，就拿著一把小刀往胸口上一劃，只見鮮血直流。黛玉嚇得魂飛魄散，忙用手握著寶玉的心窩，哭道：「你怎麼做出這個事來！你先來殺了我罷！」寶玉道：「不怕，我拿我的心給你瞧！」還把手在劃開的地方亂抓。黛玉又顫又哭，又怕人撞破，抱住寶玉痛哭。寶玉道：「不好了！我的心沒有了！活不得了！」說著，眼睛往上一翻，咕咚就倒了。黛玉拚命放聲大哭，只聽見紫鵑叫道：「姑娘！姑娘！怎麼魘住了？快醒醒兒，脫了衣服睡罷！」黛玉一翻身，卻原來是一場噩夢。喉間猶是哽咽，心上還是亂跳，枕頭上已經濕透，肩背身心，但覺冰涼。[46]

就中國人對於潛意識心理往往不重視這一點而論，在這場夢裡最值得注意的是，正如這部小說裡其他重要的夢一樣，曹雪芹當時預演了近代心理學的軌跡。在她的夢中，黛玉所顯現的不再是她社交上的溫文爾雅，不再是她詩才和諷刺的機智。她是個窮途末路的女孩子，從那些在她看來應該最關心她的人那裡得不到援手。自從母親亡故而搬來榮國府之後，她不曾見過她的父親。幾年後賈璉陪她去南方看她病危的父親（這件事第十二回和第十四回交代），在父親下葬後她就立刻回來了。在親戚家過日子，她必然會常常想到，如果她父親還在世而且當了像寶玉父親那樣的高官，她就會重獲她的傲氣和安全感。這個夢投射出這種希望，但作者對女性心理了解得如此正確，所以他筆下的女主角自動地把她父親的富裕和一個繼母的狠毒聯想在一起，而那繼母竟會專橫地斷送她的未來。（黛玉不可能把自己看作一名侍妾，但襲人述及尤二姐和香菱的悲慘對她潛意識的心理有極大的影響，所以她給自己想像一個當填房的苦命。）她向通常對她很不錯的保護者求援，因而看透了她們對她實在漠不關心（這個頓悟，只見夢中）。黛玉的預感後來由賈母、王夫人和鳳姐決定反對她為寶玉妻而證實了。

其後她向寶玉求助。在她面前他還是老樣子：一個誇誇其談的愛情宣誓。只是這次她逼他幾乎要自殺以表心跡：如果她能看到他的心，她當然就會滿足了。但寶玉摸著找他的心，他的心不見了。夢中情景的最後扭轉孕育著含義豐富的曖昧不明。寶玉雖然對黛玉既表同情又誓言愛她，但他在她身上會像在晴雯身上一樣真的感覺到性的誘惑嗎？除了一死明志外，他還有別的方法滿足她的要求嗎？寶玉發現他的心不在就死了，但如他把心掏出來交給黛玉他還能活嗎？是哪種內在的壓抑致使她夢到這樣血淋淋的場景？

中國讀者一向把黛玉看似天女下凡，一位才華出眾、多愁善感的美人和詩人，纖弱得無法在這個世界生存，善良得有時連待她不免粗心大意的寶玉也配不上她。他們真想把她看作絳珠仙草的化身，不為醜惡感情所汙染。然而這一個意象把一個複雜的人物過於簡單化了。雖然曹雪芹也要把她寫成一個超凡入聖的美人，但他以她身體衰弱的過程來寫她那愈來愈明顯的精神病態時，他並無意躲避描寫生理上的細節。在黛玉做那場噩夢的時段，她身上所有的青春氣息都已消逝。她自己也說過，一年之中只有十個晚上她能好好睡覺。她身體軟弱無力，常要在床上一直躺到中午。她常常哭，所以她的眼瞼經常是腫的。這場夢在她步向死亡的路上是個更前一步的里程碑：是夜咳嗽，痰裡帶血。快天亮的時候，她叫紫鵑給她換痰盒：

開了屋門去倒那盒子時，只見滿盒子痰，痰中有些血星，唬了紫鵑一跳，不覺失聲道：「哎呀！這還了得！」黛玉裡面接著問：「是什麼？」紫鵑自知失言，連忙改說道：

「手裡一滑，幾乎撂了痰盒子。」黛玉道：「不是盒子裡的痰有了什麼？」紫鵑道：「沒有什麼。」說著這句話時，心中一酸，那眼淚直流下來，聲兒早已岔了。黛玉因為喉間有些甜腥，早自疑惑；方才聽見紫鵑在外邊詫異，這會子又聽見紫鵑說話，聲音帶著悲慘的光景，心中覺了八九分，便叫紫鵑：「進來罷，外頭看冷著。」紫鵑答應了一聲，這一聲更比頭裡淒慘，竟是鼻中酸楚之音。黛玉聽了，冷了半截，看紫鵑推門進來時，尚拿絹子拭眼。黛玉道：「大清早起，好好的為什麼哭？」紫鵑勉強笑道：「誰哭來？這早起起來，眼睛裡有些不舒服。姑娘今夜大概比往常醒的時候更早罷？我見了咳嗽了半夜。」黛玉道：「可不是？越要睡，越睡不著！」紫鵑道：「姑娘身上不大好，依我說，還得自己開解著些。身子是根本。俗語說的：『留得青山在，依舊有柴燒。』況這裡自老太太、太太起，那個不疼姑娘？」只這一句話，又勾起黛玉的夢來，覺得心裡一撞，眼中一黑，神色俱變。紫鵑連忙端著痰盒，雪雁捶著脊梁。半日，才吐出一口痰來，痰中一縷紫血，簌簌亂跳。紫鵑、雪雁臉都嚇黃了。兩個旁邊守著，黛玉便昏昏躺下。[47]

在這本小說寓言的設計中，黛玉正應以淚還債，但這些淚實際上只有自憐自歎而無感激之情。在一個發展得完整的悲劇人物中我們需要看到某種高貴的品性——仁慈或慷慨，一種對自我身份的追尋，最後讓他能夠看到自己究竟是什麼樣的人。黛玉缺乏的正是這種高貴的品性，但從智力上講，她是有能力獲得這種自知能力的。以後我再作補充。但她過於囿束於自己的不安全感，所以未能從客觀的或反諷的角度觀察自己。她在這部小說中要扮演的幾乎內定是個楚楚可憐的角色，用以展示一個自我中心意識（不管多有詩的靈感）在身體和感情兩方面的毀滅。在剛引述的場景中，正如在第九十八回那場更驚心動魄的死亡描述的筆墨一樣，作者雖然對黛玉的處境極表同情，但同時他在詳細敘述她的生理情況時也絕不手軟。「痰中一縷紫血，簌簌亂跳」是不容易忘記的一句。

那天早晨稍後，寶玉的堂妹惜春——一位宗教信仰極強的女孩，後來成為尼姑——論及黛玉愈來愈壞的情況時說：「林姐姐那樣一個聰明人，我看她總有些瞧不破，一點半點兒都要認起真來，天下事哪裡有多少真的呢？」[48]當然在整部小說中，作者都玩著「假」與「真」的對照：與賈寶玉配對的人物是一個正經讀書青年叫甄寶玉，他似非而是地比賈家的「寶玉」更熱衷功名，因之也就比他更不「真」而辜負他的姓名。黛玉主要是小說寫實部分的主角，但因對於真實的幾乎全然不聞不問決定了她在宗教寓言部分裡的重要性。

如果黛玉對她的未來婚姻日夜焦慮，寶玉的希望，如前所述，是使所有女孩從婚姻的枷鎖中釋放出來。他總是為了這個問題受折磨痛苦：「女孩兒為什麼要出嫁？」在這部小說變得陰深之前，他最喜歡做的事就是跟表姊妹們作詩聚會。他以幻想來安慰自己，幻想只要能和他那些可愛的親戚聚會享樂，婚姻的惡魔就不敢近身——藝術不能改變世界，但一個人在大觀園相當安靜的環境中卻可以為藝術過日子。

事實上，這些聚會構成這部小說的一個穩定的特點：不僅這些臨近婚期的少女，就是那些較年長的婦人，都在這種社交聚會上表現得輕鬆活潑。年長婦人獨處的時候，多會全心想她們個人的問題，只有在這種聚會中她們才似乎開朗起來。在整部小說中，賈母出現時都是由一批人前呼後擁地陪伴著，她通常是喜氣洋洋的。小說到結尾時，賈家陷於經濟困難中，老太太慷慨地把私人積蓄拿出來渡過這難關。[49]從那一次她「疏財仗義」的氣質來觀察，我們懷疑她是否一直在為別人的快樂而自己陪歡笑。同樣地，鳳姐在這種場合中永遠是歡樂的中心，雖然她在自己的小家庭裡是個完全相反的人。對差不多所有賈府的女眷而言，她們在這種聚會中強顏擺出歡笑去參加猜謎、行酒令或漫無邊際地瞎扯一頓。很明顯地，只有通過這種遊戲，她們才能暫時擺脫成年人的負擔和相伴而來的卑鄙念頭。

（論者習慣稱讚鄉下人劉姥姥在榮國府堆金砌玉的環境中粗野的表現。但實際上我們應該注意的是賈府的婦女們怎樣高興接待她，讓她們能從厭煩的日常工作中抽出身來：劉姥姥需要她們的經濟援助與蔭庇遠不如她們需要她的出現帶來的精神調劑更為迫切。下面所記一段自有分曉。賈府的一個墮落分子要把鳳姐的女兒巧姐賣給人家為妾，她躲到劉姥姥農村的家中，後來還跟一位殷實農夫的純樸的兒了訂了婚事。[50]至少賈家的一支在田園環境中得到了精神的再生。)

即使在歡樂的聚會中，也隱隱瀰散著悲哀的泛音。寶玉和他的表姊妹們的詩集可說是個例外，但我們如把這些泛音看作是那些年輕人在大觀園為了逃避成長的負擔而過著的隱居生活，這種辛酸味道就很容易體驗了。這座大觀園是為了寶玉的大姐元春妃子而建的，奉皇妃之命這座花園成為他們居住遊耍的地方，因為她要他們享受親情溫情，而她在宮中是個孤獨的女人。從象徵意義而論，大觀園可以看成專為受驚的青年男女所建造的樂園，使他們暫忘即將來臨的成年人的痛苦。這些近婚期的少女在這裡保持著處子的純真，享受田園的寧靜和詩樣的情懷。但實際上她們正等著長大再送往婚姻市場。在別的文化中青年人迫不及待地要長大成人以迎接婚姻與工作之挑戰，而大觀園內的女子雖然也老想到愛情，且為未來焦慮不安，卻同時要無限期地延長她們清純的歲月，害怕踏進真實經驗的世界。看到周遭不幸的成年婦女時，她們覺得所謂經驗不過是加諸於她們安靜童年的性侵犯暴力以及伴隨而來的腐敗與不幸。

然而性仍是構成她們的夢與期望的主要因素：甚至居住在大觀園的尼姑妙玉也做過一個有關性的噩夢。這夢預示了她最後為強盜拐去，經歷一個不可知的命運。[51] 對於其他姑娘們，最後發現的一個繡有春畫的香囊是迫使她們被逐出樂園的主因。在丫鬟司棋和她的表兄也是愛人的潘又安看來，這個香囊上繡的圖只不過是他倆在大觀園林中情人約會的紀念物而已，並沒有什麼值得大驚小怪的，但對賈府幾位太太而言，這是一個令人驚愕的啟示：蛇已經進入樂園，使年輕女孩子們受庇護的貞操美德受到威迫。所以她們組成一個搜索隊，所有在大觀園居住的小姐、丫鬟都得被查，因之賈府上下老小原先隱藏的衝突怨仇都給揭發出來了。這樣小事鬧成大事，冠冕堂皇的藉口是為了懲惡衛善！

敘述繡香囊事件和搜查事件的七十三至七十四兩回界定了小說的悲劇轉捩點：從此以後，賈家遭遇到愈來愈多的不幸事件，再不可能假裝成喜氣洋洋的樣子了。這兩回以及緊接在後邊的幾回是全書最精彩的部分：曹雪芹寫爭吵的場景以這兩回最為戲劇化，寫哀傷和死亡也沒有比這一部分更少濫情（sentimental）的氣味。在這些章回裡他特別寫了兩位最讓人忘不掉的女子：晴雯和寶玉的異母妹妹探春。此二人皆有火爆性子，志氣高，絕不向惡勢力低頭。賈府過慣忍氣吞聲的生活，年輕的一代卻沒有人敢伸出一個指頭來反抗。現在這兩個女子各以不同方式反抗由王善保家的所代表的不公不義的權威。她是邢夫人最親信的僕人，負責搜查大觀園所有人的財物中有疑問的物件。為了討好王夫人，這個毒惡的好管閑事的女人除鼓動這番搜查外，還指控晴雯是危險的狐狸精，能給寶玉招惹很多麻煩。雖然晴雯近來一直在病中，但這位無辜的丫鬟還是被帶到王夫人面前，受了一番嚴厲斥責。那天晚上，王善保家的檢查住在寶玉屋裡所有丫鬟的私人物件時，晴雯再也忍不住了：

挨次都一一搜過，到晴雯的箱子，因問：「是誰的？怎麼不打開叫搜？」襲人方欲替晴雯開時，只見晴雯挽著頭髮，闖進來，豁啷一聲，將箱子掀開，兩手提著底子，往地下一倒，將所有之物盡都倒出來。王善保家的也覺沒趣兒，便紫脹了臉，說道：「姑娘，你別生氣。我們並非私自就來的。原是奉太太之命來搜察。你們叫翻呢，我們就翻一翻；不叫翻，我們還許回太太去呢。那用急的這個樣子？」晴雯聽了這話，越發火上澆油，便指著她的臉，說道：「你是太太打發來的，我還是老太太打發來的呢！太太那邊的人，我也都見過，就只沒看見你這麼個有頭有臉的大管事的奶奶！」52

稍後，王善保家的以故意無禮的態度對待探春（她是姨太太生的孩子，不像寶玉那麼高貴），被打了一巴掌。但這個僕人最後的屈辱是：她決定要搜查出來的罪犯不是別人，卻是她的外孫女司棋。司棋一向侍奉邢夫人的女兒迎春，因此王善保家的竟然也把自己的女主人弄得臉上無光。雖有這些小諷刺，這番搜查之後，從王夫人和邢夫人能在火速處罰大觀園中真正和可能的罪魁看來，她們的餘威仍在。司棋被逐出賈府後自殺了，迎春嫁給一個十分殘暴的浪子，雖然寶玉最關心晴雯的命運——她也在重病之中被逐出了寶玉的居所怡紅院。

晴雯住在她哥哥嫂嫂家（他們也是賈府的僕人），因為沒有人照顧，病情立刻加劇。一天下午寶玉去看她：

寶玉命那婆子在外瞭望，他獨掀起布簾進來，一眼就看見晴雯睡在一領蘆席上，幸而被褥還是舊日鋪蓋的，心內不知自己怎麼才好，因上來含淚伸手輕輕拉她，悄喚兩聲。當下晴雯又因著了風，又受了哥嫂的歹話，病上加病，嗽了一日，才朦朧睡了。忽聞有人喚她，強展雙眸，一見是寶玉，又驚又喜，又悲又痛，一把死攥住他的手，哽咽了半日，方說道：「我只道不得見你了。」接著便嗽個不住。寶玉也只有哽咽之分。晴雯道：「阿彌陀佛，你來得好，且把那茶倒半碗我喝；渴了半日，叫半個人也叫不著。」寶玉聽說，忙拭淚，問：「茶在那裡？」晴雯道：「在爐台上。」寶玉看時，雖有個黑煤烏嘴的吊子，也不像個茶壺，只得桌上去拿一個碗，未到手內，先聞得油羶之氣。寶玉只得拿了來，先拿些水洗了兩次，復用自己的絹子拭了；聞了聞，還有些氣味，沒奈何，提起壺來斟了半碗。看時，絳紅的也不大像茶。晴雯扶枕道：「快給我喝一口罷。這就是茶了。哪裡比得咱們的茶呢。」寶玉聽說，先自己嘗了一嘗，並無茶味，鹹澀不堪，只得遞給晴雯。

只見晴雯如得了甘露一般，一氣都灌下去了。寶玉看著，眼中淚直流下來，連自己的身子都不知為何物了。一面問道：「你有什麼說的，趁著沒人告訴我。」晴雯嗚咽道：「有什麼可說的！不過是挨一刻是一刻，挨一日是一日！我已知橫豎不過三五日的光景，我就好回去了。只是一件，我死也不甘心。我雖生得比別人好些，並沒有私情勾引你，怎麼一口死咬定了我是個狐狸精！我今兒既擔了虛名，況且沒了遠限，不是我說一句後悔的話：早知如此，我當日……」說到這裡，氣往上咽，便說不出來，兩手已經冰涼。寶玉又痛，又急，又害怕，便歪在席上，一隻手攥著她的手，一隻手輕輕地給她捶打著；又不敢大聲的叫，真真萬箭攢心。兩三句話時，晴雯才哭出來。寶玉拉著她的手，只覺瘦如枯柴，腕上猶戴著四個銀鐲，因哭道：「除下來，等好了再戴上去罷。」又說：「這一病好了，又瘦好些。」晴雯拭淚，把那手用力拿回，擱在口邊，狠命一咬，只聽咯吱一聲，把兩根蔥管一般的指甲齊根咬下，拉了寶玉的手，將指甲擱在他手裡；又回首扎掙著，連揪帶脫，在被窩內，將貼身穿著的一件紅綾小襖兒脫下，遞給寶玉。不想虛弱透了的人，哪裡禁得這麼抖摟，早喘成一處了。寶玉見她這般，已經會意，連忙解開外衣，將自己的襖兒褪下來蓋在她身上，卻把這件穿上，不及扣紐子，只用外頭衣裳掩了。剛繫腰時，只見晴雯睜眼道：「你扶起我來坐坐。」寶玉只得扶她。哪裡扶得起，好容易欠起半身，晴雯伸手把寶玉的襖兒往自己身上拉。寶玉連忙給她披上，拖著胳膊，伸上袖子，輕輕放倒，然後將她的指甲裝在荷包裡。晴雯哭道：「你去罷！這裡骯髒，你哪裡受得！你的身子要緊！今日這一來，我就死了，也不枉擔了虛名！」一語未完，只見她嫂子笑嘻嘻掀簾進來道：「好呀！你兩個的話，我已都聽見了！」又向寶玉道：「你一個做主子的，跑到下人房裡來做什麼？看我年輕長的俊，你敢只是來調戲我麼？」寶玉聽見，嚇得忙賠笑央及道：「好姐姐，快別大聲的。她服侍我一場，我私自來瞧瞧她。」那媳婦兒點著頭兒，笑道：「怨不得人家都說你有情有義兒的。」便一手拉了寶玉進裡間來，笑道：「你要不叫我嚷，這也容易；你只是依我一件事。」說著，便自己坐在炕沿上，把寶玉拉在懷中，緊緊地將兩條腿夾住。寶玉那裡見過這個，心內早突突地跳起來了，急得滿面紅脹，身上亂戰，又羞又愧，又怕又惱，只說：「好姐姐，別鬧！」那媳婦乜斜了眼兒，笑道：「呸！成日家聽見你在女孩兒們身上做工夫，怎麼今兒個就發起訕來了！」寶玉紅了臉，笑道：「姐姐撒開手，有話咱們慢慢兒地說。外頭有老媽媽聽見，什麼意思呢？」那媳婦那裡肯放，笑道：「我早進來了。已經叫那老婆子去到園門口兒等著呢。我等什麼兒似的，今日才等著你了！你要不依我，我就嚷你來。叫裡頭太太聽見了，我看你怎麼樣！你這麼個人，只這麼大膽子兒。我剛才進來了好一會子，在窗下細聽，屋裡只你兩個人，我只道有些個體己話兒。這麼看起來，你們兩個人竟還是各不相擾兒呢。我可不能像她那麼傻！」說著，就要動手。寶玉急得死往外拽。正鬧著，只聽窗外有人問道：「晴雯姐姐在這裡住呢不是？」那媳婦子也嚇了一跳，連忙放了寶玉。這寶玉已經嚇怔了，聽不出聲音。外邊晴雯聽見她嫂子纏磨寶玉，又急，又躁，又氣，一陣虛火上攻，早昏暈過去。[53]

前面記述的這長長的一段是一百二十回《紅樓夢》中最著名的段落之一。但一部分功勞應歸高鶚，因為他很夠眼光加強了寶玉向晴雯告別的悽惻之情，也同樣加強了寶玉立即成為那婦人如狼似虎的性攻擊對象的冷酷反諷。（在脂硯齋評本中，晴雯用剪刀剪下而不是咬下她的指甲，她嫂嫂是個很富同情心的人，且稱讚寶玉的純潔行為。）[54]這兩個對照的場面很尖銳地刪除了讀者對寶玉可能產生的任何錯覺，就是認為他縱非一位大情人，也是討女人喜歡的男人。因為他不只在一個下流女人面前一籌莫展，就是在晴雯面前也是相當被動的。痛苦使他呆癡了，是那個垂死的女孩子一再地採取主動，使他知道她需要他也看到她對他的情意——她請他給她拿茶，她對自己幾年來未公開表明其愛意的悔恨說了一半，她咬下指甲的激烈行動，她掙扎著脫下小襖給她的情人以代替她的身體——因為她以前過於天真無邪、自視太高而未把身體給他。就是這些精確記錄下來的語言和動作使她的道別格外動人。在這部小說中寫晴雯的篇幅遠少於寫黛玉、寶釵或襲人，但是凡寫她的場面，我們如見其人，如聞其聲，最難能可貴。《紅樓夢》的作者為好多女子寫照，其中晴雯的畫像該是最教人歎為觀止的大手筆。

引用這一大段文字的目的當然是為了說明繼大搜查後發生的幾件悲慘事件對於賈寶玉的影響。晴雯的離別使他感動異常，她的死訊使他哀痛欲絕。一個聰明的丫鬟向他保證說，晴雯死後會變成美麗的花神，他半信半疑，終於寫了一篇誄文紀念她。他像一個孩子似的抓住這個虛構的故事，借以解除一部分悲痛的壓力。西方讀者以及年輕的中國讀者會覺得寶玉過於女性化和太依順父母的權威：他為晴雯哀悼，以前還為金釧兒的死哀傷，但他從沒有過一次向他母親進言，她是害此二女死亡的罪魁。我們可以想像，一個處於寶玉的地位的西方角色會對母親心懷怨恨。但在《紅樓夢》的哲學構想中，寶玉女性的感性和置於被動地位的痛苦是他後來精神覺醒的必要條件：一個態度剛強的西方文學主角會泥足情慾過深而不能達到他這種悲劇的感悟力。

因大搜查引起的悲慘事件使寶玉驚呆了，他不久就患病，有一百天被留在自己屋裡。作者扼要地交代說，「四五十天後，就把他拘得火星亂迸，那裡耐忍得住。雖百般設法，無奈賈母、王夫人執意不從，也只得罷了。因此，和些丫鬟們無所不至，恣意耍笑。」[55] 但這些「恣意耍笑」並無特別的敘述：關了百日之後，寶玉對不幸女孩兒們的同情和繼續關懷黛玉的命運實際上並無絲毫改變，因此最合理的推測應該是作者並沒有以那些強烈的字句暗示任何性的放縱。

被關百日之後，寶玉顯得有點失魂落魄。他奉父親之命再入家塾念經書，其間賈府婦女正認真考慮他的婚事時，他的通靈寶玉神秘地失了蹤。他的精神降落到了他精神地獄的最低點，簡直成為一個瀕於死亡的白癡。到他一生兩大高潮事件發生時——黛玉之死和跟寶釵完婚——他只是一個任人擺佈的木頭人。

降生之前寶玉是一塊靈石，希望看看這個花花世界。作為石頭化身，他是小說中最敏感的人，雖然他算有好色意淫的傾向，而他的靈性也因此給蒙蔽了。在失去靈石之後，他在呆癡狀態中木偶似的成了親。但幾個月後，剛重獲靈石的寶玉神志清明了，竭力要把它歸還給原來的主人——那神秘的癩頭和尚。這一行動把全家嚇壞了，襲人死命拉住他不放。用釋道的語言解釋，寶玉此舉當然象徵獲得領悟之後的自我解脫。但寶玉決心要放棄的不只是他的感官自我，而且是他悲天憫人的性格，這樣他才可以從他長期為人間痛苦而悲傷中解脫出來。寶玉精神覺醒這一經歷中所表現的悲劇關聯到下列問題：自我解放所付出的代價是人變得無情嗎？明知自己毫無力量拯救人類，一個人是否更應該忍受痛苦而憐憫世人呢？或者明知得救之後的自己將變成一塊石頭，對四周呼號之聲將無動於衷，而還是覺得解救自己更要緊？

重獲其寶石之後，怡紅公子立刻二遊太虛幻境（第一百一十六回）。在一組更為戲劇化、更有意義的夢境中（第一組夢的教誨格調，早前已有評述），他又看到那些已離塵世的可愛女子，可是她們對他即使無敵意，也表現得出奇的冷漠。初遊幻境時寶玉翻看「金陵十二釵」正冊又副冊裡的詩句和圖畫，完全不解其意，這次重睹詩畫，在沉思那些已進幻境和還在人間的女子之命運，他現在看世事既有預知之明，也就更能接受命運之無情安排了。一夢醒來，寶玉，變成了一個冷漠的人，決心割斷一切人間牽連。寶釵和襲人的關愛和擔憂使他痛苦，但不能改變他的意志。懷著這種孤絕的決心，他現在追求神聖的超脫之路，雖然他還得敷衍盡其人世間的責任。

寶釵和襲人曾在寶玉呆癡時期全心全力地服侍過他，現在她們面對著對他一無所知的恐懼。在往日，二人對了解他的思想毫無困難：她們感謝他對別人的仁慈，原諒他那任性的感情和不隨俗流的念頭。她們想誘之以愛，動之以誠，讓他回心轉意回到儒家責任的道路來。甚至在他復元之後，她們還抱著希望：希望他對死者之悲傷會增強他對身邊人的關懷。逝者已矣，那些悲慘的事件悔之已晚，但他確實仍有能力關愛他自己家裡這些受苦受難的女人。

除少數有鑑賞力者外，傳統的和現代的評論家總覺得寶釵這個人比不上黛玉。近來中共批評家仍惡意誹謗寶釵，只有一人例外。[56]他們說寶釵同「革命烈士」黛玉正相反，是在封建主義下過好日子的狡詐虛偽的陰謀家。這種奇怪的主觀反應，前文已提過，多半是由於本能的重感性而輕識見。寶釵是個賢慧而溫順的女孩，特別是自從她名分上得到她的男人之後，我們可以理解會有讀者把她的優點也加以蔑視。但當我們仔細檢視引證出來解釋她的狡詐與虛偽的文字時，就會發現每一次都是故意的曲解。寶釵當然不是一個叛徒，她接受一個女子在禮教社會中的角色，相信一個學者有責任通過考試做官來證明自己有用。從這一意義而言，跟寶玉一樣輕視八股文和官場的黛玉絕不「庸俗」，自然比寶釵強。但黛玉的輕視庸俗天性只加強了她孤芳自賞的傾向，而寶釵的對禮教的尊崇意味著這是她故意壓制她詩人的感性。黛玉和寶釵兩人在天分上不分伯仲，她們都是沒有父親的孩子，都可以說是寄食於親戚家。如果寶釵能從母親那裡得到愛與安慰，我們必須記得她生活在一個不和諧的家庭中，這個家由她那無能而非常不負責的哥哥控制著。由於早熟和不足為外人道的種種家裡麻煩，她必須像聖人一樣地發揮忍耐和謙遜的能耐，以把自己塑造成為大家可以接受的道德形態。一位詩人和飽學才女卻終日埋首於針線，一位和事佬和忠實朋友卻在家忍受敵視，在外忍受嫉妒，當然薛寶釵還是個完美的妻子，卻不得不順從賈母的意志去侍奉一個垂死的白痴而犧牲自己。

雖然過於強調寶釵與黛玉間的敵對關係一直是批評界的風尚，但也應該記得二人公開的競爭在第四十五回就結束了，那時寶釵因關懷黛玉身體不好，在她面前流露了最真摯的友情。在此之前黛玉對其情敵一直採取攻勢，現在很感激地接受這份友情，並公開承認以前對寶釵的善意持懷疑態度是她的錯。此後，她倆成為知心好友：在她們長輩的控制下，對未來的婚姻都一樣身不由己的兩個小人物。如果長輩選擇寶釵為寶玉的新娘，也絕非出於為她的幸福考慮。雖然寶玉一度曾是小姐們極理想的婚姻對象，但真正為他配親時，他是個並無希望很快復元的重病之人。更甚於黛玉，寶釵是個殘酷的騙局下的犧牲者。毫無疑問地，賈府管事的婦女們認為這匆匆安排的婚姻是醫治寶玉疾病的良藥。薛姨媽不能拒絕這門親事，只能為女兒難過。寶釵對母親是唯命是從的，她「始則低頭不語，後來便自垂淚」。[57]黛玉有充分的理由怨恨賈母、王夫人和鳳姐的惡毒安排，但最後也只能責備自己身體不爭氣以及當初疏遠了和她們的感情，但對於寶釵「沖喜」的殉教之舉，這些長輩們的殘忍、極端的自私自利則要負全責。

既嫁寶玉之後，寶釵當然要盡最大的努力去改善她那無法忍受的現實：使丈夫恢復健康，回到人間的情感世界。二遊太虛幻境之後的寶玉既變得如此冷漠，她自己也就不在乎放棄舒適、財富、地位，也不在乎放棄夫婦之道。她想從寶玉那裡得到的是關懷與仁慈（這也是襲人想要的）。她的最後打擊是：一個以對痛苦特別敏感為其最可愛特徵的人現在竟然漠不關心。重新得到其精神本質後，寶玉已變成一塊石頭。

二人關係發展至此，我們看到了一場最緊要的哲學辯論，清楚地道出憐憫與個人解脫這兩個理想對我們的要求無法調和。在第一百一十八回中，寶玉平靜地接受惜春和紫鵑削髮為尼這個事實時，寶釵和襲人就深感痛苦不安，因為她們知道假如他正常的話，一定會對二女的出家為尼大大哭鬧一場：

卻說寶玉送了王夫人去後，正拿著《秋水》一篇在那裡細玩。寶釵從裡間走出，看見他的得意忘言，便走過來一看；見是這個，心裡著實煩悶；細想：「他只顧把這些『出世離群』的話當作一件正經事，終久不妥！」看他這種光景，料勸不過來，便坐在寶玉旁邊，怔怔地瞅著。寶玉見她這般，便道：「你這又是為什麼？」寶釵道：「我想你我既為夫婦，你便是我終身的倚靠，卻不在情慾之私。論起榮華富貴，原不過是過眼煙雲；但自古聖賢，以人品根柢為重。」寶玉也沒聽完，把那本書擱在旁邊，微微地笑道：「據你說『人品根柢』，又是什麼『古聖賢』，你可知道古聖賢說過『不失其赤子之心』？那赤子有什麼好處？不過是無知無識，無貪無忌。我們生來已陷溺在貪嗔癡愛中，猶如汙泥一般，怎麼能跳出這般塵網？如今才曉得『聚散浮生』四字，古人說了，不曾提醒一個。既要講到人品根柢，誰是到那太初一步地位的？」寶釵道：「你既說『赤子之心』，古聖賢原以忠孝為赤子之心，並不是遁世離群、無關無係為赤子之心。堯舜禹湯周孔，時刻以救民濟世為心；所謂赤子之心，原不過是『不忍』二字。若你方才所說的忍於拋棄天倫，還成什麼道理？」寶玉點頭笑道：「堯舜不強巢許，武周不強夷齊……」寶釵不等他說完，便道：「你這個話，益發不是了。古來若都是巢許夷齊，為什麼如今人又把堯舜周孔稱為聖賢呢？況且你自比夷齊，更不成話。夷齊原是生在殷商末世，有許多難處之事；所以才有託而逃。當此聖世，咱們世受國恩，祖父錦衣玉食；況你自有生以來，自去世的老太太以及老爺太太視如珍寶。你方才所說，自己想一想是與不是？」寶玉聽了，也不答言，只有仰頭微笑。[58]

前邊引述的這場辯論在中國思想界是一場永無休止的辯論。孟子和老子都以「赤子」為人的卓越模範。老子說赤子無知無欲，孟子說赤子之可貴是因為他自身就具有堯舜之美德。孟子以為愛與同情是人生基本事實，對寶釵、對醒悟前的寶玉也是如此的。如果不忍目睹痛苦（「不忍」一詞屢見《孟子》）不是一個人性的試煉，那又是什麼呢？拒絕心中最本能的敦促，一個人還怎能保持為人呢？（孟子曰：「無惻隱之心，非人也。」）寶釵不能理解這一點，寶玉不能在人性討論的理性層面答覆她。只有把人生置於貪婪與受苦的宇宙設計中，一個人才能看到釋脫自己的必要。甚至連已經超脫的寶玉若要告訴寶釵說，死抓住愛與憐憫就是堅持幻覺，也是過於殘酷的：在道家的原始古代，人類沒有愛或同情之需要。

因此作為一個悲劇，《紅樓夢》也有苦味的諷刺喜劇的風格。不難看出的是，其中積累的痛苦和悲慘事件都得建立在讀者易為人類感情所動這個弱點上，但在生、病和死的最重要關頭上，不知從何處來的癩頭和尚和跛腳道士突然出現，譏諷他如此執著於這些感情。黛玉死時，他們的確沒有出現，她的吐血、焚稿、斷氣也完全是用非宗教的寫實筆調寫出的，但這場沒有寓言調劑的悲慘情景可能是有意把女主角從哲學角度看成只是苦戀愛情的犧牲者，至死未得道家的點化。她最後半句話：「寶玉，寶玉，你好……」[59]表現了完全不肯原諒的精神，雖然她那同樣無助的愛人應該是世界上最後一個值得她痛恨的人。從智能上看，黛玉當然也會用釋道的觀點看世界。在第九十一回，她和寶玉談禪，顯示她對佛家「空」的理論有更高的理解。但恰如其人，黛玉之參禪純為心智上的活動，而沒有應答禪的神祕召喚，要她斷絕所有人的感情，雖然在一個很有力的場面中（第九十六至九十七回），就是她也好像暫時擺脫了她那無法忍受的痛苦。她從一個傻丫頭嘴裡聽到寶玉就要結婚的消息。她要回到自己的住處，但「那身子竟有千百斤重的，兩隻腳卻像踩著棉花一般，早已軟了」。[60]茫然走了一陣子，她決定到賈母那邊去問問寶玉。在呆癡狀態中的寶玉只瞅著她嘻嘻傻笑：

忽然聽著黛玉說道：「寶玉，你為什麼病了？」寶玉笑道：「我為林姑娘病了。」襲人、紫鵑兩個嚇得面目改色，連忙用言語來岔。兩個卻又不答言，仍舊傻笑起來。襲人見了這樣，知道黛玉此時心中迷惑和寶玉一樣，因悄和紫鵑說道：「姑娘才好了，我叫秋紋妹妹同著你攙回姑娘，歇歇去罷。」因回頭向秋紋道：「你和紫鵑姐姐送姑娘去罷。你可別混說話。」秋紋笑著，也不言語，便來同著紫鵑攙起黛玉。那黛玉也就站起來，瞅著寶玉只管笑，只管點頭兒。紫鵑又催道：「姑娘，回家去歇歇罷。」黛玉道：「可不是，我這就是回去的時候兒了！」說著，便回身笑著出來了，仍舊不用丫頭們攙扶，自己卻走得比往常飛快。紫鵑、秋紋後面趕忙跟著走。黛玉出了賈母院門只管一直走去，紫鵑連忙攙住叫道：「姑娘，往這麼來。」黛玉仍是笑著，隨了往瀟湘館來。離門口不遠，紫鵑道：「阿彌陀佛！可到了家了！」只這一句話沒說完，只見黛玉身子往前一栽，哇的一聲，一口血直吐出來。[61]

襲人有正常人的理解，她就完全誤解了黛玉的處境：對那垂死的主角而言，她那朦朧不清的狀態是她心靈清澈的罕見時刻。在寶玉娶親的消息打擊下，她暫時能夠使自己超脫於自身痛苦，安於自己的失敗。她說話時（「我這就是回去的時候兒了！」）並迴響著瘋僧瘋道的非屬人性的無情之笑。只有依賴意志的巨大力量，她才能以自嘲代替習慣的自憐。在這種緊張的形勢下，她的身體崩潰了，她吐了口血，幾乎暈倒。此後她就沒有能力再恢復健康。

寶玉最後離家時，也大聲發出另一個世界的兩位代表的狂笑。表面上，他只到離家不太遠的考場去應考，但他卻遲遲不走，同家人每人鄭重地道別，並特別請她們向已在修行的惜春和紫鵑問好：

此時寶釵聽得，早已呆了，這些話，——不但寶玉說得不好，便是王夫人、李紈所說，——句句都是不祥之兆；卻又不敢認真，只得忍淚無言。那寶玉走到跟前，深深地作了一個揖。眾人見他行事古怪，也摸不著是怎麼樣，又不敢笑他。只見寶釵的眼淚直流下來，眾人更是納罕。又聽寶玉說道：「姐姐！我要走了！你好生跟著太太，聽我的喜信兒罷。」寶釵道：「是時候了，你不必說這些嘮叨話了。」寶玉道：「你倒催得我緊。我自己也知道該走了！」回頭見眾人都在這裡，只沒惜春、紫鵑；便說道：「四妹妹和紫鵑姐姐跟前，替我說罷：她們兩個橫豎是再見的。」眾人見他的話又像有理，又像瘋話。大家只說他從來沒出過門，都是太太的一套話招出來的，不如早早催他去了就完事了；便說道：「外面有人等你呢。你再鬧就誤了時辰了。」寶玉仰面大笑道：「走了！走了！不用胡鬧了！完了事了！」眾人也都笑道：「快走罷！」獨有王夫人和寶釵娘兒兩個倒像生離死別的一般；那眼淚也不知從那裡來的，直流下來，幾乎失聲哭出。但見寶玉嘻天哈地，大有瘋傻之狀，遂從此出門而去。[62]

跟較前的一景一樣，這一景中也有些重要的字句有兩種意義（如「離別」、「喜信兒」、「胡鬧」、「完了事了」），用來增強寶玉雙重別離的戲劇：看起來為了離家數天而表演過火的告辭，和事實上他跟這個人情世界的永別。同他最親的王夫人和寶釵感到不祥的預兆，雖然她們不能猜到他的真正計劃。已下決心的寶玉在離別之際流連不捨，因為他也不能忍受真正離世絕情的淒苦。但最後他鼓起勇氣，嘻天哈地笑出來自另一個世界的僧道二人的那種狂笑，為了推行預定計劃而不惜嗤詆人間的哀傷。跟黛玉那次的笑一樣，他的笑一聽起來就聽到了苦中藏恨的音調。

在一篇討論《紅樓夢》的兩個英譯本的精彩書評裡，魏斯特（Anthony West）曾把寶玉比作德米特里．卡拉馬佐夫（Dmitri Karamazov）。[63]但我覺得，二人雖皆深受痛苦折磨，但寶玉缺乏德米特里那種豪放的熱情和活力，也未展示出他在愛與恨之間、極端謙卑與極端背叛之間鐘擺式的永遠擺動。寶玉有他的坦誠、明顯的呆氣和女性氣質，再加上他了解人生的聰明和憐憫為懷的胸襟，但在我看來因此他更像陀思妥耶夫斯基筆下的另一位英雄米希金親王。二人都處於一個邪惡的世界，在這個世界裡，懷著憐憫之心去愛人會被疑為或判為白癡。二人都發現這個世界中的痛苦是無法忍受的，因之都經歷了長時期的神智不清和麻木不仁。這兩位年輕貴族，每人都跟兩個女子有糾纏，她們也都對他大失所望。米希金最後變成白癡是因為納斯塔西亞給殺死後，他知道在一個貪婪淫亂的世界裡，基督之愛是完全無效的。寶玉最後從他的呆癡狀態覺醒過來，也了解了愛情的破產，但他既在中國傳統文化中成長，也就棄絕塵世而去接受身為隱士之無欲無情生態。

假如曹雪芹生活在基督教文化中，他的小說可能會有另一個結局：像米希金一樣，寶玉很可能保持其精神死亡的狀態；但也很可能像左錫馬神父（Zossima）或阿利沙（Alyosha）卡拉馬佐夫一樣，他能重獲其人道精神，終其一生愛人行善，做一個光芒四射的好榜樣。假如寶玉走第二條路，他要是可憐寶釵、襲人難以救贖的狀態，他也就會對她們愈加憐愛。但當然曹雪芹不可能創造出一個基督教的寓言；表面上他寫了一個道家或禪的喜劇，顯示人類不可救藥地受困於慾望與痛苦。除此之外，還透露了至少賈寶玉和幾個特選人物獲得解放。[64]但這只是表面的，因為讀者必然會感到這部小說中所敘述的痛苦之真實性，比起道家智慧的真實性來，更能感動他心靈深處；他對作者給予少年與老人、純潔者與狡詐者、自制克己者與自縱者的廣大同情不能不有所反應。沒有這種同情之深切感受，就不能估量小說主角最後告別紅塵的決定有多痛苦；沒有這種對塵世默認的棄絕，就不能領會美醜皆不能持久的人事無常。雖然主角曾一度安慰自己，幻想在貪與恨的沙漠中保留一小片綠洲，到最後卻不得不面對那無法避免的悲劇，因為他無法舒解愛與個人解脫這兩個相反要求之衝突。他的嚴酷考驗具有如此壓倒性的悲劇感，在決定棄絕這個世界時，我們可以說寶玉穿上了一領皇帝新衣式的袈裟，它比起以愛和憐憫織成的「人服」

來，其織料更稀鬆單薄，不具實質。但他最後的悲痛和冷酷無情應使我們相信他那決定的不可更動的必然性。當然，一部小說的自傳性主角從不會完全是作者自己。一個醒悟的人對其過去的經歷是不會感興趣的：懷舊情緒，對佛家隱士也該同基督聖徒一樣，是個完全陌生的心靈習慣。

以其創作生命專心一意寫寶玉和賈府的歷史時，曹雪芹是個戀戀紅塵而同時又抱著壯士斷臂的決心以求超脫塵世的悲劇藝術家。

注釋

1 林太乙的*Flowers in the Mirror*一書已經對《鏡花緣》做了簡要的翻譯。關於這部小說的收尾幾章的翻譯和討論，可以參看張心滄，*Allegory and Courtesy in Spenser*（《斯賓塞諷喻與禮儀》），第一至三章。

2 國立台灣大學的沈剛伯教授就在《中國文學的沒落》一文中提出了同樣的問題，見《文學雜誌》第三卷第四期（一九五七年十二月），頁4。

3 王國維：《紅樓夢評論》，收在《紅樓夢卷》第一冊，頁244-265。這本書收錄了大量的清代和民國學者對這部小說的評論。

4 《足本紅樓夢》（即常見之程乙本，台北：世界書局，一九六九，以下簡稱《紅樓夢》），第一回，頁1。雖然我在準備這一章時已參考了多家版本，包括由俞平伯及其助手王佩璋（譯按：出版時署名王惜時）校勘整理的彙校本《紅樓夢八十回校本》，我翻譯時仍然依照的是高鶚和程偉元續寫的一七九二年的版本，也就是所謂的「程乙本」，因為它是現在最通行的版本。本書所用的《紅樓夢》，就是這一版本的現代排印本。

5 在一九二一年的《紅樓夢考證》（《胡適文存》第一集）一文中，胡適顯示出他作為批評家和學者兩方面的開創性。他不僅破除了在他之前的一些理論，即使這些理論事實上有利於他提出的「自傳說」，而且發掘出了曹家這一極其令人讚歎的重要史料，為後來學者的深入研究鋪平了道路。周汝昌的主要著作《紅樓夢新證》一書搜羅整理的曹氏家族資料數量浩大，無疑值得所有的紅樓讀者感謝。最近，史景遷（Jonathan D. Spence）出版了《曹寅與康熙：一個皇室寵臣的生涯揭秘》（*Ts'ao Yin and the K'ang-hsi Emperor, Bondservant and Master*），研究的是《紅樓夢》作者曹雪芹的祖父。

6 要確定曹雪芹的年齡，我們先要確認他父親是誰。一七一二年，曹寅去世後不久，他的獨子曹顒繼承了江寧織造一職，時年約十九歲。一七一四年冬，曹顒突然去世，次年他的遺孀生下了一名遺腹子。當時，曹寅的侄子曹頫已經被過繼給了曹寅，並且獲得恩准接任他已故堂兄的織造一職。許多學者認為曹頫就是曹雪芹之父。曹雪芹小說的批語作者脂硯齋告訴我們曹雪芹去世於壬午年的除夕之夜（一七六三年二月十二日），加上周汝昌所持的一七六四年去世說已經被趙岡在《紅樓夢考證拾遺》一書中有力地質疑了，我們最好接受一七六三年是曹雪芹的卒年。曹雪芹的好友敦誠在一首詩中說曹「四十年華付杳冥」，透露曹逝世於四十歲或者四十來歲（因為中文詩裡面的整數通常不能光按字面理解）。根據這條有力證據，周汝昌認為曹雪芹出生於一七二四年。然而，他沒有留意到曹的另一位友人張宜泉在一首詩的批註上寫到「年未五旬而卒」。無論趙岡還是*On The Red Chamber Dream*的作者吳世昌都更傾向於張宜泉的說法，理由是如果曹雪芹真的四十歲就去世，那麼一七二八年他隨父母北上入京的時候就過於年幼了，不太可能記得太多在南京的生活。而他既然後來能夠部分地以南京老家的生活為題材來創作小說，按理他至少應該在那兒生活到十歲至十三歲方才赴京。因此趙岡把曹的生年繫於1715-1718年間，吳世昌認為是一七一五年，胡適則設定在一七一八年。近來，俞平伯和吳恩裕這兩位重要的專家提出新的假說，認為曹雪芹不是曹頫之子，而是曹顒的遺腹子。這個假說在許多方面都立不住腳，除了一點：它可以確定曹雪芹出生於一七一五年。史景遷贊同俞、吳的說法，並且在《曹寅與康熙》中做了非常詳細的介紹。（頁301-303）這個假說最行不通的地方在於，趙岡在論文中已經極其中肯地論證了那名遺腹子應該是脂硯齋而不是曹雪芹本人。後文中我還會簡要提到這篇論文，而我更推薦大家直接去讀收在他的書中的精彩長文《脂硯齋與紅樓夢》，就會被說服。因為我們知道趙岡的看法是脂硯齋略年長於曹雪芹，我將曹雪芹的生年繫於1716-1718年間。

7 《紅樓夢卷》引用了敦誠和敦敏，見第一冊，頁1-7，裕瑞，同前，頁14。

8 參看吳世昌，*On The Red Chamber Dream*，附錄II和III。我必須提醒讀者注意吳個人對這些手稿抄本的喜愛。

9 胡適是第一個批評高鶚作偽的現代學者，見注5提到的胡著。俞平伯在他的《紅樓夢辨》（上海：亞東圖書館，一九二三）中繼續對高鶚進行批評。周汝昌的《紅樓夢新證》也是沿著同樣的脈絡。與此相反的意見有林語堂的文章《平心論高鶚》，載《史語所集刊》（台北：中研院，一九五八）。在沒有新材料的情況下，林敏銳地指出俞、周兩位的論述中存在的主觀偏見。趙岡在《紅樓夢考證拾遺》中已經確鑿推翻了高鶚作偽說。關於後四十回的作者爭議的概況，可以參看我對吳世昌一書的書評，載Journal of Asian Studies,XXI, No.1（November, 1961）。

10 中華書局（北京，一九六三）出版，范寧後記。原本藏於北京中國社會科學院文學所。

11 俞平伯：《談新刊乾隆抄本百廿回紅樓夢稿》，載《中華文史論叢》，第五輯，頁395-445。

12 《紅樓夢八十回校本》，第一冊，頁30-31，注28。

13 張問陶是高鶚的好友，他的詩《贈高蘭墅同年》的小注中表明《紅樓夢》八十回以後的內容是高鶚所「補」。「補」義含混，既可指「訂正修改」，又可指「完成」。見《紅樓夢卷》第一冊，頁20-21。

14 《中華文史論叢》，第五輯，頁437-438。

15 專書研究可以參看劉大杰《紅樓夢的思想與人物》、蔣和森《紅樓夢論稿》。文章可以參看何其芳《論紅樓夢》，載《文學研究集刊》，第五卷，頁28-148，以及其他收入《紅樓夢研究論文集》的文章。後者也刊登了三篇研究論文。

16 採用相同思路的例如林語堂《平心論高鶚》。

17 林語堂和趙岡都強調了這一點。吳世昌在*On The Red Chamber Dream*的第一部分討論了庚辰本。第七十五回這個批註的翻譯見頁29。

18 庚辰本第二十二回脂硯齋的批語提到了這一後果。參看俞平伯編：《脂硯齋紅樓夢輯評》，頁381。王耳主編。

19 參看吳世昌，第八章《脂硯齋其人》（*"The Identity of Chih-yen Chai"*）。趙岡和吳世昌觀點一致。

20 周汝昌在《紅樓夢新證》中考證脂硯齋是史湘雲的真身。（頁547-565）吳世昌認為是曹雪芹的叔叔曹竹，見吳著，頁97-98。

21 見注6，以及趙岡，頁25-58。趙反駁了吳世昌的說法。（頁190-194）

22 見《脂硯齋紅樓夢輯評》，關於甲戌本第十三回稿本的文末批語。（頁214）這個獨特的片段保留在一九六一年由其收藏者胡適以限量玻璃版形式出版，商務出版社（台灣）、啟明書局（台灣）和友聯出版社（香港）發行。胡適作跋文。書的標題為《乾隆甲戌脂硯齋重評石頭記》。

23 參看林語堂，頁378-382。

24 參看趙岡，頁88-124。趙表示這裡的親戚極有可能就是脂硯齋。（頁82）

25 《脂硯齋紅樓夢輯評》，頁33。

26 即賈敬，在第六十三回去世。

27 即賈珠。他的遺孀李紈住在大觀園中撫養他的兒子賈蘭，希望他能夠在科場成功。

28 《紅樓夢》，第五十四回，頁342-343。

29 參看趙岡，頁34。

30 見附錄〈中國短篇小說裡的社會與自我〉。

31 《紅樓夢》，第二回，頁11。

32 《紅樓夢》，第一百二十回，頁789。

33 這方面的著例，如第二十三回，寶玉和黛玉第一次讀《西廂記》。寶玉調笑，將自己比張生，黛玉比鶯鶯。後來，黛玉全神貫注地聽賈府買來的一個年輕的小旦唱《牡丹亭》中的一支名曲。

34 八十回本的開篇第一回，更加充分且恰當地強調了頑石對凡間歡樂的急切渴望。一百二十回本的第一回經過壓縮，石頭顯得更為消極，並且完全是受到那一僧一道的控制。可比較《紅樓夢八十回校本》第一冊（頁2-3）和《紅樓夢》第一回（頁1）的相關內容。

35 《紅樓夢》，第五回，頁34。

36 賈瑞之死在第十二回。小說第一回便已告知讀者這部小說又名《風月寶鑑》，加速賈瑞之死的那面神奇的鏡子也叫這個名字。

37 和小尼姑數度幽會之後，秦鐘生病，又遭到父親的責打。秦父舊疾復發而亡。秦鐘因居喪而病況加劇，很快也去世了，事在第十六回。和表哥潘又安的私情暴露之後，司棋被逐了出去。第九十二回寫到，他們兩個因司棋母親拒不允婚而雙雙自盡了。尤三姐愛慕柳湘蓮，因柳出爾反爾悔婚，憤而自盡，事在第六十六回。

38 第一回就出現的甄士隱和賈雨村，他們的名字帶有明顯的寓言意味。第一回末尾，甄士隱開悟，和跛足道人浪跡而去，而此時賈雨村馬上就要官場發跡。到了第一百二十回，當賈雨村因不光彩的事情而宦途終結後，他又遇到了甄士隱，但他在有所領悟之前睡著了。

39 王夫人認為金釧在和寶玉調情，厲聲斥責她，金釧投井而死，事在第三十二回。晴雯之死，事在第七十七回，下文還會提到她。

40 第二回，出自冷子興之語。

41 見《紅樓夢卷》（第一冊，卷三）所收清代批評家對這部小說的批語。馮家眚尤為典型。（頁232-235）他極力稱讚黛玉而力貶寶釵是「奸雄之毒者」。（頁234）他為晴雯的命運而難過，但也痛惜襲人的性格。又見許葉芬對兩位女主角的完全相反的研究。（頁228-229）儘管如此，在晚清民國時代，並非無人替寶釵和襲人辯護，見同書，第二冊，卷六。

42 見劉大杰：《紅樓夢的思想與人物》，頁43-54、65-77。蔣和森：《紅樓夢論稿》，頁46-112。

43 見范道倫（Mark Van Doren）為王際真的《紅樓夢》英譯本所作序言，頁vi。然而范道倫所討論的只是部分翻譯。

44 《紅樓夢》，第二十七回，頁163。

45 第三十四回，寶玉讓晴雯送兩方舊手帕給黛玉。然而到了第九十七回，黛玉讓她的丫鬟去取她唯一的帕子隨即燒掉了。弗蘭茲．庫恩（Franz Kuhn）已經名正言順地修改了第九十七回，所以我們在他的譯本的第四十三章會看到死前的女主角燒掉了兩幅而非一幅手帕。參看弗洛倫斯．麥克修和伊莎貝爾．麥克修（Florence and Isabel McHugh）翻譯，*The Dream of the Red Chamber*，頁492-493。

46 《紅樓夢》，第八十二回，頁547-548。

47 《紅樓夢》，第八十二回，頁549。

48 《紅樓夢》，第八十二回，頁550。

49 見第一百○七回。

50 巧姐事見第一百一十八至一百二十回。

51 妙玉在和寶玉有一日午後盤桓之後做了這個夢，在第八十回。妙玉被拐，在第一百一十二回。

52 《紅樓夢》，第七十四回，頁489。晴雯在她被分配到寶玉房裡之前，曾經是史太君的侍女。參看同前，頁488。

53 《紅樓夢》，第七十七回，頁513-515。

54 參看《紅樓夢八十回校本》，第二冊，頁878-881。一九六七年五月四日，林語堂在台北一個演講中公開提出了一個荒謬的理論，他認為《乾隆抄本百廿回紅樓夢》中的全部修改都是曹雪芹自己做的。（參看注10）根據他的說法，程偉元和高鶚在發佈了他們的首個《紅樓夢》版本之後得到了曹的這份手稿，然後他們據此迅速訂正了他們之前的版本，發佈了第二版，因為第二版融合了手稿的全部修改意見，也就應該被視為是最忠實於曹雪芹原意的版本。為了證明他的論點，林語堂引用了我們已經討論過的告別的場景。他提出，除了曹雪芹，還有誰會如此自討苦吃、不厭其煩地修改潤飾原手稿中的這一幕？林的演說稿登載於台北《中央日報》（一九六七年五月五日），第五版。

55 《紅樓夢》，第七十九回，頁529。《紅樓夢八十回校本》也有相同的一段。（第二冊，頁909）

56 千雲《關於薛寶釵的典型分析問題》一文看法不同，載《紅樓夢研究論文集》。他的結論看法特別注意修正共產主義批評下的意識形態傾向：「也許把薛寶釵分析成卑劣的人物，更能顯示作品的思想性吧？我的看法和這些同志正相反。我認為正因為曹雪芹把薛寶釵寫成一個許多方面是美的、悲劇的典型，同時又深入地揭發了她的內心的矛盾和不諧和，這個典型的意義才更加深刻、更加深長。」（頁138）

57 《紅樓夢》，第九十七回，頁642。

58 《紅樓夢》，第一百一十八回，頁774。

59 《紅樓夢》，第九十八回，頁652。

60 《紅樓夢》，第九十六回，頁639。

61 同上，頁640。

62 《紅樓夢》，第一百一十九回，頁778。麥克修姐妹英譯本*The Dream of the Red Chamber*，頁576。以下節譯了寶玉之前和他母親的對話，令寶釵聽了忍不住難過起來：只見寶玉一聲不哼，待王夫人說完了，走過來給王夫人跪下，滿眼流淚，磕了三個頭，說道：「母親生我一世，我也無可答報！只有這一入場，用心作了文章，好好的中個舉人出來，那時太太喜歡喜歡，便是兒子一輩子的事也完了！——一輩子的不好，也都遮過去了！」王夫人聽了，更覺傷心，便道：「你有這個心，自然是好的！可惜你老太太不能見你的面了！」一面說，一面哭著拉他。那寶玉只管跪著，不肯起來，便說道：「老太太見與不見，總是知道的，喜歡的。既能知道了，喜歡了，便是不見也和見了的一樣。只不過隔了形質，並非隔了神氣啊。」（《紅樓夢》，第一百一十九回，頁777）

63 Anthony West, "*Through a Glass, Darkly*"，原載《紐約客》（一九五八年十一月二十二日），頁223-232。翁廷樞將之翻譯成中文《紅樓夢的英譯本》，發表在《文學雜誌》第五卷第六期（台北，一九五九）。

64 正如前文提到的，甄士隱（注38）和柳湘蓮聽從跛足道人的召喚，獲得大徹大悟。小說臨近結尾，惜春和紫鵑自願入道為尼時，可以說領悟了一半。

附錄

中國舊白話短篇小說裡的社會與自我

北宋徽宗在位的這段動亂腐敗的期間，中國產生了許多傳奇故事：關於徽宗後宮佳麗之一的韓玉翹的這則不算頂重要的故事，便可算得上是其中之一。這則故事的定稿被收入明人所輯的《醒世恆言》之中。[1]由於徽宗寵幸安妃，韓夫人在被冷落下染致重病。韓夫人原係殿前太尉楊戩所進奉，徽宗便命他領回將息病體。在太尉府中深邃的西園，生活雖然同樣寂寞無趣，但她的病體大有起色，終於到了必須回宮的時候。但是在回宮前的一個惜別宴中，韓夫人因為聽說書的講了一則與她身世相似的故事而舊病復發。那則故事講的是唐宣宗宮內一位同樣不沾雨露的韓夫人，因為宣宗的慷慨，終獲准嫁與暗中傾慕於她的應試官人于佑。[2]聽完這則說書後，韓氏心中尋思：「若得奴家如此僥倖，也不枉了為人一世。」[3]舊病復發後，藥石罔效，楊太尉夫人[4]便勸她往京中兩家香火最盛的廟宇許願。大約一個月後，韓氏的病又漸告康復，便隨著楊夫人和幾個侍兒往廟中還願。在二郎

> 神廟中，韓氏得個機會挑起神前的鎖金黃羅帳幔，一時震驚於這位勇鬥齊天大聖的二郎神之英俊瀟灑，不禁許下一個願來：「若是氏兒前程遠大，只願將來嫁得一個丈夫，恰似尊神一般，也足稱生平之願。」[5]

當夜韓夫人在花園中私自禱告時，二郎神突然出現在她面前，長得跟廟中神像不差分毫。在驚喜之餘，韓氏敬邀二郎神到她房中，重申她「將來嫁得一個良人，一似尊神模樣」的心願。[6]天神吩咐她要心意堅決之後，便跨上窗檻消失不見。第二晚當她再來禱告時，天神又復出現，並與她共度一宵。此後天神幾乎每夜必來，而韓夫人也從此病容盡去，嬌美如花。雖然她仍裝病以期延緩回宮日期，但她病況之改進與夜夜房中私語卻引起懷疑。楊太尉乃延請道士要揭破韓夫人夜客，但不得要領。後來楊太尉又延請一位法力較高的道士來進行此事。經過一番小心佈置，偷掉夜客的武器之後，潘道士終於逼使那神秘訪客倉皇逃遁，遺下一隻四縫烏皮皂靴。故事發展到此，遂轉入查証皂靴來源的偵探工作，在這點上這則故事實可作為中國偵探小說的一例。查證的結果，發現該皂靴的所有者竟是二郎神廟的廟官孫神通，原來他偷聽到了韓夫人在廟中的祈禱。因為孫神通的做法全屬妖徒惡棍行徑，便被凌遲處死。而韓夫人也因這件不體面的醜事被罷出宮，後來嫁予京師中一個商人。這商人雖非跟二郎神同出一模，但總是給了她正常幸福的一生。由此我們可說二郎神以他廟官的生命來達成韓夫人的心願。

就如明朝的許多其他愛情故事一樣，這則故事使我們覺得它對愛情和道德的態度極不一致。起先我們都同情韓夫人的境遇，認為對她之終於在天神懷中沾獲愛的雨露之處理，只能從愛情至善的觀點上為之，此一觀點對壓抑深植人性中之本能以迎合社會禮儀的通俗道德極為不齒。但我們旋又置身另一立場上——我們終於發現惡徒的真面目，他竟敢於喬裝天神以侵犯皇室。此時我們的情感繫在社會這一邊；雖然他先前曾予人以具有天神之英武的印象，但在真面目被揭穿之後，這偽裝者竟係妖徒，係賊，係膽小的登徒子（在他險遭擒獲後便未再往見韓夫人，而重返他的舊相好，一妓女）。而韓夫人也被置諸腦後：我們無從得知在她的「天神」被嚇跑而露出他的凡俗面目後，她作何感覺，也不知她對於自己被棄有何反應，更無法知道她如何調解蒙獲神寵和被一庸俗的惡徒所利用這醜事。在故事的前半我們分享了韓夫人心願獲償的喜悅，但在結尾時我們又須為歹徒之被正法，正義之獲伸張而喝彩。

在西方思想中，只要一個人物的作為與理想相符合，他便會得到支持：假如韓夫人真是值得同情，則她的救星必因此而獲得敬仰，不管他在其他方面的聲名如何狼藉。因此在歐洲文學中，像這故事中的妖道所代表的騙子兼色徒這一型人物，通常是被安置在詭詐與愚頑者的詼諧世界中，對那些詭詐和愚頑者的命運，我們則不十分關注。只要把本故事中的廟官和「十日談」中的惡徒，譬如阿爾伯圖修士（第四日，第二則）相比較，[7]我們馬上就認出薄伽丘的純詼諧體和本故事的混合敘述體之差異。在本故事中，作者最初以近乎悲劇的嚴肅態度處理他的題材。在薄伽丘的故事中，阿爾伯圖修士偽裝天使卡布列爾去勾引那個虛榮而愚笨的李雪塔。在共度過許多春宵之後，當他被女孩的姊夫們所撞破時，他從窗中逃出，跳入運河，把兩個翅膀遺棄不顧，就如本故事中的廟官遇襲時遺下皂靴一樣。薄伽丘故事中的輕鬆筆調，並不表示薄伽丘總是以輕浮的態度處理性愛——事實恰恰相反。雖然在表面上薄伽丘和許多中國白話故事很相像，但就由於他是積極地在倡導愛和自然的原則，倡導性在人類生活中的極端重要性，所以他是個較中國作者們遠為首尾一貫的故事家，是個態度明朗的道德家。[8]當然，在前面提到的故事裡，薄伽丘是意在嘲笑女人的淺薄，譏刺虛偽的教士；何況，在詼諧的體式內，愛情並不被視作一項絕對的需要：李雪塔和阿爾伯圖兩人都未達性飢渴的地步。相反的，《勘皮靴單證二郎神》的作者，一方面對韓夫人的本能需要極為重視，因此不敢以輕率的態度處理愛情，但另一方面也同樣尊重既成的制度——即使像三宮六院這種殘酷的制度，因此也不敢不以惡徒視她的救星。這種模稜態度說明了作者之所以猶豫不決，不知將愛情和自然置於何等地位，因此在一個個性愛事件之後，他終於把自己和讀者從性泛濫的邊緣拉回，而肯定法律和秩序的重要：天神是個偽裝的騙子，救星是個誘人的色徒。但是愛情的樂趣使他們忘掉了即將來臨的處罰，並覺得愛的樂趣——不管是用什麼不正的手段獲得，也不管是否低級的純肉慾的滿足——總是比故事中的女主人公最初的挫頓境遇要好得多。

《醒世恆言》第九卷則屬於另一類完全不同的故事，這類故事所歌頌的乃是婚後的忠誠不渝，而不是偷情之愛。這篇故事曾被恰切的英譯為《永恆的情眷》。不過在這篇故事裡，引起我們興趣的仍然是它內在的不調和。

在一陣說教的開場白之後，當故事開始時，陳青和朱世遠兩人在陳青家下棋，他們的好友王三老恰巧也在場。王三老那天心情特別愉快，便提議要陳青的兒子多壽和朱世遠的女兒多福，兩人都是九歲，互許婚配。陳朱兩家原是志同道合的鄰居，這訂親的事一提便被接受下來。但是在十五歲時，陳多壽竟染上癩的惡症，一年後被摧殘得「肉色焦枯，皮毛皴裂。渾身毒氣，發成斑駁奇瘡；遍體蟲鑽，苦殺晨昏作癢。任他凶疥癬，只比三分；不是大麻風，居心一樣。粉孩兒變作蝦蟆相，少年郎活像老龜頭，抓爬十指帶膿腥，齷齪一身皆惡臭」。[9]過了三年，這病仍毫無好轉跡象，朱妻柳氏開始為女兒一生的幸福著急，便跟丈夫朱世遠哭鬧不休，直到陳家因心中不忍，自動提議退婚。但是多福卻不聽從。兩年後多壽親自請求退婚，但多福卻拿自殺來表明她心意之堅決不可動搖。最後終於成親了，成親後，多福更是任勞任怨，悉心照顧丈夫。但見她：「著意殷勤，盡心服侍。熬湯煮藥，果然味必親嘗。早起夜眠，真個衣不解帶，身上東疼西癢，時時撫摩。衣裳血臭膿腥，勤勤煮洗。分明傅母育嬌兒，只少開胸喂乳。又似病姑逢孝婦，每思割股烹羹。雨雲休想歡娛，歲月豈辭勞苦。喚嬌妻有名無實，憐美婦少樂多憂」。[10]但她這種自我犧犧牲奉獻非但未給他任何舒適，倒反使他更覺悲慘。漫長的三年過去了。最後，在一個算命的靈先生測出了他不盡的惡運之後，陳多壽感到心灰意懶，便以砒霜和酒尋求自殺以結束痛苦。發現多壽服毒後，多福也把餘酒飲下，要與丈夫同生同死。當然，兩人及時被救。不僅如此，陳多壽飲下的砒霜竟克制了他體內的癩毒，使他神奇地痊癒了。此後這一對夫妻便幸福地生活在一起。

魯迅在他的《中國小說史略》裡曾引了這故事的兩段，說明白話短篇小說在寫實方面的高度成就。[11]但是這項寫實色彩，除了更加強這故事的聖徒意味外，再度指明了作者對他的題材之欠缺控制：在一方面，他很合理地讓這對飽受痛苦折磨的夫妻企圖自殺；但在另一方面——雖說在中國小說中每件意外同時都代表著天意——他之使他們從死亡的噩夢中醒轉，總未免顯得太出人意表。即使說在中國的典範故事中，就如在基督教的聖徒故事中一樣，奇蹟是免不了要出現的，我們還是要問這麼一個問題：陳多壽夫婦的苦難何以就會使他們得救？

在歐洲的傳統中，痲瘋病人一向被認為係被逐出人群者。只有在完全順服耶穌所代表的神愛之權威下，他才能再回歸人類之中。相反的，就如在福樓拜所重述的聖徒朱利安故事中所指明的，最能夠證明一個聖徒之為聖徒的，就在於他對痲瘋病者的同情，且在必要時，完完全全地願意去吻痲瘋病人的嘴和擁抱他的裸體。但是染上癩病的陳多壽和他妻子既未接吻也未擁抱（為了令人敬佩的理由，他們甚至於違反了多壽母親要他們行夫婦之禮以生子的意願），而多壽之終於痊癒也不是基督教的奇蹟。多壽一開始便極不願接受多福的服侍幫助，因為他雖殘廢，還是想保存他的自我。在另一方面，多福之堅不退親並非出於憐憫的心懷，她也未體認出她自己擔負了一項救治多壽的使命。她之所以如此做，主要是為了要盡責，同時也害怕失節，因為，雖然這婚約都係由父母所訂，但是對女孩子而言，毀約另婚一向被認為是極大的恥辱。不要關注多壽，讓他自生自滅實在是遠較仁慈的事：因為記掛著自己蒙受她自動奉獻的恩惠，只有更使得他為婚姻之滑稽可笑而陷入絕望之中。因此這篇故事不能被視為愛情戰勝自暴自棄的寓言。多福無疑的是個最盡心盡責，最任勞任怨的護士，但是在缺乏慈善的情形下，她無法扭轉她丈夫的自厭自惡的態度。她的自我犧牲越大，他便越急於掙脫她的支配：他的自殺可說是他拒絕她之自我犧牲的最有力證明。

陳多壽之終獲痊癒，就像在前個故事天神之終被貶聽，實在是跡近欺詐：它辜負了讀者的情感預期。這兩篇故事的結局都指明了作者堅決支持通俗道德的態度，雖然他衷心喜愛偷情之樂，雖然他細述了一項不必要的堅貞所招來的痛楚。雖然多福很明顯的是這種道德的犧牲品，但她的堅持苦撐被認為是可敬佩的，不是可憐的。

她不像向乖舛的命運低頭的格麗雪達（英國作家喬叟《坎特柏雷故事集》之"*The Clerks' Tale*"中的人物）。她不顧父母、未婚夫婿和公公的勸告，積極地尋求自我犧牲。假如她父母等人代表的是社會，則她之決心接受苦難考驗跟韓夫人之決心尋求幸福，同樣都是以一種反抗的精神去獲得實現的。

多福之執著於婦德和韓夫人之尋求愛的體現，可說是中國短篇小說中自我所追尋的理想。橫阻在這些理想之前的，是通俗的道德觀——矛盾的是，作者對二者均同樣支持。

我上邊所舉的這兩個例子，是取自1620-1628年間所輯的一百二十個故事。這一百二十個故事共收成三輯，每輯各有四十篇。其書名分別為：《古今小說》、《警世通言》和《醒世恆言》。[12]第一輯又名《喻世明言》，因此這三輯又統稱為「三言」。[13]「三言」的編輯和出版者馮夢龍是位致力於保存通俗小說和戲曲的文人。[14]沒有他的辛勞貢獻，大部分三言裡的小說定會散失，而保存在較早的集子中的少數故事，一定會使我們對宋朝以來的「說話」之繁富和蓬勃產生不正確不完整的瞭解。[15]馮夢龍「三言」的出版立刻便引起了廣泛的興趣，在明末清初這段期間，由文人模仿「三言」所寫的小說便達十多種，有千百篇之多。但是中國人對小說一向是極輕視的，何況因作者們逐漸地專門寫淫蕩的故事而招致罵名，因此這類小說也就衰落了。只有一部包含四十個還算過得去的故事的書流傳下來，這部書便是《今古奇觀》。[16]後來當大家對白話文學又發生興趣時，學者們便只好跑到日本去找尋舊本，因為這些書在中國早就亡佚了。

「三言」中的故事，幾無例外的都是根據宋元明的話本，[17]而且都保存了說書的常套。這些故事在輯印成書時，恐怕很少是經過仔細編改過的。[18]這些故事的好壞頗不一致。而雖然我們無法考明每一篇故事寫作的確切日期，說書者的技巧在數百年中必有改變——雖然不一定變得更好。在晚明的故事中，可顯明地看出比較詳細的寫實色彩來。不過有許多這類故事，在跟宋本故事兩相比較下，卻也顯出它們對人類事件採取更具道德意味的解釋。這很可能是後人企圖對宋代說書者所報導的一件醜聞或謀殺事件中之引人的或令人困惑的細節提出解釋的緣故。中國最早的說書者為佛教僧侶，而一般民間的說書者顯然是以教外的傳道者自居，以釋儒道三家教義中的陳腔濫調來肯定通俗道德，拿因果報應來解釋社會上的不平等。但同時由於說書藝術朝著寫實方面發展，也使得說書者對個人的需求，對潛伏於他們心中的反社會情緒寄以同情。在「三言」的許多故事中我們可覺察到的這種情感分割，實是由於作者對自我和社會兩者都心存忠貞，對隱藏於個人心中的自我完成的理想和公眾所支持的道德與世俗之幸福都同其支持，並以因果報應的理論來予以解釋。在表面上，社會總是獲得最後的支持贊許，因此作者心中的衝突便很少以嚴謹的藝術之一貫性出現。孫神通之被極刑並未推翻作者對韓夫人的同情，而多福之遵守通俗道德也並未掩飾她的婚姻之悲慘，或改變了我們對她偉大犧牲的看法：我們仍認為她實際上是不顧社會意見而與多壽結婚。在宋明時期通俗道德居於絕對優勢的情況下，作者仍能在他的作品中表明他對自我和社會的雙重忠貞，仍能對自我表示如此大的同情——雖其表示的方式極為機密巧妙——實在是很值得注意的事。我們或會指責「三言」在道德上的妥讓態度，但是這麼做就等於無視了「三言」故事中另一道德原則的存在，這一道德原則與那被瞎捧瞎說的通俗道德，剛好居於對抗的地位。一位極為出色的白話小說批評家，約翰．比修普（John L. Bishop）先生，曾因為在許多白話愛情故事中，其坦然自承的教導主義和不道德的故事內容間存在著不可彌縫的差異，而斷言這類小說只不過在供人消遣，甚至於是以說教為裝飾的色情作品。[19]但是比修普先生沒有想到，所謂的色情作品很可能對生命懷著遠比指責它的道德見解更為嚴肅的態度。

在論及說書者對個人和社會的雙重忠貞時，我可能給讀者一個錯誤的印象，認為所有的白話故事表面上都是站在社會這一邊的，而我們的主要任務就僅在揭示它們對自我的暗中支持。不錯，在繁富的「三言」之中，無可避免的，有若干探討超自然事跡或美化具宗教意味的傳說的故事，跟社會觀念習俗是極不相關的。不過這類故事中的理想人物對俗世的道德和幸福之無視，同時也替我們指出了那些沉湎於俗世的責任和情愛之中的主角們的性格。

有一類很特殊的故事專門講神仙事蹟，就是敘述一些傳說中的人物如何得道成仙，獲得長生不老；這一類故事總是能引起一般中國人的奇思異想。從倫理觀點而言，一個人之所以能得道成仙是由於他能不為財勢與女色所誘，但實際上這類閒聞逸事與詼諧的故事，所強調的，並不是道德的奮勉，而是使少數人得以自然抗拒誘惑的道家恩典的條件。不錯，這少數幸運者很可能需要做無數的善事，諸如醫病、驅旱治水、斬殺惡龍等等，但是等他們一升天堂之後，這些典型的神仙，譬如呂洞賓和張果老，便被描繪成喜愛嬉戲，風趣詼諧。和這種神仙故事連在一起的是關於大詩人的故事，如李白、蘇軾、柳永等等。他們被公然崇拜，因為他們輕視世俗和儒家觀念；甚至於他們的酩酊醉態和放浪不羈，也被津津樂道。等如市儈的官僚是他們公認的敵人，至少有一位以詩酒傲視公侯的盧太學，便吃了他們的大苦頭。[20]差不多所有關於詩人和道家神仙的故事，都描述了官場和情愛所無法污染的天成自然和逍遙自在。

比較精練的道家神仙故事裡，則充滿著對孩童似的愚癡的崇敬。譬如說吧，就有個令人難忘的故事敘述一個老叟專心一意地種植花果，雖然他在世俗的權力下（以欺弱的暴徒張委為象徵）毫無辦法，但是他的專心一致終於使他得道成仙。[21]這種對非世俗的愚癡和無邪的天真之讚揚，也存在於典範故事中。在這類典範故事中，具有特殊勇氣和耐力的書中人物——代表著儒家的忠、孝、貞潔和忠誠的友誼，以及佛家的博愛和行善等理想——總是和貪與色的惡勢力處於對抗的地位。在這種對抗中，那正派人物總是獲得最後的勝利，也因而獲得了財、壽與官爵，即使他未能及時享受，他的子孫也必能獲得福報。這種對於世俗成敗的關注，不應使我們忘了這個事實：正角之所以受到崇敬，主要是由於他的極端慷慨，由於他之決心追求世人認為愚笨的事物。甚至於在他服從職責的指揮時，他也漫無節制地顯示出一種令我們敬仰的個性來。譬如說吧，儘管多福在精神上的貧乏，她仍不能掩飾掉她固執的自傲和自我犧牲的堅定決心。在一方面說，她是封建道德的犧牲者，但從另一方面看，當她選擇為一個荒謬的理想而生活時，她卻是存在主義式的尊嚴之倡導者。就像典範故事的其他男女主人公一樣，她選擇了柏萊克式的過分之路，而即使她未達智慧之宮，至少她給予她的生命以一項較追求世俗幸福更為令人滿意的目標。差不多所有典範故事中的反角都是自私的——如壓榨百姓的官吏，貪婪無饜的盜賊，嫉妒的兄弟姊妹，猜忌的繼母；而正角們則完全無私地追求其所選擇的理想。此種理想最初之與傳統道德相一致，並無損於我們對他們的荒謬尊嚴之崇敬。

然而就像歐洲中古時代的聖徒故事、童話、莎士比亞的後期劇本，甚至如天方夜譚一樣，典範故事所關注的主要是人性的種種可能，而不是實際情況。雖然它偶爾也顯示出極高水準的寫實主義，但是它主要的韻調則是樂觀，——是在一個幾乎完全超感官的世界裡，對於人類努力的價值之完全接受，在這一個世界裡，善總是得到報償，惡總是遭到處罰。我們對典範故事感到不安之處，乃在於它總是過分天真地以一狹窄不變的天意來解釋一切現象，因為我們認為，作者同樣有義務描述人類行動之有趣的偶然性。當奇蹟變成濫調時，人生也就失去神秘了。

作者以許多幻想來妝點美化儒家的英雄主義和道家的超脫等理想，但我們可以說他這麼做對中國的生活經驗並無任何新的發現。雖然典範故事中的荒謬英雄是超出傳統理想的一個難得的進步，但是這種故事仍然還是一種幻想的形式。它對好壞善惡之絕然劃分，實際上遺漏掉了現實的一大部份。用佛洛伊德的術語來說，我們可以說典範故事主要的是處理自我和超自我，而道家的神仙故事則把以德靈化於輕鬆的非現實世界。而神仙的自由之無用，儒家英雄之有時淪為神意的工具，實是由於他們對本能的自我之扭曲或抑制，由於他們之無能獲得性之生命力的支助。要對社會和心理真實獲得更充分的瞭解，我們應求助於愛情故事。

在讚揚儒家的英雄主義和道家的超脫上，說書者實是顯露出了中國想像之平淡。在中國的思想裡我們找不到類似西方之道德二元論的思想。在這種道德二元論裡，本能和熱情的自我與理性相對抗，譬如尼采的阿波羅和戴奧尼修斯，布萊克的天堂和地獄，以及現代心理學家們的類似公式。[22]中國文化中的倫理意識，傾向於抑制戴奧尼修斯式的本能。

它被壓抑後所僅剩的那種反抗性格，那種熱情的本能之無羈無束的不歸依和荒謬的自我肯定，也被導入道家和儒家式個人主義當中，這種個人主義隱含著對性之生命力的昇華超越。在實際行為上，由於不能駕御性能力以豐富人生，才使得那種謹慎的道德成為可能，雖然那種道德有節制的享樂隱含容忍；在文學上，這一無法駕御性能力的失敗，導致了悲劇本能之馴順化，促成了對不合理的人性之可怖的光輝拒絕思考。作為文雅的文學題材而言，性愛似乎總是被固定於多情善感的姿態之內，它的較狂野的方面則很少被觸及。

當然，隨著通俗白話文學的興起，自我本能的衝動也逐漸地獲得了更大的注意。假如我們把「三言」中的愛情故事和唐朝那種較理想化、較羅曼蒂克的愛情故事相比較，我們便可看出，前者較坦誠的欣賞性，對本能衝動，對不顧利害，無所不焚的熱情之神聖，給予更率直的肯定。雖然非分之愛仍被惋惜，雖然勉強的性愛和過分的放浪被認為極端可怕，但至少年輕的情人們——在他們的情愛所造成的與社會隔離的世界中，名譽和宗教暫時都跟他們絲毫無涉的情人們，卻被起勁地描述著，慷慨地被給予同情。我們幾乎可以說，說書者在這些年輕人的情人中塑造了一個新的自我，一個盡情而充分地享受自己的情和慾的自我，在熱切地尋求愛情之中，他發現了能維持他生命的一切價值。

但由於說書者都是傳統的、折衷派的道德家，他們無法從這一觀念出發去創造一種敢於公然反抗社會的小說。十八世紀在歐洲出現的那個新的浪漫的自我，在它出現之前曾獲得哲學家的支持，但中國的新自我卻沒有這種思想上的支持，而它的內在需要也經常被視為肉慾的享樂。[23]雖然說書者完全同情人們之追求自主和歡愉，但很可能的，他卻不能或者不敢以思想上或道德上的贊許來表示他的同情。因此雖然他盡可能地給予年輕的情人們快樂幸福（他們的唯一錯誤是性的衝動），但是對於私通的男女或難耐孤寂的尼姑和尚，卻極端嚴厲。到底他無法捨離一個一向指責通奸，而對於未婚男女的自由戀愛也不許可的社會之習俗。所以也只有在妓女的故事裡，說書者才能發展出一種類似西方的求愛之愛情故事，充分地表明他對於彼此熱烈相愛的愛情之偏好，因為妓女的奴役地位使她們多多少少能免於社會的指責，能自由地選擇情人，賞賜情愛。

說書者越是注意社會習俗和道德，愛情故事的社會和心理負擔便越重。第一，不像儒家英雄之可以按世人對他的成就之崇敬的程度而傲視社會，一個情人總是警覺到社會對他的指責，不管是想跟鄰居的女兒幽會或跟朋友之妻偷情。甚至於他要到花街柳巷去的時候，也總是受到父母的反對。第二，在從事這種冒險的行動時，他並不在追求什麼遠大的理想，而只是在尋求一時的樂趣：說書者總不免要注意及他內在的自覺。在愛情故事裡，雖然說書者之偶爾引用宿緣的原則，以及他之經常利用鬼神和賢能的縣官來使清白和正直者獲得正義等等卻顯示出幻想因素之存在，但是俗世的氣氛已大大取代了典範故事中的童話氣氛了。

當然，社會並不是不變地以情人的非難者的姿態出現：它有時指的是一些謹慎的考慮，在情人的熱情冷卻時，他便無法不接受這些考慮。[24]在許多棄婦的故事中，那些女孩不忠實的情人們，最後總是選擇較安靜的官場樂趣和體面的婚姻。甚至於那把一切希望都寄託在情人身上的浪漫的青樓商女，遲早總是要面對著社會的或經濟上的現實：娼鴇的貪求無饜，被怠慢了的顧客之殘暴，床頭金盡的情人之不再受歡迎，或者他之突然厭棄縱情聲色。在明人有名的愛情小說之一的《杜十娘怒沉百寶箱》裡，[25]甚至心性高潔的女主人公也顯示出她在經濟方面的謹慎。在被她不忠實的情人出賣之後，杜十娘在一群人的觀看之下投水自盡。但是在投水前她畢竟先展示了百寶箱中的財富，然後才懷寶投入江中。杜十娘是個希望幻滅了的浪漫理想派，她不自覺地把愛的價值和她的私蓄之價值等量齊觀。假如她讓她的情人知道她積聚的財寶，他便不會摒棄她了——不過，這樣做她也就無法知道他真正愛她多深。由於她的謹慎，也由於她之希望他在仕途上有所成就，使她想去測探他的真愛。但這測探的意思卻使他看到了浪漫的輕率之愚蠢，以及父母的庇蔭之安全舒適。我們可以說，杜十娘因為沒有勇氣只信任愛，才招致她必然的滅亡。

愛情也不僅僅是和社會相對抗；它也以它可憎的相對者——肉慾——的姿態出現。在中國愛情故事不準確的愛情字彙中，有時實難分辨愛和慾的不同。就像年輕人的浪漫愛情故事告訴我們性的喜悅，令人刺激的色情故事則引導我們去檢查縱慾的恐怖。雖然作者很技巧地描述蕩子尋歡的情形，但他似乎特別著迷於拆去社會禮儀的面具之後女人無法控制的性狂熱。就有一篇故事敘述兩個尼姑和她們的女僮漫無節制的性要求，在不到幾個月的時間便把個蕩子弄得精力枯竭。[26]這篇故事我想一般是被當作黃色色情故事看的，但它所揭示給我們的應是長久壓抑的性慾一旦暴發之後那種完全的毀滅力之可怖。

有一篇未被注意的故事，《況太守路斷死孩兒》，[27]對一個人屈辱向肉慾低頭之迷惘做悲劇的一瞥。一個無子的青年寡婦，為了愛惜名節而違反父母的意思，不願再嫁。但是十年之後，由於一個垂涎於她的破落戶名叫支助的妙計，她終於失身於她年輕的小廝得貴。一年後她產下一男嬰，但為了保持名節，不惜將他溺死。但支助竟拿屍體要脅她，硬逼她順從。在她最後識破這恐怖的奸計時——就如湯瑪斯．米德爾頓的《換嬰》中的貝阿璀絲，在發現自己處於德佛倫理斯的惡計中一樣——她殺死小廝，自己也自縊身亡。在巧妙地戲劇化了一個人自認的名譽和實際無能抵抗引誘之間的對照時，這篇故事記錄下了一個普遍的道德真理。

我在前面對肉慾引起的後果所說的話，應使愛情處於較有利的地位。作者對社會和自我之同等忠貞，實是造成這種明顯的混亂和其更具效果的緊張之原因，不過它最後的道德目的則不含混。在以一種較傳統的中國道德家和哲學家較為徹底仔細的態度檢查了熱情之美與醜的面面之後，作者終於呼籲健康和清醒：在尊重熱情之本能的完整性和惋惜性愛之被剝奪的情形下，他是站在個人這一面的，但在指出強迫性的色慾和過度的縱情之危險時，他是站在社會那一邊的。我們回頭來看看我最先提到的愛情故事：現在我們可以說明作者對韓夫人和其引誘者之雙重感情，雖然這並不表示他能寬恕引誘者的誘騙。作者很自然地會同情韓夫人不沾雨露之苦，而譴責其誘騙者為一行為不檢的色徒。誘騙者不但構成了社會的威脅，對韓夫人所渴望著的愛之完整更是一大諷刺。這故事所隱含的訓示是，假如任令他們繼續縱慾，則甚至韓夫人也終會變成一可憎的淫蕩婦。

作者對於情愛的探索似乎只更加強了傳統對於謹慎與節制的重視。他到底無法違反他的中國精神性——它一向喜愛有節制的享樂而非了無羈束的情愛，它本能的對布萊克式的活力和戴奧尼修斯式的狂野產生畏縮。作者對儒家英雄和道家神仙的全心擁護，與他之認為情人之既是自我完成的追求者，又是慾的犧牲者的態度，恰恰相反。當然，這種好惡相參的情感態度，使許多愛情故事免於典範故事的命運，免於淪為與現實少有相關的幻想。就整個中國文學而言，白話短篇小說的人性成就，乃在於它對本能的自我給予大膽的描述，在於它對情愛之好壞面的探究。在最上乘的愛情故事裡，寬大同情的現實性解決了社會和自我之間在實際的人性衝突中的情感爭辯。

《蔣興哥重會珍珠衫》便是這樣的一篇故事，[28]這篇故事我認為是明人小說集中最偉大的一篇。雖然在表面上它像以神意喜劇為架構的一個說教故事，它實在是一個在道德與心理方面幾乎完全首尾一貫的人性戲劇。它的主要情節使人想起《水滸》和《金瓶梅》中潘金蓮的故事：一個男子與一已婚女子的偶然而短暫的相聚，他之依賴一職業媒婆以獲得她的垂愛，他的如願以償與死亡。不過在《水滸》和《金瓶梅》裡頭，那男子是個聲名狼藉的色棍惡徒，那女子是個非常的淫蕩婦，而丈夫則是個面目可憎、心智虛弱的三寸丁——換句話說，是些色慾，狡詐與呆愚被放大了的人物。《蔣興哥重會珍珠衫》裡捲入三角愛情的三個人，都屬於商人階級，他們是正常的體面的人物，既能愛又很忠誠。甚至那個媒婆也不如西利爾·布區先生在他的英文翻譯的緒言裡所說的那樣可惡：那媒婆事實上就如品達魯斯的女性化身，在濟助中國特洛依勒斯的困難。在激發愛的喜悅與痛苦方面，這篇故事頗像喬叟的《特洛依勒斯與克麗西德》。

蔣興哥和三巧兒兩夫婦萬般恩愛，在結婚後的三年中，蔣興哥一延再延，捨不得離開嬌妻遠走廣東去經商。第四年的春初他終於不得不前往異地，但他應許在一年內返家。臨別前，三巧兒指著樓前的一株椿樹道：「明年此樹發芽，便盼著官人回也！」這一年裡她守身如玉。但是新年來臨時她變得焦慮不安，尤其是在一賣卦的算出了蔣興哥會及早返家之後，她更是寢食難安。懷著法國典型的古典小說家對人心的那種警譬的瞭解，作者這樣描述她的情況：

大凡人不做指望，倒也不在心上，一做指望，便癡心妄想，時刻難過。三巧兒只為信了賣卦先生之語，一心只想丈夫回來，從此時常走向前樓，在簾內東張西望。[29]

在椿樹已經發芽之後，有一天一個俊俏的後生從樓前經過，三巧兒以為是自己丈夫，揭開簾子看望。等一發覺看錯人時，她便羞紅滿面地急急退回後樓。但那做生意的俊俏後生陳大郎竟已熱烈地愛上她了。於是他便跑到做牙婆的薛婆那裡求她幫助。薛婆在重賞之下也就開始設法削弱三巧兒的防衛。她丈夫蔣興哥離家後的第一年大都在病中度過，因此久久不回。終於，在七夕三巧兒接受了陳大郎的愛。經過幾個月的幸福相處之後，陳大郎終須離開。離開後陳大郎碰巧在蘇州遇到了三巧兒化名的丈夫。他們成為最好的朋友。但是有一天蔣興哥看到了陳大郎穿在身上的珍珠衫，知道了真相。這珍珠衫是蔣家的傳家之寶，三巧兒把它送給陳大郎做為分別的禮物。興哥便急急趕回家去休她。數月以後，陳大郎想回去探視三巧兒，但卻染患重病死於棗陽城外。興哥和三巧兒其後的事在這裡對我們並無關緊要，不過在興哥娶陳大郎的寡婦為妻後，他們終於又團聚了。

這篇故事裡的人物充滿著可信的人性，這對於中國的小說作者而言，是一件少有的成就。我現在只想評論女主人公三巧兒。我相信，就一個多情而又淫亂的婦人而言，她在中國小說裡幾乎是自成一類的。套用李威斯的話說，她就像克麗西達一樣是個「天生貞潔熱情，而尤具摯愛的女人」。[30]就因她需要真的愛情，她才會誤認陳大郎為自己的丈夫。也由於這同樣的需要才促使她接受薛婆的友誼。薛婆不但陪伴她來寬慰她的寂寞，並且還很巧妙地給她上了一課新的愛情觀。三巧兒顯然地接受薛婆的理論，認為她丈夫可能對她不忠實，因此在心理上有了接受情人的準備。而她最後之覺悟正意味著她也有過克麗西達所遭到的問題。在品達魯斯的影響下，克麗西達開始認真考慮應否償報特洛伊勒斯的愛：「我過這樣的生活目的何在？」[31]她向自己發問著。假如沒有愛，那麼生命有何意義？肉體有何用處？但三巧兒並未把這種反抗的態度以一自覺的明白方式表現出來，這正是我們同情她的條件。她之在七夕接受情郎，可以說是被薛婆的淫語猥言挑起性的渴慾後極自然的行為。雖然在企圖破壞三巧兒的名節，薛婆顯示出與梅菲斯多非利斯同等的狡猾，但三巧兒第二天醒來時就像格麗春一樣，對於一夜的恩愛不但了無悔恨，還對情郎充滿謝意。因為作者令我們深信她之坦誠地接受情夫，完全消除了一夜風流的淫蕩氣息。

三巧兒全心全意地接受情夫，因為她是那麼愛她丈夫，想念她丈夫。而愛之情和慾的雙重意義也淨化了她的良心，因此在與她處於同等境遇的西方女角相較之下，便顯示出她之完全免除憂慮不安在道德上的清新不俗。她不是羞怯膽小的德克列芙公主，不是老被罪惡感所困的黑斯特·普琳，也不是安娜·卡列尼娜，她在佛羅康斯基的熱情冷卻之後便坐立不安地尋求永遠的安全。而她更不像包法利夫人，一個不可救藥的浪漫派，以夢作為幻想的食糧，我提起這些西方小說裡的著名女主人公，不但旨在證明三巧兒在中國小說中的地位與她們相若，而且更在強調她那自然而不可侵犯的女性。她之能夠調解貞操與情愛間的衝突，就因為她不求過分的貞潔，也不願過分的熱情。假如她丈夫準時回來，她便不至於踰越婚姻的規矩。在他們同居期間，陳大郎在她眼中是那麼樣地像她丈夫，因此當他離開時，是她主動要求他攜她同走。她不像克麗西達一樣，當她必須回希臘營中與父親重聚時，變得膽怯之極，不敢再與特洛伊勒斯同在一起。

當蔣興哥回家休她時，三巧兒自覺羞愧無地，但她並不把自己的錯誤歸罪於丈夫的久出不歸，也不指責薛婆與陳大郎的巧妙誘騙。相反的，她同情丈夫的憤怒並原諒他；她和丈夫之最後諒解言歡，不應當成是草率的團圓結局，而是他們深刻的相依相愛的自然結果。我們可以拿一件小事來證明我這個看法。興哥回家之前，陳大郎託他帶一封信，一只羊脂玉鳳頭簪，以及一條桃紅縐紗汗巾給三巧兒。在盛怒下他撕毀信件，並把頭簪一折為二。稍一尋思，他又留下了汗巾和折斷的頭簪，做為他妻子偷情的證據，後來他就把這兩件東西連同休書送給岳父母。三巧兒默思著這些贈別的禮物所代表的意義：

三巧兒在房中獨坐，想著珍珠衫洩漏的緣故，好生難解。這汗巾簪子，又不知哪裡來的？沉吟了半晌道：「我曉得了！這折簪是鏡破釵分之意；這條汗巾，分明教我懸梁自盡，他念夫妻之情，不忍明言，是要全我的廉恥。可憐四年恩愛，一旦決絕，是我做的不是。負了丈夫恩情，便活在人間，料沒有好日，不如縊死，倒得乾淨！」32

這些話令人難忘。雖然她誤解丈夫的用意，以為他具有最寬容豁達的動機因而要以死相報，但這絲毫未減損其感人的程度。而這些話的更重大意義乃是，她借此對愛的難題做了一番諷喻的評論：忠於自己的肉體和心靈與對丈夫的愛並不一定相衝突，婚後的偷情也不一定表示不忠實。中國小說裡顯示出這種寬大的了解者，實不多見。

在《蔣興哥重會珍珠衫》裡，我們已無須再論及社會和自我之衝突，因為社會和自我的理想已在自我的內在衝突中和那極具人性的人物間被戲劇化了。具有這種深度的小說實已達成了了解的奇蹟：韓夫人和陳多壽故事裡的假奇蹟相形之下未免大為見拙。不過很遺憾的是，雖然在中國小說裡尚有許多傑出的白話小說，但是像《蔣興哥重會珍珠衫》這樣的故事，則僅只一篇。而且就我所知，在中國傳統小說的發展過程中，它也未有繼承者。雖然在《金瓶梅》和《紅樓夢》中情和慾也被描述得淋漓盡致，但這兩部小說就是沒有「珍珠衫」裡那種正常人性的溫煦與熱情。而在結構上，差不多所有傳統的中國小說都患了人物與情節過為繁雜的毛病，這些人物和情節往往對於主題的發展並無幫助。雖然拿中國小說的標準來看，《蔣興哥重會珍珠衫》是一篇極長的故事（英譯本有五十頁之長），它實在不失為一篇在情節控制和經濟方面極為出色的作品。加入中國的小說家們以這篇小說為範本，那麼借著集中注意於主要人物和重要場景，借著從事心理的描繪與道德的理解而不堆積豐富繁雜的情節，他們一定已產生了可與歐洲的愛情和偷情小說相抗衡的作品，歐洲的這類小說始於《克列芙公主》，而在《安娜·卡列尼娜》中達到巔峰。雖然白話小說裡充滿奇蹟，但是《蔣興哥重會珍珠衫》卻是唯一奇蹟。假如像「珍珠衫」這一支突變性的小說能夠發展興盛的話，中國小說早已改觀了。

注釋

1 題目是《勘皮靴單證二郎神》。

2 這位唐代美人也姓韓。宋代作家張時寫她嫁給學者于佑是天賜良緣，這篇傳奇故事的題目是《柳紅記》，Bauer和

Franke編的*The Golden Casket*中題為“*Red Leaves in the Waves*”。重要情節同明代故事重述之摘要不一樣。

3 《醒世恆言》，一（臺北：世界書局，一九五九），卷十三，頁4b。這個版本重印係根據一六二七年版，原為李田意製顯微影片複印。

4 楊戩是太監，不能娶妻。參看第三章，注40。

5 《醒世恆言》，頁7b。

6 《醒世恆言》，頁9a。

7 關於這篇故事的卓越研究，參看Erich Auerbach, *Mimesis: The Representation of Reality in Western Literature*（Princeton University Press, 1953）第九章，“Frate Alberio”。

8 這兩篇時常被做比較。特別參看Arthur Waley（魏理）為Harold Acton和Lee Yi-hsieh合譯*Four Cautionary Tales*寫的序。我對魏理的意見有異議，在頁xi他說：「在複雜性，在詩意，在典雅各方面，這些中國故事均優於《十日談》，後者代表的只見初期的敘述藝術。」

9 Acton和Lee譯，*Four Cautionary Tales*，p.80。

10 前書，頁94-95。

11 魯迅：《中國小說史略》，頁245-248。

12 這三部小說集最好的現代版本是臺北世界書局所印，根據的是較早的明代版本，保存於日本：《古今小說》，二卷（前有楊家駱序）；《警世通言》，二卷；《醒世恆言》，三卷，我已在注4中提到。李田意在1955-1956年把這珍本顯微照相，使「三言」能依其原有形式再版。《古今小說》的全名是《全像古今小說一刻》。馮夢龍當初很可能是想用《古今小說》總括這三個系列，但最早版本的《警世通言》和《醒世恆言》沒用這書名。

13 一六二七年版《醒世恆言》的序文已經指出這三集為「三言」。四十卷的《喻世明言》已不存。關於《喻世明言》二十四卷最早存在的版本中集合的特色，參看楊家駱《古今小說》序和李田意的《日本所見中國短篇小說略記》，《清華學報》，中國文學專刊，第一卷第二期（西元一九五七），頁69-70。

14 Cyril Birch在*Stories from a Ming Collection*序文中有馮夢龍（1574-1646）的傳說。再參看John L. Bishop的*The Colloquial Short Story in China*，頁16-17。

15 《清平山堂話本》有二十七篇故事，其中五篇是完整的。五篇中的兩篇是用古文言體。

16 約在一六三三至一六四四年間出現的《今古奇觀》是重印「三言」，凌濛初的《拍案驚奇》（西元六百二十八）和《二刻拍案驚奇》中的故事。後兩種代表了一個作者以「三言」風格寫故事的最可觀的成績，當初一定有八十篇故事，而今只存七十八篇。李田意準備的《拍案驚奇》兩卷本（香港：友聯出版社，一九六六）有四十篇是根據明代的版本。

17 因為沒有宋、元或明代的原稿話本存在，「三言」中的故事當然不能同話本的版本對照比較。因此我們可以了解的是最近研究的意見已經摒棄了下一看法，即「三言」中每篇故事或是其相關話本的抄本或修訂過的版本。因此韓南不同意「這個似乎不大可能的假設，就是每個口述故事都有話本，而現存的故事都直接根據這些話本」（Hanan, "*The Early Chinese Short Story : A Critical Theory in Outline*"，刊Harvard Journal of Asiatic Studies, XXVII, 180）。可是，除非我們認可下一假設，就是馮夢龍和別的文人在「三言」出版以前已經在寫自己的通俗故事，否則就很難說馮夢龍編輯的集子中的這些故事不是根據話本。

18 參看Birch, *Stories from a Ming Collection*頁10及Bishop, *The Colloquial Short Story in China*，頁18-19。關於馮夢龍編纂時擔任之角色，學者們尚未獲一致的意見。有些學者認為馮夢龍在「三言」中不僅修改許多已存在的故事，以增強其文學性，而且還包括了他自己寫的故事。參看《中國文學史》（西元一九五九）第三冊，頁302-310，《中國文學史》（西元一九六二）第三冊，頁964。

19 Bishop在*The Colloquial Short Story in China*（頁39）評論說：「色情文學永遠不會准許這樣子寫，必須在道德教誨的偽裝下表現，例如勸告年輕人，他們要從惡行之詳盡敘述中獲取警告，要避免縱於情慾之樂。《新橋市韓五賣春情》中作者的警告和主角病榻上的話就說明了偽裝的道德目的；但敘述的主人公道德失誤之樂緩和了我們對道德目的之信心。」

20 我指的是《醒世恆言》中第二十九篇故事《盧太學詩酒傲公侯》。盧柟是明代一次要詩人，其傳見《明史》，傳二八七。

21 這篇故事是《灌園叟晚逢仙女》（《醒世恆言》，第四篇）。王際真英譯 "*The Flower Lover and Fairies*"，收於*Traditional Chinese Tales*；楊憲益夫婦譯題是 "*The Old Gardener*", *The Courtesan's Jewel Box*。

22 當然新儒家程朱派從宋朝起迄民初一直控制了中國人之思想，他們把「理」與「慾」對比。但「慾」指生物需要之情況，至今仍保存有其否定之含意。

23 我在第一章曾說晚明的文化與商業情況有利於色情文學的發展。但李贄也不是盧梭，盧梭是位迫使他那個時代的知識分子以新的眼光了解自己和世界的哲學家。參看第一章注34。

24 欲對這對審慎的情侶有更完整的了解，請參看我對*The Golden Casket*所寫的那篇評論，刊於Saturday Review（December 5, 1964），頁63。

25《杜十娘怒沉百寶箱》，《警世通言》第三十二篇，除別的譯本外，還有楊憲益夫婦譯本，題目是*The Courtesan's Jewel Box*，柳無忌在*An Introduction to Chinese Literature*頁220-224中也有討論。

26《醒世恆言》中的第十五篇故事，題目是「赫大卿遺恨鴛鴦縧」。Acton和Lee的英譯題為 "*The Mandarin-duck Girdle*"，收於*Four Cautionary Tales*。

27《警世通言》第三十五篇，題目是「況太守路斷死孩兒」。

28《蔣興哥重會珍珠衫》，《古今小說》第一篇，已由Cyril Birch譯為英文，收於*Stories from a Ming Collection*。

29 *Stories from a Ming Collection*，頁53。

30 C. S. Lewis在*The Allegory of Love*（Oxford University Press, 1936）頁183這樣描寫喬叟的詩的前三卷中之Criseyde。

31 *Troilus and Criseyde*, Bk. II, l. 757.

32 *Stories from a Ming Collection*, p. 82.

中文版校訂餘話

劉紹銘

夏志清著《中國古典小說》（下稱《古典小說》）是*The Classic Chinese Novel: A Critical Introduction*的中譯本。英文原著一九六八年由美國哥倫比亞大學出版社出版。書出版後，先後有何欣、莊信正和林耀福三位的譯文在《現代文學》和《純文學》上發表。

聯合文學出版社是哪一年跟夏志清、何欣簽訂*The Classic Chinese Novel*中文本合約的，我不清楚，但依出版社給我的電子版譯校稿日期看（一九八九年一月十七日），這一「出版計劃」已前後拖延了二十七年。

據夏志清夫人王洞女士說，志清先生對譯文不滿意，認為行文過於「拖沓」，讀來吃力。這也許是他遲遲沒有授權出版《古典小說》的原因。

《古典小說》的譯文，除了《三國演義》出自莊信正之手，《附錄》出自林耀福之手外，其餘各章均由何欣負責。夏先生說譯文「拖沓」，可惜沒有說明問題所在。我答應了《聯合文學》和中文大學出版社會負責校訂《古典小說》的譯稿後，覺得要找出「拖沓」問題的究竟，最實際的方法就是找出英文原著來比對中文的翻譯。以下是原著Introduction第一章第一節的翻譯：

一個中國傳統小說研究者，若曾涉獵過西洋小說，遲早一定會感到，構成此傳統的大多數粗糙作品與好幾部沿用同樣的寫作習套，但是卻具備充分補償的優點而值得一讀再讀的好書，兩者間的尖銳對比。最苛求的現代讀者至少也贊許那傳統中的一部作品《紅樓夢》，而大多數的讀者會將《三國志演義》、《水滸傳》、《西遊記》、《金瓶梅》和《儒林外史》這五部書列入中國小說的古典傑作裡。這幾部書不都是中國小說寫得最好的；即便我們不把現代的算在內，我相信中國傳統小說裡尚有幾部書，雖然其重要性尚未獲得批評家的賞識，但在藝術的優異上則勝過這六部書中較次的作品。但無庸置疑地這六部書是此種文學類型在歷史上最重要的里程碑：每部書在各自的時代開拓了新境界，為中國小說擴充了新趣味的疆域，且深深影響了後來發展途徑。直至今天，它們仍是中國人最喜愛的小說。

以上引文的英文原件是：

A student of the traditional Chinese novel who has been at all exposed to Western fiction is sooner or later struck by the sharp contrast between the majority of unrewarding works composing that genre and a number of titles which, while sharing the literary conventions of these works, possess enough compensating excellences to appeal to the adult intelligence. The most severe modern reader would endorse at least one work of that tradition, *Dream of the Red Chamber*（*Hung-lou Meng*）, and most would include among the classics of the Chinese novel the following five, as well: *The Romance of the Three Kingdoms*（*San-kuochih yen-i*）, *The Water Margin* or *All Men Are Brothers*（*Shui-hu chuan*）, *A Record of the Journey to the West*（*Hsi-yu chi*）, *Chin Ping Mei*, and *The Scholars*（*Ju-lin wai-shih*）. Not all these are among the finest Chinese novels ever written; even if we exclude the modern period, I believe there are a few traditional titles which are superior in artistic merit to the poorer works among the six though their importance has not yet won general critical recognition. But without a doubt these six are historically the most important landmarks of the genre: each had for its own time broken new ground and appropriated new areas of interest for the Chinese novel and had deeply influenced its subsequent course of development. To this day they remain the most beloved novels among the

Chinese.

嚴復翻譯《天演論》，嘔心瀝血，其經驗之談，相隔百年，今天看來猶見真知灼見。他說：「譯者將全文神理融會於心，則下筆抒詞，自善互備；至原文辭理本深，難於共喻，則當前後引補，以顯其意。」

拿何欣譯文跟原著比對，不難看出其語言是我們習稱的「直譯」體。這也是說在敘事文句次序上他習慣直跟原文。這種「直譯」體，思路迂迴，讀來很吃力，相信這也是夏先生認為行文「拖沓」的原因。

「直譯」是依照字面意義翻出來的「譯」。上面引文的首句有compensating excellences一詞。如果字面的意義依照辭典的解釋，那麼compensating excellences譯為「補償的優點」可說是恰到好處。但事事依仗辭典求取「等效」，一來未必得心應手，二來譯者難免失去自己的風格。

我負責校訂《古典小說》，分內工作先是核對譯文有無差誤。我前前後後花了半年多的光陰對照細讀文稿，看出何欣有幾處地方誤譯外，大體上「釋義」是沒問題的。問題還是一句老話：行文拖沓。許多句子常見「尾大不掉」。中譯《古典小說》要讓中國讀者看得下去，我只有盡一己所能，依照嚴復的指引，把好些「直譯」的句子或累贅的說法改寫過來。就拿我改動得最多的第一段第一句做例子吧：

研究中國傳統小說的專家學者，若有機會接觸過西洋小說，早晚會發現，組成中國傳統小說的著作大多粗疏蕪雜。當然，也有顯著的例外。值得注意的是，這些個別優秀的例子，雖然在類型上同屬章回小說這個體裁，但卻一一具備了各種教人另眼相看的特色，值得一讀再讀。就拿《紅樓夢》來說，我們相信這樣一部經典小說應會得到即便是最苛求的讀者的贊賞。為了相同的理由，大多數有鑑賞力的讀者也會把《三國演義》、《水滸傳》、《西遊記》、《金瓶梅》和《儒林外史》這五部作品視為中國傳統小說的經典。雖然這六部作品不能全數視為巔峰之作；但我相信，即使我們不把現代作品算在內，中國傳統小說裡還有幾部書，雖然其優點尚未得到批評家的賞識，卻在藝術的成就上可能比這六本小說中較弱的作品更為出色。但毋庸置疑的是，這六本小說是此種文學類型在歷史上最重要的里程碑：每部作品在各自的時代開拓了新境界，為中國小說擴充了新趣味的疆域，且深深影響了後來的發展途徑。直到今天，這六部作品仍深為中國人所喜愛。

《古典小說》主要是為不諳中文的「英語讀者」（Anglophone readers）而設的。夏先生耶魯大學英文系出身。他在美國大學教中國文學，發覺最能引起學生興趣的方法莫如把課程內的一些作品或人物跟西方文學相當的例子「相提並論」。這正是他在書中用了不少篇幅借陀思妥耶夫斯基小說《卡拉馬佐夫兄弟》的主角人物來觀照賈寶玉成長、迷茫與皈依佛門心路歷程的理由。

《古典小說》一九六八年出版。夏先生為此書所做的研究和「搜證」工作，應始於六〇年代初。不消說，距今半個多世紀，書中所列的參考資料或早已過時，但我們還是悉數保留下來，一因對原著的尊重，二因先生行文立論，處處脈絡相承，前後呼應，若予刪除，恐怕讀者找不到引文的來龍去脈。

二〇一六年二月

國家圖書館出版品預行編目資料

中國古典小說 / 夏志清著；何欣，莊信正，林耀福譯．-- 初版．-- 臺北市：聯合文學，2016.10

432 面 ；14.8×21 公分．--（聯合文叢；607）
譯自：TThe classic Chinese novel
ISBN 978-986-323-183-7（平裝）
1. 中國小說 2. 古典小說 3. 文學評論

827.2　　　　105017217

聯合文叢 607

中國古典小說 The Classic Chinese Novel

作　　者／夏志清
譯　　者／何　欣　莊信正　林耀福
校　　訂／劉紹銘
發 行 人／張寶琴

總 編 輯／周昭翡
主　　編／蕭仁豪
資深編輯／尹蓓芳
編　　輯／林劭璜
資深美編／戴榮芝
業務部總經理／李文吉
發行助理／林昇儒
財 務 部／趙玉瑩　韋秀英
人事行政組／李懷瑩
版權管理／蕭仁豪

法律顧問／理律法律事務所
陳長文律師、蔣大中律師

出 版 者／聯合文學出版社股份有限公司
地　　址／(110)臺北市基隆路一段 178 號 10 樓
電　　話／(02)27666759 轉 5107
傳　　真／(02)27567914
郵撥帳號／17623526 聯合文學出版社股份有限公司
登 記 證／行政院新聞局局版臺業字第 6109 號
網　　址／http://unitas.udngroup.com.tw
E-mail:unitas@udngroup.com.tw

印 刷 廠／沐春行銷創意有限公司
總 經 銷／聯合發行股份有限公司
地　　址／(231)新北市新店區寶橋路235巷 6 弄 6 號 2 樓
電　　話／(02)29178022

出版日期／2016 年 10 月　初版
2021 年 12 月 9 日　初版二刷
定　　價／480 元

ISBN 978-986-323-183-7（平裝）